Ullstein Romantik

ÜBER DAS BUCH:

Der stolze Ritter Guy de Marche will Rache! Gnadenlose Rache an Richard of Ashbury, der einst seine Burg überfiel und dabei Guys geliebte Frau Elaine tötete. Drei Jahre später, im Frühling 1155, ist Guy am Ziel seiner wilden, dunklen Träume: Mit Billigung König Henrys vertreibt er Richard von dessen Veste Ashbury und zwingt seine Nichte Kathryn of Ashbury, mit ihm zu seiner Burg Sedgewick zu reisen. Obwohl Guy auch in Kathryn anfangs nur eine Feindin sieht, erregt ihn doch sofort ihre herausfordernde Schönheit. Mit ihrem hitzigen Temperament und ihrer kühnen Furchtlosigkeit ist sie für den herrischen Ritter eine anmaßende Herausforderung. Er muß diese sinnliche Hexe mit ihren nachtschwarzen Haaren und den funkelnden grünen Augen einfach besitzen. Auch Kathryn spürt, daß ihr Widerstand gegen diesen Mann, der sie so gnadenlos aus ihrer Heimat vertrieben hat, immer schwächer wird. Seine Küsse lassen sie vergehen vor Lust. Seine Umarmungen versetzen sie in einen Taumel der Leidenschaft. Aber beide sind zu stolz, um einander ihre Gefühle einzugestehen. Auch dann noch, als sie heiraten. Auch dann noch, als Kathryn eine Tochter zur Welt bringt. Erst als Guy bei einem Kampf nur knapp dem Tode entgeht, fallen alle Schranken. Endlich können sie einander zärtlich sagen, wie sehr sie sich lieben …

**Samantha James**

# GELIEBTER FEIND

**Roman**

**Ullstein**

ULLSTEIN ROMANTIK
Ullstein Buch Nr. 23584
im Verlag Ullstein GmbH
Frankfurt/M – Berlin

Ungekürzte Ausgabe

Umschlagentwurf:
Hansbernd Lindemann
Illustration:
Agentur Thomas Schlück

Taschenbuchausgabe mit freundlicher
Genehmigung der Avon Books The Hearst Corp.

Unter dem Originaltitel »My Cherished Enemy«
erschienen bei Avon Books, New York

Übersetzung: Rita Langner
Printed in Germany 1995
Druck und Verarbeitung:
Elsnerdruck, Berlin
ISBN 3 548 23584 0

April 1995
Gedruckt auf alterungsbeständigem
Papier mit chlorfrei
gebleichtem Zellstoff

Die Deutsche Bibliothek – CIP-Einheitsaufnahme

**James, Samantha:**
Geliebter Feind : Roman / Samantha James. [Übers.: Rita
Langner]. – Ungekürzte Ausg. – Frankfurt/M ; Berlin : Ullstein,
1995
(Ullstein-Buch ; Nr. 23584 : Ullstein Romantik)
ISBN 3-548-23584-0
NE: GT

# PROLOG

*Winter 1152*

„Das kann ich nicht, Herrin! Man wird uns finden, und dann werden wir beide umgebracht, das Kind und ich."

Die Magd, der die hohe, dünne Stimme gehörte, zählte höchstens vierzehn Jahre, war jedoch groß und kräftig, denn sie entstammte dem robusten Bauernvolk. Sie kniete in der Bodenstreu vor ihrer Herrin, der sie gedient hatte, solange sie denken konnte.

„Gerda, du mußt!" befahl Elaine in einem Ton, den die Magd von ihr kaum kannte. „Wenn mein Sohn gerettet werden soll, dann mußt du das tun. Du mußt aus dieser Rittersburg fliehen und Peter nach Sedgewick zurückbringen." Sie blickte flüchtig zu der krank im Bett liegenden Lady Claire Chandler hinüber und sprach dann mit Gerda weiter.

„Wir alle sind hier dem Untergang geweiht. Du hast die Blutgier unserer Angreifer selbst gesehen. Sie verschonen niemanden, weder die Bauern auf dem Feld noch Frauen oder Kinder, doch von dir und Peter wissen sie noch nichts."

Vom Burghof her hörte man das wilde Kampfgetümmel: wütende Rufe aus rauhen Männerkehlen, der stählerne Klang gegeneinanderschlagender Schwerter, markerschütternde Entsetzensschreie, die dann plötzlich verstummten.

Die Angreifer waren schlau und geschickt. Von Richard of Ashbury angeführt, waren sie als angebliche Freunde in die Ritterburg gekommen unter dem Vorwand, sich mit Claires Gatten Geoffrey, dem Kastellan von Ramsey Keep verbinden zu wollen. Kaum waren sie jedoch durchs Tor hereingelassen worden, hatten sie mit ihrem Eroberungskampf begonnen.

Drei Tage lang hatten ihnen die Verteidiger von Ramsey Keep eine tapfere, wenn auch aussichtslose Schlacht geliefert, bis Geoffrey am Ende keine andere Wahl geblieben war, als seine Kapitulation anzubieten. Dieses Angebot war jedoch durch Verrat hintertrieben worden. Man hatte Geoffrey hinterrücks erschlagen, und noch immer stürmten Angreifer schändend und mordend die Burg.

„Bitte, Gerda!" sagte Elaine inständig. „Ich flehe dich um das Leben meines Sohns an! Diese Angreifer machen keine Gefangenen. Ihre Rösser stampfen über Tote und Lebendige hinweg. Ich will, daß Peter davor bewahrt bleibt – und du auch."

Die Magd zitterte. Zeit ihres Lebens war sie mit ihrer Herrin zusammengewesen. Lady Elaine hatte mit ihr gelacht, sie manchmal gescholten und sie vor allem vor dem Vater gerettet, der stets den Prügelknüppel zu schwingen pflegte, wenn er zuviel getrunken hatte. Dem Jähzorn ihres Vaters hatte Gerda auch ihre Knieverletzung zu verdanken, die er ihr zugefügt hatte, als sie noch ein kleines Kind gewesen war. Andere Menschen hatten sich später immer über ihr unbeholfenes Hinken lustig gemacht; die Lady dagegen hatte sie liebevoll aufgenommen, ihr junges Leben geleitet und ihr die Pflege des kleinen Herrn anvertraut.

Gerda schämte sich schon wegen ihrer Selbstsucht. Die Herrin war mit ihren himmelblauen Augen und ihrem goldglänzenden Haar in der Vorstellung des Mädchens eine überirdische Erscheinung, so edel, so gütig, so lieb . . .

Gerda fing zu weinen an. „Es ist alles so ungerecht, Herrin. Wäre Euer Gatte im Lande, würde diese adelige Räuberhorde nicht gewagt haben, Sir Geoffrey oder irgendeinen anderen Vasallen unseres Herrn zu überfallen."

Elaine mußte schweren Herzens zugeben, daß Gerda recht hatte. Sir Geoffrey war auf dieser Ritterburg der Statthalter ihres Gatten Guy de Marche, Earl of Sedgewick, gewesen, und dieser war wie alle Männer seines Ranges von klein auf als Krieger ausgebildet worden. Sein Können und seine Tüchtigkeit im Ritterturnier sowie seine Unerschrockenheit im ernsthaften Kampf wurden vom nebelverhangenen Schottland bis zu den zerklüfteten Küsten Cornwalls gerühmt. Zudem wurde Guy de Marche auch als ein höchst ehrenhafter Mann anerkannt, der über seine Lehensgüter gerecht und nobel herrschte.

Gegenwärtig jedoch war Guy bedauerlicherweise eine halbe Welt von seinen Gütern und Vasallen entfernt. Er und Sir Hugh Bainbridge, Claires Bruder, befanden sich seit fast einem Jahr auf dem Kreuzzug.

„Bitte, Herrin, wollt Ihr nicht doch mit mir kommen?" bettelte Gerda. „Ihr sagtet selbst, diese Burg und alle ihre Bewohner seien dem Untergang geweiht. Kommt doch mit, ich flehe Euch an!"

Claire bewegte sich in ihrem Bett und griff nach Elaines Hand. „Das Mädchen hat recht, Elaine."

Elaine blickte ihre kranke, totenbleiche, flach und rauh atmende Freundin an. Sie schämte sich zwar wegen ihres Gedankens, doch sie hoffte inständig, daß das schreckliche Fieber Claire bald in Gottes Himmelreich führte, denn solches war allemal besser, als in die Hände der Verräter und Mörder zu fallen, die das Dorf verwüstet und nun auch noch die Burg überfallen hatten.

„Nein", lehnte Elaine leise ab. „Ich kann Euch nicht verlassen, Claire. Sir Hugh, Euer Bruder, hat meinem Gatten zu gut und zu lange treu gedient, als daß ich die ihm Nahestehenden im Stich lassen könnte. Und Ihr, seine Schwester, seid außerdem meine liebste Freundin im ganzen Land. Es gibt eine Ehre im Leben und im Tod. Ich bitte nur darum, daß mein kleiner Sohn gerettet wird."

Sie streichelte die durchscheinende Wange ihrer Freundin. „Ich fürchte, es bleibt nicht mehr viel Zeit. Der Waffenlärm kommt immer näher. Ich bitte Euch, erklärt Gerda den Weg zum Kloster. Die Mönche werden dafür sorgen, daß sie nach Sedgewick zurückgelangt."

In wortlosem Einverständnis schloß Claire die Augen. Mit schwacher, matter Stimme verriet sie dem Mädchen, daß sich hinter der Bettstatt eine geheime Treppe zu einem Tunnel befand, der aus der Burg hinaus und zu einer Waldhütte führte. Von hier bis zum Kloster war es nur noch ein kurzer Weg, und dort würde das Mädchen Unterschlupf und Geleit nach Sedgewick finden.

Nachdem Claire erschöpft in die Bettpolster gesunken war, hob Elaine den schlafenden Säugling aus der Wiege und betrachtete ihn unter Tränen. Sanft streichelte sie seine kleine Wange und konnte es noch immer nicht fassen, daß Gott ihr einen so wunderbaren Sohn geschenkt hatte.

Peter war seinem Vater wie aus dem Gesicht geschnitten. In der Nacht, als Elaine und Guy zum erstenmal beieinander gelegen hatten, war das Kind empfangen worden; das wußte Elaine im Herzen, und sie bedauerte nur, daß ihr Gatte die Frucht der Liebe noch nicht hatte sehen können.

Wie sie Guy und den kleinen Peter liebte! Mit tränenverschleiertem Blick berührte sie das kleine Gesicht mit den geschwungenen nachtschwarzen Brauen, der winzigen Stupsnase und dem wunderhübschen Mündchen, das schon jetzt eine Spur des strengen Zugs seines Vaters zeigte.

Die Tränen rollten Elaine nun über die Wangen. Nie würde sie Peter aufwachsen und so groß und stark werden sehen wie die Eichen bei Sedgewick, so groß und stolz wie sein Vater, der große Krieger.

Elaine trocknete ihre Tränen. Sie wollte nicht an den Tod denken, sondern an das Leben, an das Leben ihres Sohnes. Behutsam wickelte sie das Kind in Windeltücher und reichte es Gerda. Es wachte nicht auf, sondern kuschelte sich nur instinktiv an die Brust des jungen Mädchens.

Elaine schob das geheime Stück in der Wandtäfelung hinter dem Bett zur Seite und wandte sich an Gerda. Sie blickte dem Mädchen in die Augen und faßte es bei den kräftigen Schultern. „Ich vertraue dir, wie ich noch niemandem in meinem ganzen Leben vertraut habe, Gerda."

Die junge Magd sah aus, als wollte sie ebenfalls in Tränen ausbrechen. „Ich werde Euch auch ganz gewiß nicht enttäuschen, Herrin."

Elaine lächelte. „Das weiß ich", sagte sie nur.

Gerda faßte das Kind mit einem Arm und nahm eine Talgkerze in die andere Hand. Im Rahmen der Geheimtür blieb sie noch einmal stehen. Sie hatte Angst – Angst um sich selbst und um ihre Herrin, und sie vermochte ihre Tränen nicht mehr zurückzuhalten. „Ich bete für Euch, Herrin“, schluchzte sie. „Ich will darum beten, daß Eure Befürchtungen nicht Wirklichkeit werden und daß Ihr die große Halle von Sedgewick wieder mit Eurer Anwesenheit schmückt.“

Das Gebet wird nichts nützen, dachte Elaine. „Ich weiß, du verstehst es nicht, Gerda“, sagte sie leise. „Doch ich tue, was ich tun muß.“

„Ihr wählt Euren Tod!“

Elaine schüttelte den Kopf. Traurig strich sie noch einmal über den Kopf ihres kleinen Sohns. „Nein“, widersprach sie mit Nachdruck. „Ich wähle nicht meinen Tod. Ich wähle Peters Leben.“ Sanft hob sie das Mädchen in den dunklen Treppengang. „Geh jetzt, Gerda. Eile, als wäre dir der Teufel auf den Fersen, und halte nicht an, bevor du dich im Kloster in Sicherheit befindest.“

Noch einmal umarmte sie ihre junge Magd und schaute ihr dann nach, bis sie sie nicht mehr sehen und ihre Schritte nicht mehr hören konnte. Erst jetzt schloß sie die schwere Tür und schob die Platte der Wandtäfelung wieder davor.

Als sie sich zu Claire umdrehte, blickte diese sie mit erstaunlich klaren Augen an. Rasch ging Elaine zu ihr und setzte sich auf die Bettkante.

Schwach ergriff Claire ihre Hand. „Hätte ich geahnt, was uns widerfahren sollte, würde ich Euch niemals um Euren Besuch gebeten haben. Nur wollte ich Euch und Peter noch ein letztes Mal sehen“, flüsterte sie. „Und jetzt begreife ich nicht, was hier eigentlich geschieht. Weshalb hat man Geoffrey getötet? Warum gelüstete es Richard of Ashbury nach dieser abgeschiedenen Ritterburg?“

„Das hat nichts mit Euch zu tun.“ Elaine strich ihr beruhigend über die Stirn. „Unter König Stephens Regierung breiteten sich Gesetzlosigkeit und Habgier aus. Es heißt, die Vasallen bekämpfen sich im ganzen Land gegenseitig, während Stephen vergeblich versucht, die Gewalttätigkeiten zu unterbinden und die Ordnung wiederherzustellen.“

„Warum das alles so ist, weiß ich nicht“, fuhr sie traurig fort. „Krieg zu führen, liegt in der Natur des Mannes, und Richard ist überdies ein böser Mann. Er verlangt nach dem, was ihm nicht gehört." Es war Elaine bewußt, daß sie den Gang der Dinge nicht zu ändern vermochte; also mußte sie ihn eben akzeptieren.

Während des ganzen langen Tages blieb sie an Claires Seite und lauschte auf den unaufhaltsam näher kommenden Schlachtenlärm.

Die Dämmerung kroch über den Horizont, und die Schatten der Dunkelheit, die finsteren Schleier des Todes, wehten in das Gemach. Elaine fühlte, wie die Kraft aus Claires Hand wich, und sie wußte, daß ihre Freundin in den ewigen Schlummer gesunken war.

Der Schmerz war viel zu groß für Tränen. Liebevoll legte Elaine Claires Hände zusammen und hoffte inständig, daß man ihr ein christliches Begräbnis gewähren würde.

Inzwischen waren die Gefechte bis in die große Halle vorgedrungen. Flüchtig dachte Elaine daran, Gerda zu folgen und sich in Sicherheit zu bringen, doch da entschied das Schicksal es anders.

Schwere Schritte waren auf der Treppe und dem Korridor zu hören, und dann wurde die Tür aufgestoßen. Ein finsterer, böse aussehender Koloß von einem Mann füllte den Türrahmen. Mordlust glitzerte in seinen Augen, und Blut tropfte von seinem Schwert in die Bodenstreu.

Stolz richtete sich Elaine auf. Daß sie innerlich vor Angst zitterte, zeigte sie nicht. Schließlich war sie die Gattin des Guy de Marche, des Earl of Sedgewick.

Der Mann kam näher.

Elaine begann zu beten. Sie betete darum, daß Gerda sicher nach Sedgewick zurückgelangte. Sie betete darum, daß Gott über ihren Gatten wachte und ihn im Heiligen Land vor den Heiden beschützte. Sie betete darum, daß Guy bald heimkommen möge, um seinen Sohn, den er noch nie gesehen hatte, in Liebe zu beschützen.

Friede ihrer Seele.

# 1. KAPITEL

*Frühling 1155*

„Friede ihrer Seele."

Guy de Marche, Earl of Sedgewick, kniete vor dem Grab seiner geliebten Gattin, und während er diese frommen Worte sprach, vermochte er nur mit Mühe die Höllenflüche zurückzuhalten, die ihm aus der Seele drängten. Nur an einen einzigen Mann konnte er denken: an Richard of Ashbury.

Hoch oben auf dem Gipfel des Hügels erhob sich die Ritterburg. Trübe Nebelschleier umhüllten die zinnenbewehrten Türme. Das Bild entsprach genau Guys düsterer Stimmung. Zwei ganze Jahre lang hatte Richard of Ashbury Ramsey Keep unrechtmäßig innegehabt, doch jetzt war Schluß damit. Guys Schlacht zur Wiedererlangung der Burg war bereits nach kurzer Zeit beendet gewesen, dennoch hatte der Sieg für ihn einen schalen Nachgeschmack.

Den Helm unter dem Arm, erhob sich der Earl von den Knien, eine mächtige Gestalt in furchteinflößender Rüstung. Auf der die Gräberstätte abschließenden Anhöhe warteten berittene und bewaffnete Krieger auf die Befehle ihres Herrn. Nur das gelegentliche Schnauben eines Hengstes sowie das Rauschen des angeschwollenen Bachs unterbrach die tiefe Stille.

Ein Mann trat langsam an Guys Seite. Keiner der beiden sprach, denn Worte waren jetzt auch überflüssig. Sir Hugh Bainbridges Schwester Claire lag wenige Schritte von Elaines letzter Ruhestätte begraben; er hatte also eine gute Vorstellung von dem, was in Guy vorging.

Hugh nannte den Earl seinen Herrn und Freund. Als Junge

war er Page von dessen Knappen gewesen. An Guys Seite hatte er gedient und sämtliche Triumphe und Niederlagen seines Herrn geteilt.

Es war der Earl, der jetzt das Schweigen brach, und seiner Stimme waren der Schmerz und der Kummer anzuhören. „Weshalb gefällt es Gott, mit einer Hand zu geben und mit der anderen zu nehmen?“

Hugh verstand nur zu gut, was sein Herr und Freund damit meinte. Guys Verbindung mit Elaine war wirklich ein Wunder gewesen. Zwar hatte es sich um eine arrangierte Ehe gehandelt, doch die beiden waren sofort in Liebe zueinander entbrannt gewesen. Hugh und seine Kameraden hatten Guy oft deswegen verspottet, zumal dieser früher stets ein großer Liebhaber aller Frauen gewesen war. Zum allgemeinen Erstaunen jedoch hatte Guy die Ehe mit Elaine nicht als eine Bürde erachtet, und die Tage seiner Liebesabenteuer hatten ein Ende gefunden.

Insgeheim hatte Hugh seinen Freund ein wenig beneidet, der nach der Eheschließung sein Glück darin fand, sich auf seinen Gütern niederzulassen und sich ausschließlich mit der Familiengründung zu befassen.

Hugh selbst war ein unverheirateter Ritter ohne eigenen Landesbesitz und deshalb als Ehemann auch weniger gefragt. Nicht daß er sich bisher deshalb Gedanken gemacht hätte ...

„Ich hätte hier sein sollen“, stieß Guy grimmig hervor. „Verdammt, ich hätte hier sein müssen!“

„Meint Ihr, ich hätte nicht schon tausendmal dasselbe gesagt? Wir können indessen weder den Gang des Lebens noch die Vergangenheit ändern.“

„Und ich kann nicht vergessen!“ erklärte Guy finster.

„Euch blieb doch keine andere Wahl, als dem Ruf zu den Waffen zu folgen.“

„Dem Ruf zu den Waffen!“ Guy lachte bitter auf. „Mein Freund, du und ich hielten uns drei ganze Jahre nicht in diesem Land auf, und die Hälfte dieser Zeit waren wir in diesem verdammten Burgverlies in Toulouse eingekerkert!“

In diesem Kerker hatte Guy zum erstenmal etwas von der Existenz seines Sohns Peter erfahren, und kurz darauf berichtete man ihm von der Ermordung seiner Gattin. Guy hatte von der

Schwangerschaft nichts gewußt. War er zuerst vor Freude über das Kind außer sich gewesen, so stürzte er bei der zweiten Nachricht von den Höhen des Glücks in die tiefste, schwärzeste Hölle.

„Hätten wir uns nicht in diesem Kerker befunden, wären wir auf unserer Flucht vielleicht nie auf Heinrichs Streitmacht gestoßen", erinnerte ihn Hugh. „Im übrigen scheint es mir sehr unklug zu sein, sich in Opposition zu unserem neuen König zu begeben."

„Du hast ja recht", gab Guy zu. „Ich hatte keine andere Wahl, als Heinrich mein Schwert anzudienen."

„Bedauert Ihr das?" fragte Hugh erstaunt.

Guy schüttelte den Kopf. „Nein. Heinrich II. hat viele Gesichter, dennoch halte ich es für gut, daß er nach Stephens Tod Englands Thron für sich beansprucht hat. Ich glaube, mit unserem Land wird es jetzt bald aufwärts gehen." Er schwieg einen Moment. „Und ich habe Heinrichs Genehmigung, mir wiederzuholen, was mir genommen wurde."

„Was Ihr nun getan habt."

„Sehr richtig." Guys Blick ging zum Burgtor.

Hugh beobachtete, daß die Miene seines Freundes hart und bitter wurde. Das machte ihn unsicher. Guy seinerseits merkte, daß sein Freund beunruhigt war.

„Dein Schwager Geoffrey hat mir in dieser Burg lange und gut als Statthalter gedient, mein Freund. Nun sind er und deine Schwester tot. Es wird Zeit, daß du für deine Loyalität belohnt wirst. Deshalb biete ich dir jetzt Ramsey Keep an. Allerdings sollst du diese Burg nicht als mein neuer Statthalter übernehmen, sondern als dein künftiges Eigentum."

Im ersten Moment war Hugh sprachlos. Zu Ramsey Keep gehörte ein wohlhabendes Rittergut. Beides zusammen war zwar nicht annähernd so großartig wie Sedgewick, doch es war alles, wovon er nur träumen konnte. Und dennoch ...

„Darf ich offen sein, Herr? Darf ich als Euer Freund, und nicht als Euer Untergebener sprechen?"

„Das darfst du immer, Hugh, wie du weißt."

Hugh lächelte, doch es war ein trauriges Lächeln. „Eure Großzügigkeit überwältigt mich, Guy. Ich wünschte wirklich,

ich könnte sie annehmen. Doch Ihr habt es ja selbst gesagt: Hier ist Claire gestorben, und hier wurden Geoffrey und die Lady Elaine auf die grausigste Weise umgebracht. Ich fürchte, ich wäre niemals imstande, das Böse zu vergessen, das hier geschehen ist.“

Guy schwieg eine Weile. „Dann bleibst du also bei mir?“ fragte er schließlich. „Ich brauche dich jetzt mehr denn je, Hugh, doch nur, wenn du es freiwillig tust.“

Mehr zu bereden gab es nicht. Guy drehte sich um und schritt zu den auf ihren Rössern wartenden Kriegern. Er saß ebenfalls auf. Noch einen letzten Blick warf er auf Ramsey Keep.

Elaine, dachte er, die liebe, sanfte, zärtliche Elaine! Im stillen schrie er ihren Namen. Er schloß die Augen. Der Schmerz durchfuhr ihn wie ein Schwert. Er sah Elaine vor sich, wie er sie in Erinnerung hatte, strahlend und unerreicht schön. Er sah das goldene Haar um ihre Schultern fließen, und er hörte ihr Lachen, das wie Musik klang. Im Scherz hatte er ihr immer gesagt, sie sei von den Engeln im Himmel erschaffen worden . . . und bei den Engeln im Himmel wohnte sie jetzt.

„Es war grauenhaft, Herr. Oh, so grauenhaft!“ hatte Gerda bei seiner Ankunft auf Sedgewick schluchzend zu ihm gesagt. „Richard und seine Mannen kamen im Namen des Friedens und haben dann geschändet und gemordet. Niemanden haben sie verschont, keine Frau, kein Kind. Sie haben kein Erbarmen gezeigt, Herr. Sie kannten keine Gnade.“

Bei der Erinnerung an Gerdas Bericht sah Guy Elaines gewaltsamen Tod vor sich; er sah sie geschunden und geschändet in einer Blutlache liegen, und wieder umfingen ihn die roten Nebel der Wut.

Er öffnete die Augen. Noch einmal ließ er den Blick über die Grabstätte seiner Gattin und der vielen anderen Toten gleiten. „Liebste, Euer Tod soll gerächt werden“, flüsterte er. „Das schwöre ich bei allen Heiligen!“

Hugh lenkte sein Roß neben das seines Herrn. „Es endet hier nicht, oder?“ fragte er leise.

„Nein“, antwortete Guy, und noch niemals hatte diese eine Silbe unheilvoller und mörderischer geklungen. „Es beginnt hier erst.“

Er wandte seinen Hengst seinen Mannen zu, riß sein Schwert aus der Scheide und hielt es mit ausgestrecktem Arm in die Höhe. Die Sonne blitzte auf der blanken Klinge. „Wir reiten auf Ashbury!" rief er.

Die Männer stießen einen wilden Kriegsschrei aus, und die Erde erzitterte unter den Hufen der Schlachtrösser, als die Kämpfer dem Earl of Sedgewick folgten.

So begann der Rachefeldzug.

In der großen Halle auf Ashbury Keep herrschte größte Betriebsamkeit.

Im Gegensatz dazu war es im Frauengemach still und friedlich. Unter dem Fenster saßen einige Mägde und drehten gesponnene Wolle zu langen Strängen zusammen, andere wickelten Spulen auf. Über dem fröhlichen Stimmengewirr der Mädchen lag das rhythmische Klappern des Webstuhls. Hier saß eine junge, schöne blonde Frau, lächelte, nickte und beteiligte sich gelegentlich an den Plaudereien der anderen.

An der Tür stand Kathryn of Ashbury und blickte besorgt zu ihrer Schwester hinüber. Wie würde Elizabeth die Nachricht aufnehmen? Würde sie in Tränen ausbrechen? Oder würde sie Verständnis vorgeben und dann in ihr Gemach flüchten, um dort still vor sich hinzuweinen? Das schlechte Gewissen plagte Kathryn jetzt bereits.

Elizabeth war glücklich hier. Im Frauengemach fühlte sie sich sicher und gut aufgehoben. Hier zeigte sie sich weder schüchtern noch ängstlich, und hier schienen die Erinnerungen sie nicht zu verfolgen.

In den vier Jahren seit dem Tod ihrer Eltern hatte Kathryn ihr Bestes getan, um ihre Schwester von allem Bösen abzuschirmen, und jetzt war Elizabeths kleine Welt friedlich und wohlgeordnet. Doch die Neuigkeiten, die Kathryn ihr sogleich mitteilen würde . . .

Sie trat ins Frauengemach. „Laßt uns bitte allein", befahl sie den Mägden, woraufhin diese sofort eilfertig aufsprangen und hinausgingen. Nur Helga, die Älteste unter ihnen, hatte es damit nicht so eilig, sondern legte erst gemächlich ihren Spinnrokken aus der Hand und schichtete dann umständlich und sorgfältig die Wollstränge aufeinander.

Kathryn preßte ärgerlich die Lippen aufeinander. Sie wußte genau, daß die scheinbare Ordnungsliebe des Mädchens sie nur reizen sollte.

Die elternlose Helga war als Kammermagd auf die Burg genommen worden, hatte sich indessen wenig darum bemüht, den beiden Damen des Hauses zu dienen. Kathryn und Elizabeth mußten ihre Kleidung und ihre Gemächer selbst in Ordnung halten, und darüber hinaus hegte Kathryn den Verdacht, daß Helga mitgehörte Gespräche an Onkel Richard weitertrug. Als ob dieser nicht schon genug Gründe fand, um seine Nichte zu ohrfeigen oder sie die Peitsche kosten zu lassen!

Entlassen konnte Kathryn das Mädchen allerdings auch nicht, obwohl Richard ihr die Führung des Haushaltes übertragen hatte. Helga hinauszuwerfen, würde heißen, sich geschlagen zu geben, und diese Genugtuung mochte sie ihrem Onkel auf keinen Fall gönnen.

Zudem schien es, als nutzte Helga ihre weiblichen Attribute, um ihre Stellung zu verbessern. Offen erwiderte sie die bewundernden Blicke der Ritter und lachte, wenn sich gelegentlich eine männliche Hand kühn unter ihre Röcke wagte. Vor kurzem hatte Helga sogar durchblicken lassen, daß sie Richards Bett teilte.

Dergleichen erschütterte Kathryn schon lange nicht mehr. Richards Gattin war vor vielen Jahren im Kindbett gestorben, und seitdem hatten zahllose Dienstmägde sein Bett gewärmt. Falls Helga nun die letzte bleiben sollte, würde ihre Unverschämtheit vermutlich keine Grenzen mehr kennen.

Unterdessen beschäftigte sich Helga weiter mit dem Ordnen der Wolldecken, und schließlich verlor Kathryn die Geduld. „Spute dich, Mädchen!“ befahl sie ungehalten. „Hier gibt es keine Ritter, denen du schöne Augen machen könntest. Ich will mit meiner Schwester reden.“

Endlich zog sich Helga zurück, jedoch nicht ohne ihre Herrin noch mit einem triumphierenden Lächeln zu bedenken. Kathryn nahm das nicht zur Kenntnis. Sie schloß die Tür und bereitete sich auf die Unterredung mit ihrer Schwester vor.

Elizabeth hatte den Webrahmen zur Seite geschoben und

blickte ihrer Schwester lächelnd entgegen. Ihr durchsichtiger Kopfschleier betonte ihr herrliches Haar eher, als daß er es verdeckte. Die seidigen Strähnen fielen wie ein goldener Wasserfall aus gesponnenem Sonnenlicht über ihren Rücken. Ihr Gesicht war klein und herzförmig, und ihre Augen hatten die Farbe des Himmels an einem warmen Frühlingstag.

Es drückte Kathryn das Herz ab, wenn sie ihre Schwester so betrachtete. Elizabeth verdiente wahrlich etwas Besseres, als ihr junges Leben in diesem Frauengemach zu verbringen aus Angst vor einer Außenwelt voller Männer, die nichts kannten außer Krieg und Wollust. Wenn die Eltern noch am Leben wären, hätte es für Elizabeth sicherlich schon einen Gatten und Kinder gegeben . . .

Das waren jedoch Träume, und daß Träume nur etwas für Kinder und Narren waren, hatte Kathryn sehr schnell gelernt, nachdem sie und Elizabeth in die Obhut ihres Onkels gegeben worden waren.

Richard war der uneheliche Halbbruder ihres Vaters, Sir Damien. König Stephen, der Gesetz und Ordnung in seinem verkommenen Reich wiederherstellen wollte, hatte ihm den Besitz Sir Damiens sofort nach dessen Tod zugesprochen. Die beiden damals vierzehn und fünfzehn Jahre alten Mädchen wurden dazu nicht befragt. Jetzt waren sie junge Frauen und den Launen eines Mannes ausgesetzt, der mit jedem Tag unberechenbarer wurde.

Ja, Träume . . . Wahrscheinlich wäre unser Los nicht wesentlich besser gewesen, würde Vater noch leben, dachte Kathryn. Falls Sir Damien sie verheiratet hätte, dann nur aus dem einzigen Grund, Landbesitz und Einflußbereiche zu vereinigen. Man heiratete schließlich nicht aus Liebe, und Frauen hatten in dieser Sache kein Mitspracherecht. Wenigstens jedoch hätte den beiden Schwestern Ashbury gehört.

Kathryn strebte nicht nach Glück, sondern nach Freiheit, und wenn auch nur in bescheidenem Rahmen. Sie sehnte sich danach, so leben zu können, wie sie es wollte, ihre eigenen Entscheidungen treffen zu dürfen und sich nicht länger der Vorherrschaft ihres Onkels beugen zu müssen.

Möglicherweise würde sie nie erreichen, was sie anstrebte,

doch anders als Elizabeth fand sie sich nicht damit ab, der Welt immer nur von fern zuzuschauen, ohne jemals ein Teil davon zu sein. Immerhin hegte sie ein winziges Körnchen Hoffnung in ihrem Inneren, eine trügerische Hoffnung vielleicht, doch die einzige, die ihr blieb.

Und genau aus diesem Grund wollte sie jetzt mit Elizabeth sprechen.

Sie trat zu ihrer Schwester und kam gleich ohne Vorrede zur Sache. „Roderick hat mich gebeten, ihn zu heiraten", sagte sie ruhig.

Bestürzt schaute Elizabeth sie an. „Heiraten?" Sie runzelte die Stirn. „Du scherzt doch sicherlich. Onkel Richard hat uns doch unser Land schon vor Jahren entzogen. Selbst falls er einer Heirat zustimmte, könntest du keinerlei Mitgift in die Ehe einbringen."

„Ich bringe mich selbst ein", erwiderte Kathryn wesentlich schärfer als beabsichtigt, doch das fiel ihrer noch viel zu verblüfften Schwester gar nicht auf. Wenigstens bricht sie nicht auf der Stelle in Tränen aus, dachte Kathryn. „Roderick ist willens, mich so zu nehmen, wie ich bin", fügte sie sanfter hinzu.

Elizabeth erhob sich von ihrem Stuhl. „Vergib mir, Schwester, doch irgendwie kann ich mir dich nicht als demütige, dienstfertige Ehefrau vorstellen."

Demütig und dienstfertig? Kathryn mußte lächeln. „Ich fürchte, in diesem Punkt hast du recht."

„Ich verstehe das nicht", erklärte Elizabeth ein wenig gekränkt. „Warum willst du Roderick heiraten? Du liebst ihn doch gar nicht." Das klang weniger wie eine Frage, sondern wie ein Vorwurf.

Kathryn schämte sich beinahe. Obwohl ihre Schwester nur ein Jahr weniger zählte als sie, war sie doch bemerkenswert naiv. Meistens sah sie nur das Gute im Leben, und Hoffnung und Güte erfüllten ihr Herz. Das war möglicherweise auch ganz gut so, denn Elizabeth hatte gesehen, was keine Frau jemals sehen sollte.

Kathryn zog sie auf die gepolsterte Fensterbank. „Nein, ich liebe Roderick nicht. Ich liebe überhaupt keinen Mann." Und das werde ich auch niemals tun, fügte sie im stillen hinzu.

Seit dem Tod ihrer Eltern war ihr wenig Liebe begegnet, ausgenommen von ihrer Schwester. Die Welt war hart und wurde von Männern beherrscht, und nur deren Belange und Wünsche zählten. Frauen waren nur dazu da, diesen Bedürfnissen nachzukommen. Daran würde wohl auch Kathryn nichts ändern können, doch ihr rebellischer Geist sträubte sich dagegen, es einfach widerspruchslos hinzunehmen.

Elizabeths Lippen zitterten. „Weshalb nur, Kathryn? Was soll aus mir werden, wenn du Roderick heiratest? Er besitzt ein eigenes kleines Lehensgut, und zweifellos werdet ihr dorthin ziehen. Ich verstehe das nicht, Kathryn! Habe ich dein Mißfallen erregt? Bist du jetzt böse mit mir und willst deshalb fortgehen, um mich loszuwerden?"

Ihre Stimme klang immer höher und furchtsamer. „Was soll ich nur tun, wenn du mit Roderick fortgehst? Ich liebe Ashbury ebensosehr wie du, doch ich könnte ein Leben hier ohne dich nicht ertragen, Kathryn. Und Onkel Richard erlaubt mir nicht, den Schleier zu nehmen."

Kathryn lachte, doch es klang ein wenig bitter. „Ich sehne mich durchaus nicht danach, hier fortzugehen, denn dies ist unsere Heimstatt, auch wenn unser Bastard-Onkel sich hier als Herr und Meister bezeichnet", erklärte sie mit großem Nachdruck. „Die Gesetze der Männer besagen, daß wir Frauen keinen Lehenseid leisten dürfen, weshalb es einer Frau auch wenig nützt, ein Erbe anzutreten. Dennoch halte ich daran fest, daß Ashbury unser ist. Und eines Tages wird es uns auch wieder gehören, das schwöre ich dir, Elizabeth."

„Wie kannst du einen solchen Schwur aussprechen, wenn du doch keinerlei Hoffnung hast, ihn jemals einzulösen?" fragte Elizabeth bestürzt.

„So kann es nicht weitergehen! Wenn mich die vergangenen vier Jahre unter Richards Daumen etwas gelehrt haben, dann dies: Männer nehmen sich immer, was sie wollen."

Kathryn sprang auf, und ihre grünen Augen blitzten im Zorn. „Der Onkel sieht in uns nichts weiter als Dienstmägde. Um jede Kleinigkeit müssen wir betteln, selbst um Dinge, die uns eigentlich von jeher gehören. Und aus diesem Grund will ich mich mit Roderick zusammentun."

Sie mäßigte sich ein wenig, als sie den verwirrten Gesichtsausdruck ihrer Schwester sah. „Du verstehst es noch immer nicht, oder?“

Elizabeth schüttelte stumm den Kopf.

„Onkel Richard wird von seiner Habgier getrieben“, setzte Kathryn ihr auseinander. Er hat die uns als Mitgift zustehenden Ländereien nur deswegen verkauft, weil er uns auf diese Weise für immer in seiner Gewalt behalten kann. Er fürchtet nämlich, ein Ehemann könnte ihm den Anspruch auf den Besitz unseres Vaters streitig machen.“

Kathryn wünschte, sie wäre selbst ein Mann und könnte ihrem Onkel im Schwertkampf das wieder abringen, was ihr kraft ihres Geburtsrechts zustand. Doch sie war nur eine Frau, und so mußte sie sich die Waffen nutzbar machen, die ihr zur Verfügung standen – die Waffen einer Frau.

Zwar verstand sie nichts von Koketterie, doch sie lernte schnell. Der Ausdruck des Verlangens in Rodericks Blick war ihr nicht entgangen. Erst heute morgen hatte er ihr seine Liebe erklärt, und sie hoffte, ihn mit einigem Geschick beeinflussen zu können, um auf diese Weise ihre Freiheit zu erlangen.

„Es gibt auf Ashbury noch immer Ritter, die loyal uns gegenüber sind, obschon unser Onkel sich ihrer entledigen und durch eigene Untergebene ersetzen will“, fuhr sie entschlossen fort. „Ich zähle auf diese Loyalität und auf Rodericks hohe Stellung. Immerhin verfügt er über eigene Ritter, die ihm die Treue geschworen haben. Wenn Richard vertrieben und Roderick mein Gatte ist, wird Ashbury wieder uns gehören.“

„Rebellion?“ fragte Elizabeth entsetzt. „Du willst einen Aufstand gegen unseren Onkel auf seiner eigenen Burg wagen?“

„Sprich nicht so laut“, warnte Kathryn und schaute sich unwillkürlich im Gemach um. „Jawohl, ich will es wagen. Richard ist ein harter und brutaler Herr. Viele Menschen hier würden ihn nur zu gern durch jemand anderen ersetzt sehen.“ Sie schüttelte den Kopf. „Ich wähle diesen Weg nicht gern, doch ein anderer steht mir nicht offen.“

„Ich glaube, langsam begreife ich.“ Elizabeth seufzte. „Nur – mußt du Roderick unbedingt gleich heiraten, um deinen Plan ins Werk zu setzen?“

„Es ist die einzige Möglichkeit", antwortete Kathryn fest.

„Er betrachtet dich jedesmal so eigenartig, wenn er sich unbeobachtet fühlt. Mir scheint, er ist ebenso habgierig wie Onkel Richard." Elizabeth erschauderte, wenn sie nur an den breitschultrigen, großen dunkelblonden Roderick dachte. Zwar sah er recht gut aus und zeigte auch nicht ein so übles Benehmen wie die meisten anderen Ritter, doch irgend etwas störte sie an ihm.

„Ich mag ihn nicht, Kathryn", gestand sie. „Wie kannst du ihn nur heiraten wollen?"

„Du magst überhaupt keinen Mann", stellte ihre Schwester fest. Tatsächlich fürchtete sich Elizabeth sogar vor jedem Mann, obwohl sie sich das jetzt nicht mehr so deutlich anmerken ließ.

Nachdenklich betrachtete Elizabeth Kathryn und fragte sich wieder einmal, wie zwei Schwestern derartig unterschiedlich sein konnten. Kathryn war so dunkelhaarig, wie Elizabeth goldblond war. Kathryn war entschlossen und unerschrocken, während Elizabeth ängstlich im Frauengemach hockte.

„Wäre ich doch mehr wie du", sagte Elizabeth traurig. „Wäre ich doch so stark und tapfer wie du! Ich kann nichts anderes, als mich hier in diesem Gemach zu verstecken wie ein Kind, das sich im Dunkeln fürchtet."

Kathryn drückte es fast das Herz ab. Ihre Schwester hatte mit ansehen müssen, wie ihre Mutter zuerst vergewaltigt und dann getötet wurde. Das hatte in ihr eine Wunde geschlagen, die nie wieder verheilt war.

Richard nannte Elizabeths Angst vor Männern unvernünftig und übertrieben, doch Kathryn verstand sie. In zahllosen Nächten hatte sie ihre zitternde, von schrecklichen Träumen gepeinigte Schwester in den Armen gehalten, und für Elizabeth hatte dieser Alptraum niemals wirklich aufgehört.

Kathryn legte ihr einen Finger an die bebenden Lippen. „Still", sagte sie sanft. „Du bist so gut, lieb und freundlich. Ich würde dich gar nicht anders haben wollen."

Die beiden umarmten einander fest, doch Elizabeth war noch immer nicht besänftigt. „Daß du Roderick heiraten willst, gefällt mir trotzdem nicht. Und wie kommst du überhaupt darauf, daß unser Onkel es dir erlauben wird? Er will uns doch unter seinem Daumen behalten."

„Onkel Richard glaubt, er beherrscht Roderick", bemerkte Kathryn. „Durch Roderick wird er seiner Meinung nach doppelte Macht über mich ausüben. Sollte er mir indessen tatsächlich sein Einverständnis verweigern, werde ich ihm sagen, ich sei schwanger."

„Schwanger!" rief Elizabeth entsetzt, und ihr Blick ging über die schlanke Gestalt ihrer Schwester.

„Ich bin es ja nicht." Kathryn lachte. „Ich bin ebenso unberührt wie du." Was zwischen Mann und Frau vor sich ging, wußten sie beide, ganz besonders die arme Elizabeth. Doch auch Kathryn zweifelte nicht daran, daß der Akt etwas Schmutziges, Abscheuliches war. Er war nur eine der vielen Methoden, mit denen Männer die Frauen unterjochen wollten.

„Richard besitzt Ashbury und hat sich auch andere Ländereien unrechtmäßig angeeignet. Er glaubt, mit dem Besitz auch an Ansehen und Ehre gewonnen zu haben. Würde seine Nichte jetzt einen Bastard zur Welt bringen, wäre das für ihn eine Schande, auf die er es nicht ankommen lassen kann. Er will keine weiteren Schmutzflecken auf seinem Namen."

„Und wenn Onkel Richard nun entdeckt, daß du überhaupt nicht schwanger bist?"

„Dann wird es zu spät sein, weil zu diesem Zeitpunkt die Vermählung längst stattgefunden hat."

Elizabeth schaute ihrer Schwester nach, die jetzt das Frauengemach verließ. Sie mußte an ihren Vater denken, der auf Leben und Tod gekämpft hatte, statt Ashbury einer Horde plündernder Angreifer zu überlassen. Er war bei dem Gefecht schwer verwundet worden, hatte jedoch gesiegt. Zwei Wochen später war er an Wundbrand gestorben.

„Kathryn, ich fürchte, du bist zu sehr wie unser Vater", flüsterte sie. „Du magst möglicherweise Erfolg haben und Ashbury für dich zurückgewinnen. Doch welchen Preis mußt du dafür bezahlen?"

Am späten Nachmittag schlüpfte Kathryn aus den Mauern der Burg. Den nebeligen Nieselregen beachtete sie nicht weiter; sie wickelte sich nur fester in ihren dünnen Wollumhang und zog sich die Kapuze über das geflochtene, zu einem Krönchen aufgesteckte Haar.

Sie schaute sich um. Zu ihrer Rechten lagen fette Schafe im Gras, und zu ihrer Linken brandeten die Wogen der See ans Ufer. Sie liebte Cornwall mit seiner Wildheit und seinen Geheimnissen. Einen Augenblick hielt sie noch inne, und dann eilte sie weiter.

In dem verborgenen Hain, wo sie Roderick treffen sollte, blieb sie stehen. Das unangenehme Gefühl, beobachtet zu werden, beschlich sie, und dann trat eine große Gestalt zwischen den Bäumen hervor.

„Roderick!" Sie schlug ihre Kapuze zurück und streckte ihm erleichtert die Hände entgegen. Roderick ergriff sie und schaute dann zu Kathryn hinunter. Sein anerkennender Blick entging ihr nicht.

Ja, ich habe eine gute Wahl getroffen, dachte sie. Roderick war stark, klug und vor allem ehrgeizig. Sein Ehrgeiz sollte ihr helfen, Ashbury zurückzugewinnen. Daß der Mann außerdem einen angenehmen Anblick bot, war eine erfreuliche Zugabe. Mit seinem dunkelblonden Haar, seiner imposanten Statur und den bernsteinfarbenen Augen erinnerte er sie an den majestätischen Löwen auf dem seidenen Wandbehang, den ihr Vater aus dem Heiligen Land mitgebracht hatte.

„Nun?" fragte er. „Ich kann nicht länger auf Eure Antwort warten, Madam. Wollt Ihr meine Gattin werden oder nicht?"

Demütig schlug sie die Augen nieder. „Ich will", antwortete sie mit einem winzigen Lächeln. Als sie aufschaute, sah sie an Rodericks triumphierendem Gesichtsausdruck, daß er nie an ihrer Antwort gezweifelt hatte.

Das mißfiel Kathryn, und sie fand, daß Roderick manchmal ein reichlich arrogantes Benehmen an den Tag legte. Allerdings könnte sich das für sie auch als vorteilhaft erweisen.

Sie ließ sich von ihm zu einem ausladenden Baum geleiten. Lächelnd und mit großartiger Geste breitete er seinen Umhang auf dem Moosboden aus und zog sie darauf herunter.

„Ich habe lange und gründlich über Eure Worte nachgedacht", sagte er ernst. „Ihr sagtet, Euer Onkel würde uns möglicherweise die Eheerlaubnis verweigern. Ich verstehe jedoch nicht, wie er mich ablehnen könnte, zumal ich doch bereit bin, Euch ohne jede Mitgift zur Gattin zu nehmen."

Sofort sprühten Kathryns Augen Zorn. Sie hob das Kinn und öffnete den Mund zur Rede, doch bevor sie etwas sagen konnte, lachte Roderick.

„Ihr seid sehr stolz, Kathryn. Das gefällt mir. Ebenso bewundere ich, wie Ihr Euch gegen Euren Onkel behauptet. Gegen mich braucht Ihr jedoch keine Schlachten zu führen, meine Liebe."

Das Lachen verschwand aus seinen Augen. „Ich werde es nicht zulassen, daß Richard sich uns in den Weg stellt. Wenn es sein muß, entführe ich Euch aus der Burg, und wir lassen uns im Kloster bei Boscastle trauen. Der Abt dort ist ein entfernter Vetter meines Vaters und wird uns keine Schwierigkeiten machen. Wenn wir erst einmal vermählt sind und die Ehe vollzogen ist, kann Richard nichts mehr dagegen ausrichten."

Angesichts dieser deutlichen Rede errötete Kathryn. „Es gibt noch eine andere Möglichkeit", sagte sie und errötete noch mehr. „Ich ... ich dachte, wir könnten ihm vielleicht erzählen, ich sei schwanger."

Roderick lachte laut und belustigt. „Ihr seid ganz schön schlau, nicht wahr? Nun, das müßt Ihr wohl auch sein. Ich habe schon oft gedacht, daß sich Richard Euch und Eurer Schwester gegenüber wirklich nicht richtig verhält. Möglicherweise ändert sich das, wenn wir verheiratet sind."

Kathryn hatte nur ein Wort gehört: schlau. Das klang nach Täuschung und Betrug, nach Eigenschaften, die eher zu ihrem Onkel paßten.

Sie war doch nicht wie ihr Onkel! Sie tat nur, was sie tun konnte und mußte, um Ashbury aus Richards gierigen Händen zu reißen. Ein ganzes Leben unter seiner Knute würde sie nicht überstehen.

Sie hatte Roderick nie belogen. Niemals hatte sie behauptet, ihn zu lieben, und er hatte auch nicht verlangt, daß sie ihn liebte. Wer ging denn schon der Liebe wegen eine Ehe ein? Man verheiratet sich der Zweckmäßigkeit und des Gewinns wegen.

Sie verdrängte ihr schlechtes Gewissen und zwang sich zu einem Lächeln.

Roderick streichelte mit einem Finger über ihre Wange. „Kommt her, Liebste. Ich sehne mich danach, etwas von der Süßigkeit zu kosten, die mir bald ganz gehören wird." Sein Blick blieb an ihrem Mund hängen.

Kathryn erstarrte. „Roderick, ich glaube nicht, daß wir ..."

Er zog sie zu sich heran. „Ich will ja nur einen Kuß, Liebste", flüsterte er an ihrer Wange. „Ein Kuß ist doch gar nichts gegen das, was wir in einem Monat miteinander teilen werden."

Sie hob die Hände, um ihn fortzuschieben, doch schon schlang er die Arme fest um sie. In seinen Augen brannte die helle Flamme des Verlangens. Langsam senkte er den Kopf.

Erschrocken und überrascht darüber, die Lippen eines Mannes an ihren zu fühlen, erschlaffte Kathryn in seinen Armen. Sie hatte sich diese Berührung anders vorgestellt.

Obwohl Roderick ein schöner Mann war, hatte sie immer gedacht, daß solche Intimitäten sie abstoßen würden. Trotz seines feurigen Blicks war sein Kuß jedoch zart und sanft. Sie vermochte nichts Unangenehmes daran zu finden. Kann man etwa doch Freude an der Berührung eines Mannes empfinden? fragte sie sich nachdenklich.

Von ihrer Verblüffung abgelenkt, öffnete sie die Lippen, und mit einmal änderte sich alles. Roderick schob seine Hände in ihr Haar, zerrte an ihrem aufgesteckten Zopf und löste die ebenholzschwarzen Flechten. Er öffnete ihren Umhang und schob ihn ihr von den Schultern. Ihren leisen Protestschrei erstickte er mit seinem jetzt harten und fordernden Kuß.

Panik packte sie. Heftig wehrte sie sich gegen seine Umarmung, doch er drückte Kathryn mit dem Rücken auf den Boden hinunter und bedeckte ihren Körper mit seinem.

Es gelang ihr, ihre Lippen loszureißen. „Roderick!" keuchte sie. „Roderick, bitte!"

Roderick hielt tatsächlich inne, doch nicht wegen ihres Protests, sondern weil er das unmißverständliche Geräusch hörte, das eine Stahlklinge verursachte, die aus der Scheide gezogen wurde. Sofort sprang er auf.

Kathryn setzte sich hastig hoch. Sie hätte ebenfalls davonlaufen sollen, als wäre der Teufel hinter ihr her, doch der Teufel schien bereits höchstpersönlich vor ihr zu stehen.

## 2. KAPITEL

Guy wollte nicht viele Umstände mit diesem jungen Liebespaar machen.

Die Dunkelheit würde sich bald herabsenken. Ashbury Keep war nicht weit von hier entfernt. Die Vorarbeiten für den Einbruch in die Burg waren bereits ausgeführt und die Belagerungsmaschinen aufgestellt. Im Schutz der Nacht brauchte er jetzt nur noch seine Mannen an deren Plätze zu befehlen, wo sie bis zum Morgengrauen abwarten sollten. Und bald, sehr bald würde Richards Seele in der Hölle schmoren.

Zunächst einmal mußte er indessen sicherstellen, daß die beiden jungen Leute hier keinen Alarm schlugen. Er gab einem seiner Fußkrieger ein Zeichen, den Mann zu entwaffnen. Als das geschehen war, stieg Guy auf sein Roß und betrachtete die beiden kühl.

Der junge Mann war groß, stark und eindeutig ein ausgebildeter Krieger, der jetzt sprungbereit zu lauern schien. Das Mädchen hingegen bewegte sich nicht und war offensichtlich vor Angst erstarrt.

Der Mann sprach als erster. „Dieses Land gehört Richard of Ashbury. Wer seid Ihr, und was führt Euch her?"

Guy lächelte; seine Augen lächelten allerdings nicht. „Dasselbe könnte ich Euch fragen, Sir, wenn es nicht so erkennbar wäre, daß Ihr die Früchte der Liebe, und nicht die des Kriegs sucht. Ich fürchte, wir sind zu früh gekommen, und Ihr konntet die Früchte noch nicht pflücken, die diese hübsche Dirne zu bieten hat."

Dirne! Kathryns Furcht verwandelte sich in wilden Zorn. Sie sprang auf und trat auf den fremden Ritter zu. „Ihr geht zu weit,

Sir!“ fauchte sie. „Ich bin weder eine Dirne noch eine Dienstmagd, die Ihr ganz nach Belieben beleidigen könnt. Im übrigen verlange ich, daß Ihr unsere Frage beantwortet. Ihr und Eure Männer seid bewaffnet und gefechtsbereit. Wollt Ihr die Rolle des siegreichen Angreifers spielen?“

Die Männer murmelten leise miteinander; sie wunderten sich über die Kühnheit der jungen Frau. Guy betrachtete sie stumm. Ihr wollenes Gewand war dünn, abgetragen und kaum besser als das einer Dienstmagd, wofür er sie ja auch gehalten hatte. Als sie jetzt jedoch hoch aufgerichtet vor seinem Pferd stand, sah er, daß sie Stolz und Anmut besaß. Ihre Kühnheit verärgerte und reizte ihn gleichermaßen. Es wird Zeit, daß dem Mädchen klar wird, was es riskiert, dachte er.

„Meine Absichten gehen nur mich etwas an“, antwortete er leise und deshalb um so drohender. „Indessen will ich Euch eines verraten: Von meinem Ziel werde ich mich von niemandem abbringen lassen.“

Wieder nickte er seinen Leuten zu, die daraufhin den jungen Mann packten und zur Seite zogen. Guy warf seinem Knappen die Zügel zu und stieg wieder aus dem Sattel.

Langsam und ohne den Blick von der Frau zu wenden, ging er auf sie zu. Sie zuckte zusammen, doch dann blickte sie ihm so kühn wie zuvor entgegen. Sie hat Angst, dachte Guy, doch sie will das um keinen Preis zeigen.

Tatsächlich hatte Kathryn so große Angst wie noch nie. Die fremden Krieger, und ganz besonders ihr Anführer, wirkten so blutrünstig. Ihr Banner paßte dazu, denn es zeigte auf rotseidenem Grund zwei kämpfende Falken. Die messerscharfe Stimme des Anführers hatte bestimmt schon so manchen Mann in Angst und Schrecken versetzt, und sein Gesichtsausdruck war nicht weniger furchterregend.

In seinen hellen, silbrig glitzernden Augen schienen wahre Höllenfeuer zu lodern. Sein Haar war so schwarz wie Kathryns und seine Haut so dunkel wie die eines Heiden aus fernem Land. Man hätte den Mann möglicherweise schön finden können; sie jedoch konnte in seinem Gesicht nur Härte und Unerbittlichkeit erkennen. Sein Mund war dünn, sein Kinn kantig, seine Nase schmal und gerade.

Guy blieb vor ihr stehen. Groß und breit, wie er war, versperrte er ihr die Sicht auf seine Krieger. „Dann wollen wir die Verhältnisse einmal klären." Er stützte die Hände auf die Hüften und ging um Kathryn herum. „Ihr behauptet also, keine Magd zu sein. Vielleicht stimmt das ja. Allerdings habt Ihr Moos im Haar, Madam." Er hob ihre dichten Strähnen an und ließ sie ihr dann über den Rücken fallen.

Kathryn blickte wütend zu Roderick hinüber. Dieser sah aus, als wollte er gleich zerbersten, doch die beiden Krieger hinderten ihn natürlich an irgendwelchen Aktionen.

Die Stimme des finsteren Ritters senkte sich zu einem Flüstern. „Vielleicht seid Ihr ja auch überhaupt keine Dame", spottete er.

Am liebsten hätte Kathryn zu einer Ohrfeige ausgeholt. Der Mann stachelte sie doch absichtlich auf! Er spielte mit ihr wie der Kater mit der Maus – bevor er sie dann tötete. Nun, sie würde ihm nicht die Genugtuung bieten, sie ängstlich zurückweichen zu sehen.

Eine Windbö fuhr in ihr Gewand und wehte es an ihren Körper, so daß alle Einzelheiten ihrer Gestalt deutlich sichtbar wurden. Der Fremde ließ seinen Blick über ihre Figur schweifen und dabei empörend lange auf ihren Brüsten ruhen. Kathryn errötete heftig und ärgerte sich darüber, daß die Farbe ihre Verlegenheit verriet.

Er verzog die Lippen zu einem herausfordernden Lächeln. „Ich halte es sogar für sehr unwahrscheinlich, daß Ihr eine Jungfrau seid."

Kathryn holte aus und schlug zu, blind und ohne nachzudenken. Hätte ihr eine Waffe zur Verfügung gestanden, würde sie den Mann damit umgebracht haben.

Schon schlossen sich seine Finger eisenhart um ihr Handgelenk. „Das war nicht klug", tadelte er leise. „Was, wenn ich nun zum Vergeltungsschlag ansetzen würde?"

„Ihr beleidigt mich aufs grausamste! Und ich fürchte mich nicht vor Euch!"

Ganz gewiß nicht, dachte Guy, und dann spürte er das Feuer in seinem Blut, doch nicht der Zorn auf das kühne Mädchen fachte es an, sondern das starke und beinahe überwältigende

Verlangen, ihren Körper an seinem zu spüren.

„Verdammt sollt Ihr sein!“ brüllte Roderick. „Laßt sie los! Behandelt sie nicht wie eine Scheuermagd! Sie ist die Lady Kathryn of Ashbury!“

Der Griff um ihr Handgelenk zog sich womöglich noch mehr zusammen. „Ihr seid doch nicht etwa Richards Gattin?“ Der Fremde bewegte kaum die Lippen beim Sprechen. „Oder vielleicht seine Tochter?“

Kathryn unterdrückte einen Schmerzensschrei. „Nein! Richards Gattin ist schon seit langem tot. Ich bin seine Nichte.“

Er ließ sie so plötzlich los, daß sie beinahe hingefallen wäre. „Laßt uns allein“, befahl er seinen Leuten, ohne den anklagenden Blick von Kathryn zu wenden.

Sie rieb sich das schmerzende Handgelenk. Wer mag dieser düstere, furchterregende Ritter nur sein? fragte sie sich. Daß er sich nicht auf einer friedlichen Mission befand, war offensichtlich, denn seine Mannen waren zu einer Schlacht gerüstet und gepanzert.

Plötzlich erkannte Kathryn die Wahrheit. „Ihr kommt wegen Richard“, flüsterte sie.

„Und wenn es so wäre?“

Seinem versteinerten Gesicht konnte sie die Gedanken nicht ansehen. Sie zögerte. Wenn sie ihren Haß auf ihren Onkel bedachte, dann sollte Richards Feind eigentlich ihr bester Verbündeter sein. Wäre es doch nur so einfach! Leider jedoch kannte sie die Streitlust der Männer, die ständig logen, wie es ihnen paßte, und mit der einen Hand gaben, um mit der anderen zu nehmen.

„Ihr werdet tun, was Euch beliebt“, stellte sie still fest. „Ich werde Euch davon nicht abhalten können.“

Ihre scheinbare Gelassenheit schien den finsteren Fremden zu erzürnen. „Sehr richtig“, erklärte er drohend. „Und ich werde dafür sorgen, daß Ihr es auch gar nicht erst versucht.“ Unvermittelt schlang er einen Arm um ihre Taille und hob Kathryn in die Höhe.

Sie drehte und wand sich, schlug mit den Armen um sich und konnte sich dennoch nicht befreien. Die Glieder seiner Kettenrüstung drückten sich schmerzhaft in ihren Rücken, doch das beachtete sie nicht.

„Stinkender Bube!“ schrie sie ihn an. „Laßt gefälligst Eure schmutzigen Hände von mir! Habt Ihr keinerlei Achtung vor einer Frau?“

„Nicht wenn die Frau höchstwahrscheinlich genauso falsch und verlogen ist wie ihr Onkel. Ich bezweifle nicht, daß Ihr mir einen Dolch in den Bauch rammen würdet, gäbe ich Euch die Gelegenheit dazu.“ Im nächsten Moment ließ er sich mit Kathryn zu Boden fallen, legte sein Bein über sie und hielt sie auf diese Weise fest.

Mit einer Faust packte er ihre Handgelenke und hielt sie ihr über den Kopf. Mit der anderen Hand tastete er ihren Körper ab – ihre Arme, ihre Brüste, den Bauch und die Hüften. Zum Schluß schob er seine Finger sogar unter ihre Röcke und ließ sie an ihren nackten Schenkeln hinaufgleiten.

Er suchte nach einer versteckten Waffe, doch das erfaßte Kathryn in ihrem Entsetzen gar nicht richtig. Wild wehrte sie sich gegen diese leidenschaftslose Untersuchung und erreichte damit nur, daß er ihren Körper fester hielt. Am Ende schloß sie vor Schamgefühl über die intimen Berührungen erschüttert die Augen.

Nachdem er seine Suche abgeschlossen hatte, richtete er sich auf. Kathryn sah sein falsches, wissendes Lächeln, und ihr Zorn vertrieb das beschämende Gefühl der Demütigung. Die Hand, die er ihr zum Aufstehen entgegenrichtete, schlug sie zur Seite und stand ohne Hilfe auf.

„Bei allen Heiligen!“ fluchte sie wütend. „So ein gottverdammter Bastard ist mir noch nie ...“

„Die Frage nach meiner Legitimität erhebt sich nicht“, unterbrach er sie, „was auf Euren Onkel bedauerlicherweise nicht zutrifft. Und das bringt mich wieder auf meine Absichten zurück. Ich bin nämlich sehr darauf bedacht, seine Bekanntschaft zu machen. Und es wird Euch freuen zu hören, daß Ihr mir das soeben ermöglicht habt.“

Zum zweitenmal ging er um Kathryn herum, blieb dann vor ihr stehen und schüttelte den Kopf. „Unglücklicherweise habt Ihr schon wieder Moos im Haar, Madam.“ Er lächelte spöttisch. „Ich muß zugeben, es kleidet Euch.“

Den Heimweg zur Burg mußte Roderick gefesselt zurücklegen. Schweigend ging Kathryn neben ihm her. Eine Flucht war angesichts der sie bewachenden Männer des fremden Ritters ausgeschlossen.

Unterwegs kamen sie an langen Reihen Bewaffneter vorbei. Kathryn lief es eiskalt über den Rücken, als sie die Lanzen und Schilde, die Armbrüste, den Mauerbrecher und das große Bogengeschütz sah.

Der unheilvolle fremde Ritter hatte nicht gelogen; er war für eine Schlacht gerüstet. Er war zweifellos hergekommen, um einen Krieg zu führen, den er auf jeden Fall zu gewinnen beabsichtigte.

Roderick rückte näher an Kathryn heran. „Wißt Ihr, wer er ist?" fragte er flüsternd und deutete mit dem Blick auf den vor ihnen reitenden Ritter.

Kathryn schüttelte den Kopf.

„Das ist Guy de Marche, der Earl of Sedgewick."

„Der Earl of Sedgewick ..." Sie runzelte die Stirn. „Der Name kommt mir irgendwie bekannt vor, nur kann ich mich im Moment nicht erinnern ..."

„Guy de Marche ist einer der mächtigsten Herren in Somerset."

Kathryn fröstelte es, was jedoch an der naßkalten Luft lag, die ihr durch das dünne Gewand bis an die Haut drang. „Ich wußte gar nicht, daß er mit Richard verfeindet ist", sagte sie sehr leise.

„Ich kann mir auch nur einen einzigen Grund dafür denken. Vor drei Jahren brach der Earl zum Kreuzzug auf. Kurz darauf hörte Richard, daß man ihn in Toulouse gefangengenommen hatte. Daraufhin riß er eines der grenznahen Lehensgüter des Earls an sich – Ramsey Keep."

„Richard hat den Besitz eines abwesenden Kreuzfahrers angegriffen?" Sie preßte die Lippen zusammen. Diese Neuigkeit bestätigte nur ihre Meinung von dem niedrigen Charakter ihres Onkels. Die Wut packte sie aufs neue.

Die Abendnebel drehten sich schon über den Wiesen, und rasch senkte sich die Dunkelheit herab. Ashbury war schon beinahe erreicht.

Als Kathryn die Männer sah, die sich an der Ringmauer versammelt hatten, wäre sie beinahe in Verzweiflungstränen ausgebrochen. Dies hier war doch ihre Heimstatt, ihre und Elizabeths. Und der Earl of Sedgewick wollte die Burg schleifen! Oh, wie sie ihren Onkel haßte, dem sie das zu verdanken hatten! Und den Earl haßte sie erst recht. Der wäre wahrscheinlich erst dann zufrieden, wenn er Ashbury Keep, ihre geliebte Heimstatt, zerstört hatte.

Guy de Marche saß ab und sprach ernst mit einem seiner Männer. Die anderen traten ein wenig zurück und zogen Roderick mit sich. Der Earl schaute ihnen einen Moment nach und winkte dann Kathryn zu sich heran. Zuerst wollte sie so tun, als hätte sie das nicht gesehen, folgte indes der Aufforderung schließlich doch; es wäre vielleicht nicht empfehlenswert gewesen, seinen Zorn zu provozieren.

„Ich muß wissen, wie ich in die Burg gelangen kann, ohne das Tor zu benutzen", erklärte er in einer Tonlage, die keine Widerrede duldete. „Wir werden warten, bis sich die Bewohner dort drinnen zur Nacht begeben haben, und dann werdet Ihr uns diesen Weg weisen."

Er wollte sich also heimlich einschleichen! „Was denn, edler Herr?" spottete sie. „Fürchtet Ihr Euch etwa vor einem kleinen Schwertkampf?"

„Bei Gott, Madam", stieß er zwischen zusammengebissenen Zähnen hervor. „Hat Euch Euer Onkel kein Benehmen gelehrt?"

„Was wer mich gelehrt hat, wißt Ihr leider schon."

Guy fluchte leise. Eine Weibsperson wie diese war ihm noch nie begegnet; sie brauchte dringend eine starke Hand. Hätte er die Zeit dazu gehabt, wäre es ihm ein Vergnügen gewesen, sie ein wenig Respekt zu lehren. „Ihr weigert Euch also, mir einen Weg zu zeigen?"

Stolz hob sie das Kinn. „Ihr wärt ein Narr, wenn Ihr glaubtet, ich würde Euch helfen, die Burg zu erstürmen. Ashbury ist meine Heimstatt, Sir. Ich werde nicht bei ihrer Zerstörung helfen."

Ihre verächtliche Gelassenheit war ihm unerträglich. Guy würde anders reagiert haben, hätte er nicht die Furcht in ihrem Blick erkannt. „Ich trachte keineswegs danach, diese Mauern zu stürmen, junge Dame. Ich will nur Euren Onkel."

Kathryn zögerte. Konnte sie dem Earl trauen? Sie blickte ihn lange forschend an, fand jedoch keine Antwort in seiner Miene. In der trüben Dämmerung wirkte er nur dunkel, böse und sehr bedrohlich.

Nein, ich kann ihm nicht trauen, dachte sie. An Richard lag ihr durchaus nichts, doch was sollte aus den anderen werden? Aus Elizabeth, aus der Köchin Aislinn, aus Ralph, dem früheren Vertrauten ihres Vaters, und aus den vielen anderen, die ihrer Familie gedient hatten, bevor Richard gekommen war?

„Ich kann nicht länger warten." Stahl wurde zischend durch die Luft geschwungen, und eine blanke Dolchklinge blitzte im Mondlicht auf.

Als der Earl einen Schritt vorwärts machte, erblaßte Kathryn. Er lächelte spöttisch, weil sie instinktiv zurückwich. Ein Wink mit seinem Dolch, und die Männer führten Roderick wieder heran.

„Was meinst du, Hugh?" fragte er einen der Ritter. „Soll dieser tapfere Krieger heute nacht als erster sein Blut vergießen?" Zu ihrem Entsetzen sah Kathryn, wie er die Klinge an Rodericks Kehle setzte.

„Es liegt ganz an Euch, Madam, ob Euer Geliebter am Leben bleibt oder stirbt", sagte er, ohne den Blick von Rodericks Gesicht zu wenden.

Jetzt verstand Kathryn, was Elizabeth empfunden haben mußte, als sie den langsamen, gewaltsamen Tod ihrer Mutter hatte mit ansehen müssen.

„Nein!" schrie sie. „Nicht! Bitte, tut das nicht!"

Rodericks Gesicht war zu einer Maske erstarrt. „Hört nicht auf ihn, Kathryn! Ihr wollt doch nicht das Leben derer auf der Burg zerstören!"

„Noble Worte für jemanden, der seine letzten Atemzüge tut", meinte Guy de Marche spöttisch und blickte dann kurz zu Kathryn hinüber.

„Ich wiederhole, Madam: An Blutvergießen liegt mir nichts. Ich suche keinen Krieg. Ich will nur Euren Onkel."

Kathryn zitterte. Wie sollte sie sich entscheiden? Wie sollte sie leben, wenn das Blut anderer an ihren Händen klebte? Der Mond trat hinter einer Wolke hervor. Die Dolchklinge drückte sich fester an Rodericks Hals. Ihre Spitze war dunkel von Blut.

„Es liegt in Eurer Hand", wiederholte der Earl.
Sie schrak zusammen, als sie eine Hand an ihrem Arm fühlte. Kathryn schaute hoch, der Ritter, den der Earl mit Hugh angeredet hatte, stand neben ihr und blickte sie zu ihrem Erstaunen mitfühlend an.
„Madam", sagte er sanft, „mein Herr hält sich stets an sein Wort. Es ist nicht seine Art, andere Menschen unnötig sterben zu lassen."
Kathryn schloß die Augen. Sie vertraute dem Wort eines Mannes nicht – keines Mannes. Dennoch blieb ihr keine Wahl. „Dann soll er mir sein Wort geben", flüsterte sie. „Er soll einen heiligen Schwur leisten, daß es keinen Mord auf Ashbury geben wird."
„Kathryn, nein! Vertraut ihm nicht!"
Sie öffnete die Augen und blickte Roderick an. „Meine Schwester hat unsere Mutter sterben sehen. Ich werde nicht dabeistehen und zuschauen, wie Elizabeth stirbt – oder Ihr, Roderick."
„Ich gebe Euch also mein Wort", erklärte der Guy de Marche.
„Euren heiligen Schwur, Sir", verlangte sie mit Nachdruck, obgleich sie den Tränen nahe war. „Ich verlange, daß Ihr schwört."
Diese Frau hätte als Mann auf die Welt kommen sollen, dachte Guy erbittert, und eine Ewigkeit schien zu vergehen, bevor er wieder sprach.
„Bei allem, was heilig ist – ich schwöre, hier wird kein Mord geschehen. Und was Richard of Ashbury, Euren Onkel, betrifft, so wird er sich im Gefecht verteidigen können. Mehr verspreche ich nicht."
Erleichtert atmete Kathryn auf. Ihrer Schwester und Roderick, der von den Männern jetzt wieder fortgeführt wurde, würde nichts Böses geschehen. Sie straffte die Schultern. „Auf der Rückseite der Burg gibt es eine Ausfallpforte. Dort werden wir hineinkommen."

Einige Stunden später zog sich drohend ein Unwetter am schwarzen Nachthimmel zusammen. Donner grollte, und der Wind heulte eisig um die Wehrmauer. Im Wohnturm der Burg lag alles in tiefem Schlaf.

Kathryn lehnte sich an die feuchte Steinmauer der großen Halle und wartete auf das, was Guy de Marche als nächstes tun würde.

Er hatte wirklich teuflisches Glück. Vor einem Moment hatte er ein Signal erhalten: Die Wachen auf dem Wehrgang waren ausgeschaltet worden. Das Gewitter würde jetzt alle Geräusche der eindringenden Mannen übertönen. Der Earl hatte bereits seinen Freund Hugh durch den Burghof zum großen Tor geschickt, um es zu öffnen.

In der Dunkelheit suchte Guy Kathryns Blick. Sie erstarrte, als er sie plötzlich zu sich heranzog und den Kopf zu ihr neigte. „Zeigt mir jetzt den Weg zum Schlafgemach Eures Onkels!“ forderte er.

Viel lieber hätte sie ihm in sein arrogantes Gesicht geschlagen, doch das wagte sie zu diesem Zeitpunkt nicht. Statt dessen nickte sie zu der Treppe am anderen Ende der großen Halle hinüber.

Seinen Arm fest um ihre Mitte geschlungen, schob Guy de Marche Kathryn vorwärts. Eine kleine Einheit offenkundig gut ausgebildeter Männer folgte geräuschlos wie böse Nachtgeister ihrem Herrn.

Oben auf der Treppe blieb Kathryn stehen. Was, wenn sie die Leute ein Stockwerk höher führte, dorthin, wo Richards Ritter ihr Quartier hatten?

Leider schien der Earl ihre plötzliche Anspannung zu spüren. Sein Atem streifte Kathryns Wange. „Schlagt es Euch aus dem Kopf, mich täuschen zu wollen, Madam. Ich könnte Euch mit einer einzigen Bewegung den Atem aus dem Leib pressen.“ Er unterstrich seine Drohung, indem er seinen Arm noch fester um sie legte.

Kathryn glaubte ihm aufs Wort. Sie biß die Zähne aufeinander und nickte kurz. „Richards Gemach befindet sich am Ende dieses Ganges.“

Als sie vor der Tür ihres Onkels standen, hielt Kathryn die innere Anspannung kaum noch aus. Die unmittelbare Nähe des Earls und dessen Hand an ihrem Körper raubten ihr beinahe die Fassung. Er schien auch das zu spüren, denn er hielt sie fest, als befürchtete er, daß sie gleich davonrennen würde. Dabei waren sie doch von seinen Männern umgeben, und es hätte ja ohnehin keinen Ort gegeben, an dem er sie nicht ausfindig gemacht hätte.

„Ist er dort drinnen?“ fragte er leise.

Sie nickte und wollte sich ihm sofort entziehen, doch das ließ er nicht zu, sondern riß die Tür auf und stieß Kathryn in das Gemach. Der Ritter, den er Hugh nannte, folgte ihnen mit einem Leuchtspan.

Im Raum war es jedoch gar nicht dunkel.

„Bei allen Teufeln! Wer wagt es, mich zu dieser Stunde zu stören?“ Eine fleischige Hand erschien zwischen den Bettvorhängen, um diese zur Seite zu schieben, doch jemand anders kam dem zuvor.

„Seid Ihr Richard of Ashbury?“

Mit vor Zorn rotem Gesicht sank Richard gegen die Bettpolster zurück. Neben ihm rührte sich eine weitere Gestalt. Helga setzte sich hoch, rieb sich die Augen und blinzelte verschlafen. Zu ihr sagte Guy de Marche nur drei Worte: „Hinaus mit dir!“

Helga brauchte ihn nur einmal kurz anzublicken; schon griff sie sich ihre Kleidungsstücke und floh. Nachdem sich die Tür hinter ihr geschlossen hatte, legte der Ritter namens Hugh den Riegel von innen vor.

„Ich frage noch einmal.“ Die Stimme des Earls klang trügerisch sanft. „Seid Ihr Richard of Ashbury?“

Richard öffnete den Mund und schloß ihn wieder. Die mörderische Wut im Blick des anderen Mannes war ihm nicht entgangen. Er nickte. „Und wer seid Ihr?“ fragte er. „Ich habe Euch nichts angetan, Sir, und dennoch dringt Ihr in meine Burg ein – ja, in mein eigenes Gemach!“

Guys edles Gesicht erstarrte. „Ich bin Guy de Marche, Earl of Sedgewick.“

Richard wurde bleich. Sein Blick flog zu seinem Schwert, das zusammen mit der übrigen Kampfausrüstung in einer Ecke an der Wand lehnte.

Der Earl legte die Hand sofort an sein Schwert, zog es indessen nicht blank. „Ihr würdet uns beiden einen Gefallen tun, wenn Ihr Euch Euer Schwert holtet“, meinte er. „Ich werde die

Sache rasch beenden."

Kathryn drückte sich zitternd an die Wand. Guy de Marche sah aus, als wollte er Richard in der Luft zerreißen. Gott wußte, daß sie sich nichts mehr wünschte, als ihren verhaßten Onkel loszuwerden, doch der Gesichtsausdruck des Earls erfüllte sie mit Angst und Entsetzen.

„Das dürft Ihr nicht!" erinnerte sie ihn. „Ihr habt versprochen, daß es kein Blutvergießen geben würde. Ihr habt es geschworen!"

Richard nahm sie anscheinend erst jetzt wahr. Sein Gesicht verzerrte sich vor Wut. „Du verräterische Hexe! Du hast den Mann hierher gebracht! Du hast dich mit ihm verschworen, um mich aus meiner eigenen Burg zu vertreiben! Verdammt sollst du sein! Dich und deine schwächliche Schwester werde ich an den Ohren . . ."

Guy trat vor. „Diese junge Dame hat sich keiner Untat schuldig gemacht, abgesehen davon, daß sie sich außerhalb der Burgmauern mit ihrem Liebhaber hat ertappen lassen . . ."

Richard traten fast die Augen aus dem Kopf. „Mit Ihrem Liebhaber!"

Trotzig hob Kathryn das Kinn. „Ich war mit Roderick zusammen, Onkel. Er und ich wollen heiraten."

„Heiraten! Wie kannst du dir erlauben . . ."

„Genug!" Die Stimme des Earls klang wie Donnerhall. „Ihr kommt vom Thema ab, Sir. Ihr solltet Euch besser mit Eurer eigenen Zwangslage befassen, statt Eure mißratene Nichte zu schelten."

Kathryn richtete sich hoch auf. Mißratene Nichte! Dieser Kerl verteidigte und schmähte sie in ein und demselben Atemzug! Sie vergaß ihren Ärger, als sie sah, daß der Earl ihren Onkel packte und aus dem Bett zog.

„Kleidet Euch an! Ich will, daß Ihr Euch mir wie ein Mann stellt, und Euch nicht im Bett verkriecht wie ein schwaches altes Weib."

Richard gehorchte eilig. „Ich wiederhole, Herr: Ich liege weder mit Euch noch mit den Euren im Streit."

„Wirklich nicht?" fragte Guy de Marche so seidenweich, daß es Kathryn einen Schauder über den Rücken jagte. „Daran hättet Ihr denken sollen, bevor Ihr vor zwei Wintern Ramsey Keep überfielt."

Grabesstille folgte seinen Worten. Kathryn hielt den Atem an. Guy de Marche wirkte wie ein Besessener. Es mußte um wesentlich mehr gehen, als nur um den Überfall auf die Ritterburg eines der Vasallen des Earls.

Als Richard wieder sprach, war seine Stimme kaum noch hörbar. „Ich wußte nicht, Herr, daß Ramsey Keep zu Eurem Besitz gehörte, das schwöre ich!"

„Erspart mir Eure Lügen. Es war Euch sehr wohl bekannt, daß das Land von mir gehalten wurde, genau wie Ihr wußtet, daß ich mich auf dem Kreuzzug befand. Ihr wußtet es, und dennoch habt Ihr angegriffen."

Er deutete auf Hugh. „Mein Statthalter auf Ramsey Keep, Sir Geoffrey, war Sir Hughs Schwager und mit dessen Schwester Claire verheiratet. Geoffrey wurde während Eures Überfalls ermordet . . . wie meine Gattin auch."

Richard gestikulierte vage.

„Leugnet es nicht!" brüllte der Earl ihn an. „Nur durch Gottes Gnade konnte die Kammermagd meiner Gattin mit meinem Sohn fliehen. Sie hat mir alles genau berichtet – auch daß Ihr den Befehl gegeben hattet, niemanden zu verschonen, nicht einmal Frauen oder Kinder."

Kathryn mußte die Augen schließen. Ihr wurde buchstäblich übel. Die Schlechtigkeit ihres Onkels kannte wahrhaftig keine Grenzen. Wehrlose Frauen und Kinder zu töten nur des Tötens wegen . . .!

Schweißperlen traten auf Richards Stirn. „Was wollt Ihr, Herr? Ich gebe Euch Ramsey Keep zurück. Ich werde Euch die Erträge zurückzahlen, die ich eingenommen habe . . ."

„Ein vollkommen überflüssiges Angebot", bemerkte der Earl gelassen. „Ramsey Keep untersteht mir längst wieder. Vor drei Tagen habe ich die Ritterburg wieder eingenommen. Meine Leute haben dafür gesorgt, daß ein gewisser Bote nicht vor mir bei Euch eintraf."

Seine Lippen verzogen sich zu einem grimmigen Lächeln. „Und Ashbury Keep wird in diesem Augenblick von meinen Kriegern überrannt. Der Sieg ist bereits mein. Denkt nicht, Ihr könntet noch Eure Mannen auf mich hetzen. Falls Ihr mir nicht glaubt, fragt Eure Nichte."

„Es ist wahr", sagte Kathryn tonlos. „Ashbury ist umzingelt. Der Earl of Sedgewick besitzt doppelt so viele Krieger wie Ihr, Onkel."

Richard sank auf die Knie. „Ich gebe Euch alles, was Ihr wollt – Silber, Edelsteine . . ."

Du hast meine Gattin ermordet, du dreckiger Bastard! dachte Guy voller Ingrimm, und das einzige, was ich will, ist dein Tod! Doch dieses Verlangen durfte er sich jetzt nicht erfüllen – und alles nur wegen eines verdammten Schwurs einer Frau gegenüber!

Er blickte zu ihr. Ihre grünen Augen wirkten unnatürlich groß in ihrem leichenblassen Gesicht. Wäre sie nicht Richards Nichte gewesen, würde er möglicherweise sogar Mitleid mit ihr gehabt haben.

Verdammt, fluchte er im stillen und schlug die rechte Faust in die linke Hand. Verdammt! Er wollte Richards Tod als Vergeltung für den Mord an Elaine; anders würde er innerlich nie zur Ruhe kommen. Nur hatte er diesem Mädchen sein Ehrenwort gegeben, und das durfte er nicht brechen, jedenfalls nicht hier auf Ashbury.

„Glaubt mir", sagte er kalt zu Richard, „nichts würde mir eine größere Freude bereiten, als Euch so zu berauben, wie Ihr mich beraubt habt, und Euch alles zu nehmen, was Euch lieb und teuer ist."

„Ich werde alles tun, was Ihr verlangt, Herr! Ich flehe Euch nur an – verschont mein Leben! Ich will noch nicht sterben. Bitte, Herr!"

Richard zitternd auf dem Boden vor sich liegen zu sehen, bereitete Guy keinerlei Triumph. Besaß der Elende denn keine Ehre und keinen Stolz?

„Eure Länder gehören mir bereits jetzt", erklärte er. „Sie wurden Euch unter König Stephens Herrschaft übereignet. Nachdem jetzt jedoch Heinrich II. den Thron bestiegen hat, ist Euch Euer Titel aberkannt worden."

Sir Hugh trat mit dem königlichen Erlaß vor. Benommen starrte Richard auf das Dokument.

Guy lächelte grimmig. „Es ist Heinrich bekannt, daß Ihr den Vasallen eines abwesenden Kreuzfahrers überfallen habt. Aus diesem Grund hat er bestimmt, daß Ashbury und Eure anderen Besitzungen an mich übergehen."

Kathryn hörte das mit Erschrecken. Ashbury in der Hand dieses Teufels! In ihrem Kopf drehte sich alles.

„Was nun Eure Bestrafung betrifft", wollte Guy fortfahren, doch Richard ließ ihn nicht ausreden.

„Heinrich hat mir meine Länder entzogen!" Er stand vom Boden auf. „Ist das nicht Strafe genug?"

Die Augen des Earls glitzerten wie blanker Stahl. „Nicht genug Strafe für Eure Untaten. Deshalb hat der König Euer Schicksal in meine Hände gelegt."

Geschlagen ließ Richard die Schultern sinken. „Und worin soll meine Bestrafung bestehen?"

„Das habe ich noch nicht entschieden", erklärte der Earl kalt. „Bis es soweit ist, werdet Ihr dieses Gemach nicht verlassen. Ihr mögt Euch damit trösten, daß Ihr Eure letzten Tage in angenehmer Umgebung, und nicht in einem Kerkerverlies verbringen werdet."

Guy drehte sich um und verließ den Raum. Hugh bedeutete Kathryn, zu folgen. Sie ging an ihrem Onkel vorbei, ohne ihn noch einmal anzublicken. Draußen im Gang, wo der Earl wartete, blieb sie stehen.

„Werdet Ihr auch einen Wachmann vor meiner Tür postieren?" erkundigte sie sich, und ihre Stimme klang bitter.

Irgendeine Regung zuckte über sein Gesicht, und Kathryn hatte fast den Eindruck, als hätte sie ihn gekränkt. Doch im nächsten Moment zeigte seine Miene wieder Eiseskälte. „Wenn Ihr mir keinen Anlaß dazu gebt, dann nicht", antwortete er. „Andernfalls werde ich nicht zögern, Euch zu Eurem Geliebten in den Kerker zu werfen."

Er wandte sich an seinen Freund. „Hugh, geleite die Dame zu ihrem Gemach. Danach treffen wir uns an der Stelle, wo wir hereingelangt sind."

Kathryn wußte nicht, worüber sie erzürnter war – über sein spöttisches Lächeln oder über die Tatsache, daß er sie offenbar nicht für eine Bedrohung hielt. Sie drehte sich um und begab sich auf den Weg zu ihrem Gemach. Sir Hugh gehorchte seinem Herrn und folgte ihr.

Als sie vor ihrem Gemach standen, hatte sich Kathryns Zorn schon ein wenig abgekühlt. Sie blickte zu Elizabeths Tür hinüber. „Ich muß meine Schwester wecken und ihr sagen, was geschehen ist."

Hugh berührte sie sanft an der Schulter. Ihm war klar, daß das alles ein furchtbarer Schlag für diese junge Frau sein mußte. Eigentlich hätte er sie hassen müssen – sie war schließlich von Richards Blut –, doch das gelang ihm nicht. An dem Verrat ihres Onkels war sie ja nicht beteiligt gewesen, und jetzt wirkte sie so geschlagen . . .

„Ich sehe Euch an, daß Ihr meinen Herrn für hart und grausam haltet", sagte er leise. „Glaubt mir . . ."

„Das ist es nicht", unterbrach sie ihn.

„Was dann?"

„Habt Ihr jemals Eure Heimstatt verloren, Sir Hugh? Euer Land?"

Hugh lächelte ein wenig schief. „Nein, denn ich habe noch nie das eine oder das andere besessen. Meinem Vater gehörte zwar ein kleiner Herrensitz in Sussex, doch ich bin nur der Drittgeborene. Den Herrensitz hat mein ältester Bruder geerbt." Er schaute zu der hohen Decke hinauf. „So herrlich wie diese Burg hier war Vaters Herrensitz auch nicht."

Kathryn senkte den Blick. „Elizabeth und ich wurden hier geboren, so wie unser Vater und dessen Vater vor ihm auch. Richard ist der uneheliche Halbbruder meines Vaters, doch er ist hier nicht aufgewachsen."

Sie seufzte. „Als Vater vor vier Jahren starb, ist Richard zu König Stephen gelaufen und hat Ashbury für sich beansprucht, obwohl es doch Elizabeth und mir zustand. Er hat sich nicht darum geschert. Ihn interessierten nur die Erträge, die das Land einbrachte. Kaum zwei Wochen war er hier, da hat er bereits unser Mitgift-Land verkauft."

Zu Kathryns Kummer traten ihr jetzt die Tränen in die Augen. „Als Richard herkam, empfand ich ihn als Eindringling, denn anders als Elizabeth und ich gehörte er nicht hierher. Mir war, als hätte ich alles verloren . . ." Sie schloß die Augen. „Und jetzt gehört Ashbury Eurem Herrn. Ich fürchte die Zukunft – nicht so sehr für mich, sondern für meine Schwester."

Etwas unbeholfen klopfte Hugh ihr auf die Schulter. „Ihr braucht Euch nicht zu fürchten, Madam. Mein Herr ist ein guter Mensch, das schwöre ich Euch."

Kathryn schlug die Augen auf. „Vielleicht wäre es am besten, wenn Elizabeth und ich unsere Truhen packten."

„Wohin wollt Ihr denn gehen?"

„Nicht weit von hier befindet sich ein Kloster . . ."

„Madam, Ihr vergeßt, daß der Earl mit Eurem Onkel im Streit liegt, und nicht mit Euch. Nein, ich will jetzt kein weiteres Wort hören. Guy ist keine herzlose Bestie, was immer Ihr auch von ihm denken mögt."

Dieser Ritter ist so ganz anders als sein Herr, dachte Kathryn. Er ist so sanft und freundlich . . . Seufzend öffnete sie die Tür zum Gemach ihrer Schwester und blickte hinein.

Elizabeth kam ihr entgegengelaufen. „Kathryn! Dir ist nichts geschehen! Ich habe mich ja so gefürchtet, als ich in deinem Gemach nachschaute und du noch immer fort warst. Ich konnte nicht einschlafen, und dann habe ich so merkwürdige Geräusche gehört . . ."

Kathryn faßte ihre Schwester bei den Händen, setzte sich mit ihr auf die Bettkante und berichtete ihr stockend, was sich zugetragen hatte. Seltsamerweise schien Elizabeth gar nicht erschüttert zu sein.

„Weshalb siehst du denn so erleichtert aus?" fragte Kathryn erstaunt.

„Verstehst du denn nicht? Unser Onkel ist ein böser, böser Mensch. Zweifellos wird der Earl für ihn eine Bestrafung beschließen, die schnell und hart ist." Elizabeth lächelte. „Wir sind von Richard befreit, Schwester! Wir haben, was du immer wolltest. Wir sind ihn los!"

„Wir haben durchaus nicht, was wir wollten!" rief Kathryn wütend. „Wir haben Ashbury nicht! Und ich habe Guy de Marche dabei geholfen, es uns aus den Händen zu reißen." Jetzt werden wir zwar nicht mehr von unserem Onkel beherrscht; dafür sind wir der Gnade des Earls of Sedgewick ausgeliefert, dachte Kathryn verzweifelt.

Sie erkannte, daß ihr eigenes Leben noch immer nicht ihr selbst gehörte, und es würde wohl immer so bleiben. Zu ihrem Entsetzen rollten ihr jetzt auch noch die Tränen über die Wangen, und diesmal war sie es, die in den Armen ihrer Schwester Trost suchte. Sie weinte vor Wut, sie weinte vor Schmerz. Sie weinte um alles, was sie verloren hatte, und um alles, was ihr niemals gehören würde.

Nebelschwaden zogen zur Mittagsstunde um die Wehrtürme. Der Himmel war eintönig grau; die Sonne verbarg sich hinter einer dicken Wolkenschicht.

Guy wandte sich von dem schmalen Fenster ab und rieb sich leise fluchend sein Knie. Das trübe Wetter spiegelte genau seine Stimmung wider, und im naßkalten Klima Cornwalls schmerzten ihn sämtliche alten Verletzungen.

Er war müde, müde des Kriegs und müde des Kriegs im Krieg. Er sehnte sich nach Sedgewick und nach seinem Sohn.

Hugh stieß die Tür zum Amtsgemach auf. „Was, Ihr seid noch immer düsterer Stimmung? Nie habt Ihr einen Sieg leichter errungen. Richards Ritter befinden sich im Verlies, und sie werden Euch zweifellos den Treueeid leisten, wenn sie erkennen, daß Richards Herrschaft hier beendet ist. Und wir haben keinen einzigen Mann verloren!“

Die Miene seines Herrn und Freundes hellte sich nicht auf. Hugh seufzte. „Ihr denkt über Richard nach, nicht wahr?“ Er legte Guy die Hand auf die Schulter. „Ashbury gehört jetzt Euch, Guy. Habt Ihr nicht gestern nacht Richards Gesicht gesehen als Ihr ihm mitteiltet, daß König Heinrich Euch Ashbury zugesprochen hat? Ihr habt den Mann geschlagen und gebrochen. Werft ihn für den Rest seines Lebens in den Kerker und laßt die Vergangenheit vergangen sein.“

Guy schloß die Augen. Noch immer konnte er Gerdas Worte hören: „Sie haben kein Erbarmen gezeigt, Herr. Sie kannten keine Gnade.“

Er ballte die Fäuste. „Der Mann lebt noch, Hugh, und Elaine mußte sterben!“ Er schüttelte den Kopf, und als er die Augen wieder öffnete, stand der Schmerz in ihnen geschrieben. „Das Geschehene durch Richards Tod zu rächen, das war das einzige, was mich während der vergangenen zwei Jahre vorangetrieben hat. Das und der Gedanke an meinen Sohn."

Hugh betrachtete ihn sinnend. „Man muß auch an Lady Kathryn denken", meinte er dann. „Wie ich erfuhr, hat sie noch eine Schwester . . ."

Guy schnaubte. „Am vernünftigsten wäre es, die Lady zusammen mit ihrem Onkel ins Verlies zu werfen."

Hugh lächelte. „Wäre sie nicht gewesen, hättet Ihr Ashbury nicht so leicht eingenommen."

„Ihretwegen hätte ich beinahe einen unschuldigen Mann umgebracht! Und ich hege keinen größeren Wunsch als den, Richard of Ashbury zu erwürgen, doch ihretwegen darf ich nicht Hand an ihn legen."

„Jedenfalls habe ich ihr versichert, daß Ihr ein gerechter Herr seid, und nicht daran dächtet, sie aus ihrer Heimstatt zu vertreiben."

„Was? Mann Gottes, ist sie eine Hexe, die dich in den Bann geschlagen hat? Oder woran liegt es, daß du so bereitwillig nach ihrer Pfeife tanzt?"

„Sie bringt nicht die geringste Liebe für ihren Onkel auf, Guy. Nicht wegen des Schattens auf seinem Namen, sondern wegen der Art, wie er sie und ihre Schwester behandelt hat. König Stephen hat ihm Ashbury zugesprochen, nachdem ihre Eltern tot waren, doch sie meint, es hätte ihr Erbe sein müssen. Richard hat das ganze Land verkauft, das den Mädchen als Mitgift zugestanden hätte."

„Hat sie dir das erzählt?"

„Ja."

„Und du glaubst das?"

„Glaubt Ihr es nicht?"

Guy rieb sich das Kinn. Im ersten Moment hatte er tatsächlich kein Wort davon glauben wollen, doch wenn er Richards betrügerischen Charakter bedachte, war es durchaus denkbar, daß die Frau die Wahrheit gesprochen hatte. Dennoch mußte sie unter Beobachtung bleiben; sein Instinkt sagte ihm, daß sie gefährlich sein könnte.

Hugh seufzte. „Ihr dürft die beiden Mädchen nicht aus ihrer Heimstatt werfen, Guy. Lady Kathryn war gestern nacht in ihrer Verzweiflung sogar bereit, auf der Stelle in ein Kloster zu fliehen."

Guy lachte laut. „In ein Kloster! Das ist ja wohl der größte Scherz! Hast du vergessen, in welcher Situation wir sie gefunden haben?" Er wurde wieder nüchtern. „Sie scheint dich ja tatsächlich gut in der Hand zu haben. Wahrscheinlich weiß sie genau, wie man sich einen Mann gefügig macht."

Diese Andeutung wies Hugh nachdrücklich zurück, und bald redeten die beiden Männer von etwas anderem. Guys Gedanken kehrten indessen immer wieder zu Richard of Ashbury und Hughs Bitte zurück, den Rachefeldzug zu beenden.

Nein, so ohne weiteres wollte er nicht auf Vergeltung verzichten. Töten durfte er Richard nicht – jedenfalls jetzt noch nicht. Es mußte andere Möglichkeiten geben.

Die Vorstellung, daß Richard gegenwärtig angstschlotternd um sein Leben bangte, besänftigte Guy ein wenig – jedenfalls für den Augenblick.

## 3. KAPITEL

Richard fürchtete tatsächlich um sein Leben, doch er verbrachte seine Zeit nicht damit, vor Angst zu schlottern, vielmehr damit, sich üble Wege auszudenken, wie er seine Haut zu retten vermochte.

Händereibend saß er in seinem hochlehnigen Sessel, und als Helga in sein Gemach kam, um ihm das Morgenmahl zu bringen, trug er ihr auf, seine Nichte Kathryn so bald wie möglich herzurufen.

Es wurde Abend, bevor sich das elende Mädchen zum Erscheinen bequemte, doch da Richard so zufrieden mit sich selbst war, beschloß er, seiner Nichte die Verzögerung nachzusehen.

„Ihr habt nach mir geschickt, Onkel?"

Hoch aufgerichtet und stolz stand sie vor ihm. Zweifellos freute es sie ungemein, ihn als Gefangenen in seiner eigenen Burg zu sehen.

Mit seinen fleischigen Fingern trommelte er auf die Sessellehne. „Ich habe eine Aufgabe für dich, Mädchen."

„So?" fragte sie hochmütig.

Am liebsten hätte Richard ihr dieses beleidigende Grinsen von den Lippen geschlagen, doch er beherrschte sich. „Jawohl." Er winkte sie näher heran. „Komm her. Ich will nicht, daß der Wachmann vor der Tür hört, was ich dir zu sagen habe."

Kathryn trat einen Schritt näher. „Diese Aufgabe – hat sie etwas mit dem Earl of Sedgewick zu tun?"

„In der Tat." Richards Augen glänzten.

Kathryn und Elizabeth hatten den größten Teil des Tages im Frauengemach verbracht! Beiden widerstrebte es nämlich, sich frei in der Burg umherzubewegen, wenn so viele fremde Männer hier herumliefen.

Am Morgen hatten sie den Earl von der Galerie der großen Halle aus beobachtet, während er der staunenden Dienerschaft mitteilte, daß diese Burg fortan ihm unterstand. Später hatte Kathryn ihn mit dem Haushofmeister im Hof stehen und reden sehen.

Guy de Marche hat tatsächlich das Kommando hier übernommen, hatte sie voll Bitterkeit gedacht, das Gesinde geht seiner Arbeit nach, als wäre nichts geschehen, der Schmied hämmert weiterhin Hufeisen, die Pferdeknechte reinigen die Ställe und versorgen die Tiere; es ist ein Tag wie jeder andere, wenn man davon absieht, daß Richards Ritter im Verlies hocken.

Kathryn strich sich die Falten ihrer Haube glatt. „Wenn die Aufgabe den Earl betrifft, dann will ich nichts damit zu tun haben."

„Hör mich doch erst einmal an, Mädchen. Ich will, daß du ihn tötest."

Kathryn meinte nicht recht gehört zu haben. Gewiß, sie zürnte dem Earl, und sie mochte gar nicht daran denken, daß er nun Herr über Ashbury war, doch seinen Tod wollte sie auch wieder nicht.

„Das ist doch nicht Euer Ernst", sagte sie leise.

Richard sprang auf. „Noch nie in meinem ganzen Leben habe ich etwas so ernst gemeint."

Kathryn drehte sich um und wollte das Gemach verlassen. Sie hatte fast schon den Flur erreicht, als Richard sie am Arm packte und wieder herumriß. Er zog sie durch den Raum und stieß sie in seinen Sessel.

Sie sprang sofort wieder auf. „Nein!" Ihr Blick war wild. „Ich sage, das tue ich nicht!"

Richard drückte sie in den Sessel zurück und preßte ihr die Hand über den Mund. „Und ich sage, du tust es!" zischte er. „Bei Gott, Mädchen, ohne dich wäre ich hier nicht eingesperrt! Und jetzt höre mir gut zu. Ich weiß, daß du noch immer den Dolch deiner Mutter besitzt. Guy de Marche ist ein sehr starker Mann. Höchstwahrscheinlich kannst du nur ein einziges Mal zustechen, also ziele aufs Herz."

Kathryn drückte sich tief in den Sessel. „Ich kann nicht!" rief sie entsetzt.

Richards Hand dämpfte ihre Worte natürlich, doch er verstand sie trotzdem. „Du kannst!" knirschte er. „Du bist schließlich nicht so eine mut- und kraftlose Kreatur wie deine schwachsinnige Schwester. Du brauchst dich nur genau zu vergewissern, daß er allein und niemand in der Nähe ist. Es sei denn, du willst unbedingt gefangen werden", fügte er spöttisch hinzu.

Kathryn schnappte nach Luft, als Richard endlich die Hand von ihrem Mund nahm. „Ihr habt mir nichts mehr zu befehlen", keuchte sie. „Ihr seid der Gefangene des Earls."

„Gegenwärtig ja. Doch schon in diesem Moment planen meine Ritter einen Fluchtweg für mich."

„Eure Ritter sind im Verlies eingekerkert."

„Nicht mehr lange. Täusche dich nicht, Mädchen – ihre Befreiung ist leicht zu erreichen. Dazu gibt es eine ganze Reihe von Methoden."

Er lachte grausam. „Falls Helga beispielsweise dem richtigen Wachmann ihre Gunst schenkt, könnte das eine oder andere Schloß ‚versehentlich' offenbleiben, oder sie bemächtigt sich selbst der Schlüssel."

Kathryn hatte das Gefühl, als wehte ein kalter Windzug durch ihr Herz. „Ihr vergeßt, daß der König Ashbury mitsamt dem Titel anderweitig vergeben hat. Ihr riskiert Heinrichs Zorn, wenn Ihr Euch widersetzt."

„Pah! Heinrich II. ist auch nicht anders als Stephen. Er wird seine Truhen nur zu gern mit dem Silber füllen wollen, das ich ihm überlassen werde, sobald ich frei bin. Guy de Marche steht mir als einziger im Weg. Fällt er, werden sich seine Männer zurückziehen."

„Ich werde es dennoch nicht tun", erklärte Kathryn tapfer. „Ihr könnt mich nicht dazu zwingen."

Richards grobe Gesichtszüge wurden immer unheilvoller. Kathryn befürchtete schon, er wollte sie schlagen, und stellte sich innerlich darauf ein. Plötzlich jedoch grinste er verschlagen. „Du meinst, das kann ich nicht?" Er stützte die Hände rechts und links auf die Armlehnen des Sessels und hielt Kathryn auf diese Weise gefangen.

„Falls du den Earl nicht tötest, werde ich nach meiner Befreiung dafür sorgen, daß deine Schwester meinen Rittern überlassen wird. Verstehe mich richtig – nicht einem allein, sondern allen."

Kathryns Gedanken überschlugen sich. Was, wenn er Erfolg hatte? Falls er tatsächlich seine Freiheit zurückerlangen sollte, würde er genau das tun, was er angedroht hatte. Daran zweifelte sie nicht. Und die arme Elizabeth hatte doch solche Angst vor Männern! Sie ertrug ja nicht einmal den Gedanken an eine sanfte Berührung durch einen Mann. Was Richard mit ihr vorhatte, würde sie umbringen.

Der Mut verließ Kathryn. „Die Leute des Earls sind überall in dieser Burg . . ."

„Sie werden doch sicherlich nicht mit ihm zusammen im Bett schlafen, oder? Und du bist nur ein Mädchen und wirst keinen Argwohn erregen."

Kathryn erschrak zutiefst. Sie mußte ihre Hände falten, damit sie nicht so zitterten. „Ihr deutet damit doch nicht etwa an, daß ich . . ." Sie brachte es nicht über sich, das Schreckliche auszusprechen.

„Daß du dich von diesem Hund bespringen läßt?" fragte er brutal. „Falls das zu seiner Ermordung nötig sein sollte, dann sei es so." Sein Lachen trieb Kathryn einen Schauder über den Rücken. „Es wäre doch einfach, ihm in der Hitze der Leidenschaft einen Dolch in die Brust zu jagen."

Kathryn durchlief es heiß und kalt. Sie mußte daran denken, wie Guy de Marche ihren Körper abgesucht hatte. Wieder fühlte sie seine Finger über ihre Haut gleiten. Das war schon schlimm genug gewesen, doch es war sicherlich überhaupt nichts gegen die Intimitäten, die sich zwischen einem Mann und einer Frau abspielten.

Das Entsetzen war ihr wohl anzusehen, denn ihr Onkel lachte verächtlich. „Du willst mir doch nicht etwa weismachen, du verstündest nichts von Männern, und trotzdem willst du Roderick heiraten? Deine gespielte Unschuld nützt dir nichts. Roderick ist nicht der Mann, der sich lange hinhalten ließe."

Kathryn errötete. Sie dachte an das ungeduldige Verlangen, das sie ihm in seinen Armen angemerkt hatte.

„Vielleicht fühlst du dich ja verpflichtet, ihm treu zu sein?" Richard lächelte hämisch. „Schlag dir das aus dem Kopf, Mädchen. Das Schwert des einen Mannes ist nicht anders als das aller anderen."

Sie verging fast vor Scham. „Der Earl leidet mich nicht."

„Ha! Ein Grund mehr für ihn, dich in sein Bett zu nehmen. Er muß dich nicht leiden, um dich zu begehren. Hast du das noch nicht begriffen?"

Er betrachtete sie von Kopf bis Fuß. „Mit deinem dichten dunklen Haar und deiner milchweißen Haut bist du ein recht ansehnliches Geschöpf. Möglicherweise ein wenig zu dünn für den Geschmack einiger Männer, doch das schadet nichts. Und daß du so eiskalt bist, wird einen Mann um so heißer für dich entbrennen lassen."

Kathryn rang die Hände im Schoß. Bei dem Earl zu liegen ... unvorstellbar! Sie hatte doch seinen haßerfüllten Blick gesehen. Guy de Marche würde so sein wie ihr Onkel. Es würde ihm Freude bereiten, ihr weh zu tun.

Richard zog sie aus dem Sessel hoch und gab ihr einen Stoß. „Und jetzt fort mit dir. Mir ist es gleichgültig, ob du für ihn die Hure spielst oder nicht. Wie du es anstellst, kümmert mich nicht, solange du die Aufgabe nur ausführst."

Benommen wankte sie zur Tür.

„Kathryn!"

Sie drehte sich halb um.

„Ich will, daß du den Mann noch heute nacht umbringst", drohte er. „Falls nicht, dann dürfte es deiner Schwester übel ergehen."

Von Richards Lachen verfolgt, floh Kathryn aus dem Raum.

Die Zuflucht, die Kathryn in ihrem Gemach gesucht hatte, war ihr nicht vergönnt.

Kaum hatte sie sich eingeschlossen, da klopfte auch schon jemand an die Tür. Als sie öffnete, sah sie einen Ritter des Earls vor sich.

„Herrin, Sir Hugh bittet untertänigst um Eure Gegenwart – und auch um die Eurer Schwester – in der großen Halle zum Nachtmahl, wenn es Euch beliebt."

Kathryn atmete auf, doch ihre Erleichterung war von kurzer Dauer; wenn Sir Hugh sich in der großen Halle befand, dann würde Guy de Marche ebenfalls dort anwesend sein. Ihr graute davor, ihn wiederzusehen, obwohl sie wußte, daß dieser Augenblick ja einmal kommen mußte. „Ich will, daß du den Mann noch heute nacht umbringst", hatte ihr Onkel gesagt . . .

Eine eigenartige Benommenheit befiel sie. „Richtet Sir Hugh bitte aus, daß meine Schwester und ich so bald wie möglich hinunterkommen."

Elizabeth sträubte sich, während es Kathryn widerstrebte, allein in die große Halle zu gehen. Am Ende gelang es ihr doch, ihre Schwester zu überreden. Rasch wuschen sie sich und wechselten ihre Gewänder.

In der großen Halle eilten fleißige Bedienstete hin und her und stellten Platten mit Brot und Braten auf drei lange Bocktafeln. Die Stimmen fröhlich lachender und lärmender Männer waren zu hören. Elizabeths Schritt stockte, und Kathryn mußte sie vorwärtsziehen.

Sir Hugh stand vor dem riesigen Kamin. Er war mit einer feinen braunen Samttunika bekleidet. Kathryn war es peinlich, daß sie nur dieses dünne, losefallende Wollgewand trug. Dabei handelte es sich noch um eines ihrer besten, und sie hatte es angezogen, weil sie hoffte, die rote Farbe würde ihr etwas Mut verleihen. Leider war es an verschiedenen Stellen schon ein paarmal geflickt. Sie blickte ihre Schwester an; Elizabeth sah genauso unglücklich aus.

Sir Hugh entdeckte die beiden jungen Damen in dem Moment, als sie die unterste Treppenstufe erreicht hatten. Ihm schien an ihnen nichts Besonderes aufzufallen. Freudestrahlend kam er heran. „Lady Kathryn", grüßte er.

„Sir Hugh." Sie lächelte ein wenig.

Er beugte sich über ihre Hand und wandte sich dann an Elizabeth. „Und diese reizende Dame ist Eure Schwester?"

„Ja", antwortete Kathryn, während Elizabeth mit niedergeschlagenen Augen einen kleinen Knicks vollführte. „Dies ist meine Schwester Elizabeth."

„Ich bin Sir Hugh Bainbridge." Freundlich nahm er Elizabeths kleine, kalte Hand zwischen seine beiden. Elizabeth erschrak, riß ihre Hand indessen nicht zurück, wie Kathryn es erwartet hatte.

Hugh blickte lächelnd zwischen den beiden hin und her. „Ich muß gestehen, ich weiß nicht, wer von Euch beiden die jüngere und die schönere ist."

Kathryn lächelte. „Ich bin ein Jahr älter als Elizabeth." Sie machte eine kleine Pause. „Ich hoffe, wir haben Euch nicht warten lassen, Sir."

„Nein, durchaus nicht." Sir Hugh führte die beiden Schwestern zu dem Herrentisch auf der Estrade am anderen Ende der großen Halle.

Unwillkürlich schweifte Kathryns Blick auf der Suche nach dem Earl durch den Saal, doch der große, dunkelhaarige Mann war nirgends zu entdecken. Sie war hin- und hergerissen zwischen größter Erleichterung und hilfloser Verzweiflung. Wie sollte sie den Auftrag ihres Onkels ausführen, wenn Guy de Marche nicht anwesend war?

„Der Earl leistet uns keine Gesellschaft?" erkundigte sie sich, während Sir Hugh ihr und ihrer Schwester die Sessel zurechtrückte.

Er schüttelte den Kopf. „Nein, er ist mit dem Verwalter ausgeritten, um mit einigen der Pächter zu reden."

Der siegreiche Held will also als erstes seine neue Domäne inspizieren und ihren Wert abschätzen, dachte Kathryn voller Verachtung.

Unterdessen legten Küchenmägde vor den Speisenden dicke Brotscheiben aus, auf die die Bratenstücke gehäuft wurden. Außerdem gab es mit Ingwer gewürzten Hering, weiteres Brot und zum Nachtisch Honig- und Nußküchlein.

Kathryn verspürte nur wenig Appetit, obwohl der Abend keine solche Prüfung war, wie sie es erwartet hatte. Sir Hugh war geistreich und bezaubernd. Elizabeth konnte ihre Scheu vor so vielen sie umgebenden Männern nicht unterdrücken und war sehr schweigsam. Sie lächelte allerdings einige Male über etwas, das Sir Hugh sagte.

Zu einer anderen Zeit hätte Kathryn das Mahl sogar sehr erfreulich gefunden, doch jetzt hing der drohende Schatten der kommenden Nacht über ihrem Haupt. Immer wieder hörte sie die Stimme ihres Onkels: „Schon in diesem Moment planen meine Ritter einen Fluchtweg für mich."

Sie hoffte inständig, daß Richard sich täuschte. Könnte sie doch nur sicher sein, daß er nicht entkam, bevor Guy de Marche das Urteil über ihn verhängt hatte! Dann brauchte dieses schreckliche Lügenspiel gar nicht gespielt zu werden.

Leider vergingen die Stunden viel zu schnell. Bevor Kathryn es sich versah, war es Zeit, sich zurückzuziehen. Sir Hugh erhob sich und bestand darauf, die beiden Damen zu ihren Gemächern zu geleiten. Auf halbem Weg durch die große Halle wurde er von einem anderen Ritter aufgehalten. Sir Hugh versicherte, es würde nur einen kurzen Moment dauern, und so gingen die beiden Schwestern langsam weiter, um am Fuß der Treppe auf ihn zu warten.

Eine kleine Gruppe von Männern war gerade erst in die Halle eingetreten. Sie mußten um Kathryn und Elizabeth herumgehen, um an ihre Plätze zu gelangen. Im Vorbeigehen warf einer von ihnen begehrliche Blicke auf die beiden.

„Das wäre doch einmal eine Art, einen Mann in kalter Nacht zu wärmen", meinte er an seine Gefährten gewandt. „Eine auf jeder Seite! Was meint Ihr dazu, Kameraden? Sollen wir um sie würfeln? Wir haben schließlich unseren Anteil an der Kriegsbeute noch nicht bekommen."

Elizabeth wurde leichenblaß. Kathryn wirbelte zu dem unverschämten Kerl herum. Sie hatte schon eine scharfe Zurückweisung auf den Lippen, kam indessen nicht mehr dazu, sie auch auszusprechen.

„Hier wird nicht geplündert. Auf dieser Burg wird keinerlei Beute gemacht. Habe ich mich klar genug ausgedrückt, meine Herren?"

Ohne sich umzudrehen, wußte Kathryn sofort, wer hinter ihr stand. Diese erschreckend kalte Stimme würde sie so bald nicht mehr vergessen. Der Earl of Sedgewick verfügte über eine geradezu unheimliche Macht. Er hatte es nicht nötig, Gewalt anzuwenden; er brauchte nur seine Stimme und seinen Blick, um zu strafen und zu züchtigen.

Innerlich gefror Kathryn zu Eis. Wie gütig, dachte sie. Wie nobel. Ashbury sollte nicht geplündert und ausgeraubt werden.

Dabei war Guy de Marche auch nicht besser als ihr Onkel. Er selbst raubte doch alles, was ihr und Elizabeth gehörte! Doch so war das Leben nun einmal, und die Methoden der Männer kannte man ja.

„Herr." Kathryn hob ihr Kinn und blickte den Earl kühl an. Sie knickste weder, noch reichte sie ihm die Hand. Sie wollte sich keinesfalls vor ihm erniedrigen.

Sein Blick war unterdessen zu Elizabeth gegangen, die noch immer sichtlich erschüttert war. Sie hatte viel zu große Furcht, um fortzulaufen und vor den Männern zu flüchten – oder vor dem Earl.

Kathryn legte ihr beschützend einen Arm um die Schultern. „Ihr kennt meine Schwester noch nicht. Elizabeth – Guy de Marche, Earl of Sedgewick."

„Es freut mich sehr, Eure Bekanntschaft zu machen, Lady Elizabeth." Er deutete eine Verbeugung an und lächelte beinahe herzlich.

Wieder einmal packte Kathryn die Wut. Warum spielte Guy de Marche ihnen den edlen Ritter vor? Weshalb hatte Sir Hugh das ebenfalls getan? Die beiden waren doch die großen Helden, während sie und ihre Schwester die Unterlegenen waren. Nun ja, es hätte auch weit übler kommen können, gestand sie sich im stillen ein. Der Earl hätte sie versklaven oder – noch schlimmer – seinen Männern überlassen können.

Nicht zum erstenmal fragte sich Kathryn, was er wohl mit ihnen vorhatte. Doch was spielte das noch für eine Rolle? Bald würde er ja tot sein.

In diesem Augenblick entdeckte Kathryn Roderick und einige der anderen Ritter aus dem Gefolge ihres Onkels. Heilige Mutter Gottes! Hatten diese Männer tatsächlich einen Weg gefunden, Richard zu befreien?

Sie merkte, daß der Earl ihrem Blick gefolgt war. „Ist es nicht gefährlich, die Leute meines Onkels hier frei herumlaufen zu lassen?"

„Euer Liebha ..." Mit einem Blick auf Elizabeth unterbrach er sich mitten im Wort. „Euer Verlobter", sprach er dann weiter, „und einige andere Männer haben mich durch ihren Treueeid als ihren neuen Herrn anerkannt."

Sein verächtlicher Ton konnte ihr nicht entgehen. „Ihr seid ja sehr vertrauensselig, die Leute so schnell zu befreien", bemerkte sie.

Er richtete seine eigenartig silbrigen Augen auf ihr Gesicht. „Ohne Vertrauen keine Aufrichtigkeit", erwiderte er leise. „Und als oberster Gefolgsmann Eures Onkels besitzt Sir Roderick einen gewissen Einfluß auf die anderen Ritter. Seid im übrigen versichert, daß diese Männer bewacht werden, wenn es auch nicht so aussehen mag."

Er lächelte spöttisch. „Zählt nur nicht darauf, daß alle Leute Eures Onkels so schnell wieder freigelassen werden. Zu gegebener Zeit werden sie vor die Wahl gestellt werden, ob sie mich wie die anderen als ihren neuen Herrn anerkennen wollen oder nicht."

„Und wenn nicht?"

Er zuckte die Schultern. „Dann wird es ihnen leid tun", antwortete er schlicht und einfach.

Besitzt der Mann denn gar kein Herz, kein Mitgefühl? fragte sie sich wütend. Ist er denn wirklich so gnadenlos und grausam wie unser Onkel?

Er hat Roderick verschont, mahnte sie eine innere Stimme. Er hat dich und deine Schwester verschont!

„Kathryn, ich bin müde", flüsterte Elizabeth. „Wir wollen uns zurückziehen."

Jetzt gesellte sich endlich auch Sir Hugh wieder zu ihnen. Er schlug seinem Herrn und Freund leicht auf die Schulter. „Guy, Euch ist ein wirklich unterhaltsamer Abend entgangen", erklärte er.

Der Earl blickte zwischen den beiden Schwestern hin und her. Kathryn lächelte, als wäre sie ganz Hughs Meinung. Elizabeth dagegen hielt den Kopf gesenkt. Wie unterschiedlich die beiden doch sind, dachte Guy. Die eine war so dunkelhaarig, wie die andere hellblond war. Kathryn war wie Sturm und Feuer, Elizabeth wie ein sanfter Sommerregen.

„Ich wollte die beiden Damen gerade zu ihren Gemächern geleiten", sagte Hugh. „Danach wollte ich noch auf einen Krug Bier hierher zurückkehren. Wollt Ihr mir nicht dabei Gesellschaft leisten?"

Guy, dem erst jetzt bewußt wurde, wie hundemüde er war, schüttelte den Kopf. „Lieber nicht. Ich möchte in meinem Gemach zur Nacht speisen und mich dann zur Ruhe begeben."

Er verbeugte sich leicht vor den Frauen. „Ich wünsche Euch eine gute Nacht, meine Damen."

Ein wenig später tat Hugh oben im Flur das gleiche, hob sich dabei jedoch die Hände der beiden nacheinander an die Lippen. Zu ihrer Verblüffung sah Kathryn, daß Elizabeth ihm noch lange auf seinem Weg zur Halle zurück nachschaute.

„Er ist so ganz anders als erwartet", bemerkte sie leise und nachdenklich.

„Was?" fragte Kathryn gereizt. „Der Earl?"

Ihre Schwester schüttelte den Kopf. „Sir Hugh." Sie suchte nach den passenden Worten. „Er war sanft, freundlich und ungemein . . . ritterlich."

Fast hätte Kathryn überglücklich aufgelacht. Noch niemals hatte sie ihre Schwester solche Worte zur Beschreibung eines Mannes benutzen hören. „Das stimmt", bestätigte sie leise. „Trotzdem ist er ein Ritter des Earls. Und wir dürfen nicht vergessen, weshalb er sich hier befindet."

„Sprich nicht so von dem Earl." Elizabeth erschauderte. „Dieser Mensch macht mir wirklich angst. Er hat so merkwürdige Augen, fast wie . . . aus Kristall. Und als er mich anschaute, dachte ich, er blickte direkt in mich hinein." Bei der Erinnerung daran fröstelte sie.

Das tut er tatsächlich, dachte Kathryn. Ihr stand wahrhaftig nicht der Sinn danach, ihn heute noch einmal wiederzusehen, doch Elizabeth hatte sie unabsichtlich daran erinnert, daß es sein mußte.

Sie beugte sich vor und küßte ihre Schwester auf die Wange. „Du siehst müde aus, Elizabeth. Ich werde dir jetzt dein Haar bürsten und dich dann zu Bett bringen."

So geschah es. Eine Weile später verließ Kathryn das Gemach ihrer Schwester wieder und ging den Flur entlang.

Der Earl of Sedgewick hatte in einem Raum Quartier genommen, von dem aus man das Wachhaus beobachten konnte. Kathryn näherte sich dem Gemach mit der Begeisterung eines Menschen, der seinem Henker entgegenschritt.

Glücklicherweise befand sich niemand auf dem Gang, der sie hätte sehen können, als sie vor der Tür stehenblieb. Sie staunte, wie fest und sicher ihr Klopfen klang, obschon sie doch innerlich bebte.

Die Tür wurde geöffnet. Kühn und unnachahmlich arrogant stand der Earl da und blickte ihr entgegen, als hätte er sie erwartet. Mit diesen Kristallaugen konnte er doch nicht etwa wirklich in sie hineinsehen?

„Herr, ich möchte mit Euch reden", sagte sie rasch, bevor der Mut sie noch verließ.

Fragend zog er die Augenbrauen hoch, äußerte jedoch nichts, sondern öffnete nur die Tür weiter.

Kathryn trat ein. Zahlreiche Kerzen beleuchteten den Raum hell. Im Kamin loderte ein knisterndes Feuer und spendete wohlige Wärme. Dennoch lief es ihr eiskalt über den Rücken, als sich die schwere Eichentür hinter ihr schloß.

„Ihr überrascht mich, Lady Kathryn. Ich hätte nicht erwartet, daß Ihr mich aus welchem Grund auch immer aufsuchen würdet. Eure Schwester ist meinem Blick ausgewichen, als fürchtete sie, davon die Pest zu bekommen. Denkt Ihr nicht ebenfalls so?"

Sein Sarkasmus war ihr nur recht, denn er vertrieb ihre Furcht und ihre Unentschlossenheit. „Elizabeth fühlt sich nicht wohl in Gegenwart so vieler bewaffneter Männer", erklärte sie mit kalter Gelassenheit.

„Ja, dagegen kann man leider nichts machen", versetzte er ebenso kalt.

„Des weiteren ist es ihr unbehaglich, daß sie nicht weiß, welches unsere Position in diesem Haushalt ist, nachdem Ihr jetzt hier der Herr seid. Und das ist der Grund meines Kommens. Ich wünsche Eure Pläne zu erfahren, soweit sie mich und meine Schwester betreffen."

‚Ich wünsche Eure Pläne zu erfahren', sagte sie, dachte Guy. Sie bittet nicht etwa, sie fragt nicht, sondern sie verlangt, als sei das ihr gutes Recht.

„Darüber habe ich noch nicht viel nachgedacht", antwortete er gereizt.

Sie senkte den Blick, und die Andeutung eines Lächelns erschien auf ihren Lippen. „Ihr könnt uns befehlen, edler Earl. Als neuer Herr könnt Ihr über uns verfügen. Ich bin darauf gefaßt, als Sklavin, Dienerin oder Scheuermagd verwendet zu werden. Ich bin auf alles vorbereitet. Ich bitte Euch nur, nicht allzu hart zu Elizabeth zu sein. Anders als ich, ist sie sehr zart und zerbrechlich."

Guy war verärgert und beeindruckt zugleich. Diese Person war kalt, verführerisch und widersetzlich. Sie gab sich so, als wäre sie die untertänigste aller Frauen; trotzdem spürte er den starken Kampfgeist in ihr, und das stellte eine Herausforderung für ihn dar.

„Eure Bedenken sind vollkommen unnötig", erklärte er schroff. „Ihr und Eure Schwester mögt auf Ashbury Keep verbleiben, und Eure Position hier wird nicht anders sein, als sie es vor meinem Erscheinen war."

Dafür hätte Kathryn ihm danken sollen, doch das brachte sie nicht über sich. Sie betrachtete ihn verstohlen, als er sich halb umdrehte und Wein in einen Silberkelch goß.

Der Earl hatte sein Lederwams abgelegt und trug nun eine leichte Leinentunika. Sein dunkles Haar war zerzaust, als hätte er es sich immer wieder gerauft. Er wirkte müde; leichte Fältchen zogen sich um seine Mundwinkel, und dadurch sahen seine Lippen nicht mehr ganz so hart aus . . .

Sie mahnte sich, wieder an die Wirklichkeit zu denken und an den Dolch, der tief in den Falten ihres Ärmels verborgen war. Sie sollte diesen Mann töten, der so groß, so stark und so voller Leben war. Bald würde sein Herz nicht mehr schlagen, und sein Körper würde kalt und steif sein.

Ihr Mund wurde ganz trocken, und ihre Hände wurden feucht. Ich kann es nicht tun, dachte sie. Ich kann es nicht.

„Ihr müßt mir von Eurem Besuch bei Eurem Onkel erzählen."

Kathryn fuhr zusammen. Sie schaute hoch und sah, daß er sie anblickte, als hätte er ihre Gedanken gelesen. Die Panik erfaßte sie wie ein nicht mehr einzudämmendes Feuer. Er konnte doch gar nicht wissen, weshalb sie hergekommen war. Er durfte es nicht wissen!

„Ich wäre nicht zu ihm gegangen, hätte er mich nicht zu sich befohlen." Zu ihrem eigenen Schrecken klang ihre Stimme ziemlich brüchig.

Er hob den Silberkelch hoch, setzte ihn jedoch nicht an die Lippen. Seine Hände waren gebräunt, schmal und kräftig, nicht so fleischig wie Richards. „Ich habe das Gefühl, Ihr verbergt etwas vor mir, Kathryn", sagte er sehr leise. „Ich frage Euch also noch einmal: Was führt Euch zu mir?"

Sie befeuchtete sich ihre trockenen Lippen. Daß Guy jede ihrer Bewegungen beobachtete, war ihr nicht bewußt. „Das sagte ich Euch doch bereits. Ich bin gekommen, um Eure Absichten zu erfahren, soweit sie meine Schwester und mich ..." Sie sprach nicht weiter, denn er schüttelte den Kopf.

„Das vermag ich nicht recht zu glauben. Vergebt mir meinen Argwohn, doch ich vermute eher, Euer Onkel hat Euch zu mir geschickt."

Kathryn preßte die Lippen aufeinander. Weder leugnete noch bestätigte sie etwas. Es ärgerte sie, daß sie so leicht zu durchschauen war.

Guy de Marche stellte sich direkt vor sie. Sein selbstzufriedenes Lächeln war ihr unerträglich. Er betrachtete sie langsam und ausgiebig von Kopf bis Fuß. Ihr Gesicht wurde flammend rot, denn ihr war es, als entkleidete er sie bis auf die Haut.

„Will Euch Euer Onkel gegen mein Wohlwollen eintauschen?" erkundigte er sich. „Sollt Ihr das Opferlamm sein? Benutzt er Euch, um meine Seele zu erweichen, damit ich Nachsicht mit ihm übe?"

„Ich glaube, Ihr besitzt überhaupt keine Seele, die zu erweichen wäre."

Er lachte, als hätte sie etwas ungemein Erheiterndes geäußert. „Und ich glaube, Ihr, die pflichtbewußte Nichte, würdet alles für Euren Onkel tun."

„Nein! Wenn Ihr es genau wissen wollt: Ich würde alles tun, um ihn loszuwerden. Weshalb, meint Ihr, würde ich sonst Roderick heiraten wollen?"

„Ja, richtig. Weshalb eigentlich?" Guy hob eine Augenbraue. „Ich bitte Euch, sprecht nur weiter. Ich würde gern alles über die kleinen Intrigen erfahren, die im Haushalt Eures Onkels gesponnen werden."

„Onkels Haushalt!" Kathryns Augen sprühten Zorn. „Elizabeth und ich waren lange vor dem Onkel hier. Er hat König Stephen bestochen, um uns Ashbury stehlen zu können!"

„Ja, davon habe ich gehört. Und nun wolltet Ihr ihm Ashbury wieder entreißen?"

„Jawohl."

Guy runzelte die Stirn. „Das begreife ich nicht ganz. Wie wolltet Ihr Euer Vorhaben durch die Ehe mit Sir Roderick denn ins Werk setzen?"

Kathryn war viel zu ärgerlich, um vernünftig zu denken. Was spielte es auch für eine Rolle, ob er es erfuhr oder nicht? „Wie Ihr selbst vorhin in der Halle sagtet, ist Roderick als Ranghöchster unter Richards Rittern sehr einflußreich. Sollte er sich gegen unseren Onkel stellen, würden ihm viel der Männer folgen."

So viel Unverfrorenheit verblüffte Guy. Diese kleine Weibsperson hätte ihren ganzen zweifellos vorhandenen Liebreiz eingesetzt, um ihren Ehegatten zu einer Rebellion anzustiften! Und höchstwahrscheinlich wäre ihr damit sogar Erfolg beschieden gewesen.

Er hatte es ja gleich geahnt: Die Lady Kathryn bedeutete Ärger. Er bezweifelte nicht mehr, daß sie Richard of Ashbury haßte; er wunderte sich nur darüber, daß sie ihn nicht schon längst im Bett ermordet hatte. In ihren Adern floß ganz fraglos sein Blut, denn sie war genauso verschlagen und schlau wie ihr Onkel.

Guy stellte den Weinkelch ab, stemmte die Hände auf die Hüften und ging langsam um Kathryn herum. „Ich bin neugierig." Er sprach sehr leise, und seine Stimme umschwebte sie wie ein Seidenschleier. „Ihr behauptet, Ihr würdet alles für Ashbury tun." Direkt hinter ihr blieb er stehen. „Wie weit würdet Ihr gehen?"

Kathryn erstarrte. Sie wagte kaum noch zu atmen. Ihr Herz stockte. Sie hatte das beängstigende Gefühl, falls sie sich bewegte, würde Guy de Marche sie an sich reißen, und sie würde nie wieder frei sein.

Sie sprach mit der Inbrunst einer Betenden. „Ich würde alles tun, um Ashbury zurückzugewinnen. Alles, Herr! Doch ich besitze nichts. Ich kann Euch nichts anbieten." Ihre Stimme erstarb fast. „Nichts, außer mich selbst."

Im nächsten Moment fühlte sie seine Hand an ihrem Nacken, und davon ging eine Wärme aus, die ihr Blut erhitzte.

„Verstehe ich Euch richtig, Kathryn? Wollt Ihr mir meine einsamen Nächte versüßen, solange ich hier bin? Wollt Ihr Euch mir hingeben, wenn ich meinen Anspruch auf diese bescheidene Burg aufgebe?"

Sie schloß die Augen. „Ja", flüsterte sie, und das war die Wahrheit. Sie war bereit, das einzige, das ihr verblieben war – ihre Tugend – zu opfern, wenn Ashbury nur wieder ihr und ihrer Schwester gehören würde, so daß sie frei von der Tyrannei der Männer so leben konnten, wie es ihnen beliebte.

Guy spürte ihre innere Anspannung, konnte sie sich indessen nicht erklären. Kathryn wirkte so unberührt, und das verwirrte ihn, denn er wußte, daß sie so wild war wie der Wind, der von der See her übers Land wehte. Außerdem war es nicht gerade ein romantisches Turtelspiel gewesen, bei dem er sie und ihren Liebhaber gestern abend ertappt hatte.

Langsam drehte er sie zu sich um. Er ließ die Hände von ihrem Nacken zu ihren Schultern gleiten. Wie liebreizend sie war! Ihr Gesicht war zart und feingeschnitten und ihr Mund rosenrot. Ihre Augen hatten die Farbe frühlingsgrüner Blätter; dichte dunkle Wimpern umrahmten sie. Das Verlangen durchfuhr Guy wie eine heiße Flamme.

Seit er über Elaines Tod unterrichtet worden war, hatte es viele andere Frauen für ihn gegeben, namenlose, gesichtslose Frauen, die nichts von ihm erwartet hatten. Jetzt jedoch wußte er instinktiv, daß er Kathryn so schnell nicht vergessen würde, falls er sie jetzt nähme. Ihr schönes Gesicht würde ihm lange im Gedächtnis bleiben. Nein, ihm war keine solche Frau mehr begegnet seit . . .

Seit Elaine. Der heiße Schmerz durchfuhr seine Seele. Guy verstand nicht, weshalb er jetzt so von Verlangen erfüllt war. Kathryn war eigenwillig und trotzig, während Elaine freundlich und liebevoll gewesen war. Kathryn war hochmütig und starrsinnig, während Elaine fügsam und entgegenkommend gewesen war. Und Kathryns Haar war rabenschwarz, während Elaines so hell wie ein zarter Mondstrahl gewesen war.

Guy zwang sich, seinen Gedankengängen eine andere Richtung zu geben. Er befand sich schließlich hier, um Elaines Tod zu rächen, und diese hinterhältige Versucherin beabsichtigte, ihn zu verführen. Nicht Verlangen oder Leidenschaft hatten sie heute nacht zu ihm geführt, sondern allein Selbstsucht und Habgier. Sie würde sich ihm schenken und dabei nur an sich selbst denken.

Dennoch begehrte er sie, nur weigerte er sich, ihr Spiel mitzuspielen. Er würde sie nehmen, ja, doch erst dann, wenn es ihm selbst beliebte.

Kathryn zitterte mit einmal. Guy de Marche war so nahe, viel zu nahe. Sie spürte seine Körperwärme, sie fühlte seinen Atem an ihrer Wange. Dieser Mann ängstigte sie auf eine Weise, die ihr völlig fremd war.

„Ihr sagtet, für Ashbury würdet Ihr alles tun." Seine Stimme klang merkwürdig belegt. „Ich bin sehr begierig darauf, die Wahrheit Eurer Behauptung zu überprüfen."

Er zog sie zu sich heran, und im nächsten Augenblick preßte er seine Lippen auf ihre. Er riß ihr die Schleierhaube vom Kopf und schob die Finger in ihr seidenweiches Haar. Sein Kuß war hart und heftig; seine leidenschaftlichen Empfindungen schienen sich seinem Willen nicht mehr unterzuordnen.

Noch fester umfaßte er sie, so daß sie jede Einzelheit seines Körpers fühlen mußte. In irgendeinem verborgenen Winkel seines Verstandes registrierte er, wie süß ihr Mund und wie schlank und weich ihr Körper war.

Trotz alledem wurde Guy nicht etwa von den Gefühlen der Liebe, sondern von seinem Zorn angetrieben. Er wollte, daß diese Frau ihn niemals mehr vergaß. Sie sollte erkennen, daß er sich ihrem Willen nicht beugte. Er berührte sie, als würde sie ihm gehören. Er umfaßte ihre vollen, festen Brüste und ihre schlanken, doch weiblich runden Hüften. Am Ende stieß er sie von sich fort.

Sie zitterte noch immer. Ihre Lippen waren feucht und geschwollen. Während eines flüchtigen Augenblicks meinte Guy den Ausdruck der Verletzlichkeit in ihren Augen zu erkennen, doch er wußte, daß er sich täuschen mußte, und dieser Gedankengang verhärtete sein Herz.

Er wandte ihr den Rücken, ging zum Tisch und nahm seinen Weinkelch wieder auf. „Euer großzügiges Angebot muß ich leider ablehnen. Mir steht nämlich nicht der Sinn danach, eine Märtyrerin im Bett zu haben, sondern eine liebende, willige und ehrliche Frau. Ihr dagegen seid nichts als eine herzlose Hexe mit Eis in den Adern."

Kathryn starrte ihn an. So, sie war also herzlos! Ihr Zorn loderte so heiß auf wie die Flammen im Kamin. Sie riß den Dolch aus dem Ärmel und stach blindlings zu.

Gerade im rechten Augenblick drehte sich Guy um. Im Kerzenlicht blitzte die blanke Klinge auf. Instinktiv riß er seinen Arm hoch und lenkte auf diese Weise den Dolch ab, der ihm sonst ins Fleisch gefahren wäre. Der Weinkelch fiel scheppernd zu Boden.

Hart packte Guy ihre Handgelenke und zwang Kathryn dadurch, den Dolch fallen zu lassen. Die Waffe rutschte über die Fußbohlen und blieb in einer Ecke des Gemachs liegen.

In ihrer Verzweiflung versuchte Kathryn, auf den Earl einzuschlagen, doch er zog sie nur dicht zu sich heran und blickte in ihr wutverzerrtes Gesicht. In ihren Augen loderte ein wildes Feuer; ihr Haß war ebensogroß wie seiner.

Ich hatte recht, dachte Guy. Diese Frau ist keineswegs ein vom Himmel herabgestiegener Engel. In ihren Adern fließt das gleiche Blut wie das ihres Onkels.

„Jetzt ist die Wahrheit also herausgekommen", stellte er fest. „Ihr seid erschienen, um mich zu töten."

„Was soll mir das jetzt noch?" schrie sie. „Ihr seid nicht tot, und ich habe versagt."

„Und Ashbury gehört mir noch, und so wird es auch bleiben." Es bereitete ihm allergrößte Genugtuung, sie daran zu erinnern. Er stieß sie von sich fort. „Ich verliere die Geduld. Hinaus mit Euch, bevor ich Euch in das Verlies werfe, wohin Ihr gehört. Doch seid gewarnt: Ich werde Euch niemals mehr den Rücken wenden."

Langsam zog sie sich einen Schritt zurück, wirbelte dann herum und lief zur Tür.

„Kathryn!"

Sie blieb stehen, drehte sich indessen nicht zu ihm um.

„Ich habe heute eine Botschaft an König Heinrich gesandt und die Übertragung der Vormundschaft über Euch und Eure Schwester verlangt." Seine Stimme klang gefährlich mild. Kathryn fuhr zu ihm herum. Sie war leichenblaß.

Er lächelte durchaus angenehm. „Ich glaube, Eure Hochzeit mit Sir Roderick wird nun doch nicht stattfinden. Fürchtet jedoch nicht, daß Ihr zur Jungfernschaft verdammt seid. Falls Ihr Euch gut benehmt, werde ich Euch möglicherweise mit einem reichen Kaufmann verheiraten."

Kathryn riß die Tür auf und taumelte hinaus. Sie floh und blieb erst stehen, als sie sich in ihrem Gemach in Sicherheit befand. Selbst hier konnte sie noch immer das Echo seiner spöttischen Worte hören.

Wie sie diesen Mann haßte! Er hatte sie gedemütigt und entwürdigt. Nie würde sie die Art vergessen, wie er sie berührt hatte – seine Zunge in ihrem Mund, seine Hände an ihrer Brust, seine Hüften an ihren . . . Sie erschauderte.

Und es war alles vergebens gewesen! Mit einem Aufschrei warf sie sich aufs Bett. Wenn es dem Earl paßte, würde er sie von hier fortschicken. Sie würde Elizabeth niemals wiedersehen . . . und sie würde Ashbury niemals wiedersehen. Ashbury war für sie ein für allemal verloren.

Die Bitterkeit erstickte sie beinahe. Ihr Herz war leer und kalt. Sie mußte es sich endlich eingestehen: Sie hatte sich einem Willen zu beugen, der größer und stärker war als ihr eigener, denn so ging es nun einmal zu auf dem Spielbrett namens England, auf dem sie als Frau stets nur eine kleine, unwichtige Figur sein würde.

# 4. KAPITEL

Als Kathryn am nächsten Morgen aufwachte, fühlte sie sich schläfrig, träge und matt. Sie drehte sich auf die Seite, rollte sich unter den Fellen zusammen und wäre am liebsten wieder eingeschlummert, um nicht an Wirklichkeit und Gegenwart denken zu müssen.

Es war noch früh. Durch die Spalten in den hölzernen Fensterläden tastete sich das erste Tageslicht in den Raum. Die ersten Geräusche des erwachenden Haushalts drangen gedämpft an ihr Ohr. Und dann hörte sie vom Flur her einen markerschütternden Schrei. Kathryn schoß hoch. Heilige Mutter Gottes, was um alles in der Welt . . .?

Wieder hörte sie das durchdringende Kreischen. Mit pochendem Herzen schlug sie die Felldecken zurück, streifte sich ihre Kleidung über, schlüpfte in ihre Schuhe und rannte auf den Korridor hinaus.

Die Tür zum Gemach ihres Onkels stand offen. Kathryn wollte in den Raum laufen, blieb indes auf der Schwelle erschrocken stehen. Helga hockte laut weinend in einer Ecke. Männer umstanden Richards Bett, unter ihnen Sir Hugh. Kathryn fuhr heftig zusammen, als jemand ihren Arm berührte; es war jedoch nur Elizabeth.

„Was ist denn geschehen?“ Ihre Haut war fahl, und ihre Augen schienen unnatürlich groß. „Was geht hier vor?“ Ängstlich umklammerte sie Kathryns Arm.

Einer der umstehenden Männer trat zur Seite, und jetzt konnte Kathryn auf das Bett sehen. Ihr Onkel lag nackt da. Ein roter Blutstrom ergoß sich über das Bettpolster auf den Fußboden. Richards Kehle war durchschnitten.

Kathryn wurde es übel. „Mein Gott", stöhnte sie schwach. „Man hat ihn ermordet. Onkel Richard wurde umgebracht!"

An diesem Morgen bekam Kathryn Guy de Marche nicht zu Gesicht. Einer seiner Bediensteten teilte ihr mit, er habe die Burg kurz nach Tagesanbruch verlassen. Möge er doch nie zurückkehren, dachte sie.

Ihr Wunsch ging leider nicht in Erfüllung, denn gleich nach dem Mittagsmahl sah sie den Earl mit Sir Hugh im Hof in ein Gespräch vertieft. Der Ritter breitete gerade die Hände weit aus und schüttelte den Kopf; zweifellos sprachen die beiden über den Mord an Richard.

Der Tote wurde noch am selben Nachmittag bestattet. Grauer Nebel und Gewitterwolken zogen vom Meer her heran – genau die richtige Wetterstimmung für ein Begräbnis.

Pater Bernard aus dem Dorf hielt die Predigt am Grab. Während der Zeremonie tupfte sich die weichherzige Elizabeth gelegentlich die Augen trocken. Kathryn stand regungslos wie eine Statue daneben. Sie fühlte gar nichts, weder Haß auf Richard noch Erleichterung.

Später im Lichtgemach unter dem Dach des Wohnturms legte Kathryn ihren Umhang ab und warf ihn über einen Hocker.

Elizabeth schlang die Arme um sich, als wollte sie sich wärmen. „Ich vermag es kaum zu glauben, daß unser Onkel tot ist." Sie fröstelte. „Hast du eine Ahnung, wer ihn umgebracht haben könnte?"

Für Kathryn kam dafür nur ein einziger Mensch in Frage. Der Earl of Sedgewick war nach Ashbury gereist, um den Tod seiner Gattin zu rächen. Er war gekommen, um Richard zu töten, und das hatte er nun getan.

Sie lachte unfroh. „Nun, was denkst du denn? Guy de Marche ist doch nur in einer einzigen Absicht hergekommen – und heute hat er sie ins Werk gesetzt."

Sie wollte noch mehr sagen, doch sie hörte ein leises Geräusch hinter sich und fuhr herum. Groß, dunkel und gebieterisch stand der Earl da.

„Lady Elizabeth", sagte er durchaus freundlich, „würdet Ihr uns bitte einen Moment allein lassen?"

Elizabeth knickste rasch und floh hinaus. Kathryn blieb kühn und mutig stehen.

Als sie allein waren, hob Guy de Marche die Augenbrauen und lächelte recht eigenartig. „Vielleicht wünscht Ihr, mich jetzt von Angesicht zu Angesicht des Mordes an Eurem Onkel zu beschuldigen."

„Glaubt Ihr etwa, das würde ich nicht tun?" Stolz richtete sie sich auf. „Ihr habt einen heiligen Eid geleistet und geschworen, daß es auf Ashbury keinen Mord geben würde. Ihr habt gelogen! Ihr habt Richard umgebracht, und dafür werdet Ihr nun in der Hölle brennen!"

Sein Lächeln verschwand, und sein Gesicht wurde zu einer harten, kalten Maske. Er mußte sich sehr zusammennehmen, um nicht die Beherrschung zu verlieren. Nur sehr wenige Menschen hätten es jemals gewagt, ihn einen Lügner zu nennen, denn ihnen wäre eine strenge Strafe gewiß gewesen. Kathryn wollte er diese Übertretung großmütig nachsehen, allerdings nur für dieses eine Mal.

„Weshalb seid Ihr so zornig?" fragte er leise. „Man sollte doch annehmen, daß gerade Ihr sehr glücklich über Richards Dahinscheiden wärt."

„Ich haßte ihn, jawohl", antwortete sie. „Ihr jedoch seid derjenige, der sich über seinen Tod freut."

Wieder hob er die Augenbrauen. „Und ihr, liebe Lady? Könnt Ihr nicht von Euch dasselbe sagen?"

Kathryn schwieg. Oft hatte sie sich gewünscht, daß Richard aus ihrem und Elizabeths Leben verschwinden würde – besser noch, daß er nie geboren wäre. Niemals jedoch hatte sie seinen Tod gewünscht. Allerdings vermochte sie auch keine ehrliche Trauer darüber empfinden.

Guy de Marche lachte. „Seht Ihr? Ich habe recht. Im übrigen glaube ich, ich habe Euch unterschätzt. Als Ihr mir gestern abend sagtet, Ihr würdet alles tun, um Euch Eures Onkels zu entledigen, habe ich nicht im Traum daran gedacht, daß Ihr es damit so eilig haben würdet. Und er wurde mit einem Dolch umgebracht . . . Könnte es sein, Ihr wart über Euren Mißerfolg bei mir so enttäuscht, daß Ihr Eure Kunst an Richard of Ashbury ausgeübt habt?"

Zuerst war Kathryn wie benommen, und dann sprang die weißglühende Wut in ihr auf. Wofür hielt dieser Mann sie eigentlich? Meinte er, sie durchschaute seine Absicht nicht? Selbstverständlich wollte er die Schuld von sich auf sie abwälzen. Und das nannten die Männer „Ehre"!

„Ihr seid ein Schuft!" erklärte sie mit tiefempfundenem Abscheu. „Das höre ich mir nicht länger an." Sie drehte sich um und wollte gehen. Schon nach zwei Schritten packte der Earl sie und drückte sie mit den Schultern gegen die Wand.

„Laßt mich los!" rief sie. „Durch den Mord an meinem Onkel hätte ich ja nichts gewonnen."

„Nichts außer der Rache."

„Was man von Euch auch sagen könnte. Ich wollte nur meine Heimstatt zurückhaben, und jetzt gehört Ashbury Euch."

„Und wird mir auch immer gehören." Er lächelte kalt.

„Wie könnt Ihr nur so herzlos sein!" rief sie verzweifelt. „Ihr seid ja keinen Deut besser als Onkel Richard. Ein Mann, der des Tötens wegen tötet! Nein, ich bezweifle nicht, daß Ihr ihn umgebracht habt. Ihr hattet jeden Grund dazu."

Das stimmt, mußte Guy im stillen zugeben. Er widersprach ihren Beschuldigungen auch nicht; es konnte ja nicht schaden, die junge Dame ein wenig einzuschüchtern. Er lachte, und dabei lief es Kathryn eiskalt über den Rücken. „Wenn Ihr das also von mir glaubt, Madam, dann solltet Ihr auch auf Euren Rücken achtgeben." Er ließ ihre Schultern los.

Kathryn blieb an die Wand gelehnt stehen und sah ihn das Gemach verlassen. Alle Farbe war aus ihrem Gesicht gewichen. Täuschte sie sich, oder hatte er ihr soeben damit gedroht, sie zu töten?

Es erzürnte Guy über die Maßen, daß ihm jemand zuvorgekommen war. Sein größter Wunsch war es gewesen, Richard unter seinen Händen sterben zu sehen, und die Aussicht darauf hatte ihm der Mörder oder die Mörderin – wer immer es auch sein mochte – zunichte gemacht.

Bekümmert schaute Hugh seinem Freund und Herrn zu, der seinen Mißmut im Trunk zu vergessen trachtete. Die beiden Männer waren allein in der großen Halle zurückgeblieben, nachdem die anderen schon längst ihre jeweilige Schlafstelle aufgesucht hatten.

Die Nacht war naßkalt und das Herdfeuer beinahe ganz heruntergebrannt. Hugh legte noch ein Holzscheit nach, betrachtete dann wieder seinen Freund und entschied, daß es jetzt an der Zeit sei, die Frage zu stellen, die ihm schon während des ganzen Tages auf dem Herzen gelegen hatte.

„Guy, nachdem Richard of Ashbury jetzt tot ist - was geschieht nun als nächstes?“ Er setzte sich seinem Freund gegenüber auf die Bank.

Unter bleischweren Lidern hervor starrte Guy in die flakkernden Flammen des Kaminfeuers. „Ich bin des Kämpfens müde“, sagte er langsam. „Wenn du es ganz genau wissen willst, Hugh - ich wünsche mir jetzt nur noch, Peter wiederzusehen. Er ist mein Sohn, und ich kenne ihn kaum.“

„Ihr wollt also nach Sedgewick zurückkehren und Euch Euren Gütern widmen?“

„So ist es.“

„Und was wird aus Ashbury?“

Es dauerte eine Weile, bis Guy antwortete. „Ich werde die Siegesbeute nicht aus der Hand geben, allerdings brauche ich hier jemanden, dem ich vertrauen kann.“

Er blickte seinen Freund direkt an. „Ich muß dich um einen Gefallen bitten, Hugh. Ich verstehe, weshalb du Ramsey Keep abgelehnt hast. Doch wie wäre es, wenn du als Burgvogt hier auf Ashbury bliebst? Ich habe vor, einige meiner Bewaffneten hier zurückzulassen, und es würde mir die größte Freude bereiten, wenn du mein Angebot annähmst.“

Hughs Gedanken gingen sofort zu Elizabeth. Im Geist sah er ihr goldenes Haar und die blauesten Augen des ganzen Königreichs vor sich. Er liebte ihre liebe, sanfte Natur, ihre Reinheit und Güte. Ihr Lachen kannte er noch nicht, doch das würde er bald hören. Sicherlich klang es wie das Plätschern eines kleinen silberhellen Wasserfalls . . .

„Wie könnte ich ein solches Angebot ablehnen?“ Er lächelte ein wenig.

„Aha! Dieses Lächeln kenne ich doch, mein Freund. Du bist verliebt!“ Guy lachte leise. Er stützte die Ellbogen auf die rohe

Tischplatte und beugte sich vor. „Sage mir, welche du bevorzugst – die Rabenschwarze oder die Taubensanfte?"

Hugh lachte herzlich. „Das sanfte Gurren einer Taube ist mir lieber als der scharfe Schnabel eines Raben. Um ehrlich zu sein, ich fürchte, es braucht einen Falken, um es mit Frauen wie Lady Kathryn aufzunehmen", scherzte er.

Guy schwieg.

„Ja, wirklich", fuhr Hugh fort. „Es braucht einen Mann wie Euch, würde ich sagen."

Guy lachte nicht mehr. Er stand auf und starrte düster aus dem Fenster.

„Ihr habt mir erzählt, was Ihr mit Ashbury vorhabt", sagte Hugh. „Und was soll aus der Lady Kathryn werden?"

„Falls sie denkt, Ashbury befindet sich in ihrer Reichweite, dann täuscht sie sich gewaltig", erklärte er barsch. „Sie ist selbstsüchtig und starrsinnig. Alles, was sie will, ist Ashbury. Und sie ist ebenso schlau, berechnend und hinterhältig wie ihr Onkel."

Hugh warf seinem Herrn einen zweifelnden Blick zu. „Also wirklich, Guy! Sie ist doch nur eine Frau."

„Eine Frau, die ihr Bestes versucht hat, um meinem Leben ein Ende zu setzen." Mit harter Stimme berichtete er seinem Freund von Kathryns nächtlichem Besuch. „Ferner hat sie gesagt, sie würde alles tun, um sich ihres Onkels zu entledigen", schloß er. „Und genau das scheint sie jetzt getan zu haben."

Hugh war ehrlich entsetzt. „Ihr glaubt doch nicht im Ernst, daß sie Richard of Ashbury umgebracht hat! Falls sie das vorgehabt hätte, würde sie das doch nicht erst jetzt getan haben."

„Dieses Argument ist das einzige, das mich noch zweifeln läßt", räumte Guy ein. „Nur trauen kann ich ihr nicht, Hugh. Falls ich ihr erlaube, hier zu bleiben, dann könnte es ihr und ihrem Roderick möglicherweise doch noch gelingen, Ashbury an sich zu reißen."

Hugh machte sich jetzt wirklich Sorgen, denn er kannte Guys Unbeugsamkeit. Zwar fand er, sein Herr täte Kathryn mit seiner Beurteilung unrecht, andererseits war er jedoch auch nicht ganz davon überzeugt, daß Guy sich irrte. Er, Hugh, wäre jedenfalls geneigt, Milde walten zu lassen, denn schließlich war Kathryn ja eine Frau.

„Ihr könnt sie doch nicht ins Verlies werfen, Guy. Immerhin ist sie eine wohlgeborene Lady, und . . ."

„Wohlgeboren, doch nicht wohlgeraten." Guys Lachen klang recht brüchig.

„Also was soll dann aus ihr werden?"

Guy lächelte wieder, doch dieses Lächeln erreichte seine Augen nicht, und Hugh erkannte, daß das nichts Gutes für die betreffende Dame bedeutete.

„Wenn ich hier abziehe", antwortete der Earl tonlos, „dann kommt die Lady mit mir."

Am nächsten Morgen hatten Nebel und Wolken einem blauen Himmel und strahlendem Sonnenschein Platz gemacht. Auf der Burg herrschte größte Geschäftigkeit. Von ihrem Fenster aus sah Kathryn Pferdeknechte hin- und herlaufen, und die Krieger des Earls waren schier überall.

Als sie kurze Zeit später aus ihrem Gemach trat, lief Alice, eine der Mägde, gerade den Flur entlang. „Alice", fragte sie, „die Mannen des Earls befinden sich im Burghof. Weißt du, was dort vorgeht?"

„Gewiß, Herrin." Die Magd knickste. „Der neue Herr verläßt heute morgen Ashbury und reist heim nach Somerset." Nach einem weiteren Knicks eilte Alice weiter.

Vor Freude hätte Kathryn beinahe in die Hände geklatscht. Daß Guy de Marche so schnell abzog, hätte sie niemals zu hoffen gewagt.

An der Treppe traf sie Helga. Das Mädchen schwieg und warf seiner Herrin nur einen unfreundlichen Seitenblick zu, doch der konnte Kathryns gute Stimmung auch nicht dämpfen. Auf dem ganzen Weg bis hinunter in die große Halle lächelte sie in einem fort.

Als sie Schritte hinter sich hörte, drehte sie sich um. Elizabeth kam hinter ihr her. „Guten Morgen, Schwester!" rief Kathryn fröhlich. „Dies ist doch in der Tat ein guter Morgen, nicht wahr?"

Elizabeth kam heran. „Jedenfalls ist deine Stimmung gut", bemerkte sie. „Obschon ich nicht ganz verstehe, was heute so anders als gestern ist."

Kathryn lachte nur. Sie faßte Elizabeth beim Arm und trat mit ihr zusammen ins Freie.

Im Burghof fiel ihr Blick sofort auf den Earl und Sir Hugh, die zusammen neben dem Ziehbrunnen standen. Der Teufel und sein Schüler, dachte sie.

Hugh entdeckte die beiden Damen zuerst. Er hob die Hand zum Gruß und kam freundlich lächelnd heran. „Lady Kathryn, Lady Elizabeth." Nacheinander faßte er beide bei der Hand und beugte sich tief darüber.

Guy de Marche folgte ihm ein wenig langsamer nach und hielt sich nicht mit solchen ritterlichen Gesten auf, sondern hob nur eine Augenbraue. „Meine Damen, Ihr kommt gerade zur rechten Zeit."

Kathryn vollführte ihren besten Hofknicks. „Guten Morgen, edler Herr", sagte sie ausgesprochen liebenswürdig. „Wie Ihr seht, sind wir erschienen, um Euch eine gute und sichere Heimreise zu wünschen."

Guy betrachtete sie kühl und prüfend. Aha, dachte er, jetzt meint sie, sie wird mich los, und da ist sie auch bereit, höflich zu sein. Es bereitete ihm großes Vergnügen zu wissen, daß sie sich täuschte. Langsam erschien ein Lächeln auf seinem Gesicht.

Das war Kathryn nicht geheuer. Der Mann sah erheitert aus; was fand er denn so erheiternd?

Eben bereiteten sich wieder dreißig Mann auf das Ausrücken vor. Kathryn trat zurück. „Ja, es wird wohl spät", sagte sie forsch. „Ihr seid sicherlich darauf bedacht, umgehend Eure Reise anzutreten. Somerset muß doch mindestens zwei Tagesritte von hier entfernt sein."

„Vier", berichtigte er. „Lady Kathryn, Ihr solltet vielleicht wissen, daß ich Sir Hugh als Statthalter hierlasse, ebenso bleibt eine Anzahl meiner Krieger hier." Das besorgniserregende Lächeln des Earls wurde immer breiter.

Kathryn beherrschte sich, sah jedoch, daß Elizabeth langsam unruhig wurde. Schon wollte sie etwas äußern, um die Vorgänge zu beschleunigen, da sah sie, daß ihr kleiner Zelter aus dem Stall geführt wurde.

„Euer Reitpferd", sagte Guy höflich.

Ihr Herz begann zu hämmern. Was ging hier eigentlich vor? Was auch immer, sie wollte nicht daran beteiligt sein. Sie wandte sich an den Pferdeknecht. „Du mußt dich irren, William", erklärte sie kopfschüttelnd. „Ich habe nicht befohlen, Esmeralda zu satteln."

„Das war ich", bemerkte der Earl hinter ihr.

Kathryn fuhr herum; nur knapp entging er einem Stoß ihres Ellbogens in seinen Bauch. „Weshalb?" verlangte sie energisch zu wissen.

„Ich dachte, das wäre doch ganz offensichtlich. Ihr, Lady Kathryn, kommt mit mir."

„Etwa nach Somerset?"

„Gewiß. Nach Somerset und nach Sedgewick." Gelassen verschränkte er die Arme vor der Brust und wartete auf Kathryns Reaktion.

Die ließ nicht lange auf sich warten. Kathryns Augen glitzerten böse, und ihre Lippen preßten sich aufeinander, um sich im nächsten Moment wieder zu öffnen. „Ich habe nicht die Absicht, mit Euch nach Somerset zu gehen."

„Und ich habe nicht die Absicht, Euch hier auf Ashbury zurückzulassen. Ihr und Euer trefflicher Roderick könntet Euch möglicherweise etwas ausdenken, das meiner Gesundheit abträglich ist, und aus diesem Grund, Madam, werdet Ihr hingehen, wohin ich gehe."

Seine Gelassenheit war empörend, und seine Unverschämtheit kannte keine Grenzen. Kathryns Blick schwellte durch den Burghof und traf auf Roderick, der beim Eingang zur Halle stand. Zweifellos hatte er jedes Wort mit angehört. Er sah zornig aus, schwieg jedoch hilflos. Kathryn ärgerte sich darüber; sie sah indessen ein, daß es ihn vermutlich das Leben kosten würde, wenn er sich seinem neuen Herrn widersetzte.

Ihr Blick kehrte zu dem Earl zurück. „Ihr wagt das nur, weil ich keinen ritterlichen Beschützer habe!" rief sie.

Guy hatte den Blickwechsel zwischen den beiden wohl bemerkt. Sie sucht also Rettung bei ihrem Geliebten, dachte er. „Den habt ihr allerdings tatsächlich nicht", stellte er ziemlich boshaft fest.

Sein Spott traf Kathryn tief. Zudem sah sie aus dem Augenwinkel, daß Roderick sich in die Halle zurückzog. Nie hatte sie den Earl mehr gehaßt als jetzt.

Sie sagte, was ihr gerade in den Sinn kam: „Ich werde nicht die Kindermagd für Euer Balg spielen, hört Ihr?"

„Das würde ich auch niemals verlangen. Ihr habt schließlich Richards Blut in den Adern. Ich werde Euch nicht einmal auch nur in die Nähe meines Sohnes lassen."

Zutiefst beleidigt, wollte sich Kathryn trotzdem nichts anmerken lassen, sondern begegnete dem Blick des Earls weiterhin trotzig. Deshalb entging ihr, daß ihre Schwester vorgetreten war.

„Herr!" Elizabeth legte die Hände wie im Gebet zusammen. „Ihr werdet meine Schwester doch nicht aus unserer Heimstatt reißen!"

Guys Verhalten änderte sich sofort, als er den furchtsamen Ausdruck in ihren großen blauen Augen sah. „Es tut mir sehr leid, Lady Elizabeth." Sein Ton war jetzt überaus sanft. „Ich fürchte allerdings, das muß ich tun. Jedenfalls fürs erste."

„Das dürft Ihr nicht!" rief sie. „O bitte, nehmt mir meine Schwester nicht fort. Das dürft Ihr nicht tun."

Guy hob nur fragend die Augenbrauen.

Elizabeth wußte nicht, was sie noch sagen konnte, als ihr wieder Kathryns Plan einfiel, mit dem der Onkel hatte getäuscht werden sollen. Würde sie es wagen . . .? Würde sie in Kauf nehmen, dereinst wegen einer solchen Lüge im Höllenfeuer zu brennen? Unvorstellbar! Doch genauso unvorstellbar war es für sie, ohne ihre Schwester zu leben.

„Elizabeth", fragte der Earl leise, „weshalb wollt Ihr, daß Eure Schwester hierbleibt?"

„Weil . . . weil sie schwanger ist!"

Kathryn verschlug es den Atem. Guys Blick war sofort wieder zu ihr zurückgekehrt, während sie selbst bestürzt ihre Schwester ansah und deshalb auch nicht bemerkte, wie sich der Gesichtsausdruck des Earls verdüstert hatte.

„Kathryn!"

Sie fuhr heftig zusammen.

„Ich fragte, ob Euch Eure Umstände krank gemacht haben!"

Viel zu benommen, um vernünftig zu denken, schüttelte sie

den Kopf.
„Dann bleibt es bei meinem Beschluß", erklärte Guy de Marche. „Ihr kommt mit mir nach Sedgewick, denn ganz offensichtlich wird es noch viele Monate dauern, bis Euer Kind geboren wird."

Trotz ihrer Bestürzung erkannte sie, daß sie seiner Unbeugsamkeit nichts entgegenzusetzen hatte. „Ich . . . ich brauche einen Umhang. Ich werde Euch nicht lange warten lassen", versicherte sie. Was sie in Wirklichkeit brauchte, das war ein Moment des Alleinseins. Sie kannte Ashbury Keep besser als der Earl und seine Mannen. Sie könnte fliehen und sich verbergen, bis man die Suche nach ihr aufgab.

Leider jedoch schien Guy de Marche alles im voraus bedacht zu haben, denn bevor sie sich noch umdrehen konnte, erschien Helga mit einem Umhang über dem Arm. Ein weiterer Bediensteter folgte mit einer kleinen Truhe, die er auf der Schulter trug. Zu ihrem Kummer erkannte Kathryn sie als ihre eigene.

„Verabschiedet Euch von Eurer Schwester", befahl der Earl kurz.

Unterdessen weinte Elizabeth schon laut und unverhohlen. Kathryn umarmte sie. „Es wird alles wieder gut", versicherte sie beruhigend. „Nein, sage jetzt nichts. Du bist stark, Schwester, stärker, als du glaubst. Es wird nicht so schlimm werden, du wirst schon sehen. Und ich kehre bald zurück. Das verspreche ich dir."

Elizabeth klammerte sich nur fester an sie. Kathryn hatte Mühe, ihre eigenen Tränen zurückzuhalten. Sie trat ein wenig zurück, nahm Elizabeth bei der Hand und küßte sie auf die Stirn. „Wünsche mir alles Gute, Schwester", flüsterte sie. „Und möge Gott mit dir sein."

„Kathryn . . ." Mit einem erstickten Aufschrei drehte sich Elizabeth um und floh.

Es dauerte einen Moment, bis Kathryn sich wieder gefaßt hatte, und dann wandte sie sich an Sir Hugh, der sich noch immer in unmittelbarer Nähe befand. „Ich kenne Euch nicht, Sir Hugh, und dennoch spüre ich, daß Ihr ein gütiger Mann seid. Zumindest hoffe ich das, denn außer Euch habe ich niemanden, an den ich mich wenden könnte."

Ihre Stimme klang belegt und leise. „Ich habe Euch noch nicht gesagt, wie leid es mir tut, was Eurer Schwester geschehen ist.“ Sie lächelte traurig. „Und nun muß ich Euch bitten, Euch meiner Schwester anzunehmen.“ Sie blickte ihm flehend in die Augen. „Wollt Ihr das für mich tun, Sir Hugh? Werdet Ihr Elizabeth beschützen?“

„Das will ich tun.“ Er lächelte kaum merklich. „Doch es ist nur recht, wenn ich es Euch gestehe: Meine Motive sind nicht ganz frei von Eigennutz.“

Kathryn wußte genau, was er damit meinte. Daß er ein großes Interesse an ihrer Schwester hatte, war ihr nicht entgangen. Ein Schatten flog über ihr zartes Gesicht.

„In diesem Fall gibt es etwas, das Ihr wissen solltet“, sagte sie langsam. „Sir Hugh, möglicherweise wird es Euch nicht gelingen, Elizabeth zu umwerben und zu gewinnen, denn sie fühlt sich nicht wohl, wenn ein Mann ihr Aufmerksamkeit schenkt. Genauer gesagt, sie fürchtet sich vor den meisten Männern.“ Rasch vertraute sie ihm an, daß ihre Schwester vor Jahren Augenzeugin der Vergewaltigung und Ermordung ihrer Mutter geworden war. „Die Erinnerung daran hat sie bis heute nicht wirklich verlassen“, schloß sie.

Hugh hörte aufmerksam zu. Guy täuscht sich in Kathryn, dachte er. Sein Rachedurst hat ihn blind gemacht für ihre Güte. Diese Frau könnte niemals jemandem absichtlich weh tun.

„Ich werde Euch nicht enttäuschen, Lady Kathryn“, sagte er ernst. Er blickte ihr direkt in die Augen, und in diesem Moment verband sie beide das gegenseitige Verständnis.

Kathryn berührte seine Wange. „Ich werde Euch und meine Schwester in meine Gebete einschließen, Sir Hugh.“

Sie trat zurück. Auf das Zeichen des Earls hin wurde ihr Zelter herangeführt. Sie legte die Hand auf den Pferdehals, und sogleich war Guy de Marche zur Stelle, um ihr beim Aufsitzen zu helfen.

Als sie seine Hände an ihrer Taille fühlte, drehte sie sich fort. Nach seinem vorangegangenen Verhalten konnte sein Versuch, ritterlich zu sein, sie nur noch mehr erzürnen. Während sie jetzt ohne Hilfe aufsaß, sah sie nicht, wie Guy mit versteinerter Miene die Arme sinken ließ.

Kurz darauf durchritten sie das Burgtor. Kathryn schaute nicht zurück aus Angst, sie könnte in Tränen ausbrechen. Ihr Blick bohrte sich vielmehr in den Rücken des vorausreitenden Earls. Statt zu trauern, beschäftigte sie sich nur mit dem Haß auf den Mann, der sie von Ashbury und allem fortriß, das sie liebte. Heiß brannte die Wut in ihrer Seele, wenn sie daran dachte, was er ihr angetan hatte und was er ihr noch alles antun konnte. Würde er es wirklich schaffen, sie nach Sedgewich zu bringen, war sie ihm auf Gedeih und Verderb ausgeliefert.

Diese Schlacht habe ich verloren, mußte sich Kathryn voll Bitterkeit eingestehen. Die nächste werde ich gewinnen!

## 5. KAPITEL

So, die Lady war also schwanger . . . Jedesmal wenn Guy daran dachte, wurde er böse, denn der Umstand bewies nur, daß sie tatsächlich die Hure war, für die er sie gehalten hatte. Oh, er konnte sich sehr gut ausmalen, wie es zu ihrem Zustand gekommen war; ihr geliebter Roderick hatte wohl ihrer listenreichen Tücke nicht widerstehen können.

Es wurde Guy bewußt, daß er Roderick für den Vater des Ungeborenen hielt. Wie, wenn dem nun nicht so wäre? Hatte sie sich ihm, Guy, nicht auch angeboten, und das, obschon sie wußte, daß sie das Kind eines anderen trug? Vielleicht war ihr ja auch überhaupt nicht bekannt, wer der Vater war. Immerhin stellte sie eine Versuchung dar, der kaum jemand widerstehen konnte. Er selbst war ja auch nicht immun gegen ihre Schönheit, und das ärgerte ihn.

Während des ganzen Tages blickte sie ihn nicht an. Er dagegen schaute immer wieder zu ihr hinüber, als wäre er in einem unsichtbaren Netz gefangen, aus dem es kein Entrinnen gab. Schlank, hoch aufgerichtet und stolz wie eine Königin saß sie im Sattel.

Guy haßte sich selbst wegen dieser Schwäche, doch immer wieder mußte er daran denken, wie sich ihre Lippen unter seinen angefühlt hatten, wie rund und fest ihre Brüste unter seiner Hand . . . Seine Stimmung verfinsterte sich zusehends.

Es dämmerte schon, als er das Ende des heutigen Reisetages ausrief. Am Waldesrand hielten sie an. In der Nähe plätscherte ein klarer Bach.

Kathryn stieß ein stilles Dankeschön aus. Hätte der Earl beschlossen, noch weiter zu reiten, würde sie es wahrscheinlich nicht durchgehalten haben. Sie war es nicht gewohnt, mehr als zwei, drei Stunden am Tag auf dem Pferd zu sitzen; ihr Rücken und ihre Schenkel schmerzten unerträglich.

Während Guy de Marche seinen Leuten Befehle erteilte, hielt Kathryn Esmeralda an und wollte aus dem Sattel gleiten. Einer der Männer sprang herzu und hob sie mühelos vom Pferd. Sie lächelte ihm zum Dank zu. Der Krieger ließ seine Hände einen Moment länger als unbedingt nötig an Kathryns Taille liegen, doch ein einziger düsterer Blick seines Herrn genügte, und er trat hastig den Rückzug an.

Kathryns ganzer Körper protestierte nach so langer Zeit auf dem Pferderücken, doch noch etwas anderes, ein dringendes Bedürfnis nämlich, drängte sie. Da überall auf der Lichtung die Männer des Earls umherliefen, wollte sie sich in eine andere Richtung begeben.

„Halt!" Mit vier langen Schritten war Guy die Marche an ihrer Seite und packte sie ziemlich grob am Arm. „Was soll das?"

Dieser arrogante . . .! Sie rang um Beherrschung. „Ich möchte einen Augenblick allein sein." Sie blickte ihn nicht an; wie sollte man ihm klarmachen, was sie tatsächlich wollte?

Er lachte häßlich. „Ihr haltet mich wohl für einen ausgemachten Narren, nicht wahr? Einen Augenblick allein – damit Ihr fliehen könnt?" Er lachte weiter. „Das kommt überhaupt nicht in Frage."

Kathryn zupfte an ihrem Rock. Sie wurde blutrot. „Ich muß . . . ein natürliches Bedürfnis, Herr."

„Noch einmal: Ihr werdet nicht allein gehen!"

Dieser Mensch zertrampelte ihre Würde wie die Krieger die Felder zertrampelten. Nicht einmal zu diesem bestimmten Zweck gewährte er ihr das Alleinsein! Elend und furchtbar verlegen blickte sie ihn an.

„Ich fliehe nicht, Herr. Das schwöre ich!"

Er hielt ihren Arm noch fester. Es lag ihm auf der Zunge zu sagen, daß ein Schwur, der von Richard of Ashburys Nichte ausgesprochen wurde, für ihn keinen Wert hatte.

„Bitte", flüsterte sie.

Er sah es ihrem verzweifelten Gesicht an, wie viel es sie kostete, sich dieses eine Wort abzuringen. Verdammt, dieses Weibsstück wußte genau seine Schwäche auszunutzen!

„Also fort mit Euch", sagte er scharf. „Doch beeilt Euch und versucht nicht zu fliehen." Ein teuflisches Lächeln zog sich um seine Lippen. „Ihr könntet einem wilden Tier begegnen, das Hunger auf Euer appetitliches Fleisch hat." Damit drehte er sich um und kehrte zu seinen Leuten zurück.

Kathryn raffte die Röcke und lief zu einem kleinen Buschdikkicht. Pah, dachte sie, das einzige wilde Tier, das sich in diesem Wald herumtreibt, ist höchstwahrscheinlich Guy de Marche, der Earl of Sedgewick! Nur wenige Minuten später kehrte sie zu der Lichtung zurück.

Die Männer waren inzwischen damit beschäftigt, ein Zelt aufzurichten. Sie hatten bereits ein Lagerfeuer gemacht, über dem sich ein Spieß drehte. Köstlicher Bratenduft wehte zu Kathryn heran, die indessen viel zu müde war, um ans Essen zu denken. Sie ging zu einer stattlichen Eiche, setzte sich dort ins weiche Moos, lehnte sich gegen den dicken Baumstamm und schloß die Augen. Nur für einen kleinen Moment wollte sie sich ausruhen.

Einige Zeit später stellte Guy fest, daß sie fest schlief. Sie hatte den Kopf in einem recht unbequemen Winkel gegen den Baumstamm gelehnt. Die Arme vor der Brust verschränkt, kauerte sie unter dem elend fadenscheinigen Umhang.

Guy erschien sie jetzt sehr verletzlich und sehr jung. Er spürte so etwas wie ein schlechtes Gewissen. Er hatte heute ein mörderisches Reisetempo vorgegeben und nur einmal halten lassen, um die Pferde zu tränken. Den Männern sah man die Erschöpfung deutlich an, und trotzdem hatte sich Kathryn nicht ein einziges Mal beklagt. Zu einer anderen Zeit hätte er sie dafür wahrscheinlich bewundert.

Sollte er sie jetzt einfach schlafen lassen? Nein, sie mußte etwas essen, schon ihrem ungeborenen Kind zuliebe. Er faßte sie bei den Schultern und rüttelte sie. Langsam schlug sie die Lider auf, und Augen so grün wie Frühlingslaub schauten verwirrt zu ihm hoch.

Kathryns Schönheit traf ihn wie ein Blitzschlag. Guy sah ihre leicht geöffneten Lippen, ihre vom Schlaf rosenroten Wangen und das sanfte Heben und Senken ihrer Brüste. Er mußte sich mahnen, daß ihr Liebreiz nur etwas Äußerliches war. Hatte sie nicht bereits bewiesen, was für ein hinterhältiges Geschöpf sie war? Und sie würde es ohne jeden Zweifel immer wieder aufs neue beweisen.

„Zeit zum Essen. Hier." Guy drückte ihr ein kleines Holzbrett mit Wildbret und knusprigem Brot darauf in die Hände. Er ging wieder, um einen Augenblick später mit seinem eigenen Speisebrett zurückzukehren. Mit untergeschlagenen Beinen ließ er sich neben ihr nieder.

Die Krieger saßen näher beim Feuer. Ihr lautes Lachen und ihre Gespräche wurden immer übermütiger. Verstohlen riskierte Kathryn einen Blick zu Guy de Marche hinüber, doch dessen strenger Gesichtsausdruck entmutigte sie, eine Unterhaltung anzufangen.

Nicht daß sie unbedingt mit dem Earl hätte plaudern wollen, nur hatte sie während des ganzen langen Tages mit niemandem sprechen können . . . Gleichwohl, sie würde ein ganzes Jahr lang schweigen, bevor sie sich zu einer Unterhaltung mit diesem Menschen herabließ.

Nachdem das Mahl beendet war, bemerkte sie, daß die Männer sich verteilten und sich zur Nachtruhe zurückzogen. Der Earl stand jetzt ein paar Schritte hinter ihr neben dem Zelt.

Sie erhob sich vom Boden. „Wo soll ich schlafen?"

Er schlug die Zeltklappe zurück. „Dies ist selbstverständlich ein bescheidenes Quartier für den Geschmack einer edlen Dame", meinte er spöttisch, „doch ich habe es immer als recht bequem empfunden und bin deshalb sicher, das werdet Ihr ebenfalls tun."

Seine Tonlage machte Kathryn stutzig. „Und Ihr, Herr?" erkundigte sie sich hochmütig. „Wollt Ihr etwa auch in diesem Zelt schlafen?"

Er bedachte sie mit einem vernichtenden Blick. „Jawohl." Das war alles, was er antwortete, und dann wartete er stumm darauf, daß sie endlich eintrat.

Sie straffte die Schultern. „Unter diesen Umständen schlafe ich natürlich im Freien", erklärte sie, hob die Nase in die Luft, drehte sich um und wollte ihren Platz unter dem dicken Eichbaum wieder einnehmen.

Sie kam nicht weit. Guy de Marche packte sie beim Handgelenk und zog sie zum Zelt zurück, noch ehe sie auch nur einen Atemzug tun konnte.

„Ich dachte, das hätte ich vorgestern nacht bereits klargestellt", sagte er grimmig. „Ich würde mir eher den Arm abhakken, als Hand an Euch zu legen. Glaubt Ihr etwa, Eure Schönheit hätte mich zu versklavt, daß ich vergesse, wer Ihr seid? Ihr erregt in mir nichts außer meinem Zorn."

Im stillen fragte er sich, ob das tatsächlich so war. Er beschimpfte und demütigte Kathryn, doch gleichzeitig begehrte er sie. Der bloße Gedanke daran, ihr beizuwohnen, entfachte das Feuer in seinen Lenden. Und diese Frau stand noch immer so kühl und hochmütig da!

„Ich sollte Euch warnen, Kathryn. Hier draußen macht Ihr Euch selbst zum jagdbaren Wild für meine Krieger", sagte er eher gelangweilt. „Während ich gewisse Ansprüche an meine Bettgenossinnen stelle, sind meine Männer in dieser Beziehung nicht gar so wählerisch. Da sie darüber hinaus die Freuden des Fleisches seit geraumer Zeit nicht mehr genießen konnten, wäre ihnen mittlerweile jede Frau recht."

Sogar Ihr! Das sprach er zwar nicht aus, doch sein geringschätziges Lächeln sagte es deutlich. Kathryn fielen die beiden lüsternen Krieger wieder ein, die auf Ashbury über sie und Elizabeth gesprochen hatten.

Am liebsten hätte sie dem Earl jetzt in sein arrogantes Gesicht geschlagen, doch sie beschränkte sich darauf, ihm einen verächtlichen Blick zuzuwerfen und dann tief gebückt ins Zelt zu treten. Wahrscheinlich wählte sie damit das kleinere von zwei Übeln . . . hoffentlich.

Guy de Marche folgte ihr nicht. Das Zelt war überraschend geräumig. Neben der Eingangsklappe lag ein kleiner Stapel Felle. Kathryn suchte sich zwei davon aus und zog sich damit in die äußerste Ecke zurück. In voller Bekleidung legte sie sich auf das eine Fell und deckte sich mit dem anderen zu.

Kurz darauf kam der Earl herein. Sie lag auf dem Rücken und war entschlossen, den Mann nicht zur Kenntnis zu nehmen. Das Lagerfeuer warf einen schwachen Lichtschein in das Zelt; es war gerade hell genug, um die Umrisse des Earls zu beleuchten.

Alle Muskeln in ihrem Körper spannten sich an, als er an ihr vorbeiging. Sie hörte seinen Waffengürtel zu Boden fallen. Als nächstes befaßte er sich mit seinen Beinlingen. Kathryn erschrak. Er wollte doch nicht etwa nackt schlafen – keinen Schritt von ihr entfernt?

Draußen warf jemand noch ein Holzscheit auf das Feuer. Die Flammen loderten hell auf. In diesem Moment konnte sie alle seine körperlichen Einzelheiten sehen – lange Beine, breite Brust, mächtige Schultern . . . Männlichkeit.

Sie drückte die Augen fest zu und drehte sich auf die Seite. Ihr Herz hämmerte so laut, daß sie meinte, man müsse es noch in einiger Entfernung hören.

Sie hätte nicht gedacht, daß sie in dieser Nacht auch nur einen einzigen Augenblick würde schlafen können – so in unmittelbarer Nähe des Earls. Es dauerte indessen nicht lange, da hatte ihre Erschöpfung gesiegt, und Kathryn sank in einen tiefen Schlummer.

Zwei Nächte später war dies indes nicht der Fall. Kathryn rollte sich fest zusammen, damit sie sich nicht hin- und herwarf und so womöglich noch den Earl weckte, denn falls er erwachte, war alles verloren.

Sie fand, sie durfte ein wenig stolz auf sich sein. Die vergangenen beiden Tage hatte sie gut genutzt, um Guy de Marche in Sicherheit und Selbstzufriedenheit zu wiegen. Sogar seine Bewachung schien er ein wenig gelockert zu haben. Er stieß keine scharfen Warnungen mehr aus, wenn sie sich zu ihren Verrichtungen zurückziehen mußte, und er verfolgte nicht mehr jede ihrer Bewegungen mit den Blicken.

Selbstverständlich spielte sie nicht das schwache und demütige Mädchen, denn das hätte er ihr auch ganz gewiß nicht abgenommen. Vielmehr setzte sie den Kampf gegen ihn mit Waffen fort, die ihr zur Verfügung standen, und das waren der Verstand und die Worte.

Wieder lauschte sie auf die Atemzüge des Earls. Sie kamen tief und regelmäßig. Dennoch wartete sie noch Stunden, um ganz sicher zu sein, daß er sich wirklich weit fort in der Welt der Träume befand.

Jetzt oder nie! Geräuschlos und mit angehaltenem Atem schlüpfte sie unter ihrem Fell hervor. Guy de Marche hatte sich kein einziges Mal darüber geäußert, daß sie stets in voller Kleidung zu schlafen pflegte, und das erwies sich als ein großer Vorteil.

Geduckt bewegte sie sich zum Zeltausgang. In diesem Moment drehte sich hinter ihr der Earl auf den Rücken. Sie erstarrte, wartete – eine Ewigkeit, wie ihr schien – und dann schlich sie weiter.

Draußen schien ein strahlender Mond und beleuchtete die Lichtung fast taghell. Die Pferde waren am Rand des Lagers in unmittelbarer Nähe der schlafenden Krieger angepflockt. Dorthin lenkte Kathryn ihre heimlichen Schritte.

Sie fand Esmeralda, band sie los, und wenige Augenblicke später verschwanden Roß und Reiterin zwischen den Bäumen wie die Nachtgeister. Nur der Mond war Zeuge, wie Kathryn den Kopf in den Nacken legte und leise lachte. Sie war frei. Frei! Die Flucht war nicht halb so schwierig durchzuführen gewesen, wie sie erwartet hatte.

Der Gedanke, daß alles viel zu einfach gegangen war, kam ihr überhaupt nicht.

Am nächsten Morgen erwachte Guy gleich nach Tagesanbruch. Eine kleine Weile lag er absolut still da und betrachtete das rötliche Licht der Morgendämmerung, das durch einen Spalt in der Zeltklappe sichtbar war. Dann gähnte er ausgiebig, streckte und rekelte sich, stand auf und kleidete sich gemächlich an. Nicht einen einzigen Blick warf er zu der leeren Schlafstatt neben seiner hinüber.

Draußen erwachte das Lager. Guy rief nach seinem Knappen Tom, der ihm das Morgenmahl bringen sollte.

„Für die Lady auch?" fragte der Junge.

Sein Herr schüttelte den Kopf. „Die Lady ist fort, Tom."

Der Knappe staunte offenen Mundes.

„Es sieht so aus, als habe die Lady beschlossen, auf ihrer Reise nach Sedgewick einen kleinen Umweg zu machen", erläuterte Guy lächelnd.

„Herr . . .?"

Er mußte viel Nachsicht mit dem Knappen haben, der zwar schon recht vielversprechend mit Lanze und Schwert umzugehen verstand, über die Methoden eines Feindes indessen noch vieles zu lernen hatte.

„Sie ist in der Nacht geflohen, Tom“, setzte er dem Jungen auseinander. „Die Lady beabsichtigt, nach Ashbury zurückzukehren.“

Tom lachte. „Sie weiß wohl noch nicht, daß sie Euch niemals entkommen kann.“ Er lachte wieder, als hielte er die Vorstellung, eine Frau könnte seinen Herrn überlisten, für ungeheuer amüsant.

Ganz so erheiternd fand Guy das Ganze allerdings nicht. Er befahl Sir Jerome, die Männer nach Sedgewick zurückzuführen, und ritt dann selbst in entgegengesetzter Richtung.

Wenn ich Glück habe, entdeckt Guy de Marche meine Abwesenheit nicht vor dem Morgen, dachte Kathryn. Aus seinen Gesprächen mit seinen Leuten wußte sie, daß man Sedgewick morgen mittag erreichen würde. So kurz vor dem Reiseziel würde er vielleicht zu der Überzeugung kommen, sie sei es nicht wert, daß er sich die Mühe machte, nach ihr zu suchen.

Der Tag versprach warm und sonnig zu werden. Die holperige Landstraße immer im Blick, ritt Kathryn im Schutz der Wälder, die sich daneben entlangzogen, denn keine anständige Frau würde ohne Begleitung reisen. Jedesmal wenn sie Hufschlag hörte, riß sie Esmeralda herum und nahm Deckung, wo immer sie sie zwischen Bäumen und Unterholz finden konnte.

Am späten Nachmittag beschloß sie, sich einen sicheren Unterschlupf für die Nacht zu suchen, solange es noch hell war. Sie fand eine kleine versteckte Lichtung, die von knorrigen Eichen umstanden war und in deren Nähe ein munterer Bach plätscherte.

Sie führte Esmeralda zum Wasser, ließ sie trinken und band sie danach an einer grasbewachsenen Stelle fest. Während das Pferd fraß, suchte sie sich Feuerholz, und als sie eine ausreichende Menge beisammenhatte, blickte sie sehnsuchtsvoll zu dem Bach hinüber.

Wildblumen wuchsen an seinem Ufer und erfüllten die Luft

mit ihrem Duft. Über den Baumwipfeln veränderte sich das Zwielicht der Dämmerung zu Rosa- und Goldtönen. Hier in dieser wunderschönen Umgebung merkte Kathryn, wie sich ihre Glieder langsam entspannten.

Sie erlag der Versuchung, entkleidete sich bis auf das Unterhemd und neigte sich über den Bach. Mit den Händen schöpfte sie Wasser und reinigte damit ihr Gesicht. Sie konnte gar nicht genug von dem kühlen Naß bekommen, das ihr inzwischen an den Armen entlang- und an den Waden hinunterlief. Schließlich spritzte sie es sich gegen die Brust, einmal, zweimal, immer wieder. Obwohl sie sich jetzt ein wenig sauberer fühlte als zuvor, war sie nicht so erfrischt, wie sie sich das erhofft hatte.

Sie blickte einmal in die Runde. Hoch oben flatterten zwitschernde Vögel zwischen den Baumwipfeln hin und her. Ein Kaninchen hoppelte eilig durchs Gras. Kathryn streifte ihr Hemd ab und legte es auf einen großen Stein. Hier war sie sicher vor fremden Blicken.

Sie irrte sich.

Der heimliche Späher war hinter dem dicken Stamm eines schwarzen Eichbaums versteckt und verfolgte jede ihrer Bewegungen. Ihr dünnes Leinenhemd verbarg ohnehin nur wenig von ihren weiblichen Formen, und als sie es nun noch ablegte, hielt Guy den Atem an.

Sie hatte das lange Haar zu einem dicken Zopf zusammengedreht und es sich über die Schulter gezogen. Ihre milchweiße Haut schimmerte wie kostbare Perlen. Kathryn war schlank, beinahe dünn, und dennoch waren die Hüften unter der unglaublich schmalen Taille sehr weiblich gerundet. Ihre Brüste waren fest und rund. Verlockend hoben sich die rosigen Spitzen von der hellen Haut ab.

Tatsächlich war sie so atemberaubend schön, wie Guy es sich vorgestellt hatte – und genau das war das Übel. Er verachtete sie, und trotzdem hatte er immer wieder davon geträumt, sie so zu sehen.

Als sie jetzt in den Bach watete, fiel sein Blick auf ihren Bauch. Guy preßte die Lippen zusammen. Er konnte auch nicht die allergeringsten Anzeichen dafür entdecken, daß dort ein Kind heranwuchs. Der Leib zwischen den Hüften war absolut flach und straff. Dennoch – Guy war nicht ganz unwissend, was Schwangerschaften betraf, und deshalb sagte er sich, daß es schließlich noch Wochen dauern mochte, bevor sie langsam dick und schwer wurde.

Unterdessen stieg Kathryn wieder aus dem Bach, drückte sich das Wasser aus dem Zopf und legte rasch und ein wenig frierend ihre Kleider an. Während sie ein Feuer entfachte, merkte sie, wie hungrig sie war. Viel zu essen hatte sie leider nicht, nur das, was sie in dem kleinen, an ihrem Gewand hängenden Beutel hatte verbergen können, doch das würde schon bis Ashbury ausreichen. So langsam wie möglich knabberte sie an einer harten Brotkruste, und als die Dunkelheit endgültig hereingebrochen war, hatte sie ihr mehr als bescheidenes Nachtmahl schließlich beendet.

Der Mond stieg langsam am klaren tiefschwarzen Himmel hoch. Die Sterne glitzerten wie Diamanten, und es wurde empfindlich kühl. Unter ihrem dünnen Umhang zusammengekauert rückte Kathryn so dicht wie möglich ans Feuer heran. Sie zog die Beine an die Brust und schlang die Arme wärmend um die Knie.

Nebelschwaden begannen dicht über dem Waldboden zu wabern. Durchdringendes Heulen zerriß die Stille der Nacht – ein Wolf! Ein unheimliches Gefühl lief ihr über den Rücken. Sie hatte sich hier auf dieser Lichtung so sicher gefühlt, doch war sie es tatsächlich? Immerhin gab es in diesen Wäldern alle möglichen Bestien, auch zweibeinige, wie sie sehr wohl wußte. Ihr fielen alle die vielen schaurigen Geschichten wieder ein, die sie jemals über Halsabschneider, Mörder und Geächtete gehört hatte.

Plötzlich war sie auf der Hut, und alle ihre Sinne waren aufs äußerste geschärft. Ein kleines Geräusch auf der anderen Seite der Lichtung alarmierte sie. Sie sprang auf und versuchte, mit den Augen die Dunkelheit zu durchdringen, entdeckte indessen nichts als silberne Nebel, die sich zwischen den Bäumen drehten.

Und in einem solchen Nebel nahm mit einmal eine männliche Gestalt Form an, groß und mächtig, dunkel und gesichtslos. Wie gelähmt stand Kathryn da. Sie wollte fortlaufen, doch ihre Beine versagten ihr den Gehorsam.

Der Unheimliche trat näher, und jetzt fiel der flackernde Feuerschein auf sein Gesicht. Kathryn starrte den Mann benommen, fassungslos an. Ihr Herz schien zuerst stillzustehen, um dann um so wilder zu pochen. Der Schrecken schnürte ihr den Hals zu.

„Nein“, flüsterte sie. Ein Schluchzen entrang sich ihr, dann ein leiser Schreckensschrei. „Nein!“ Panik erfaßte sie. Blind rannte sie in den Wald hinein. Zweige schlugen ihr ins Gesicht. Sie stolperte, richtete sich gleich wieder auf. Folgten ihr die Schritte tatsächlich, oder hörte sie nur das Hämmern ihres eigenen Herzens? Sie mußte rennen, weiter, immer weiter! Sie mußte entkommen!

Doch es war aussichtslos. Guy de Marche hatte sie schon eingeholt, und sein Arm legte sich wie ein Eisenband um ihre Taille. Kathryn wurde hochgehoben und wie ein Mehlsack über die starke Schulter geworfen. Sie schrie und wand sich, sie schlug mit den Fäusten auf seinen Rücken ein, und unterdessen schritt der Earl unbeirrt voran. In ihrer Verzweiflung biß sie ihm in den Nacken.

„Hexe!“ Guy knirschte mit den Zähnen. Er schlug ihre Röcke hoch und gab ihr mit der flachen Hand kräftig und schmerzhaft eins auf die nackte Sitzfläche. Er fühlte, wie Kathryn heftig zusammenzuckte, und dann stellte sie ihre Hiebe auf seinen Rükken ein.

Ihren Kampfeswillen hatte er jedoch keineswegs gebrochen. Neben dem Feuer warf er sie grob zu Boden. Sie wollte sich sogleich fortrollen, doch er stellte sich über sie und hielt sie zwischen seinen Beinen fest. Ohne ihre Gegenwehr einzustellen, entlud sie nun ihre ganze Wut über ihn.

„Ich hasse Euch, de Marche! Ihr seid eine Ausgeburt der Hölle, der Sohn einer widerlichen Kröte! Eure Seele soll verdammt sein in alle Ewigkeit!“

„Sollte meine Seele tatsächlich in der Hölle enden“, unterbrach er sie gelassen, „dann wird sie zweifellos neben Eurer dort wohnen.“

Kathryn setzte sich hoch und versuchte aufzustehen. Er trat einen Schritt zur Seite, machte indes keine Anstalten, ihr dabei zu helfen. Als sie endlich auf ihren Füßen stand, fuhr sie ihn gleich wieder an. „Verdammnis über Euch! Weshalb könnt Ihr mich nicht einfach ziehen lassen? Weshalb mußtet Ihr mich jagen wie ein Tier?"

„Nicht wie ein Tier. Wäre es so, hätte ich Euch schon vor Stunden erlegt." Er mußte über ihren bestürzten Gesichtsausdruck lächeln. „Ihr habt nicht gemerkt, daß ich Euch so dichtauf folgte, oder? Noch vor der Mittagsstunde hätte ich Euch greifen können – eigentlich sogar schon, bevor Ihr noch mein Zelt verlassen hattet."

„Soll das heißen, Ihr habt mich absichtlich entkommen lassen? Und wart während des ganzen langen Tages immer nur einen Schritt hinter mir?"

Sein Lächeln gab ihr die Antwort. Großer Gott! War er etwa auch beim Bach gewesen, als sie sich entkleidet und gebadet hatte? Dann hatte er sie ja vollkommen nackt gesehen! Bei dieser Vorstellung wurde ihr Gesicht feuerrot.

„Ihr habt Euer böses Spiel mit mir getrieben", warf sie ihm vor. „Weshalb? Warum habt Ihr das getan?"

Er hob eine Augenbraue. „Ich denke, die Antwort liegt doch auf der Hand. Ihr habt Euch wie ein Kind benommen, das die Grenzen der Disziplin ausprobieren wollte, und so wollte ich Euch eben eine Lektion erteilen – darüber, daß Ihr ohne meine Erlaubnis nirgendwohin gehen dürft. Mein Wille wiegt mehr als Eurer, Kathryn."

„Niemals!"

„Immer."

Bevor sie sich's versah, packte er sie beim Handgelenk und zog sie so heftig zu sich heran, daß ihr beinahe die Luft wegblieb.

„Ihr seid mir einmal fortgelaufen, Madam. Versucht das nicht ein zweites Mal, denn ich schwöre Euch, beim nächstenmal werde ich nicht so nachsichtig sein."

Unwillkürlich wich sie zurück, denn erst jetzt wurde ihr bewußt, wie böse er tatsächlich auf sie war.

Er lachte, und in ihren Ohren klang es fürchterlich. „Angst, Kathryn? Nun, Madam, die solltet Ihr auch haben, denn Ihr stellt meine Geduld auf eine harte Probe. Bisher habt Ihr mir schon beträchtlichen Ärger bereitet, und langsam beginne ich mich wirklich zu fragen, ob Ihr die Schwierigkeiten überhaupt wert seid."

Sie schaffte es, trotzig das Kinn zu heben und dem Earl tapfer in die Augen zu blicken, doch ihre Knie zitterten dabei. Noch nie hatte ein Mann sie so verängstigt – und nur kraft der Tatsache, daß er eben ein Mann war.

Groß und mächtig überragte er sie. Sein Mund war schmal und streng, und der Blick seiner metallischen Augen durchbohrte sie wie eine Lanze. In diesem Blick erkannte sie sein Verlangen, sie zu bestrafen. Seine Macht über sie machte sie so wütend wie ihre eigene Machtlosigkeit gegen ihn.

„Nur zu!" forderte sie ihn in einem unbedachten Anfall von Mut auf. „Es wäre ja nicht zum erstenmal, daß ich den Biß der Peitsche oder den Schlag einer Männerhand fühle. Vielleicht möchtet Ihr mich ja auch gleich töten, nachdem Ihr schon Richard umgebracht habt."

„Ich sage dies nur ein einziges Mal", knurrte er. „Ich habe Euren Onkel nicht ermordet, obschon mir nichts ein größeres Vergnügen bereitet hätte. Jawohl, ich trachtete nach Rache, doch jemand anders hat mich darum betrogen."

„Und das soll ich Euch glauben? Euch, dessen Ehrenkodex auch Hinterhältigkeit und Gaunerei umfaßt?" Sie wollte sich aus seinem Griff befreien, doch er ließ es nicht zu.

Eisenhart und unnachgiebig schlang er die Arme um sie und nahm ihren Mund zu einem erbarmungslosen, strafenden Kuß in Besitz. So fest preßte er seine Lippen gegen ihre, daß seine und ihre Zähne gegeneinander stießen. Mit der Zunge drang er tief und rücksichtslos in ihren Mund ein. Unbewußt stöhnte Kathryn leise auf, und mit einmal änderte sich die Art, wie er sie küßte.

Alles um sie herum schien sich zu drehen. Guys Kuß war nicht mehr hart und brutal, sondern hungrig und voller Begehren. Kathryn wehrte sich dagegen, wenn auch mit heimlichem Vergnügen. In irgendeiner Ecke ihres Verstandes war sie allerdings entsetzt darüber, daß sie an so etwas bei diesem Mann überhaupt Vergnügen empfinden konnte.

Guy hätte beinahe laut aufgestöhnt. Kathryn war so zart, daß er mit seiner Hand an ihrem Rücken fast ihre Taille umspannen konnte. Ihr Knochenbau war fein und grazil; es fühlte sich an, als könnte man sie einfach zerbrechen, und dennoch hatte sie so etwas Festes, Geschmeidiges an sich, das ihn beinahe an den Rand des Wahnsinns trieb.

Eigentlich hatte er ihr nur klarmachen wollen, daß sie sich seinem Willen zu beugen hatte, doch jetzt pulsierte das Blut heiß und heftig durch seine Adern. Er ließ seine Hände zu ihren Hüften gleiten und umfaßte dann ihr festes, rundes Gesäß. Aufstöhnend hob er sie sich an seinen Körper und preßte sie fest gegen sich.

Kathryn erstarrte vor Schreck. Sie fühlte da etwas ihr Unbekanntes, Fremdes an ihrem Bauch, das immer größer, immer härter wurde ...

Guy riß seinen Mund von ihren Lippen. „Verdammt sollt Ihr sein!" Er schleuderte sie beinahe von sich fort. „Verdammt dafür, daß Ihr mich in Versuchung führt!"

„Ich?" rief sie empört. „Ihr wart es doch, der mich geküßt hat! Weshalb gebt Ihr mir die Schuld?"

Die Spannung zwischen ihnen war fast greifbar. Sein höchst unvernünftiges Verlangen nach dieser Frau war Guy mehr als unbehaglich. Einerseits wollte er den Geschmack ihres Mundes von seinen Lippen tilgen, und andererseits drängte es ihn, Kathryn ohne Rücksicht auf die Konsequenzen wieder an sich zu reißen und den Dingen ihren Lauf zu lassen.

Sein Blick war mörderisch. „Ihr, liebreizende Kathryn, seid eine Dirne. Keine tugendhafte Dame würde jemals tun, was Ihr getan habt."

„Und was, wenn ich fragen darf, habe ich getan, das Ihr so verachtenswert findet?"

„Ihr habt die Freuden des Fleisches mit Roderick genossen, ohne zuvor den Ehesegen der Kirche erlangt zu haben. Deshalb müßt Ihr jetzt den Preis dafür bezahlen." Kathryn errötete tief, als er den Blick vielsagend auf ihren Bauch richtete. „Und muß ich Euch noch daran erinnern, daß Ihr mir erst vor vier Nächten die gleichen Freuden angeboten habt? Für Euren Roderick habt Ihr die Hure gespielt, doch für mich werdet ihr das nicht tun!"

Sollte sie ihm jetzt sagen, daß die Umarmung mit Roderick

nicht das gewesen war, wofür er sie gehalten hatte? Daß sie sich ihm, dem Earl, in jener Nacht auf Ashbury nur aus tiefer Verzweiflung angeboten hatte? Daß sie überhaupt nicht schwanger sein konnte? Guy de Marche würde sie dann nicht nur eine Hure, sondern auch noch eine Lügnerin schimpfen.

Eine Entgegnung erwartete er jedoch anscheinend gar nicht. Er ging zu seinem Pferd, schnallte die zusammengerollte Wolldecke hinter dem Sattel los und warf sie Kathryn vor die Füße. „Schlaft jetzt", befahl er rauh. „Beim ersten Tageslicht brechen wir auf."

Sir Hugh klopfte an die Eichentür zu Elizabeths Gemach. Da er zunächst keine Antwort erhielt, klopfte er noch einmal ein wenig lauter, und jetzt hörte er eine leise Stimme.

„Wer ist da?"

„Ich bin es – Hugh. Ich muß mit Euch sprechen, Lady Elizabeth."

Nach einer Weile wurde ihm aufgetan. „Ihr wünscht, Sir Hugh?" fragte Elizabeth, die mit unterwürfig gesenktem Blick und gefalteten Händen dastand.

Er trat vor. „Ich war besorgt um Euch, Elizabeth, und deshalb wollte ich nach Euch schauen und mich vergewissern, daß Ihr nicht etwa krank seid."

„Ich . . . mir geht es gut", flüsterte sie und wandte verlegen den Kopf ab.

Hugh bemerkte ihre ungewöhnliche Blässe und ihre tränennassen Wimpern. Die zarte Haut unter ihren Augen war gerötet. „Ihr habt geweint", stellte er leise fest. „Weshalb, Elizabeth? Sagt es mir."

Sie holte tief Luft, und das hörte sich an wie ein Schluchzen. Es zerriß Hugh beinahe das Herz. Er legte einen Finger unter ihr Kinn und hob sich ihr Gesicht entgegen. Bei der Berührung zuckte sie zwar zusammen, doch sie zog den Kopf nicht fort.

Am liebsten hätte Hugh sie sich an die Brust gedrückt; das wagte er jedoch noch nicht. Statt dessen nahm er ihre Hände in seine und zog Elizabeth zur Fensterbank. „Sagt mir, was Euch bedrückt", bat er. „Ich werde mich bemühen, es zu richten, das verspreche ich."

Bekümmert schalt sich Elizabeth wegen ihres törichten Herzens. Zweifellos dachte Sir Hugh nun, sie sei weichlich und besäße kein Rückgrat. Onkel Richard hatte das ja auch immer gesagt. „Wenn Ihr das nur könntet . . .“

Hugh wäre nichts lieber gewesen, als die gute, sanfte Elizabeth vor allem und jedem Bösen zu beschützen. Im Augenblick war sie indessen nicht furchtsam, sondern traurig.

„Mich deucht, ich weiß, was Euch bekümmert. Es ist wegen Kathryn, nicht wahr?“

Sofort begannen ihre Lippen zu zittern, und das war ihm Antwort genug.

„Fehlt sie Euch so sehr?“ fragte er sanft.

Elizabeth nickte und schaute ihn dann an. „Ich weiß ja, ich bin eine erwachsene Frau“, flüsterte sie, „doch es ist so furchtbar einsam ohne Kathryn. Ich habe niemanden, mit dem ich reden könnte . . .“

„Ihr kränkt mich zutiefst, Herrin.“ Hugh spielte den ungeheuer Beleidigten. „Schließlich stehe ich Euch jederzeit zur Verfügung, sei es fürs Reden, fürs Schreiben oder fürs Schimpfen.“ Und für alles andere auch, setzte er im stillen hinzu, und dann hätte er am liebsten vor Freude laut gejubelt, als er Elizabeths Lächeln sah. Leider jedoch verschwand es viel zu schnell wieder.

„Ihr seid sehr gütig, Sir Hugh“, sagte sie langsam und senkte den Blick auf ihre zusammengelegten Hände. „Doch ich verdiene Euren Trost nicht“, gestand sie leise und stockend, „denn ich habe schwer gesündigt.“

„Ihr? Das ist doch nicht möglich!“

Sie schämte sich furchtbar. „Doch. Ich . . . ich habe Euren Herrn belogen.“

„Falls Ihr das getan habt, dann doch sicherlich aus einem guten Grund.“

„Für eine Sünde gibt es niemals einen guten Grund“, entgegnete sie. „Ich habe mich der Eigennützigkeit und der Habgier schuldig gemacht, Sir Hugh.“

Er runzelte die Stirn. „Wie das?“

„Kathryn ist nicht schwanger, Sir Hugh. Das habe ich nur gesagt, damit Euer Herr sie nicht von Ashbury fortbrachte. Ich habe gespielt und verloren. Jetzt hat er Kathryn, und ich befürchte, sie wird den Preis für meine Lüge zahlen müssen.“ Zwei Tränen rollten ihr über die Wangen.

Hugh war sehr versucht, sich auf die Schenkel zu schlagen und laut zu lachen. Weil er jedoch sah, wie unglücklich Elizabeth war, fühlte er sich verpflichtet, sie so gut es ging zu beruhigen. Zunächst einmal wischte er ihr die Tränen mit dem Daumen fort und widerstand dem Impuls, seine Hände an ihrem Gesicht verweilen zu lassen.

„Sorgt Euch nicht so sehr“, bat er. „Ich weiß, Ihr und Eure Schwester habt noch keinen Anlaß, es zu glauben, doch Guy ist wirklich nicht herzlos.“

Ihr Gesichtsausdruck blieb bekümmert. „Ihr kennt Kathryn nicht. Ich befürchte, Euer Herr wird das Gute an ihr nicht entdecken, denn sie ist ja so furchtbar starrsinnig und aufbrausend und manchmal von so freimütiger, ungezügelter Rede ...“

Ebensogut hätte das Mädchen meinen Herrn beschreiben können, dachte Hugh. Er vermutete, daß Kathryn und Guy darüber hinaus auch mehr Stolz besaßen, als gut für sie war.

„Daran können wir im Augenblick nichts ändern“, sagte er lächelnd. „Doch bekümmert Euch nicht gar so sehr. Es ist nicht so schlimm, wie Ihr glauben mögt.“ Ein Licht leuchtete in seinen Augen auf. „Es würde mich ungemein erfreuen, wenn Ihr mich morgen zu einem Spaziergang an der Seeluft begleiten könntet.“

Sie wandte den Blick ab, und Hugh spürte, daß sie ablehnen würde. Wieder legte er die Finger unter ihr Kinn und drehte ihren Kopf zu sich zurück. „Bitte, Elizabeth“, sagte er ernst. „Es würde mich sehr schmerzen, solltet Ihr mich abweisen.“

Klopfenden Herzens blickte sie ihm tief in die Augen und erkannte dort Kraft, Mitgefühl und Güte – oder sah sie nur, was sie sehen wollte? Sie hatte Angst davor, ihrem eigenen Urteil zu vertrauen, und Angst davor, ihm zu mißtrauen.

„Ich weise Euch nicht ab, Sir Hugh“, hauchte sie.

Hughs Herz jubilierte. Er sehnte sich danach, diese zitternden Lippen, zart wie eine Rosenknospe, an seinen zu fühlen, doch er versagte es sich noch. Bald, versprach er sich selbst, sehr bald ...

## 6. KAPITEL

Spät am nächsten Abend bekam Kathryn Sedgewick zum erstenmal zu Gesicht.

Sie blieb ein wenig hinter Guy de Marche zurück, während sich die beiden Pferde ihren Weg einen sanften Abhang hinauf suchten. Oben angekommen, zügelte der Earl seinen mächtigen Hengst, saß ab und schaute in das kleine Tal hinunter, das vor ihnen lag.

Kathryn hielt ihren Zelter ebenfalls an, blieb jedoch im Sattel sitzen. Sie drückte sich die Hand ins Kreuz und massierte sich die schmerzenden Muskeln.

Der Himmel war wolkenlos. Das Zwielicht kündigte sich schon mit rosigem Schein am Horizont an. Wie ein endloser grüner und goldener Fleckenteppich dehnten sich unten zahllose Felder nach Norden und Osten aus. In der Nähe schmiegten sich Dutzende robuster Hütten in die Flanke eines Berghügels.

Die gewaltige Festung auf dem Gipfel des Hügels zog Kathryns Blick auf sich. Scharf hob sich die Silhouette gegen den Himmel ab, und die hohen Kalksteinmauern glitzerten weiß in der Nachmittagssonne. Vier runde Wehrtürme befanden sich an den Ecken. Ein breiter Graben schützte die Torseite. Diese Burg war mindestens dreimal so groß wie Ashbury.

„Vor Euch seht Ihr Sedgewick", erklärte Guy de Marche mit erkennbarem Stolz.

Ein schweres Gewicht schien sich auf ihre Brust zu senken. Die Festung samt der sie umgebenden Landschaft stellte tatsächlich einen atemberaubenden Anblick dar. Manche Menschen werden dies hier sicherlich für einen wahrhaft paradiesischen Ort halten, dachte Kathryn, für mich hingegen ist Sedgewick ein Gefängnis . . .

Der Earl saß wieder auf. „Laßt uns weiterreiten. Ich bin ungeduldig, endlich heimzukommen."

Das glaubte Kathryn ihm aufs Wort, denn er gab seinem Hengst die Sporen, und Pferd samt Reiter flogen förmlich den Abhang hinunter ins Tal. Zu Kathryns Ärger folgte Esmeralda dem Hengst im selben halsbrecherischen Tempo, ohne von ihrer Reiterin dazu aufgefordert worden zu sein.

Erst kurz vor der Burg zügelte Guy de Marche sein Roß. Kathryn lenkte Esmeralda an seine Seite. Zusammen überquerten sie die Zugbrücke und ritten in den dunklen Torweg ein. Kathryns Muskeln spannten sich mit jedem Schritt mehr an, und sie schreckte heftig zusammen, als das eiserne Fallgatter hinter ihnen zu Boden fuhr. Jetzt war sie endgültig und unentrinnbar gefangen.

Eine gackernde Henne floh über den staubigen Burghof; ein langbeiniger Hund schnappte nach ihren Schwanzfedern. Die Geräusche, die Kathryn an die Ohren drangen, waren ihr nicht fremd. Sie hörte die Stimmen der Tiere in ihren Verschlägen und Ställen, das Klingen des Schmiedehammers, den Schrei der Jagdfalken in den Käfigen. Fremd war es ihr hingegen, so offen angestarrt zu werden.

Ein Pferdeknecht sah sie und den Earl als erster und rannte sogleich herbei, um dessen Roß beim Halfter festzuhalten. „Herr!" Mit leuchtenden Augen schaute er zu Guy de Marche auf. „Wie gut, daß Ihr wieder zurück seid."

Guy sprach den Jungen beim Namen an. „Ja, John, es ist gut, wieder daheim zu sein." Er saß ab, warf dem Knecht die Zügel zu, wandte sich dann zu Kathryn um und reichte ihr die Hand entgegen.

Unter dem kalten Blick dieser silbergrauen Augen erstarrte sie. Am liebsten hätte sie ja die Hand zur Seite geschlagen, doch die Augen drohten ihr jetzt schon Strafe an, sollte sie das wagen. Kathryn preßte die Lippen aufeinander. Sie legte die Fingerspitzen leicht auf die Schulter des Earls, ertrug seine Hände an ihrer Taille und gestattete ihm, sie zu Boden zu heben.

Er ließ sie sofort wieder los, als könnte er die Berührung mit ihr keinen Augenblick länger ertragen. Kathryn ging es ebenso.

Zu ihrer Bestürzung jedoch legte er im nächsten Moment seine Finger an ihren Ellbogen. So führte er sie über den Burghof und dann die Treppe hinauf in die große Halle.

Im Saal herrschte eifrige Betriebsamkeit. Mehrere Ritter eilten herzu, um ihren Herrn zu begrüßen. Einer von ihnen, ein großer, vierschrötiger Mann mit rotgoldenem Bart, lachte und schlug ihm kräftig auf die Schulter. „Mann Gottes, Ihr habt Euch mit dem Heimfinden reichlich viel Zeit gelassen! Wir dachten schon, Ihr hättet Euch unterwegs verirrt.“ Der Ritter lachte laut.

Guys Lächeln fiel eher gequält aus.

Der Mann warf einen anerkennenden Blick in Kathryns Richtung. „Und wer mag wohl diese bezaubernde junge Dame sein?“

Kathryn fragte sich angstvoll gespannt, ob Guy de Marche sie als Freundin oder als Feindin vorstellen würde. Sein Blick war jedenfalls kalt und gnadenlos.

„Sir Edward, ich darf Euch mit der Nichte des Richard of Ashbury bekannt machen, der Lady Kathryn. Da ich erwarte, die Vormundschaft über sie von König Heinrich übertragen zu erhalten, wird die Dame eine Weile hier bei uns auf Sedgewick bleiben.“

Er hatte so laut gesprochen, daß es jeder hören konnte. Demütigen und verletzen will er mich, dachte Kathryn, und tatsächlich herrschte nach seinen Worten auch betretenes Schweigen in der großen Halle. Die zuvor neugierigen Blicke verwandelten sich in mißbilligende, ablehnende, und das traf auf die Ritter wie auf das Gesinde gleichermaßen zu.

Und alles nur deswegen, weil sie Richards Nichte war! Sogar aus dem Grab heraus verfügte ihr Onkel noch über die Macht, ihr zu schaden. Kathryn senkte den Blick. Vor Scham vermochte sie nur auf den mit Binsenstreu bedeckten Boden zu schauen. Sie hörte es kaum, daß der Earl eine Magd heranrief.

„Führe Lady Kathryn zu ihrem Gemach“, befahl er.

Hinter dem Mädchen her stieg Kathryn bedrückt die Treppe hinauf und verbrachte dann den Rest des Abends in ihrem neuen Quartier.

In dieser Nacht lag sie noch lange wach. Immer wieder sah sie das harte Gesicht des Earls vor sich. Wollte er durch sie seine

Rache an Richard of Ashbury doch noch erreichen? Sie dachte an seine dunklen, starken Hände. Es wäre so einfach für ihn. Er brauchte seine Finger ja nur um ihren Hals zu legen . . . oder ein einziger Schlag . . . Er konnte sie umbringen, und sie war dagegen machtlos.

Sie dachte an Flucht, verwarf den Gedanken freilich gleich wieder; Guy de Marche hatte sie schließlich schon einmal wiedereingefangen. Ashbury . . . und Elizabeth, die liebe, gute Elizabeth . . . Würde sie sie jemals wiedersehen? Kathryn wünschte, sie könnte jetzt weinen, doch ihr Schmerz und ihre Tränen blieben in ihrem Inneren verschlossen.

Nur sehr langsam tauchte Kathryn aus den Tiefen ihres Schlummers auf. Irgend etwas ist so anders, dachte sie an der Grenze zwischen Schlaf und Bewußtsein. Wenn sie sonst morgens erwachte, hörte sie den Wind um die Burgtürme pfeifen. Und wo war das endlose Rauschen der Brandung?

Die Erinnerung kehrte zurück, und sofort war Kathryn hellwach. Sie befand sich nicht in ihrem Bett auf Ashbury; dies hier war Sedgewick. Seufzend drehte sie sich auf die Seite – und schaute in ein Augenpaar, das so strahlend und so blau war wie der Morgenhimmel.

Diese Augen gehörten zu einem kleinen Engelsgesicht mit seidigen schwarzen Locken, dicken rosa Bäckchen, einer Stupsnase und einem Kinn, das schon jetzt ein wenig arrogant wirkte. Kathryn erkannte sofort, wer dieser Knabe war: der Sohn des Earls of Sedgewick.

Sie zog sich die Felldecke hoch über die Brust, setzte sich im Bett auf und strich sich das Haar aus dem Gesicht. Der kleine Junge zeigte keinerlei Scheu, sondern betrachtete sie nur neugierig.

„Guten Morgen." Lächelnd klopfte sie auf das Bettpolster neben sich. „Komm, setz dich", forderte sie ihn auf.

Das Kind folgte der Einladung, kletterte aufs Bett, setzte sich mit untergeschlagenen Beinen hin und schaute Kathryn weiterhin stumm an.

Sie neigte den Kopf zur Seite. „Mein Name ist Kathryn, und wie heißt du?"

Er schwieg, biß sich auf die Lippe und schien nun doch ein wenig schüchtern.

„Ja, dann werde ich wohl raten müssen", meinte sie. „Heißt du vielleicht Eugene?"

Er schüttelte den Kopf.

„William? Duncan?"

Wieder schüttelte er den Kopf, doch in seinen Augen tanzte das Lachen.

„Ah, ich weiß. Du heißt Wickham!"

Jetzt grinste der kleine Bursche belustigt. Dieser Anblick war Arznei für ihr wundes Herz. Sie zählte einen Namen nach dem anderen auf, einer immer lachhafter als der andere, bis der Junge schließlich laut kicherte.

Daß unterdessen an der Tür geklopft wurde, hörte weder Kathryn noch ihr kleiner Besucher. Einen Moment später wurde die Tür geöffnet.

„Peter, da bist du ja, du kleiner Spitzbube!"

Eine junge Dienstmagd mit kastanienbraunem Haar und großen dunklen Augen kam herein und riß den Kleinen vom Bett. Kathryn wurde ganz still. Sie hatte plötzlich das Gefühl, eben etwas sehr Ungehöriges getan zu haben.

„Bitte, vergebt Peters Eindringen, Herrin", sagte das Mädchen rasch. „Und verzeiht mir, daß ich so nachlässig war und ihn so weit habe fortlaufen lassen."

Kathryn lächelte der Magd zu. „Er hat mich nicht gestört", erklärte sie freundlich. „Ganz im Gegenteil, wir beide haben uns prächtig amüsiert."

Das Mädchen lächelte nicht, und Kathryn hatte den Eindruck, als drückte es den kleinen Jungen wie zum Schutz noch fester an sich.

Sie versuchte es noch einmal. „Wie ich dem jungen Herrn eben bereits sagte, ist mein Name Kathryn." Sie zwinkerte dem Kleinen zu. „Ich bin von Herzen froh, daß ich jetzt auch seinen Namen kenne."

Das Mädchen vollführte einen Knicks. „Und ich bin Gerda, Herrin."

Kathryn fühlte sich irgendwo nicht mehr sehr wohl in dem großen Bett, doch das ließ sie sich nicht anmerken. „Dienst du

Peter, Gerda?"

„Jawohl, Herrin. Und der Herr hat mir aufgetragen, auch Euch zu bedienen. Wünscht Ihr ein Bad zu nehmen?"

Kathryn lächelte nicht mehr. Zwar waren Gerdas Rede und ihr Benehmen absolut respektvoll; dennoch ging eine gewisse Kälte von dem Mädchen aus. „Wenn es nicht zuviel Mühe macht . . .", sagte sie leise.

„Ich werde es richten." Den kleinen zappelnden Jungen noch immer fest im Arm, zog sich Gerda zurück. Ihr schwerfälliger, humpelnder Gang war nicht zu übersehen, als sie das Gemach verließ.

Wieder allein, schlug Kathryn die Decke zurück und stand auf. Gestern abend war sie viel zu müde gewesen, um sich umzuschauen, und als sie das nunmehr nachholte, konnte sie nur staunen.

Das Gemach war mindestens doppelt so groß wie ihres auf Ashbury und dazu wesentlich reicher ausgestattet. Das Bett war breit, lang und mit dunkelrotem Samt drapiert. Ihre eigene kleine Truhe stand neben einer Bank an der Wand. Ein schöner, feingeknüpfter Teppich bedeckte den Boden.

Die Fenster waren mit hölzernen Läden versehen, die die Nachtkälte fernhalten sollten. Diese Fensterläden öffnete Kathryn jetzt und ließ die warmen Sonnenstrahlen herein. Dabei stellte sie fest, daß sie von ihrem Gemach in den inneren Burghof schauen konnte.

Gerade wollte sie sich abwenden, als Guy de Marche unten den Hof durchquerte und fast unmittelbar unter ihrem Fenster stehenblieb. Mit einmal tauchte von irgendwoher auch Peter auf und rannte, so schnell ihn seine kleinen Beine trugen, auf seinen Vater zu.

Während der Earl auf seinen herannahenden Sohn wartete, wurde sein Gesichtsausdruck ganz weich – oder bilde ich mir das nur ein? fragte sich Kathryn. Unten stürzte sich Peter mit einem Freudenschrei gerade in die ausgebreiteten Arme seines Vaters.

Männliches Lachen drang an ihr Ohr. Sie täuschte sich nicht; aus den Gesichtszügen, die sie nur als hart und unerbittlich kennengelernt hatte, strahlte jetzt die Liebe. Guy de Marche legte seine große dunkle Hand um Peters Hinterkopf, eine Geste, die mehr ausdrückte, als es Worte je vermocht hätten.

Als spürte der Earl, daß er beobachtet wurde, drehte er sich halb um, sein Blick hob sich direkt zu Kathryns Fenster, und schlagartig verwandelte sich sein Gesichtsausdruck wieder zu der kalten, harten Maske, die sie so gut kannte. Erschüttert taumelte Kathryn fort vom Fenster. Erst jetzt wurde ihr richtig bewußt, daß sie hier auf Sedgewick eine Außenseiterin, ein Eindringling war. Sie gehörte nicht hierher.

Das warme Bad entspannte leider ihre noch immer vom endlosen Ritt schmerzenden Muskeln nicht; ebensowenig hob es ihre düstere Stimmung. Kathryn ließ es zu, daß Gerda ihr das Haar bürstete und aufsteckte, obwohl das ein Luxus war, den sie auf Ashbury nicht gekannt hatte. Wieder zeigte das Mädchen auch nicht die geringste Andeutung von Freundlichkeit.

Als Gerda wortlos damit begann, die kleine Truhe auszupakken, wandte Kathryn den Blick ab, weil es ihr peinlich war, daß das Mädchen ihre mageren Besitztümer zu Gesicht bekam. Aus diesem Grund sah sie auch nicht, wie die Dienstmagd verblüfft die Stirn runzelte.

Nach einem eiligen Morgenmahl in der großen Halle trieben die vielen argwöhnischen Blicke Kathryn in ihr Gemach zurück, wo sie den ganzen Tag in freiwilliger Abgeschiedenheit damit verbrachte, auf der Fensterbank zu sitzen, die Beine auszustrecken und auf den Burghof hinauszuschauen.

Der Abendstern war gerade am Himmel erschienen, als es an die Tür klopfte.

„Herein“, rief Kathryn, denn sie dachte, es sei Gerda, die ihr das Nachtmahl brachte.

Traurig und entmutigt, wie sie sich fühlte, zog sie die Beine an, schlang die Arme um die Knie, legte die Wange darauf und beobachtete weiterhin den Himmel, an dem gerade ein zweiter Stern aufging. Die leisen Schritte im Gemach beachtete sie nicht weiter.

„So sanft, Lady Kathryn? So demütig? So bescheiden? Ihr überrascht mich. Ich hatte gedacht, Ihr würdet inzwischen meinen ganzen Haushalt in Unruhe gebracht haben.“

Als sie die stählerne, und dennoch samtweiche Stimme hörte,

stellten sich ihr die Nackenhaare auf. „Ihr kennt mich eben nicht“, erklärte sie, ohne den Earl anzusehen.

„Sehr richtig“, gab er spöttisch zu. „Vielleicht sollten wir an dieser Situation etwas ändern.“

„Nein“, lehnte sie kurz und knapp ab.

„Wie schnell Ihr doch vergeßt, Lady Kathryn! Mein Wille geht vor, nicht wahr?“ Im nächsten Moment hob er sie von dem hohen Fenstersitz und stellte sie vor sich auf den Boden. Als nächstes inspizierte er sie von dem glänzenden schwarzen Haar unter der Haube bis zu der oft geflickten Naht an der Schulter ihres wollenen Gewandes.

„Nun ja, es geht so“, meinte er dann und faßte sie beim Ellbogen.

Sie entwand sich ihm. „Wofür geht was?“ fragte sie ärgerlich. „Und wohin wollt Ihr mich bringen?“

Er seufzte, als hätte er ein ungezogenes Kind vor sich. „Beruhigt Euch, Kathryn. Ich will Euch nur zu Tisch führen.“

Sie wich ihm aus, als er sie wieder beim Ellbogen fassen wollte. Guy ließ sie gewähren, obwohl es ihm schwerfiel. Dieses Mädchen besaß Stolz im Überfluß, und er mußte sich eingestehen, daß ihn das sowohl reizte als auch ärgerte.

In der großen Halle liefen Diener und Mägde hin und her, holten immer neue Speisen aus den Küchen und räumten leere Platten von den Tischen. Guy führte Kathryn zum Herrentisch und rückte ihr den Sessel zurecht. Verstohlen ließ sie den Blick schweifen und sah zu ihrer Erleichterung, daß sich niemand übermäßig für sie oder den Earl interessierte. Als sie freilich letzteren anschaute, stellte sie zu ihrem Mißbehagen fest, daß er nur sie beobachtete.

Er hob eine Augenbraue. „Ich hoffe, Euer Gemach stellt Euch zufrieden.“

Natürlich fand sie das Gemach mehr als bloß zufriedenstellend, doch das wollte sie nicht zugeben. „Durchaus“, antwortete sie nur.

Während Guys Knappe die beiden bediente, schwiegen sie. Der Junge trug einen Schmortopf auf, bei dem Kathryn das Wasser im Mund zusammenlief. Ferner brachte er Lamm- und Spanferkelbraten sowie Obst und süße Honigküchlein. Leider konnte Kathryn nicht viel essen, denn ihr Magen fühlte sich an, als hätte er sich zusammengezogen. Richtig denken und sich entspannen konnte sie ebenfalls nicht in so unmittelbarer Nähe des Earls.

Mit dem Weinkelch in der Hand blickte er sie finster an. „Entsprechen die Speisen nicht Eurem Geschmack, Madam?"

„Sie sind ausgezeichnet."

„Dann eßt auch. Ich will Euch herausfüttern – Euch und Euer Kind."

Euer Kind! Kathryn hatte ganz vergessen, daß er ja an ihre Schwangerschaft glaubte. „Ich muß vorsichtig sein", erklärte sie leise. „Andernfalls vermag meine Stute mein Gewicht nicht mehr heimzutragen."

„Ihr wollt uns so bald wieder verlassen? Madam, Ihr kränkt mich tief."

„Herrgott, ich wünschte, ich wäre gar nicht erst hergekommen!" stieß sie hervor.

„Ihr seid nun einmal hier, und deshalb muß ich darauf bestehen, daß Ihr uns mit Eurer Anwesenheit beehrt." Er setzte den Kelch an die Lippen, und über den Rand hinweg leuchtete die Genugtuung aus seinen Augen.

Die Wut durchflutete Kathryn. Dieser Mensch war so selbstgefällig und seiner Rolle als Herr und Meister so widerwärtig sicher! Kathryn hätte ihm am liebsten einen Stoß vor die Brust verpaßt und ihn mitsamt seinem Sessel umgeworfen. Oh, wenn sie es doch nur wagte!

Völlig unbeeindruckt setzte Guy de Marche unterdessen seine Mahlzeit fort.

In Kathryns Kopf hakte etwas aus. Sie sprang einfach auf, drehte sich um und verließ den Herrentisch. Der Earl folgte ihr sofort. Sie hörte seine Schritte hinter sich und ging schneller; fliehen wie ein gejagtes Tier wollte sie indessen auch wieder nicht.

In dem dunklen Korridor, der zu ihrem Gemach führte, vertrat er ihr den Weg. „Ich hatte Euch nicht erlaubt, Euch vom Tisch zu entfernen, Kathryn."

„Ach, schweigt doch!" rief sie. „An Eurer Gesellschaft liegt mir ebensowenig wie Euch an meiner."

„Ist das so?“ fragte er spöttisch lächelnd. „Da bin ich gar nicht einmal so sicher, Madam.“ Sein Blick lief kühn an ihrem Körper hinab, wobei er auf ihren Brüsten, ihrem Bauch und ihren Hüften verweilte. Das war eine Unverschämtheit, die kein anderer Mann gewagt hätte.

„Stellt doch Euer Lügenspiel ein, edler Herr! Ich weiß genau, weshalb Ihr mich unter Eurem Dach haben wollt. Ihr möchtet, daß ich voller Angst darauf warte, was Ihr mit mir vorhabt. Ihr beabsichtigt, mit mir dasselbe grausame Spiel zu treiben, das Ihr mit Richard getrieben hättet, wäre es Euch möglich gewesen.“

Daß sie dachte, er würde so grausam handeln, ärgerte Guy. „Ich will Euch unter meinem Dach haben, weil ich Euch nicht traue. Hier kann ich Euch beobachten. Falls Ihr Euch ordentlich benehmt – wer weiß? Vielleicht könnten wir sogar zu einem Handel gelangen.“

„Lieber würde ich einen Pakt mit dem Teufel schließen!“

„Möglicherweise werdet Ihr das auch tun, und zwar früher, als Ihr denkt.“ Das Licht von der Kerze in dem hohen Wandhalter fiel auf sein arrogantes Profil und ließ seinen Mund noch härter erscheinen. „Und nun ist es an der Zeit, daß wir in die Halle zurückkehren.“

Bis jetzt hatte Kathryn noch gar nicht an diejenigen Personen gedacht, die ihren Abgang aus der Halle beobachtet hatten. Wie demütigend es war, dem Earl nun dorthin folgen zu müssen! Sie rührte sich nicht von der Stelle.

Guy verlor endgültig die Geduld. Er schlang den Arm um ihre Taille, hob Kathryn einfach hoch und machte kehrt. Er hätte auch keine Bedenken gehabt, sie sich wie einen Mehlsack unter den Arm zu klemmen und sie so in die Halle zurückzutragen, selbst wenn sie gekreischt und um sich geschlagen hätte, allein das kleine erstickte Geräusch, das er hörte, ließ ihn nun doch innehalten.

„Ich kann nicht“, sagte sie sehr leise, wenn auch mit erhobenem Kinn.

Guy merkte, daß er von Anfang an recht gehabt hatte. Diese Frau war starrsinnig, eigenwillig sowie trotzig, und er war genau der richtige Mann, um sie in ihre Schranken zu verweisen.

Ihren Körper so dicht an seinem zu fühlen, löste indessen irritierende Empfindungen in ihm aus.

„Bitte", flüsterte sie, und er konnte ihren Atem in seiner Halsgrube fühlen. „Zwingt mich nicht!" Ihre Lippen zitterten verdächtig.

Guy stellte Kathryn auf den Boden, hielt sie jedoch weiterhin mit einem Arm fest. Sein Gesicht wirkte womöglich noch grimmiger als zuvor. Mit Daumen und Zeigefinger hob er ihr Kinn an. „Hört mir gut zu, Kathryn, denn ich sage dies nur ein einziges Mal. Erwartet von mir keine Nachsicht. Glaubt nicht, Ihr könntet mich um Euren Finger wickeln. Ihr habt schon einmal gegen mich verloren. Sollte Euch je an meinem Vertrauen liegen, so müßt Ihr es Euch verdienen."

Damit drehte er sich um und verschwand so schnell und so leise wie ein Nachtgespenst.

Kathryn floh in ihr Gemach und warf sich aufs Bett. Sie verfluchte ihre Hilflosigkeit und den Mann, der daran schuld war. Der Earl behandelte sie wie einen Falken an der Fessel, und ihr blieb nichts weiter übrig, als das Schicksal zu ertragen, das er ihr zugedacht hatte.

## 7. KAPITEL

Während der folgenden beiden Wochen betete Kathryn allabendlich darum, daß der Earl ihr bald die Erlaubnis geben möge, nach Ashbury zurückzukehren. Leider zeigte er nicht die geringste Neigung dazu.

Tagsüber ritt er meistens aus, um seine Güter zu überwachen, und abends war er eiskalt und reserviert. Sogar die Bediensteten betrachteten Kathryn mit Mißtrauen. Gerda, die ihr zugeordnet worden war, verhielt sich kühl, wenn auch höflich, zuvorkommend, wenn auch zurückhaltend. Und alles nur, weil Kathryn of Ashbury Richards Nichte war!

Sie fühlte sich in der Seele leer und einsam. Sie vermißte Elizabeth und Ashbury. Ihr fehlten die nebelverhangenen Küsten Cornwalls, das scharfe Heulen des Windes und das unausgesetzte Geräusch der Meeresbrandung.

Ihre einzige Freude war Peter, dessen Schüchternheit nur einen oder zwei Tage angehalten hatte. Allein mit dem kleinen Jungen zusammen konnte Kathryn wirklich sie selbst sein, denn er war der einzige Mensch auf Sedgewick, der keine Vorurteile gegen sie hatte.

Sogar das Wetter entsprach ihrer Stimmungslage. Gestern hatte es während des ganzen Tages geregnet, und düstere Wolken waren über den Himmel gejagt. Heute morgen allerdings schien die goldene Sonne, und Kathryn hätte die Burgmauern so gern einmal hinter sich gelassen, wäre es auch nur für eine kurze Weile.

Als Peter ein wenig später in ihr Gemach lugte, winkte sie ihn herein. Er rannte zu ihr, und sie hob ihn in die Arme. „Was hältst du von einem Ausflug, kleiner Herr?“ fragte sie und wirbelte ihn zum Fenster herum. Peter lachte vergnügt.

„Schau!“ Sie deutete zu dem grünen Wald hinüber, der sich zu den Hügeln zog. Sonnenlicht glitzerte auf einem Bach, welcher sich zwischen den Bäumen entlangschlängelte. „Siehst du den Bach dort? Wir könnten uns einige Speisen mitnehmen und neben dem Wasser essen. Und beim Wandern könnten wir so tun, als wären wir zwei tapfere Ritter auf dem Weg zu einem feuerspeienden Drachen, den es zu erschlagen gilt.“

„Drachen!“ rief er begeistert und klatschte in die Hände.

Kathryn mußte lächeln. In ihrer eigenen Phantasie besaß der feuerspeiende Drache rabenschwarzes Haar und Augen, die wie Silber glühten.

Gerda, die sich ebenfalls im Gemach befand, trat rasch herzu. „Ich begleite Euch, Lady Kathryn. Soll ich die Köchin um etwas Käse und einen Laib Brot bitten?“

Kathryn stellte Peter auf den Boden und blickte das Mädchen prüfend an. „Der kleine Herr und ich kommen allein zurecht. Du brauchst nicht mitzukommen.“

„Wenn es Euch nicht stört, Herrin . . . dann . . . dann werde ich doch mitkommen“, sagte Gerda unsicher.

Es lag Kathryn auf der Zunge zu sagen, daß es sie sehr wohl störte. Sie vermutete allerdings, daß Gerda nur tat, was ihr befohlen worden war. Zweifellos hatte der Earl ihr gesagt, daß Kathryn niemals allein die Burg verlassen durfte.

„Sehr wohl“, meinte sie. „Dann hole also jetzt etwas zum Essen aus der Küche. Peter und ich erwarten dich in der Halle.“ Gerda eilte aus dem Gemach, und Kathryn ärgerte sich. Verdammt soll Guy de Marche sein! fluchte sie leise. Ohne daß er überhaupt anwesend war, schaffte er es, daß sie sich wieder einmal miserabel fühlte.

Ihre Stimmung hob sich, sobald sie die Burgmauern hinter sich gelassen hatte. Sie lachte über Peter, der den schmalen Pfad entlangmarschierte und dabei ein Stöckchen schwang, als wäre es ein großmächtiges Schwert.

An einer Stelle, wo sich die Äste ausladender Eichen über den flachen Bach neigten, beschloß sie anzuhalten. Gerda breitete eine Decke auf dem Boden aus. Sie setzten sich darauf und begannen zu essen. Peter saß zwischen den beiden Frauen. Den

Mund voller Käse, grinste er zu Kathryn hinauf. Seine strahlenden Augen faszinierten sie immer wieder. Von beneidenswert langen und dichten schwarzen Wimpern umrahmt, leuchteten sie wie Saphire.

Als er zum Bach lief, schüttelte sie den Kopf. „Noch niemals habe ich so schöne Augen gesehen", meinte sie sinnend. „Waren die seiner Mutter auch so unglaublich blau?"

„Lady Elaine . . . Ja, Herrin", antwortete Gerda leise. „Der Knabe hat die Augen seiner Mutter."

Kathryn wollte mit einmal unbedingt alles über die Frau erfahren, die die Gattin des Earls gewesen war. „Gerda." Sie zupfte an einem Faden, der aus der Decke hing. „Kanntest du die Lady Elaine? Du mußt noch recht jung gewesen sein, als sie hier die Herrin war . . ." Kathryn sprach nicht weiter. Ihre eigene Frage war ihr unbehaglich.

Gerda schwieg lange. „Ich kannte sie", antwortete sie schließlich, und nach einer kurzen Pause fügte sie hinzu: „Ich war die letzte, die sie lebend gesehen hat."

Kathryn erinnerte sich wieder an das, was Guy de Marche an jenem Abend im Gemach ihres Onkels gesagt hatte: „Nur durch Gottes Gnade konnte die Kammermagd meiner Gattin mit meinem Sohn fliehen . . ."

Die Kammermagd, die mit Peter hatte fliehen können, war also Gerda gewesen! Gerda hatte Richards Überfall miterlebt! Das versetzte Kathryn einen Stich ins Herz, und sie wußte nicht, wie sie sich verhalten sollte.

„Gerda", sagte sie leise, „ich entschuldige mich nicht für mich selbst, doch ich empfinde es als eine Schande, mit einem Menschen wie Richard of Ashbury verwandt zu sein, und ich trauere nicht um seinen Tod. Würdest du mir von Elaine erzählen, Gerda? Ich weiß, diese Bitte erscheint dir seltsam, doch ich möchte wirklich gern wissen, wie deine Herrin war."

Die junge Magd blickte Kathryn direkt in die Augen. „Wenn es Euer Wunsch ist", erwiderte sie langsam, „dann will ich es Euch erzählen." Sie zog ihr krankes Bein heran und breitete den Rock über ihre Knie, bevor sie zu reden begann.

„Lady Elaine war sehr zart und zerbrechlich. Als ich sie zum erstenmal sah, hielt ich sie für einen Engel, den der Himmel auf die Erde herabgesandt hatte. Ihr Haar war so hell wie ... wie Mondstrahlen."

Unwillkürlich strich sich Kathryn über ihr eigenes schwarzes Haar, doch schon sprach Gerda weiter.

„Ich kannte keine Herrin, die so sanft, so gütig und so freundlich war wie die Lady Elaine. Sie hat mich meinem Vater fortgenommen und mich auf die Burg gebracht, so daß er mich nicht mehr verprügeln konnte." Sie berührte ihr mißgestaltetes Bein. „Ich liebte sie so sehr. Jeder Mensch, der sie kannte, liebte sie."

„Auch der Earl?"

„Besonders der Earl", antwortete Gerda leise.

„War die Ehe nicht arrangiert worden?"

„Doch, von der Wiege an. Trotzdem wußte jedermann, daß der Earl die Lady geradezu anbetete."

Kathryn schaute nachdenklich auf das glitzernde Wasser des Bachs. „Ihr Tod muß ihm sehr zu Herzen gegangen sein."

Darauf sagte das Mädchen nichts, doch sie spürte seinen auf sie gerichteten Blick und errötete. Glücklicherweise blieb es ihr erspart, noch verlegener zu werden, denn Peter kam angerannt. Seine Stiefel und die Tunika waren durchnäßt.

Kathryn stand auf. „Wir sollten besser umkehren und ihm die nassen Sachen ausziehen."

Nach den ersten Schritten auf dem Rückweg zur Burg erklärte Peter, er sei furchtbar müde, und wollte getragen werden. Gerda hob ihn sich auf die Hüfte. Bald blieb sie immer weiter zurück. Kathryn drehte sich zu ihr um, und da sah sie das schmerzverzerrte Gesicht des Mädchens. Bis zu diesem Moment hatte sie überhaupt nicht darüber nachgedacht, wie schwierig der Marsch für die junge Magd werden könnte. Sogleich plagten sie heftige Gewissensbisse.

Sie streckte Peter die Hände entgegen. „Komm, kleiner Herr. Ich trage dich." Der Junge kam freudig in ihre Arme.

Gerda schaute sie bestürzt an. „Herrin ..."

„Dein Bein schmerzt dich, nicht wahr?"

Das Mädchen errötete. „Ja, Herrin, nur deswegen braucht Ihr das Kind doch nicht zu tragen."

„O doch."

Diese Antwort verblüffte Gerda offensichtlich sehr. „Lady

Kathryn, weshalb tut Ihr das? Ihr seid eine Lady, und es ist doch meine Pflicht . . ."

„Gerda, ich sehe keinen Grund, weshalb du leiden solltest, wenn ich doch sehr wohl in der Lage bin, den Jungen zu tragen." Sie kitzelte Peter unter dem Kinn. „Stimmt's, kleiner Herr?" Und damit schritt sie weiter.

Besorgt und ziemlich ratlos blickte das Mädchen ihr hinterher. Richard of Ashbury hatte die Lady Elaine ermordet; er war deshalb zum Feind des Earls geworden und damit auch zu Gerdas Feind. Der Lady Kathryn diente sie nur, weil der Herr es so befohlen hatte.

Freilich schien Lady Kathryn weder so böse noch so hinterhältig zu sein wie ihr Onkel . . . Es fiel Gerda immer schwerer, in der jungen Herrin einen „Feind" zu sehen.

Die drei hatten fast schon die äußere Palisade erreicht, als ein seltsames Gefühl Kathryn beschlich. Sie warf einen Blick über die Schulter zurück und sah keine zwanzig Schritt hinter sich einen Reiter. Dieser mußte bemerkt haben, daß sie sich umdrehte, denn er verschwand rasch zwischen den Bäumen.

Kathryn hatte den Mann bereits erkannt; es war Sir Michael, ein schöner junger Ritter, der mit Guy de Marche zusammen auf Ashbury gewesen war. Sie wurde wütend. Der Earl ließ sie beschatten!

Auf der Burg angekommen, brachte sie den auf ihrem Arm eingeschlafenen Peter in dessen Gemach, legte ihn behutsam ins Bett und küßte ihn auf die Stirn.

In der großen Halle fragte sie eine der Mägde, wo sich der Earl gegenwärtig befände. „Versucht es einmal im Amtsraum", bekam sie zur Antwort.

Dort war Guy de Marche gerade damit beschäftigt, die Einnahmen aus einem seiner Güter aufzurechnen, als die Tür aufgestoßen wurde.

Kathryn stürmte hinein und stellte sich herausfordernd vor ihm auf. „Ist es erforderlich, einen Mann abzustellen, der jeden meiner Schritte überwacht?"

Guy lehnte sich in seinen Sessel zurück. Allem Anschein nach hat sie wieder einmal einen ihrer Wutanfälle, dachte er. Er bemerkte die zwei roten Flecken auf ihren Wangenknochen; ihre Augen waren so dunkelgrün wie die aufgewühlte See. Auch gut, dachte er, langweilig sind die Auseinandersetzungen mit ihr ja auf keinen Fall.

Er legte den Federkiel aus der Hand. „Vielleicht dient diese Maßnahme ja nur zu Eurem Schutz."

Darauf äußerte sie nur eine einzige Silbe: „Pah!"

„Wenn ich sage, es sei notwendig, dann ist es das auch." Seine Stimme enthielt so viel Wärme wie ein Schneesturm.

Kathryn schlug die Hände flach auf die Tischplatte. „Gerda war heute mit mir zusammen. Reichte das denn nicht?"

Seine Augen waren jetzt so grau wie Felsgestein, und sein Blick wirkte ebenso hart. „Ihr könnt mit einem Dolch so gut umgehen, Kathryn. Einem armen Mädchen wie Gerda hättet Ihr damit großen Schaden zufügen können."

Das Glitzern seiner Augen löste eine merkwürdige Empfindung in ihr aus, und sie hatte Mühe, sich das nicht an der Stimme anmerken zu lassen. „Ich will wissen, was ich hier bin – Gefangene oder Gast?"

„Das hängt von Euren Handlungen ab, Madam."

Dieser Mensch gab doch einfach nicht nach! Sie würde ihn natürlich auch nicht darum bitten. Wütend richtete sie sich auf, drehte sich um und wollte gehen. Seine Stimme hielt sie zurück.

Guy hatte die Ellbogen auf den Tisch gestützt und die Fingerspitzen zusammengelegt. „Da fällt mir ein – es gibt eine Möglichkeit, wie Ihr zu dem kommen könnt, was Ihr begehrt." Er stand auf und schritt auf sie zu.

Mißtrauisch blickte Kathryn ihm entgegen. „Wie das?"

Er stand jetzt vor ihr und blockierte damit ihren Weg zur Tür. Kathryn wurde sich plötzlich der Macht sehr bewußt, die er ausströmte.

„Sagt mir, verzehrt Ihr Euch noch nach Eurem Roderick? Liebt Ihr ihn noch immer?"

Sie konnte einfach nicht den Blick von seiner Halsgrube wenden, wo krauses Haar über den Ausschnitt der Tunika hervorlugte. „Es gibt keinen Mann, den ich liebe", erklärte sie mit unsicherer Stimme.

„Aha. Ihr liebt also keinen gar . . . oder vielleicht liebt Ihr alle Männer?"

Diese unverschämte Andeutung befreite Kathryns Blick auf der Stelle aus dem Bann, und sie wurde noch wütender, als sie Guys spöttisches Lächeln sah.

Er lachte leise. „Wie dem auch sei, ein kleiner Kuß dürfte Euch ja wohl nicht schwerfallen."

Jetzt verzog sie spöttisch die Lippen. „Ein Kuß, Herr? Sicherlich scherzt Ihr."

„Keineswegs, Kathryn. Ein Kuß, und möglicherweise erreicht Ihr ja, was Ihr Euch wünscht – und Ihr erreicht es nur so, fürchte ich."

Wie sie dieses selbstzufriedene Grinsen haßte! Am liebsten hätte sie geschrien, sie würde eher eine Kröte, eine Schlange oder jede andere scheußliche Kreatur küssen. Als sie jedoch den Mund öffnete, entsprachen weder ihre Worte noch ihr Verhalten ihren Absichten.

„Weshalb quält Ihr mich so?" fragte sie leise und mit abgewandtem Gesicht.

Guys Lippen zuckten. Weshalb quäle ich mich selbst? fragte er sich. Feind oder nicht, schwanger oder nicht – diese Frau stellte eine Versuchung dar, die ihm sein Urteilsvermögen raubte. Wäre er weise, würde er sie nach Ashbury zurückschicken und vergessen, daß er sie je gesehen hatte.

Ihr Kopf war gesenkt, die Wimpern verbargen die unglaublich grünen Augen – ach ja, sie spielte wieder die Demütige! Und dabei war sie doch nichts anderes als eine Dirne. Allerdings eine schöne, und das war der Haken. Sie strömte eine solche Sinnlichkeit aus, daß es ihn über die Maßen erregte. Hitze wallte in ihm auf.

Er faßte Kathryn bei den Schultern. „Quälen nennt Ihr das? Ich empfehle der Katze nur, ihre Krallen einzuziehen, denn sonst könnte der Löwe sie doch noch fressen."

Er senkte die jetzt samtweich klingende Stimme. „Obwohl wir Männer immer behaupten, so hart und kriegerisch zu sein, unterscheiden wir uns in vielem nicht so sehr von dem weiblichen Geschlecht. Auch wir sehnen uns nach Geborgenheit, die wir in der sanften Berührung einer weiblichen Hand finden, in einem hingebungsvollen Kuß von weichen Lippen . . ."

Kathryn durchrieselte es heiß und kalt. Um Himmels willen – schlug der Earl ihr etwa vor, sie sollte ihn verführen? Ihr Onkel hatte ihr einmal erklärt, ein Mann müsse eine Frau nicht unbedingt lieben, um sie besitzen zu wollen, und sie wußte ja, wie sehr Guy de Marche sie haßte. Allerdings erkannte sie im Augenblick in seinem Gesichtsausdruck keinen Abscheu, keine Bösartigkeit, sondern nur etwas Leidenschaftliches, das ihr angst machte.

„Ich bitte Euch nur um einen Kuß, Kathryn. Nur um eine Berührung Eurer Lippen mit meinem Mund."

„Was, Ihr bittet?" fragte sie aufgebracht. „Euch beliebt es doch, mich immer wieder daran zu erinnern, daß Euer Wille maßgebend ist, nicht wahr, Herr? Also bittet Ihr jetzt auch nicht, sondern Ihr fordert! Und Ihr werdet Euren Willen durchsetzen, ob es mir paßt oder nicht."

Er faßte sie ein wenig fester bei der Schulter. Kathryn wollte ihn fortstoßen, doch nun hielt er ihre Handgelenke fest. „Mir scheint beinahe, Ihr habt noch immer Angst vor mir", sagte er leise.

„Ich hatte noch nie Angst vor Euch!" behauptete sie.

„Wenn es so ist ..." Und im nächsten Augenblick preßte er seinen Mund auf ihren.

Wenn Guy de Marche sie bisher geküßt hatte, war ihr stets seine brodelnde Wut bewußt geworden. Jetzt indessen war sein Kuß weder hart noch strafend – fordernd, das ja, denn sie fühlte den sanften Druck seiner Lippen. Dennoch war diese Berührung eher lockend, verlockend.

Im geistigen Duell, in Wortgefechten waren sie einander ebenbürtig. In einer Situation wie dieser hier fehlte Kathryn jedoch die Erfahrung.

Entgegen aller Vernunft sehnte sie sich danach, sich ihm zu ergeben, abzuwarten, wohin dieser zärtliche Kuß noch führen würde, und alles andere zu vergessen. Dabei wußte sie ganz genau, daß der Earl sie keineswegs zur Liebe verführen wollte; er suchte nur nach neuen Wegen, seine Herrschaft über sie auszuüben. Also wappnete sie sich gegen seinen Angriff und hielt die Lippen fest verschlossen.

Guy beschloß seine Taktik zu ändern. Er hob den Kopf und

blickte auf Kathryn hinab. „Was, hat Euch Euer Roderick das Küssen nicht gelehrt?“ fragte er mit leisem Spott. Er zupfte an ihrer Unterlippe. „Öffnet den Mund“, flüsterte er.

Ihr blieb nichts weiter übrig, als ihm zu gehorchen. Sofort drang er tief mit der Zunge in ihren Mund ein und vollführte mit ihr einen Angriff, der Kathryn die Sinne raubte. Der Earl umschlang sie mit kräftigen Armen und zog sie noch fester zu sich heran, so daß sie alle Einzelheiten seines starken Körpers fühlen mußte.

Sie begann zu zittern, als hätte ein heftiges Fieber sie befallen. Sie stöhnte auf, leise und gequält, wenn auch keineswegs unwillig. Ihr war es, als hätte eine fremde Macht ihren Körper übernommen ... als ob der Earl dieses getan hätte. Vergeblich versuchte sie, sich ihm zu entwinden, doch das ließ er nicht zu. Immer wieder küßte er sie, tiefer und tiefer, bis sie völlig benommen und atemlos war.

Die Tatsache, daß Kathryn sich ihm so hingab, war für Guy so berauschend wie süßer Wein. Sein Herz pochte wie in wildestem Gefecht. Das Blut strömte heiß durch seine Adern, und sein Verlangen verursachte ihm körperlichen Schmerz.

Und alles nur von einem Kuß! dachte er. Er war doch kein junges Bürschchen mehr, das es schon bei dem bloßen Gedanken an einen Sprung ins Heu zwischen den Beinen drängte! Er war schließlich ein Mann, der seine Leidenschaft zu beherrschen und aus der Beschränkung höchste Freuden zu gewinnen verstand. Weshalb also hatte er bei Kathryn das Gefühl, als wäre ein Waldbrand in seinem Herzen ausgebrochen?

Noch niemals hatte er eine Frau dermaßen gehaßt wie sie, und noch niemals hatte er eine dermaßen begehrt wie sie. Er wollte sie jedoch nicht begehren, denn er durfte und konnte nicht vergessen, daß in ihren Adern das Blut des Richard of Ashbury floß.

Guy hob den Kopf und ließ sie los. Er blickte auf sie hinab und sah sie langsam und benommen die Lider aufschlagen. „Ihr müßt das Küssen noch besser lernen, Kathryn. Möglicherweise bin ich dann beim nächstenmal geneigt, Euch Euren Wunsch zu gewähren.“

Es dauerte eine Weile, bis sie seine kalten Worte erfaßte. Sein arrogantes Lächeln schaffte es wieder einmal, ihre Empörung zu erregen. Trotzdem war Kathryn nicht gleich in der Lage, dem zu unvermittelten Umschwung zu folgen.

Als ihr endlich bewußt wurde, daß sie soeben zutiefst gedemütigt und zurückgewiesen worden war, fühlte sie sich schmutzig und hätte vor Scham in den Boden sinken mögen – nicht weil Guy de Marche sie geküßt hatte, sondern weil sie sich gewünscht hatte, der Kuß möge nie enden.

„Mit jeder Faser meines Herzens bete ich darum, von Euch befreit zu sein, Herr." Haßerfüllt starrte sie ihn an. „Doch so verzweifelt kann ich gar nicht sein, als daß ich noch einmal freiwillig Eure Berührung ertrüge."

Sie drehte sich um und floh aus dem Amtsraum. Das Gelächter des Earls folgte ihr. Eines Tages wird er dafür bezahlen müssen, schwor sie sich in ihrer Wut. Sie wußte noch nicht, wann es soweit sein würde und womit er bezahlen sollte, doch eines Tages würde er bezahlen, und zwar einen hohen Preis!

## 8. KAPITEL

An diesem Abend nahm Kathryn das Nachtmahl in ihrem Gemach ein. Halb und halb erwartete sie, der Earl würde auf ihrer Anwesenheit am Herrentisch bestehen, doch das tat er nicht. Er war auch am nächsten Nachmittag nirgends in Sicht, als sie und Gerda mit Peter auf dem Weg zum Bach durch den Burghof kamen.

Gerda war entsetzt, als Kathryn darauf bestand, das Mädchen und der kleine Junge sollten auf Esmeralda reiten. „Lady Kathryn, es ist doch nicht recht, daß Ihr zu Fuß geht, während ich reite." Die junge Magd merkte allerdings sehr rasch, daß jede Diskussion mit der Herrin aussichtslos war.

Später beim Heimkommen glitt sie vor dem Burgtor aus dem Sattel. Peter hingegen sträubte sich. „Reiten! Reiten!" bettelte er.

Kathryn lachte und drückte seine dicken Fingerchen fest um den Sattelknauf. „Halte dich gut fest, kleiner Herr", forderte sie ihn auf. „Laß nicht los!"

Sie führte die Stute am Zügel in den Burghof und schaute dabei immer wieder über die Schulter hinweg nach dem kleinen Burschen. Der saß so großmächtig wie ein Ritter in schimmernder Wehr auf dem Pferd. Seine Augen leuchteten, und seine kleine Brust war stolzgeschwellt.

Als sie vor den Ställen anhielten, streckte Kathryn die Arme nach ihm aus, woraufhin er ein so enttäuschtes Gesicht machte, daß sie ihr Lachen unterdrücken mußte. „Wir reiten morgen wieder", versprach sie ihm. „Und vielleicht waten wir dann auch wieder im Bach."

Im Bach zu planschen, das machte Peter beinahe ebensoviel

Spaß wie das Reiten. Sein kleines Gesicht strahlte wieder, und er ließ sich von ihr aus dem Sattel heben. Gerda nahm ihn an die Hand, während Kathryn noch mit dem Pferdeknecht sprach, der Esmeraldas Zügel übernahm.

Mit einmal riß sich Peter von Gerdas Hand los und rannte zu den Ställen. Ein Reitknecht führte gerade das Streitroß des Earls heran. Eine gackernde Henne rannte im Zickzack über den Hof und lief dem Roß in den Weg. Das gewaltige Tier schnaubte, schüttelte den mächtigen Kopf und riß dabei dem entsetzten Reitknecht die Zügel aus den Händen.

Erschrocken über den plötzlichen Tumult blieb Peter stehen – gefährlich nahe an dem riesenhaften Schlachtroß. Die Henne flatterte hoch und rannte wieder los. Jemand schrie. Der Hengst schlug aus und bäumte sich auf.

Kathryn hätte später nicht genau sagen können, wie und wann sie sich bewegt hatte. Sie wußte nur, daß sie plötzlich wie eine Wahnsinnige mit ausgestreckten Armen durch die Luft flog, auf dem Bauch landete und dabei den kleinen Jungen zur Seite stieß. Als sie wieder atmen konnte, stützte sie sich auf den Händen hoch.

Der erschrockene Aufschrei des Schlachtrosses schien aus weiter Ferne zu kommen. Es dauerte nur einen halben Wimpernschlag, bis Kathryn die Gefahr erkannte, die Arme um sich schlug und sich fortrollte. Über sich sah sie die Bewegungen der Muskeln in der mächtigen Brust des starken Tiers. Riesige Hufe sausten herab.

Beinahe hätte Kathryn es geschafft. Die Erde unter ihr bebte, als die Hufe auf den Boden trafen – einer davon schrammte ihre Schulter. Ein fürchterlicher Schmerz durchzuckte sie. Himmel und Erde schienen umeinanderzuwirbeln, ein wildes Durcheinander aus Geräuschen und Farben drehte sich um sie, und dann versank die Welt in einem grauen Nebel.

„Kathryn . . . Kathryn!“

Ein starker Arm schob sich unter sie. Kathryn merkte, daß sie hochgehoben und gegen etwas Festes, Warmes gedrückt wurde. Ihr Kopf arbeitete noch nicht richtig; ihr schwindelte es. Sie hatte Mühe, die Augen zu öffnen und etwas zu erkennen – und was sie dann erkannte, war das Gesicht, das über ihrem zu schweben schien.

Der Earl, dachte sie benommen. Sie vermochte es kaum zu glauben, daß seine Züge keine Spur von der üblichen Härte zeigten. So hatte sie ihn noch nie zuvor gesehen. Er wirkte ja beinahe menschlich erschüttert!

Guy de Marche hob sie hoch, als wäre sie leicht wie eine Feder, schritt mit ihr in die große Halle und stieg dann die Treppe hinauf. Kathryn schlang die Arme um seinen Nacken und barg das Gesicht an seiner Schulter. Ich kann noch nicht ganz bei mir sein, stellte sie verschwommen fest. So sicher gegen seine Brust gedrückt, fühlte sie sich seltsam glücklich und zufrieden, obgleich ihre Schulter bei jedem seiner Schritte entsetzlich weh tat.

Als er ihr Gemach erreicht hatte, stieß er die Tür mit seiner Schulter auf und mit dem gestiefelten Fuß wieder zu. Behutsam ließ er Kathryn auf dem Bett nieder. Sie stöhnte leise, als ihre Schulter mit den Polstern in Berührung kam. Er setzte sich neben sie, und sie sah Stahl aufblitzen – der Earl hatte seinen Dolch aus dem Waffengürtel gezogen!

Kathryn erblaßte und drückte sich in die Bettpolster zurück. „Herr!“ rief sie. „Was . . .?“

Guy preßte die Lippen zusammen, und für einen Augenblick verdüsterte sich sein Gesicht. „Herrgott!“ stieß er dann ärgerlich hervor. „Ich beabsichtige nichts weiter, als mir Eure Schulter anzusehen, und das geht auf diese Weise schneller. Hätte ich Eurer Existenz ein Ende bereiten wollen, würde ich das schon längst getan haben.“

Beinahe hätte sie ihn gebeten, doch nicht ihr Gewand zu ruinieren. Er sah jedoch so grimmig aus, daß sie es lieber sein ließ. „Herr“, protestierte sie matt, „mir ist nichts geschehen. Wirklich nicht. Ihr braucht nicht . . .“

Er hörte überhaupt nicht zu. Die Klinge glitt unter den Halsausschnitt, und dann konnte Kathryn auch nichts mehr sagen, denn zu ihrem Erschrecken hörte sie das Geräusch zerreißenden Stoffs. Ein zweiter Schnitt, und der Träger ihres leinenen Unterhemds war ebenfalls durchtrennt. Ungeduldig schob Guy den Stoff zur Seite und entblößte ihre Schulter bis hinunter zum Brustansatz.

Entsetzt starrte Kathryn auf einen der weiß schimmernden Hügel. Der Anblick ihres eigenen Fleisches war ihr über die Maßen peinlich, und die Verlegenheit trieb ihr das heiße Blut in die Wangen. Sie wagte nicht, sich zu bewegen oder auch nur Luft zu holen aus Angst, sie könnte sich dann noch weiter entblößen.

Guy bemerkte das alles kaum. Sein besorgter Blick war auf die Stelle gerichtet, die der Huf seines schweren Rosses gestreift hatte. Blutergüsse verfärbten bereits die weiße Haut. Aus langen Schrammen, die sich bis zum Schlüsselbein zogen, trat hellrotes Blut. So weiches, wunderschönes Fleisch auf diese häßliche Weise verunstaltet zu sehen, schlug ihm buchstäblich auf den Magen.

Vorsichtig tastete er die Schulter ab, um festzustellen, ob möglicherweise noch unsichtbare Verletzungen vorlagen. Sanft ließ er die Fingerspitzen über die Haut gleiten, drückte auf die zarten Knochen unter den geschundenen Stellen und beobachtete dabei genau Kathryns Reaktion.

Er fluchte leise vor sich hin. Ihr Schmerzen zufügen zu müssen, quälte ihn beinahe ebensosehr wie sie, doch noch während dieses Gedankenganges fragte er sich, weshalb das so war. Zähneknirschend machte er weiter. Im nächsten Augenblick zuckte Kathryn zusammen, gab indessen keinen Laut von sich.

„Verdammt! Tut mir leid, Mädchen. Ich weiß, das schmerzt höllisch, nur will ich Euch ja nicht absichtlich weh tun. Es tut mir furchtbar leid, wirklich. Einen kleinen Moment noch ... es ist gleich vorbei."

Seine Stimme enthielt soviel unerwartete Zärtlichkeit, daß Kathryn ihm nur verwirrt ins Gesicht schauen konnte. Seine Brauen waren zusammengezogen, und seinen Mund, den sie immer mit „grausam" beschrieben hatte, fand sie jetzt zwar ein wenig streng, wenn auch ausnehmend schön. Die Augen des Earls erschienen kristallklar wie das Wasser des Waldbachs, und die ...

Weshalb stelle ich alle diese Einzelheiten fest? fragte sie sich. Ein kleines Zittern durchlief ihren Körper. Wie konnte dieser Mensch nur solche Auswirkungen auf sie haben – ein Mann, den sie aus tiefstem Herzen haßte? Ihr ganzes Leben lang war sie von Männern umgeben gewesen, und er war doch ein Mann wie alle anderen auch.

Eben nicht, widersprach eine kleine Stimme in ihrem Inneren. Guy de Marche ist kein Mann wie alle anderen, denn er hat dich geküßt.

Roderick hat mich auch geküßt, dachte Kathryn, nur bei ihm habe ich nicht dasselbe empfunden . . .

Guy fühlte ihr Zittern unter seinen Händen. „Nun, nun", sagte er beschwichtigend. „Ich bin ja schon fertig. Gebrochen scheint nichts zu sein. Diese Beulen und Schrammen werden Euch allerdings noch einige Tage erhalten bleiben." Er lehnte sich zurück und blickte ihr bekümmert ins Gesicht, das weiß wie die Wand war.

Kathryn fühlte seinen Blick genauso körperlich wie noch eben seine Finger an ihrer Schulter. Verlegen deckte sie die Hand über ihre entblößte Brust. Sie wollte ein wenig lächeln, doch ihre Lippen gehorchten ihr nicht recht. „Es war nicht allzu schlimm", behauptete sie tapfer. „Und wie ich Euch schon sagte, Herr, ist mir nichts geschehen."

„Überhaupt nichts, nein?" Er schüttelte den Kopf. „Meine Liebe, Ihr hattet mehr Glück, als Ihr Euch vorstellen könnt. Mein Hengst hätte Eure zarten Knochen wie Mus zerstampfen können." Schon bei dem Gedanken an so etwas brach ihm der kalte Schweiß aus.

Jemand klopfte an die Tür. Der Earl ging hin und öffnete. Es war Gerda. Kathryn konnte nicht hören, was die beiden miteinander sprachen. Als er zu ihr zurückkehrte, trug er eine kleine Wasserschüssel in den Händen. Er zog sich eine Bank heran, stellte die Schüssel darauf ab und setzte sich dann wieder auf das Bett.

„Wie geht es Peter?" erkundigte sich Kathryn angstvoll. „Er ist doch nicht etwa verletzt?"

„Peter geht es gut", antwortete er kurz und neigte dann den Kopf zur Seite. „Ich muß Euch dafür danken, daß Ihr sein Leben gerettet habt." Ein kleines Lächeln zog sich über seine Lippen. „Mir ist im übrigen aufgefallen, daß Ihr wohl doch nicht so abgeneigt seid, gelegentlich die Kindermagd für mein ‚Balg' zu spielen."

Das hatte er so wohlgemut gesagt, daß Kathryn gar nicht beleidigt sein konnte. Dennoch vermochte sie sich einen kleinen Seitenhieb nicht zu verbeißen. „Euer Sohn besitzt auch einen lieben, guten und sanften Charakter, Herr."

„Aha. Im Gegensatz zu seinem Vater?"

„Das habt Ihr gesagt, Herr, nicht ich."

Guy warf den Kopf in den Nacken und lachte. Kathryn sah es mit Verblüffung.

Jetzt tauchte er ein Tuch in die Schüssel, drückte es aus und legte es auf die verletzte Schulter. Kathryn empfand die Kälte des Wassers als so stechend, daß ihr unwillkürlich die Tränen kamen. Rasch schloß sie fest die Augen, damit der Earl nicht etwa dachte, sie würde weinen.

Ihre Reaktion war ihm jedoch nicht entgangen. „Die Kälte betäubt den Schmerz", erläuterte er leise. Er hob den Stoff hoch, tupfte damit behutsam das Blut darunter ab, spülte das Tuch in der Schüssel aus und legte es auf die Schulter zurück. Diesmal ließ er es zunächst dort liegen.

Guy konnte sich nicht erinnern, jemals so grasgrüne Augen gesehen zu haben, und er fragte sich zum wiederholtenmal, was wohl hinter diesen Augen vorging.

Und weshalb sie die Hand so beharrlich über ihre Brust hielt, war ihm ebenfalls unerfindlich. Er hatte doch längst jeden Fingerbreit ihres köstlichen Körpers gesehen in jener Nacht, als sie nach Ashbury hatte fliehen wollen. Außerdem wußten sie beide, daß sie alles andere als sittsam und tugendhaft war.

Er hob das feuchte Tuch wieder ab und legte es fort. Mit den Fingern strich er eine Heilsalbe auf die Schulter bis hinunter zu ihrem Brustansatz. Seine Berührung enthielt nichts Sinnliches, und dennoch empfand Kathryn sie als so intim, daß sie vor Verlegenheit errötete.

Wieder wurde angeklopft. Gerda reichte ihrem Herrn ein kleines Tablett herein. Ans Bett zurückgekehrt, hielt der Earl Kathryn einen Trinkkelch hin. Dampf kräuselte sich daraus empor. „Hier", war alles, was Guy sagte.

Mit hochgezogenen Brauen und zur Seite geneigtem Kopf beäugte sie den Kelch. Sie schnüffelte daran, konnte jedoch keinen gefährlichen Geruch entdecken. „Ich denke, ich lasse Euch lieber zuerst kosten – für den Fall, daß hierin Gift enthalten ist."

„Gift? Eure schlechte Meinung von mir sinkt offensichtlich immer tiefer. Ich muß gestehen, daß mir die Idee mit dem Gift noch nie gekommen ist." Guy lachte. Zwar konnte er sich gut hunderterlei Dinge vorstellen, die er dieser bezaubernden Hexe gern angetan hätte, doch Giftanwendung stand nicht auf dieser Liste.

Eine Weile blickten sie einander stumm an, und die Spannung zwischen ihnen schien beinahe greifbar. Guy de Marche sprach als erster wieder. „Trinkt", befahl er leise. „Gerda kennt sich mit Kräutern aus. Dieser Trank hier wird Euch guttun." Er legte ihr den Arm um den Rücken, hob sie stützend an und hielt ihr den Kelch an die Lippen.

Das Gebräu war heiß und schmeckte entfernt nach Minze. Kathryn trank den Kelch rasch leer und versuchte dabei nicht daran zu denken, daß sie sich so dicht an den Earl lehnte und daß ihre Brustspitzen seinen Oberkörper streiften. Das Gefühl, das diese Berührung auslöste, war freilich alles andere als unangenehm . . .

Der Schmerz in ihrer Schulter ebbte ab. Ihre Lider wurden schwer. Weshalb fühlte sie sich plötzlich so schläfrig? Es war doch noch gar nicht Nacht; das Licht der Nachmittagssonne fiel ja noch durchs Fenster herein. Auch konnte sie nicht mehr richtig sehen; das Bild verschwamm vor ihren Augen. Das Denken fiel ihr schwer. Sie schüttelte den Kopf, als könnte sie ihn auf diese Weise klären.

„Der Trank . . . etwas war darin . . . Ich wußte es ja gleich! Ihr wollt mich tatsächlich vergiften!" Sie blickte Guy an, sah indessen nur einen verschwommenen Schatten und hörte sein spöttisches Lachen. „Herr . . .?" Selbst das Reden fiel ihr immer schwerer.

Sie fühlte eine federleichte Berührung an ihrer Wange und tastete danach, als wäre sie blind. Eine Hand schloß sich warm um ihre Finger.

„Verlaßt mich nicht", hörte Kathryn sich selbst bitten und wußte doch, wie vollkommen widersinnig es war, sich an den

Mann zu klammern, den sie haßte, und der ihr nur Böses wollte. Dies war ihr letzter Gedanke, bevor das Bewußtsein sie endgültig verließ.

Guy betrachtete die kleine Hand, die sich so vertrauensvoll in seine schmiegte, und lauschte auf Kathryns tiefen und regelmäßigen Atem.

Was sollte er nur mit ihr tun? Er wußte es beim besten Willen nicht. Auch konnte er sich nicht erklären, warum er sie nicht von Sedgewick fortlassen wollte.

Sie war zu sehr Dame und Herrin, als daß er sie als Dienstmagd verwenden konnte. Auf Ashbury hatte er noch gedacht, er könnte sie möglicherweise zu seiner Mätresse machen, doch zu diesem Zeitpunkt hatte er noch nicht gewußt, daß sie schwanger war. Sicher, es dürfte noch einige Monate dauern, bevor das Ungeborene ihn daran hindern würde, seine Lust an ihr zu stillen, und wahrscheinlich war sein Verlangen nach ihr dann auch schon verflogen.

Er beugte sich zu ihr hinunter, schob das Tuch von ihrer Schulter und entblößte so ihre eine Brust seinen Blicken. Mit jedem Atemzug schien Kathryn ihm den so verführerischen Hügel wie eine Opfergabe darzubringen. Guy bewunderte die helle, fast durchscheinende, seidige Haut, von der sich die zarte Rosenknospe verlockend abhob. Er wollte sein Verlangen niederringen, das ihn wider bessere Vernunft zu überwältigen drohte, doch es gelang ihm nicht. Er mußte diese Frau berühren, oder er würde sterben.

Er legte die Finger um ihre Brust. Der Kontrast zwischen seiner dunklen Hand und der hellen Haut erregte ihn noch mehr. Sanft schloß er die Finger um das weiche Fleisch, streichelte und liebkoste . . .

Sie fühlt sich wie Samt und Seide an, dachte er. Es drängte ihn, sich über sie zu beugen, seine Lippen um diese verlockende Knospe zu schließen und zu fühlen, wie sie sich unter dem Spiel seiner Zunge hart aufrichtete.

Da ihm jedoch klar wurde, daß es zu einem mörderischen Wortgefecht kommen würde, falls sie erwachte, strich er nur mit dem Daumen hauchzart über die rosa Spitze, während Kathryn wie ein unschuldiges Kind weiterschlief.

Selbstverständlich handelte es sich bei dieser Frau weder um ein Kind, noch war sie unschuldig. Im Geist sah er Kathryn zusammen mit Roderick vor sich, wie er ihnen damals bei Ashbury zum erstenmal begegnet war. Er preßte die Lippen zusammen. Sein Gesicht wurde wieder zu der kalten, harten Maske. Er riß die Hand fort und verachtete sich selbst wegen der Leidenschaft, die er für diese verführerische Hexe empfand. Das ist nichts als Fleischeslust, schalt er sich. Kathryn bedeutet mir nichts, gar nichts!

Und weil er das so wollte, sollte es auch so sein.

## 9. KAPITEL

Bei Sir Hugh Bainbridge verliefen die Dinge ein wenig anders. Seine Schwierigkeiten betrafen zwar ebenfalls das weibliche Geschlecht, doch das Problem bestand darin, daß seine erwählte Dame kaum wußte, daß er überhaupt existierte.

Er verglich sie immer mit einer kleinen, sehr seltenen Blume, die man nur ein einziges Mal im Leben fand. Diese Blume war so zart und empfindlich, daß sie sich bei der ersten flüchtigen Berührung in nichts auflöste und dann für immer unerreichbar blieb.

Hugh wußte, daß Elizabeth sich vor ihm – wie vor allen Männern – fürchtete; die Gründe dafür hatte Lady Kathryn ihm genannt. Wie heikel es indessen tatsächlich um sie stand, hatte er erst später gemerkt.

Die Spaziergänge in der Nähe der Burg waren zu einer Gewohnheit geworden. Elizabeths Scheu war für Hugh nichts weniger als schmerzlich. Der einzige Mensch, dem sie offensichtlich vertraute, war ihre Schwester Kathryn. Bei der kleinsten seiner Berührungen zitterte sie. Doch inzwischen – o Wunder! – schien er Fortschritte bei ihr zu machen . . .

Die Dämmerung lag schon über dem Land, als sie eines Abends die Burg hinter sich ließen. Hughs eher ziellose Schritte führten sie zu einer zerklüfteten Klippe. Hoch oben kämpften die Möwen gegen den Sturm an, während tief unten die dunklen Granitblöcke eben erst ins brandende Meer gestürzt zu sein schienen.

Als Hugh Elizabeth anschaute, merkte er sofort, daß etwas nicht in Ordnung war. Sie hatte sich fest in ihren Umhang gehüllt und die Arme um ihren Körper geschlungen, als fröre sie ganz jämmerlich.

„Elizabeth?" Er berührte ihre Schulter, doch sie schien das gar nicht wahrzunehmen. Ihr glasiger Blick war auf einen Punkt hinter Hughs Rücken gerichtet. Es war, als befände sie sich in einer anderen Zeit, an einem anderen Ort.

„Elizabeth, was habt Ihr?" fragte er in absichtlich scharfem Ton. „Sagt mir, was es ist."

„Diese Stelle ...", sagte sie absolut tonlos. „Weshalb?" flüsterte sie dann. „Weshalb habt Ihr mich hierher geführt? Was habe ich Euch getan, daß Ihr mich so quälen müßt?"

„Elizabeth, wie könnt Ihr so etwas sagen?" Hugh war wirklich bestürzt. „Ich will Euch doch nicht quälen! Sagt mir, womit ich Euch solche Pein ..."

Er sprach nicht weiter, denn plötzlich wich alle Farbe aus ihrem Gesicht. Ihr Blick flog umher, als suchte sie etwas Unsichtbares aus einer anderen Welt.

„Hier kann ich nicht bleiben!" keuchte sie. „Ich kann es nicht!" Mit einem Aufschrei fuhr sie herum und lief davon, so schnell ihre Beine sie trugen.

Hugh wollte ihr folgen, stolperte jedoch über einen Stein und schlug sich das Knie auf. Er rief Elizabeth nach, doch sie blieb nicht stehen.

Nach diesem Vorfall sprach sie nicht mehr mit ihm und schaute ihn nicht mehr an. Hugh erkannte sehr schnell, daß er sie wahrscheinlich zu der Stelle geführt hatte, an der ihre Mutter vergewaltigt worden war. Ohne es zu ahnen, hatte er damit einen Fehler begangen, von dem er nicht wußte, ob er ihn jemals würde wiedergutmachen können.

Heute war es die dritte Nacht hintereinander, in der ihm der Schlaf versagt blieb. Hugh stand auf, ging zum Fenster und beobachtete den Mond auf seiner Bahn über den bleiernen Himmel. Stunden später kehrte er wieder zu seinem Bett zurück und hatte gerade seine Tunika abgelegt, als er einen erstickten Schrei hörte. Elizabeth!

Er rannte den Korridor entlang und stürmte mit gezogenem Dolch in ihr Gemach, bereit, sich auf jeden Angreifer zu stürzen. Einen solchen gab es indessen nicht. Elizabeth warf sich stöhnend und schluchzend im Bett herum und befand sich ganz offensichtlich mitten in einem schrecklichen Alptraum. Plötzlich schoß sie keuchend in die Höhe.

Hugh zündete rasch die große Kerze im Wandhalter an und setzte sich dann neben Elizabeth aufs Bett. Sie hatte die Augen ganz weit aufgerissen, als sähe sie vor sich sämtliche Dämonen der Hölle.

Dann schien irgend etwas in ihr zusammenzubrechen. „Mama“, flüsterte sie schluchzend. „Jetzt sind sie alle fort. Ich lasse es niemals wieder zu, daß sie dir noch einmal weh tun . . . O mein Gott! Du bist ja ganz voller Blut! Mama, bitte, steh doch auf . . . Mama!“

Ihr durchdringender Aufschrei schnürte Hugh den Hals zu. So viele Jahre schon waren die Schreckensbilder des Todes ihrer Mutter in ihrem Geist eingeschlossen, und in jedem Alptraum erlebte sie das Entsetzen aufs neue!

Hugh schüttelte sie sanft. „Elizabeth, wacht auf! Bitte, Liebste, wacht auf!“

Noch waren ihre Augen nicht ganz klar, doch er merkte, daß Elizabeths Bewußtsein zurückkehrte. Ihr entsetzter Blick senkte sich nämlich auf seine nackte Brust.

Bis jetzt hatte Hugh überhaupt nicht an seinen mangelhaften Bekleidungszustand gedacht. „Schon gut“, sagte er, bevor sie etwas äußern konnte. „Ich hörte Euch schreien, Elizabeth. Es war nur ein Traum, Liebste, nur ein böser Traum.“

„Nur ein Traum . . .“ Sie schluchzte auf. „Warum nur ist Kathryn nicht hier? Wenn sie bei meinem Erwachen hier war, ging es mir nie so furchtbar . . . O Gott, ich habe solche Angst! Wenn ich die Augen wieder schließe, dann . . .“

Hugh nahm sie einfach in die Arme und zog sie zu sich heran. „Ihr braucht keine Angst zu haben“, flüsterte er an ihrer Schläfe. „Eure Schwester ist zwar fort, doch dafür bin ich ja hier. Und ich werde Euch während der ganzen Nacht festhalten, wenn Ihr Euch dann sicherer fühlt.“

Sicher? Elizabeth fröstelte es ein wenig. Sir Hugh war so groß und sehnig. Wenn sie ihn manchmal nur anschaute, durchlief sie ein so seltsames Gefühl, welches sie immer für Angst hielt. Seit so langer Zeit hatte sie Männerkraft und Muskeln mit Schmerz und Furcht gleichgesetzt. Nicht im Traum hätte sie die Stärke eines Mannes mit Schutz und Sicherheit in Zusammenhang gebracht.

Jetzt jedoch tat sie es, und wunderbarerweise fühlte sie sich tatsächlich sicher, geborgen und beschützt vor der bösen Welt. Es war seltsam, Sir Hughs Arme an ihrem Rücken und seine muskulöse, nackte Brust unter ihren Händen zu fühlen – seltsam, doch wunderbar.

„Dieser Traum, Elizabeth – habt Ihr ihn oft?"

„Manchmal", antwortete sie kaum hörbar.

„Erzählt ihn mir."

Sie zuckte zusammen und würde sich ihm entwunden haben, hätte er sie nicht festgehalten.

„Dieser Traum hat etwas mit Eurer Mutter zu tun, nicht wahr? Ich weiß, Ihr habt den Überfall auf sie mit angesehen und Euch versteckt, damit die Männer Euch nicht fanden. Seid Ihr deshalb auf der Klippe vor mir fortgelaufen? Ist das der Ort, an dem es geschehen ist, Liebste?"

Elizabeth erstarrte, wenn auch nur für einen kurzen Moment. Dann hob sie den Kopf und blickte Hugh verwirrt an. „Woher wißt Ihr das?"

Er hoffte aus tiefster Seele, daß er nicht schon wieder einen Fehler gemacht hatte. „Eure Schwester hat es mir an jenem Tage anvertraut, als sie und Guy de Marche nach Sedgewick aufbrachen."

Elizabeth stöhnte auf. „Meine Schwester! Wie konnte sie mir das antun?"

„Sie hat es mir erzählt, weil sie mir vertraute." Sanft hob er Elizabeths Kinn hoch und suchte ihren Blick. „Könnt Ihr das nicht ebenfalls tun? Ich weiß, daß Euch die bösen Erinnerungen noch immer verfolgen. Manchmal sind Qual und Pein indessen nicht gar so groß, wenn man sie mit einem anderen Menschen teilen kann."

Vor Scham schloß sie die Augen. „Ihr wollt, daß ich Euch berichte, was . . . was ich gesehen habe?" fragte sie mit stockender Stimme.

„Ja, Liebste. Ich glaube nämlich, das ist die Arznei, die Ihr braucht."

Sie schlug die Augen wieder auf und blickte ihn flehentlich

an. „Das kann ich nicht!“ stieß sie hervor. „Sir Hugh, was ich gesehen habe ... ich habe es nicht einmal Kathryn alles erzählt.“

„Dann berichtet mir so viel oder so wenig, wie Ihr mögt, und wenn es zu schmerzlich für Euch wird, könnt Ihr aufhören, wann immer Ihr wollt.“ Während des Sprechens strich er ihr das Haar von den Schläfen. „Ich verspreche, Euch nicht zu drängen, obschon ich ehrlich davon überzeugt bin, daß es Euch ganz gewiß guttun wird.“

Wie ist es nur möglich, daß die Hände eines Mannes so sanft sein können? fragte sich Elizabeth. Sie spürte, daß dieser Augenblick für sie und Hugh von größter Wichtigkeit war, und sie betete im stillen inbrünstig darum, daß sie die richtige Entscheidung traf.

Mit leiser Stimme begann sie zu sprechen. Schweigend, doch voller Entsetzen hörte sich Hugh an, welche Scheußlichkeiten man ihrer Mutter angetan hatte. Kein Wunder, daß das arme Mädchen vor Männern Angst hat, dachte er.

Als Elizabeth geendet hatte, schüttelte krampfartiges Zittern ihren ganzen Körper. Hugh zog sie mit sich aufs Bett hinunter und nahm ihre Hand in seine. Er fühlte ihr Herz heftig schlagen. Das Zittern wollte nicht aufhören, obwohl sie keine Tränen vergoß.

Eine lange Weile später merkte Hugh, daß Elizabeths Körper ruhig war und langsam gegen seinen sank. Da wußte er, daß sie eingeschlafen war.

Er dagegen lag noch wach, als die Morgendämmerung im Osten schon über den Horizont kroch. Ihn erfüllte nur ein einziger Gedanke: Er würde mit Freuden sein Leben hergeben, bevor er zuließe, daß diesem wunderschönen Wesen, das er in seinen Armen hielt, ein Leid zustieß. Ich will Elizabeth vor allem und jedem beschützen, schwor er sich, und sei es vor mir selbst.

Sonnenstrahlen tanzten durch das Blätterdach des dunklen Waldes und tauchten die Lichtung in grüngoldenes Licht. Der gurgelnde Bach schien mit den beiden Menschen um die Wette zu lachen und zu kichern.

„Noch mal!“ forderte das Kind fröhlich.

„Sehr wohl, kleiner Herr", sagte die lachende Frau. „Dieses eine Mal noch, und dann ist Schluß. Mir ist nämlich schon so schwindelig, daß ich kaum noch stehen kann."

Am anderen Rand der Lichtung saß eine dunkle Gestalt zu Pferde. Den vierten Tag hintereinander beobachtete Guy nun schon die Szene, die sich vor seinen Augen abspielte. Finster sah er zu, wie Kathryn sich anmutig zu seinem Sohn bückte, sich mit ihm zusammen aufrichtete und ihn dann ein ums andere Mal im Kreis herumschwenkte.

Guy konnte den Blick nicht von ihr wenden; zu bezaubernd sah sie aus. Sie trug keine Haube. Das herrliche Haar floß ihr lose in seidigen Wellen über den Rücken bis zu den Hüften hinab. Ihr altes, schäbiges Gewand vermochte nicht von ihren Reizen abzulenken, sondern verstärkte sie eher noch.

Guys Hände verkrampften sich an den Zügeln. Wie kam es denn nur, daß er wie behext von ihr war – von ihr, einer Frau, die den Sproß eines anderen Mannes in sich trug? Wenn ich nicht aufpasse, wird sie noch zu einer Besessenheit werden, dachte er. War sie es denn nicht schon längst? Wachte er nicht jeden Morgen mit ihrem Bild vor Augen auf? Stellte er sich nicht Nacht für Nacht vor, ihr schlanker Körper bewegte sich unter seinem?

Guy hob die Hand am Zügel, um sein Pferd in die Lichtung hineinzulenken. In dem Moment, als Kathryn seine Anwesenheit bemerkte, verschwand ihr Lachen, und der Funke in ihren Augen erlosch.

Guy wurde auf der Stelle wütend – auf sich selbst und auf sie. Mit Peter zusammen schäumte sie über vor Lebendigkeit, lachte und war fröhlich. Nie jedoch lachten diese grünen Augen, nie war ihr Blick zärtlich, wenn er sich mit seinem kreuzte. Und weshalb zum Teufel wünsche ich mir, es wäre so? fragte er sich ärgerlich.

Langsam stellte Kathryn Peter auf die Füße. Irgendwie fühlte sie sich betrogen, als der kleine Bursche sofort mit ausgestreckten Armen auf seinen Vater zurannte. Dieser saß rasch ab, fing den Jungen auf und hielt ihn hoch in die Luft. Seine harten Züge wurden ganz weich, als er Peter etwas ins Ohr flüsterte.

Kathryn stand regungslos da. Der Anblick der beiden zusammengesteckten dunklen Köpfe löste ein seltsames Gefühl in ihrem Herzen aus.

Guy de Marche drehte sich halb um und winkte kurz. Ein zweiter Ritter kam heran. Kathryn preßte die Lippen zusammen. Natürlich, das war Sir Michael, der allgegenwärtige Schatten. Dieser ließ sich jetzt von seinem Herrn den kleinen Jungen reichen, setzte ihn vor sich auf den Sattel, wendete sein Pferd und ritt davon.

Als der Earl sich wieder zu Kathryn umwandte, wirkte sein Gesicht so hart und abweisend wie immer. „Schmerzt Eure Schulter nicht mehr?" fragte er kühl.

Meine Schulter – die nicht, dachte sie, doch mein Herz . . . Ja, damit verhielt es sich ganz anders, obwohl sie nicht einmal genau wußte, weshalb eigentlich. Überhaupt herrschte in ihrem Inneren ein unentwirrbares Durcheinander aus Feindschaft und Faszination.

„Nein", antwortete sie schwach. „Meine Schulter ist vollkommen geheilt. Ich fühle keinerlei Schmerzen mehr." Ihre Anspannung wuchs, während Guy de Marche auf ein paar Handbreit Entfernung zu ihr herankam. Wie immer reagierte ihr Körper auf seine Nähe. Der Earl berührte sie nicht, und dennoch war es ihr, als täte er es.

„Ihr habt mir noch nicht gesagt, was Ihr von meinen Geschenken haltet."

Der unvermittelte Themenwechsel traf sie unvorbereitet. Es dauerte eine Weile, bevor sie die Frage begriff.

Gestern hatte der Earl sie, Gerda und Peter zum Wochenmarkt ins Dorf mitgenommen, und während er selbst irgendwoanders seinen Geschäften nachging, blieben die drei sich selbst überlassen.

Nachdem Peter von den Gauklern und dem Tanzbären genug hatte, bummelten sie zwischen den Verkaufsständen umher. Bei einem, der zahlreiche Stoffe feilhielt, blieb Kathryn stehen. Ein Ballen dunkelblauer, mit Silberfäden durchwirkter Samt hatte es ihr angetan, und sie mußte unbedingt einmal über den weichen Stoff streicheln.

Diensteifrig kam der Händler heran und blickte sie von oben bis unten an. „Eine ausgezeichnete Wahl, Madam. Bei Eurem dunklen Haar und Eurer hellen Haut ist das genau das Richtige für Euch. Und wenn Ihr den ganzen Ballen nehmt, reicht es für ein Gewand mit passendem Umhang." Er nannte einen Preis, den Kathryn im stillen geradezu empörend fand.

„Der Samt ist tatsächlich wunderschön." Sie lächelte ein wenig. „Trotzdem – nein, danke." Sie konnte es sich nicht versagen, noch einmal sehnsüchtig über den Stoff zu streicheln. Erst als sie sich zum Gehen wandte, sah sie, daß Guy de Marche nur wenige Schritte von ihr entfernt stand und sie beobachtet hatte.

Heute früh nun, gleich nach dem Morgenmahl, hatte Gerda sie gebeten, in ihr Gemach zurückzukehren, und dort, auf dem Bett ausgebreitet, lagen mindestens ein Dutzend Stoffe – der dunkelblaue Samt befand sich auch darunter –, und sämtlich waren sie feiner als alles, was Kathryn bisher gesehen hatte. Als Gerda ihr berichtete, daß dies ein Geschenk des Herrn war, hatte es ihr die Sprache verschlagen – genau wie jetzt.

Sie blickte den Earl unsicher an. „Herr, Eure Großzügigkeit überwältigt mich." Und sie bestürzt mich, fügte sie im stillen hinzu. „Es wäre indessen nicht nötig für Euch gewesen, so etwas zu tun."

Nicht nötig? dachte Guy. Er mochte Kathryn schon lange nicht mehr in ihrer fadenscheinigen Garderobe sehen und hätte am liebsten alles zusammen in das nächste Feuer geworfen. Er seufzte. „Falls die Stoffe nicht Eurem Geschmack entsprechen, dann dürft Ihr Euch etwas anderes . . ."

„Das ist es nicht", unterbrach sie ihn rasch. „Im Gegenteil, alle diese Stoffe hätte ich mir selbst auch ausgesucht." Ihr war natürlich der Grund für dieses Geschenk bewußt: Sie hatte seinem Sohn das Leben gerettet, und ein Mensch wie Guy de Marche blieb niemandem etwas schuldig, schon gar nicht ihr. Also hatte er sich mit dieser großzügigen Gabe seiner Dankverpflichtung entledigt.

Hätte er ihr dieses Geschenk aus Herzensgüte, und nicht wegen des Vorfalls mit Peter gemacht, wieviel mehr hätte es ihr bedeutet! Das freilich wollte und konnte sie ihm nicht eingestehen.

Der Earl legte ihr die Hände auf die Schultern. „Kathryn, was habt Ihr? Ich dachte, Ihr wärt erfreut."

„Erfreut? Ich weiß doch ganz genau, weshalb Ihr das getan

habt – weil ich Peter vor den Hufen des Schlachtrosses bewahrt habe. Dafür habe ich jedoch von Euch keine Bezahlung verlangt, und ich will auch keine. Es sieht Euch ähnlich zu glauben, daß ich ... Euren Sohn gerettet habe ... weil ich mir eine Belohnung dafür versprochen hatte. Und Ihr beleidigt mich furchtbar, wenn Ihr das denkt!"

Guy betrachtete sie. Irgendwie mußte er einmal mehr ihren Stolz bewundern. „Befreit Euch von dieser Vorstellung", sagte er. „Gewiß bin ich dankbar, daß mein Sohn noch am Leben ist. Der Stoff indessen ist ein Geschenk, und keine Belohnung. Ich habe ihn Euch geschenkt, weil es mir Freude machte – und weil es mir noch mehr Freude machen würde, Euch in diese Stoffe gekleidet zu sehen."

Er hatte ebenso hitzig gesprochen wie sie, und jetzt wußte sie nicht mehr, was sie sagen sollte. Sie fühlte nur noch die Wärme seiner Finger durch ihr Gewand dringen, und die löste ein unwillkommenes Kribbeln auf ihrer Haut aus.

„Trotzdem kann ich ein derartig kostbares Geschenk nicht annehmen", erklärte sie entschieden.

„Und weshalb nicht?"

Die zur Schau gestellte Würde verließ sie. Kathryn mußte sich die Antwort abringen. „Weil Ihr wißt, daß ich dafür nichts bezahlen kann", sagte sie sehr leise.

„Ich wiederhole: Die Stoffe sind mein Geschenk für Euch, und für Geschenke erwartet man schließlich keine Bezahlung. Ich erlaube mir hinzuzufügen, daß Ihr es seid, die mich beleidigt, wenn Ihr mir eine solche Haltung unterstellt."

Kathryn senkte den Blick. „Ich bitte um Vergebung."

„Andererseits gebe ich zu, daß ich gegen ein kleines Zeichen des Danks nichts einzuwenden hätte." Seine Stimme klang unerwartet sanft und weich.

Erstaunt blickte Kathryn auf. Ein winziges Lächeln spielte um seine Lippen, doch es enthielt keine Spur des üblichen Spotts, und auch keine der ebenso üblichen Überlegenheit. Und sein Blick war beinahe ... zärtlich.

Was geschieht nur mit mir? fragte sie sich erschüttert und verwirrt, als sein Mund ihren schon fast berührte. Mit Furcht und Schrecken dachte sie daran, was sie empfunden hatte, als er sie so hart und heftig geküßt hatte. Schon breitete sich eine gefährliche Hitze in ihrem Körper aus, doch da tippte sich Guy mit einem Finger auf die Wange und deutete so seinen Wunsch an. Kathryn wußte nicht, ob sie erleichtert oder enttäuscht sein sollte.

Sie nahm ihren ganzen Mut zusammen, reckte sich auf den Zehenspitzen hoch und richtete sich darauf ein, ihm einen kurzen, flüchtigen Kuß auf die gewünschte Stelle zu liefern. In dem Augenblick, da ihre Lippen seine Wange berührten, drehte er den Kopf.

Seine und ihre Lippen trafen aufeinander, und die Berührung durchfuhr Kathryn wie ein feuriger Pfeil. Sie wollte den Kopf sofort zurückziehen, tat es jedoch nicht, und das war ein Fehler, den Guy sich gut zunutze machte.

Dies war nicht die keusche Berührung, auf die sie sich vorbereitet hatte. Kathryn verlor jede Kontrolle über den Gang der Dinge. Wie von selbst öffneten sich ihre Lippen seiner Zunge, und bald war nicht einmal ihr Geschmack mehr ihr eigener, sondern seiner.

Ich muß ihn fortstoßen und davonlaufen, solange es noch möglich ist, dachte sie und hob die Hände, als wollte sie das auch tun, doch dann taten ihre Finger, was sie wollten, und hielten sich an seiner Tunika fest.

Er schlang die Arme fest wie eiserne Fesseln um ihren Rücken und nahm ihren Mund ganz in Besitz. Erst zur einen, dann zur anderen Seite neigte er den Kopf. Mit den Lippen drängte und verführte, forderte und verlockte er. Kathryn hatte den Eindruck, als bliebe dieser Kuß nicht nur auf ihren Mund beschränkt, denn sie konnte ihn bis hinunter in die Zehenspitzen spüren.

Guy ließ den Mund zu ihrer Halsbeuge gleiten. Kathryn bog den Kopf in den Nacken, und mit einem wohligen Erschaudern fühlte sie die heißen Lippen an ihrem Hals. Derweil strich Guy mit der Hand von ihrer Taille aufwärts.

Kathryns Herz stockte, als seine Finger an ihrer rechten Brust angekommen waren, und sie merkte zu ihrem Entsetzen, daß sich ihre Brustspitzen unter ihrem Gewand hart aufrichteten und daß es in ihnen . . . prickelte! Am liebsten hätte sie sich die große dunkle Hand des Earls fest auf die angeschwollene Brust gedrückt. Sie begann zu zittern, und sie begriff ihr eigenes Sehnen nicht.

Guy hob den Kopf und gab sie widerstrebend frei. Es bedurfte ihres ganzen Mutes, damit sie wagte, ihm in die Augen zu schauen, in denen sie ganz gewiß den Triumph leuchten sehen würde.

Tatsächlich jedoch blickte Guy sie eher ein wenig verblüfft an. Er streichelte ihre Wange mit den Fingerknöcheln. „Was habt Ihr?" fragte er leise.

Die zärtliche, wenn auch flüchtige Liebkosung war mehr, als Kathryn ertragen konnte. Sie wandte den Kopf ab. „Ich bin der Ansicht, jetzt habt Ihr Euren Dank erhalten, Herr." Ihre Stimme bebte verdächtig.

Eine Zeitlang herrschte tiefes Schweigen, und dann faßte der Earl sie nur am Ellbogen und trat mit ihr den Rückweg zur Burg an. Sein Pferd führte er am Zügel neben sich her. Daß die Stimmung gründlich umgeschlagen war, konnte ihm nicht entgehen. Kathryn war still, gedrückt und so gar nicht sie selbst. Er drehte sie zu sich herum. „Weshalb diese Melancholie, Madam? Schmollt Ihr?"

„Ich schmolle nicht, Herr."

Er hob die Augenbrauen auf jene teuflische Weise, bei der sich immer Kathryns Nackenhaare aufstellten. „Was dann? Ihr verbergt doch etwas vor mir, Kathryn. Hat Euch jemand schlecht behandelt?"

„Jawohl!" fuhr sie ihn an. „Ihr!"

Seine Miene verdüsterte sich sofort. „Nun, nun, meine liebe Kathryn! Speisen von meinem Tisch füllen Euren Bauch – und den Eures Kindes. Mein Dach hält während der langen Nächte Wind und Kälte von Eurer entzückenden kleinen Rückseite fern." Er maß sie von Kopf bis Fuß. „Ich denke doch, ich sorge für Eure sämtlichen Bedürfnisse."

Es lag ihr auf der Zunge, herauszuschreien, daß sie überhaupt kein Kind erwartete. Ach, was spielt das schon für eine Rolle? fragte sie sich dann. Männer waren bekanntermaßen Gewohnheitslügner, und die Lüge mit der Schwangerschaft stammte ja nicht einmal von ihr selbst.

„Jawohl", sagte sie bitter. „Ihr habt für die Befriedigung aller meiner Bedürfnisse gesorgt, nur nicht für das eine, das mir am wichtigsten ist."

Er blickte sie eisig an. „Und das wäre?"

„Wollt Ihr die Wahrheit hören, Herr?" Kühn erwiderte sie seinen Blick. Daß eine Windbö in ihr Haar fuhr und ihr das Gewand an den Körper wehte, war ihr im Moment gleichgültig. „Ihr habt mich entführt – von Ashbury, meiner Heimstatt, und aus den Armen meiner Schwester. Und Ihr verweigert mir die Heimkehr."

Ashbury, immer wieder Ashbury! Dieses Weibsbild dachte nur an die eigenen selbstsüchtigen Wünsche!

„Nun, diese angebliche Wahrheit sehe ich ein wenig anders, Kathryn, und zwar so, wie Ihr sie selbst einmal dargestellt habt. Oder ist es Euch schon entfallen, daß Ihr Ashbury Eurem Onkel entreißen wolltet? Und daß Ihr Euren Liebhaber zu diesem Zweck verwenden wolltet?" Er lachte harsch auf. „Ihr wolltet Ashbury für Euch haben. Das ist die einzige Wahrheit, die ich erkennen kann."

„Daraus mache ich durchaus kein Geheimnis", versetzte sie. „Ashbury gehörte meinem Vater und dessen Vater vor ihm. Nach Vaters Tod hätte es mir und meiner Schwester gehören sollen. Richard hat es uns gestohlen, genau wie Ihr es uns zum zweitenmal gestohlen habt. Ihr habt Richard umgebracht; ist Euch Eure Rache nicht genug? Ich weiß, daß Ihr keine neuen Ländereien benötigt. Weshalb mußtet Ihr dann also Ashbury und seine Güter für Euch beanspruchen?"

„Ihr wollt also, daß ich Euch Ashbury übertrage?"

„Jawohl."

Guy de Marche lachte laut. „Ihr haltet Euch an Ashbury fest wie ein Säugling an seiner Mutter. Ihr vergeßt indessen, daß Ihr eine Frau seid, Kathryn. Oder beabsichtigt Ihr, zurückzueilen und Euren geliebten Roderick zu heiraten?"

Er lächelte grausam, als sie schwieg. „Nein? Mir scheint, ich habe mich in Euch nicht getäuscht. Ihr suchtet nicht die Pflichten, sondern nur die Freuden der Ehe. Was meint Ihr, wie lange Euch Eure Ritter und Eure Pächter ergeben bleiben? Wie wollt Ihr Ashbury gegen Überfälle verteidigen, wenn Ihr keinen Gatten habt, der Eure Krieger befehligt?"

Der Earl verspottete sie als hilflose Frau, und dabei waren es doch gerade Männer wie er, die dafür sorgten, daß Frauen hilflos blieben! Trotz ihres Zorns fiel Kathryn leider keine passende Entgegnung auf seine grausamen Worte ein.

„So ist es nun einmal bestellt in der Welt, Kathryn, und ich empfehle Euch dringend, das zu akzeptieren, denn ändern könnt Ihr es nicht."

Sie kämpfte tapfer gegen die aufsteigenden Tränen an. „Das heißt also, Ashbury bleibt Eure Beute? Und ich gehöre zu Eurem Besitz?"

Wütend starrte sie ihn an, und dennoch glitzerten ihre Augen so verdächtig – sind das etwa Tränen? fragte sich Guy. Nein, befand er sofort, dieses zänkische Weib hat ein Herz so kalt wie Stein. Er lächelte spöttisch. „Ich sehe, wir verstehen uns, Madam."

Erstickt schrie sie auf. Sie hätte ja wissen müssen, daß sie von Guy de Marche keine Milde und kein Verständnis erwarten durfte. Er war ein Mann mit einem Herzen aus Stein!

„Ihr behaltet Ashbury ja nur, weil Ihr mir übelwollt", rief sie. „Und aus demselben Grund haltet Ihr mich hier auf Sedgewick gefangen. Verdammt sollt Ihr sein!" Damit drehte sie sich um und floh.

Guy blickte ihr hinterher. Er hatte sich in ihr tatsächlich nicht getäuscht; sie wollte sich ihm einfach nicht beugen. Du lieber Himmel, diese Frau machte viel mehr Ärger, als sie es wert war!

Wenn ich klug und weise wäre, würde ich genau das tun, was sie begehrt und sie nach Ashbury zurückschicken, dachte er wütend. Doch noch während er zu dieser Erkenntnis gelangte, wußte er, daß er das nicht tun wollte ... nicht tun wollte oder nicht tun konnte?

## 10. KAPITEL

Spät am Abend trat Guy in Peters Gemach. Am Bett blieb er stehen und streichelte sanft über die weiche Wange seines Sohnes. Sein Gesichtsausdruck war unendlich zärtlich.

Gerda, die auf einer Bank am Fußende des Betts saß, schaute auf. Es war schon so lange her, daß sie diesen Ausdruck auf seinem Gesicht gesehen hatte. Nacht für Nacht hatte sie darum gebetet, daß ihrem Herrn zumindest ein ganz kleines Maß an Glück beschieden sein möge.

Sie lächelte, als er sich nachdenklich aufrichtete. „Peter kann keinen Moment still sein, Herr. Er spielt so angestrengt, daß er abends einfach erschöpft ist."

Guy nickte geistesabwesend. „Gerda, irgend jemand hat einmal erwähnt, daß du in den letzten Jahren öfter bei Geburten geholfen hast."

Gerda runzelte die Stirn, weil sie nicht wußte, worauf er hinauswollte. „Ja, das stimmt, Herr."

„Dann weißt du also über solche Dinge besser Bescheid als ich. Wann wird deiner Meinung nach die Lady Kathryn niederkommen?"

Gerda blickte ihn ungläubig an. „Niederkommen? Herr, ich ..." Sie schien völlig verwirrt. „Wie kann sie niederkommen, wenn sie doch ..." Das Mädchen errötete heftig und sprach nicht weiter.

„Was, Gerda? Falls es etwas gibt, das ich wissen sollte, dann sage es mir."

Verlegen schaute die Magd auf den Boden. Zuletzt entschloß sie sich dazu, die Wahrheit zu sagen. „Herr, die Lady Kathryn hatte ihre monatliche Regel wenige Tage, nachdem Ihr sie nach

Sedgewick brachtet. Ich ... ich wüßte nicht, wie sie da schwanger sein könnte."

Guy erstarrte. „Gerda, bist du ganz sicher, daß du dich nicht irrst?"

„Ich irre mich nicht. Herr ..." Weiter kam sie nicht, denn Guy de Marche drehte sich um und schritt aus dem Gemach. Seine Miene sowie seine ganze Haltung versprachen gewiß nichts Gutes für die Lady Kathryn.

Diese saß zur selben Zeit in ihrem Gemach, hielt den herrlichen blauen Samt in den Händen und strich sich mit einem Zipfel des weichen Stoffs über die Wange.

Die unerwartete Freundlichkeit des Earls – und ihre eigene Reaktion darauf – begriff sie noch immer nicht ganz. Sie wollte doch nichts von ihm geschenkt haben; sie wollte nur, daß er sich nicht länger in ihr Leben drängte!

Trotzdem mußte sie fortwährend daran denken, wie zärtlich er vorhin im Wald ihre Wange gestreichelt hatte. Daß eine so schlichte Berührung derartig liebevoll sein konnte ... daß der Earl so liebevoll sein konnte, das hätte sie wirklich niemals vermutet.

Allerdings wäre es ihr auch wesentlich lieber, wenn er seinen Groll an ihr ausließe, denn dagegen konnte sie ihren eigenen Zorn setzen. Seine sanfte Zärtlichkeit hingegen fürchtete sie.

Das Geräusch schwerer Schritte riß sie aus ihren Gedankengängen. Die Tür wurde aufgestoßen, und ehe Kathryn es sich versah, stand Guy de Marche groß und mächtig im Türrahmen. Sie hatte plötzlich das unheimliche Gefühl, als sähe sie sich ihrem Henker gegenüber.

Dieser Eindruck verging jedoch rasch wieder. Kathryn straffte die Schultern und blickte dem Earl zornig entgegen. „Klopft Ihr niemals an, Herr? Für einen so hoch Geborenen sind Eure Manieren so schlecht wie die des niedersten Leibeigenen, will mir scheinen."

„Ich bin hier der Herr, Kathryn. Ich gehe, wohin es mir beliebt, ich verlange, was mir beliebt, und ich tue, wie mir beliebt. Im Moment scheint mir, daß eine Abrechnung fällig ist, denn ich habe etwas von Euch einzufordern – von Euch, die so viel Wert auf Wahrheit legt."

Mit zwei Schritten war er bei ihr, riß ihr den blauen Samt aus den Händen und schleuderte ihn durchs Gemach. Kathryn, die dem Earl dessen Wut deutlich ansah, wagte nicht, sich zu bewegen. Guy de Marche ging einmal um sie herum, und als er wieder sprach, klang seine Stimme furchterregend sanft.

„Euer Kind, Kathryn – wann erwartet Ihr es?"

Sie wurde kreidebleich. Dieser Mann konnte doch unmöglich wissen, daß ... oder etwa doch? Ein erstickter Schrei entrang sich ihren Lippen. „Ihr wißt es, nicht wahr? O mein Gott, Ihr wißt es ..."

„Was denn, Kathryn? Was weiß ich?" Er blieb vor ihr stehen, legte ihr die Hände um den Hals und streichelte mit dem Daumen ihr Kinn.

Die Panik packte sie. Der Earl brauchte doch nur zuzudrükken, und ihr Leben wäre beendet! Sie schloß die Augen. „Es gibt kein Kind", stieß sie hervor.

Guy hielt jetzt seine Daumen still. „Es gab auch nie eines, oder?"

Kathryn fürchtete, jeder Augenblick könnte ihr letzter auf Erden sein. Stumm schüttelte sie den Kopf und schlug dann die Augen wieder auf.

Sein mörderischer Blick durchbohrte sie. „Es war eine Intrige, die Ihr und Eure Schwester erdacht hattet!"

„Nein!" rief sie. „Jedenfalls ist es nicht so, wie Ihr denkt. Ich gebe zu, ich hatte vor, meinem Onkel zu erzählen, ich sei schwanger, so daß er mir und Roderick die Heirat hätte gestatten müssen. Doch das erwies sich dann ja nicht mehr als nötig, weil ..." Sie wußte nicht weiter. „Ich habe Euch ja auch gar nicht gesagt, daß ... Das war Elizabeth, und weshalb sie es getan hat, weiß ich nicht, Herr."

Wie hübsch sie lügen konnte! Darauf wollte Guy allerdings nie wieder hereinfallen. „Zweifellos wollte Eure Schwester Euch aus meinen bösen Klauen befreien. Vielleicht fürchtete sie, ich könnte Euch schänden und besudeln, Euch wie die Hure benutzen, die Ihr ja auch seid."

Seine Verachtung traf sie tief. Als ekelte er sich vor der Berührung mit ihr, ließ er die Hände sinken, trat zurück und betrachtete Kathryn aus der Entfernung.

Todesmutig reckte sie das Kinn und begegnete seinem Blick so tapfer wie ein Krieger. „Ihr habt mich überführt, Herr. Also bestraft mich. Prügelt mich, peitscht mich aus; mich kümmert's nicht. Im Gegenteil, es wäre mir sogar recht, denn das gäbe meinem Haß neue Nahrung. Wisset jedoch, eines Tages werde ich mich von Euch und Eurer Herrschaft befreit haben, und dann wird die Rache mein sein!"

Guy starrte in ihre zornsprühenden grünen Augen und fragte sich, ob diese Frau überhaupt ahnte, was sie mit ihrer herausfordernden Drohung riskierte. Und dann wurde jeder vernünftige Gedanke von etwas ganz anderem verdrängt.

Daß ihn ausgerechnet jetzt das heiße Verlangen packte, war ihm ganz und gar nicht recht. Er konnte es nicht beherrschen – und weshalb sollte er das eigentlich auch tun?

„Das könnte Euch so passen! Ich soll im Zorn Hand an Euch legen, ja? Beruhigt Euch; es würde mich nicht befriedigen, Eure hübsche Haut zu ruinieren." Ein häßliches Lachen verunzierte seinen schönen Mund. „Doch seid sicher, meine Liebe, Ihr werdet meine Hand heute nacht zu spüren bekommen."

Ihr stockte der Atem. „Was . . . was soll das heißen?"

„Erinnert Ihr Euch an die Nacht auf Ashbury, als Ihr zu mir in mein Gemach kamt?" Langsam trat er auf sie zu.

Sie erbleichte. Großer Gott, wie hätte sie diese Nacht vergessen können! Seine folgenden Worte hörte sie wie durch einen dichten Nebel.

„Ja, wie soll ich mich ausdrücken? Ihr hattet die Absicht, die Einsamkeit in meinem leeren Bett zu lindern." Bedeutungsvoll ließ er den Blick über ihren Körper gleiten.

Kathryn lief es eiskalt über den Rücken. Sie erkannte sein festes Vorhaben an seinen glitzernden Augen: Er wollte ihr tatsächlich beiwohnen! „Nein!" rief sie und streckte eine Hand aus, als wollte sie ihn abwehren.

Er jedoch faßte sie bei den Armen und zog sie zu sich heran. „Doch", spottete er. „O doch!"

Sie wehrte sich vergeblich, denn wie Eisenfesseln schlossen sich seine Finger jetzt um ihre Handgelenke. „Ihr widert mich an!" fauchte sie. „Und in jener Nacht habt Ihr mich zurückgewiesen, Herr. Ihr wolltet mich nicht . . ."

„Oh, ich wollte Euch durchaus, süße Hexe, nur bin ich gern derjenige, der bestimmt, wann ich meinem Verlangen nachgebe, und in jener Nacht beliebte es mir eben nicht. Später hörte ich, daß Ihr ein Kind erwartet, und ich versagte es mir, eine schwangere Frau zu nehmen. Doch dieser Umstand ist nunmehr aus der Welt, und heute nacht werden wir beenden, was Ihr vor so langer Zeit begonnen habt."

Kathryn blieb beinahe das Herz stehen. Viel zu spät erkannte sie, was ihr jetzt bevorstand. Die Zeit des Wartens war für Guy de Marche beendet, und nichts vermochte ihn nun noch von seinem Vorhaben abzuhalten.

Nichts Sanftes, nichts Zärtliches konnte sie jetzt mehr an diesem Mann entdecken; kalt und unbeugsam verfolgte er sein Ziel. Groß und mächtig stand er vor ihr, und sie fürchtete sich über die Maßen.

Sie wollte sich losreißen und fliehen, soweit die Füße sie trugen, doch sie konnte sich nicht von der Stelle bewegen. Die Erkenntnis, daß es zu spät war und daß er sie ohnehin überall finden würde, lähmte sie.

„Ich werde nicht bei Euch liegen, hört Ihr? Ich will es nicht!"

Zu ihrem Leidwesen fand er ihre Empörung ungemein amüsant. „Ach Kathryn, ich bin doch auch nur ein Mann und nicht anders als alle anderen. Weshalb solltet Ihr mir vorenthalten, was Ihr Eurem Liebhaber Roderick so willig geschenkt habt? Im übrigen ist mir schon oft gesagt worden, ich verstünde mich auf die Kunst, einer Frau zu Freuden zu verhelfen."

„Freuden! Ich habe keine Freude an Eurer Berührung, eingebildeter Kerl! Ihr preist Euch und Eure Männlichkeit an wie ein Marktschreier, der seine Waren verkaufen will. Ihr seid so abstoßend wie eine Kröte. Ihr widert mich an!"

Guy stieß einen leisen Fluch aus. Noch niemals in seinem ganzen Leben hatte er eine Frau geschlagen; jetzt indessen war er arg versucht, es zu tun. Er schaffte es, sich zu beherrschen. „Wir werden sehen", bemerkte er mit einem arroganten Lächeln. „Wir werden es ja sehen."

Im nächsten Moment war sein Lächeln verschwunden. Er verschränkte die Arme vor der Brust und hob eine Augenbraue. „Entkleiden!" befahl er kurz und knapp.

Kathryn starrte ihn entgeistert an. Ihr war, als verlöre sie den festen Boden unter den Füßen. „Ihr müßt ja wahnsinnig sein!" rief sie.

„Sehr richtig", bestätigte er kalt. „Wahnsinnig vor Wollust. Und jetzt entkleidet Euch, Kathryn, oder ich tue es für Euch." Er lächelte brutal. „Ihr dürft wählen, Madam."

Sie durfte wählen? Die einzige Wahl, die sie hatte, das war die Kapitulation! Tief in ihrem Stolz getroffen und in ihrer Haltung erschüttert, stieß sie einen zornigen Schrei aus und kehrte dem Earl den Rücken. Im stillen schalt sie sich heftigst wegen ihrer Schwäche, doch ergeben zog sie am Gürtelband ihres Gewandes.

„Ich warte, Kathryn. Und ich werde langsam ungeduldig."

Sie wollte ihr Schicksal so lange wie möglich hinauszögern. Sehr langsam neigte sie sich, zupfte an dem Hosenband unter ihrem Knie und zog sich den Strumpf aus. Der zweite folgte. Noch langsamer streifte sie sich das Gewand von den Schultern; es fiel zu Boden.

Auf die gleiche Weise entledigte sie sich ihres Hemds. Mit gesenktem Blick stand sie jetzt bebend da und merkte, daß Guy de Marche näher kam. In ihrer Verlegenheit wollte sie sich wenigstens mit ihrem hüftlangen Haar bedecken. Kaum hatte sie jedoch die Hände danach gehoben, als der Earl sie ihr auch schon wieder an die Seiten zurück drückte.

Unbeschreiblich gedemütigt mußte Kathryn es über sich ergehen lassen, daß er ihre Blößen langsam, gründlich und ausgiebig betrachtete. Noch niemals zuvor war ihr ihre Verletzbarkeit als Frau so bewußt gewesen wie jetzt. Mit großer Mühe gelang es ihr, die aufsteigenden Tränen zurückzuhalten; kein Mann sollte sie jemals weinen sehen, und dieser hier schon gar nicht!

Guy hielt den Atem an. Das Licht von den Kerzen in den Wandhaltern badete ihre elfenbeinfarbene Haut in goldenem Glanz. Diese Frau war wahrhaft schön. Schmal, langgliedrig und schlank, war sie dennoch an den richtigen Stellen weiblich gerundet. Rosenrote Knospen krönten ihre vollen, wohlgeformten Brüste.

Am liebsten hätte er Kathryn sofort zu sich herangezogen. Er wollte sich ihre langen Beine um seine Hüften schlingen und auf der Stelle heiß und tief in das Geheimnis ihrer Weiblichkeit eindringen.

Er umfaßte ihre nackte Schulter. Kathryn hatte sich gegen diese Berührung gewappnet. Trotzdem zuckte sie heftig zusammen. Oh, sie wußte ganz genau, weshalb der Earl das alles tat: Er wollte nur seine Vorherrschaft geltend machen, ihren rebellischen Stolz brechen und ihr beweisen, daß sein Wille über ihren triumphierte.

Die Vorstellung, daß er von ihrem Körper Besitz ergreifen würde, war erschreckend. Zum erstenmal bedauerte sie es, daß er sie so sehr verachtete, denn sein Verlangen nach ihr entsprang ja seinem Zorn, und seine ganze Wut auf sie würde sich in diesem Akt entladen. Guy de Marche würde seine Befriedigung aus ihrem Schmerz erlangen.

Ihr einziger Gedanke war, dem Racheakt dieses Wahnsinnigen zu entfliehen. Kathryn wirbelte herum und rannte zur Tür, doch der Earl war zu schnell für sie. Er fing sie ein, umklammerte sie von hinten und zog sie an seinen Körper.

„Ihr meint, Ihr könnt so spät in diesem Spiel noch passen?“ Er lachte. „Wohin wolltet Ihr eigentlich gehen – unbekleidet, wie Ihr seid? Nun, meinen Rittern wärt Ihr sicherlich willkommen. Sie würden in langen Reihen anstehen, um Euren üppigen Liebreiz zu kosten. Zu ihrem Bedauern werde ich jedoch derjenige sein, der in dieser Nacht den Anspruch auf Eure verborgenen Schätze geltend macht.“

„Blökender Hammel!“ fauchte sie in hilfloser Wut. Sie wollte um sich schlagen, doch in seiner Umklammerung wurden ihre Arme an ihren Körper gefesselt. Sie stieß mit den nackten Füßen nach hinten, erzielte indessen keinen Erfolg damit. „Ihr seid ein roher Wüstling!“

„Wie Ihr meint“, sagte er leise und mit tiefer Stimme. „Ich habe lange auf diese Nacht gewartet, und ich lasse mich nicht um sie betrügen.“ Er hob Kathryn einfach in die Höhe.

Bevor sie wußte, wie ihr geschah, flog sie aufs Bett, und Guy landete auf ihr. Sie konnte sich nicht mehr rühren: sein Gewicht preßte ihr die Atemluft aus den Lungen. Dann jedoch erfüllte die Wut sie mit neuer Kraft. Kathryn versuchte, ihre Gliedmaßen von seinem Körper zu befreien. In ihrer Verzweiflung biß sie ihm fest in den Nacken.

Zu ihrer größten Genugtuung hörte sie den Earl aufstöhnen, bevor er sich ein wenig zurückzog. Leider war ihr Triumph nur von kurzer Dauer, denn mit einem wüsten Fluch auf den Lippen schlang Guy einen Fuß um ihre Beine und riß ihr die Arme unter ihren Rücken.

Kathryn merkte sogleich, daß ihr die kleinste Bewegung das Gefühl gab, als kugelte sie sich ihre eigenen Schultern aus. Vorsichtshalber stellte sie ihre Gegenwehr ein, spannte jedoch jeden Muskel an, bis ihre sämtlichen Glieder taub wurden und ihr die Luft ausging. Mit einem halben Schluchzer drehte sie den Kopf auf die Seite.

Guy fühlte, daß ihr Körper erschlaffte, und wartete angespannt auf irgendeine neue List. Endlich ließ er ihre Handgelenke fahren und richtete sich ein wenig auf. Er riß sich sein langes Lederwams herunter und schleuderte es von sich, ohne unterdessen die Augen von Kathryn zu wenden.

Erschöpft und zitternd lag sie vor ihm und starrte blicklos gegen die Wand. Nicht zum erstenmal empfand Guy die Aura der Unberührtheit, die sie umgab und die ihn unsicher machte. Er hätte fast gemeint, daß Kathryn sich fürchtete. Sie wirkte so wehrlos, so hilflos und so sehr, sehr jung ... Er schlug sich solche Überlegungen aus dem Kopf. Schließlich hatte sie ihn mit ihren Schlichen schon öfter in die Irre geleitet. Selbstverständlich war sie weder unberührt noch unschuldig, was Männer betraf. Dieses Wissen verhärtete Guys Herz wieder, dämpfte freilich seine Glut in keiner Weise.

„Kathryn!“ Das klang streng und befehlend.

Widerstrebend wandte sie den Kopf. Guy de Marche war über ihr, dunkel und bezwingend. Ihr Herz hämmerte wild. Unbekleidet bot der Earl einen beängstigenden Anblick; er wirkte noch mächtiger als ohnehin schon.

Seine Schultern glänzten wie poliertes Nußbaumholz, und an seinen Armen wölbten sich dicke Muskelstränge. Krauses dunkles Haar bedeckte seine breite Brust. Unwillkürlich glitt Kathryns Blick tiefer hinab ... und sofort wieder zurück zu seinem Gesicht. Was sie soeben gesehen hatte, war so erschreckend groß, daß sie genau wußte, er würde ihr entsetzlich weh tun, sie aufspießen und sie zerreißen.

Seine Lippen verzogen sich zu etwas, das man kaum noch ein Lächeln nennen konnte. Er streckte sich neben ihr aus. Unwillkürlich rückte Kathryn von ihm fort, doch sogleich faßte er sie am Oberarm und zog sie wieder zu sich heran. Ihr stockte der Atem, als ihre nackten Brüste mit dem rauhen, krausen Haar auf seinem Oberkörper in Berührung kamen.

Ihre Blicke begegneten einander. Nach langem, angespanntem Schweigen brach Kathryn den Bann seiner Augen. „Seid verdammt!" rief sie. „Tut es endlich! Tut, was Ihr wollt. Bringt es hinter Euch!"

Er neigte den Kopf zu ihr und küßte die zarte Haut ihrer Schläfe. „Uns würde so vieles entgehen", flüsterte er, und sie meinte, er lächelte an ihrer Wange. „Ich will Euch doch nicht Eurer Freuden berauben."

Ich empfinde keine Freuden! wollte sie schreien. Sie öffnete die Lippen, um diesen Mann zu verfluchen, doch schon brachte er sie mit einem Kuß zum Schweigen.

Kathryn kämpfte gegen ihn an. Natürlich war ihr klar, daß sie seine Körperkräfte nicht überwinden konnte, also wehrte sie sich auf ihre Weise. Sie konzentrierte sich allein auf Ashbury. Sie dachte fest daran, wie sehr sie Elizabeth vermißte, wie gern sie auf den Klippen entlangwandern und den Seewind in ihrem Haar und in ihren Kleidern fühlen wollte . . .

Mit seinem Oberkörper drückte Guy Kathryn auf den Rükken. Vollkommen steif und regungslos lag sie da, während er die Finger in ihr herrliches Haar schob. Mit der Zunge tastete er über ihre Lippen, als bäte er um Einlaß. Der blieb ihm freilich verwehrt.

Er hob den Kopf und sah Kathryn an. Sein Gesichtsausdruck verriet deutlich seine Unzufriedenheit. Beinahe scherzhaft zupfte er an ihren Haaren. „Ergebt Euch mir, Kathryn", befahl er mit harter Stimme. „Ergebt Euch."

„Niemals!" schwor sie. „Ihr seid roh. Ein Wüstling . . ."

Er beendete ihre Beschimpfung, indem er ihre Lippen mit seinen versiegelte. Dieses Mal allerdings bat er nicht, sondern er forderte. Mit einer Leichtigkeit, aus der die Erfahrung sprach, mit der er geprahlt hatte, machte er sich daran, verbotenes Feuer zu entfachen. Er küßte sie endlos, und seine Küsse waren tief und berauschend. Kathryns Widerstand schmolz wie Wachs über einer Flamme.

Irgendwo in den Tiefen ihres Seins erwachte eine Fremde zum Leben, die sie kaum als sich selbst erkannte. Eigenartige Empfindungen brachen wie Knospen in einem Blumenbeet unter der Sommersonne auf.

Es ist ja nichts weiter als ein Kuß, redete sie sich ein, doch schon längst ertrug sie diese erregende Berührung mit seiner Zunge nicht nur, sondern sie spürte, wie sich ihre Sinne öffneten, um das Feuer und das Wesen des Mannes in sich aufzunehmen.

Leise seufzend legte sie die Arme um seinen Nacken. Wehrlos überließ sie dem Earl alles, was er begehrte, denn sie vermochte die Kraft nicht aufzubringen, seinem Willen und ihrem eigenen verräterischen Verlangen zu trotzen.

Aufstöhnend drückte Guy sie an sich. Ihr weicher Mund an seinem, das war beinahe mehr, als er ertragen konnte. Ihre Brüste schienen Feuermale auf seiner Haut zu hinterlassen, und er konnte ihre Schenkel dort fühlen, wo es ihn am heißesten und am drängendsten nach ihr verlangte. Es war Himmel und Hölle zugleich, Kathryn so zu umfangen, ohne dem Begehren nachzugeben, das sein Blut erhitzte, doch er wollte nicht, daß diese Begegnung in Leidenschaft zu schnell endete.

Er legte seine Hand über ihre Brust, ließ sie über die angeschwollene Knospe streichen und umfaßte dann den weichen Hügel. Ihre Haut fühlte sich so weich und warm an wie ein reifer, samtiger Pfirsich in der Sonne. Guy hungerte danach, eine so verführerische Frucht zu kosten.

Erschrocken öffnete Kathryn die Augen. Bei der Berührung seiner Hand hatte es sie wie ein Blitz durchzuckt, und jetzt schrie sie leise auf, denn er senkte den Kopf über ihre linke Brust. Wollte er etwa wie ein kleines Kind an ihr . . . saugen? Das war doch Wahnsinn!

Sie faßte ihn bei den Schultern, stieß ihn jedoch nicht von sich fort. Zuerst liebkoste nur sein Atem ihre Brust und die rosige Knospe. Es erregte Kathryn ungemein, zu entdecken, daß ihre Brüste anzuschwellen schienen und daß sich die Spitzen hart aufrichteten. Bis zu dem Moment, da er die Lippen um die prikkelnde Knospe schloß, war Kathryn schon so empfänglich für alle möglichen Empfindungen, daß sie beinahe aufgeschrien hätte.

Mit der Zunge strich er immer wieder über die harte Brustspitze, während er die andere mit den Fingerspitzen reizte. Kathryn rang um Luft; der Ansturm der Gefühle drohte sie zu ersticken.

Ein seltsames Sehnen wuchs in ihr, ein Wollen, daß sie nicht ganz verstand. Sie vergaß, daß Guy de Marche ihr Feind war. Sie vergaß, daß sie ihn haßte. Sie redete sich ein, daß sie vor wütender Verachtung bebte, obwohl sie doch genau wußte, daß es eine gefährliche, bisher nie gekannte Erregung war, die sie so zittern ließ.

Der Earl entführte sie in ein Reich, aus dem es kein Entrinnen gab. Seine Hände streichelten, beruhigten, lockten und liebkosten. Kathryn ließ ihn gewähren. Zu ihrem eigenen Schrecken stellte sie fest, daß sie es genoß. Manchmal schien seine Hand Brandmarken zu hinterlassen, mit denen er sein Besitztum zeichnete, und dann wieder war seine Berührung so leicht und schwebend wie aufsteigender Rauch.

Er schien sehr genau zu wissen, wo er ihren Körper berühren mußte, den er offenbar besser kannte als sie selbst. Einem derartig kundigen Liebhaber vermochte sie nichts entgegenzusetzen, und als er seinen Mund wieder auf ihren preßte, erwiderte sie seinen Kuß mit Hingabe.

Sie fühlte, wie Guy de Marche die Finger über ihren flachen Bauch streichen ließ und dann in das weiche dunkle Dreieck schob. Kathryns Herz stockte. Fest drückte sie die Oberschenkel zusammen, doch damit konnte sie ihn nicht aufhalten.

Triumphierend lachte er an ihren Lippen. Er ließ seine Finger weitergleiten, eintauchen und einen atemberaubenden Rhythmus aufnehmen. Heiß und immer heißer durchströmte es sie. Sie zitterte heftig. Was tat dieser Mann nur mit ihr?

Sie hielt sich an seinen harten Schultern fest. „Nicht, Herr! O bitte . . .“

Er hob den Kopf. „Ich habe einen Namen, Kathryn.“ Seine Stimme hörte sich merkwürdig angestrengt an. „Weshalb benutzt Ihr ihn nie?" Selbstverständlich kannte er die Antwort: Dies war eine der vielen Barrieren, die sie gegen ihn errichtet hatte, um ihm zu trotzen. Bis jetzt jedoch war es ihm nicht bewußt geworden, wie sehr er sich danach sehnte, seinen Namen von ihren Lippen zu hören – nicht im Zorn, sondern in Leidenschaft geflüstert.

Kathryn blickte zu ihm hoch. Die Sehnsucht, die sie in ihm spürte, verwunderte sie. „Das würde Euch erfreuen?" fragte sie verblüfft.

„Jawohl." Er senkte den Kopf und drückte die Lippen in ihre Halsgrube. „Sagt ihn, Kathryn. Nennt mich bei meinem Namen."

Guy . . . Sie mußte sich auf die Lippe beißen, um den Namen nicht tatsächlich auszusprechen. Der Earl blickte sie an, und in seinen glitzernden Augen sah sie alles, wovor sie sich fürchtete. Er hatte ihr Feuer nicht entfacht, weil er zarte Gefühle für sie hegte, sondern weil er sie zähmen und gefügig machen wollte. Der Schmerz dieser Erkenntnis durchfuhr sie wie ein Dolch. Nein! So leicht wollte sie ihm den Triumph auf keinen Fall machen.

„Nein", lehnte sie leise ab. „Nein!" wiederholte sie lauter und heftiger. Sie zog den Kopf fort und drehte ihn nachdrücklich zur Seite.

Die roten Nebel der Wut verschleierten Guys klaren Blick. Wenn diese Frau nicht will, daß ich ihr Freuden schenke, dann sei es eben so, entschied er in seinem Zorn. Er hob sich über sie und drängte mit dem Knie ihre Schenkel auseinander. Mit einer einzigen harten und kraftvollen Bewegung drang er tief in sie ein.

Vor Zorn und glühender Leidenschaft blind, wie er gegenwärtig war, brauchte er einen Augenblick, bis er erfaßte, daß er in Kathryns Körper soeben auf einen kleinen Widerstand gestoßen war.

Guys bitteren Fluch hörte Kathryn nicht. Instinktiv strebte sie von ihrem Bezwinger fort, doch es gelang ihr nicht, denn sein Gewicht drückte sie nieder, als wäre sie gepfählt und unter einem Felsen gefangen.

Sie schrie und drückte die Hände mit aller Kraft gegen seine

Schultern und seine Brust. Verzweifelt versuchte sie, sich von dem glühenden Schmerz zu befreien, der bis in ihren tiefsten Schoß gedrungen war.

Guy war über ihr erstarrt. Sein Atem ging rauh, und seine Nackenmuskeln traten deutlich hervor. „Kathryn . . .“ Er packte ihre Handgelenke und drückte sie auf das Bettpolster. Starkes Zittern schüttelte ihn. Er biß die Zähne aufeinander und versuchte, nicht daran zu denken, wie klein Kathryn war und wie fest er in ihrem engen Fleisch gefangen war.

Sein Verstand schien auszusetzen. „Ich kann nicht aufhören“, keuchte er. „Gott helfe mir, ich kann es nicht!“ Mit einer Wildheit, die er nicht zu zähmen vermochte, stieß er immer wieder zu und kam so schnell wie ein unerfahrener Jüngling. Danach brach er über ihrem Körper zusammen.

Sein Griff um ihre Handgelenke lockerte sich langsam. Sein Verstand kehrte zurück, und zwar mit erschreckender Klarheit. Die Erkenntnis dessen, was er eben getan hatte, überfiel Guy wie ein Ungewitter. Er zog sich sofort zurück, rollte zur Seite und stand vom Bett auf.

Er mußte sich dazu zwingen, Kathryn anzuschauen. Regungslos lag sie da. Sie hatte die Augen fest geschlossen; wie kleine schwarze Fächer lagen die Wimpern auf ihren fast farblosen Wangen. Als Guy das Blut an der Innenseite ihrer weißen Schenkel sah, mußte er sich abwenden.

Er verabscheute und verachtete sich selbst zutiefst. Noch einmal durchlebte er den Bruchteil dieses Augenblicks, in dem er das Jungfernhäutchen durchstoßen hatte. Er hatte die Frau ja mit dem Zartgefühl eines Rammbocks genommen! Bitter fragte er sich, ob sie wohl wußte, daß ihm der Akt kaum Befriedigung gebracht hatte.

Er trat vom Bett fort, um gleich darauf mit einem nassen Tuch in der Hand zurückzukehren. Ihr Körper zuckte heftig, als Guy ihr das Tuch zwischen die Schenkel drückte und die Spuren seiner Inbesitznahme beseitigte. Er sah, wie Kathryn die Finger in das Bettuch krallte und das Gesicht abwandte.

Im Augenblick sah sie aus wie eine zarte Frühlingsblume, die er unter seinem Absatz zertreten hatte, und dafür haßte er sie. Sie hatte ihn doch in dem Glauben gelassen, Roderick und sie seien Liebende – etwa nicht? Oder hatte er das nur geglaubt, weil er davon überzeugt war, daß es sich gar nicht anders verhalten konnte? In jedem Fall hatte sie nichts unternommen, um die Sache zu klären.

„Eine Jungfrau!" stieß er wütend hervor. „Verdammt, eine Jungfrau!"

Kathryn schlug die Augen auf und blickte ihn an. Sein unergründlicher Gesichtsausdruck zeigte nicht die Spur von Zärtlichkeit, Bedauern oder gar Reue. Der Earl konnte immer nur beschuldigen und verdammen! Ihr Zorn flammte auf und überwand den Schmerz und die Erniedrigung. Sie setzte sich hoch und zog sich die Felldecke vor ihre Blößen.

„Ihr hättet es mir sagen müssen", begann er ärgerlich, doch weiter kam er nicht.

„Weshalb?" unterbrach Kathryn ihn sofort. „Hätte Euch das etwa von Eurem Vorhaben abgehalten?" Sie zitterte plötzlich vor Wut. „Ihr hattet doch die feste Absicht, mich zu bestrafen. Ihr wolltet mir weh tun, und Ihr habt es getan."

Guy faßte es nicht. Hielt sie ihn tatsächlich für so gemein? „Ich begehrte Euch, ja. Ich wollte Euch jedoch keinen Schmerz zufügen." Er streckte ihr eine Hand entgegen, doch Kathryn wich zurück, so weit sie konnte.

„Wer lügt jetzt, Herr?" fragte sie beißend. „Ach, geht doch fort! Verschwindet!"

Einen Moment lang starrten sie einander wütend an, dann schleuderte Guy das blutige Tuch zu Boden, suchte sich seine Kleidung zusammen und stürmte aus dem Gemach.

Der Lappen war auf dem mitternachtsblauen Samt gelandet. Als Kathryn das einen Augenblick später sah, stieß sie ihn zur Seite, hob den Samt auf und drückte ihn sich auf die Brust. Mitten in den weichen Falten des schönen Stoffs sank sie auf den Boden, und die Tränen rollten ihr über die Wangen. Jetzt sprach sie zum erstenmal den Namen des Earls aus, doch nicht leise und zärtlich als liebevolle Liebkosung, sondern als furchtbaren Fluch.

„Auf ewig Verdammt sollt Ihr sein, Guy! Zur Hölle verdammt sollt Ihr sein!"

## 11. KAPITEL

Nur sehr langsam wachte Kathryn am nächsten Morgen auf. Staubflocken tanzten glitzernd in einem Sonnenstrahl, der durch die Fensterläden hereinfiel. Eine verschwommene Erinnerung wollte zurückkehren, doch Kathryn versuchte, sie zu verdrängen. Es gelang ihr nicht.

Klar und deutlich standen die demütigenden Begebenheiten der vergangenen Nacht wieder vor ihren Augen. Guy de Marche hatte ihr alles genommen – ihre Heimstatt, ihre Schwester und nun auch noch die Unversehrtheit ihres Körpers.

Die Tränen wollten wieder aufsteigen. Sie ließ es nicht zu. Die ganze Nacht hindurch hatte sie geweint, doch noch bevor der neue Tag angebrochen war, hatte sie sich geschworen, daß der Earl sie nie wieder soweit bringen sollte, daß sie Tränen vergoß und so ihre Schwäche zeigte.

Jemand klopfte. Erschrocken zog sich Kathryn die Felldecke bis zum Kinn hoch. Sie fürchtete, Guy könnte vor der Tür stehen, doch es war nur Gerda.

„Es ist schon spät", sagte Kathryn und lächelte ein wenig. Sie strich sich das dichte Haar aus dem Gesicht. „Du hättest mich früher wecken sollen."

„Der Herr hat mir gesagt, ich solle Euch schlafen lassen." Die Magd hob das Leinenhemd vom Boden auf, wohin es gefallen war, als Guy Kathryn befohlen hatte, sich zu entkleiden. Es war Gerdas Gesichtsausdruck anzusehen, daß sie sich über die völlig ungewohnte Unordnung der Herrin wunderte; sie äußerte sich freilich nicht dazu.

Kathryn nahm das Hemd entgegen und legte es an. Sie schlug die Felldecke zurück, stand auf und verzog das Gesicht wegen des leichten, wenn auch stechenden Schmerzes zwischen ihren Beinen.

Als sie hinter sich Gerdas scharfes Einatmen hörte, drehte sie sich um. Beide Frauen starrten entsetzt auf den großen Blutfleck auf dem Bettuch. Die heiße Verlegenheit färbte Kathryns Wangen flammend rot.

Eigentlich hätte es ihr ja ganz gleichgültig sein können, was Gerda jetzt dachte. Dem war allerdings nicht so. Seit dem Tag, an dem sie, Kathryn, zu Peters Lebensretterin geworden war, hatte sich die Haltung der Magd ihr gegenüber verändert. Gerda war eine Spur freundlicher geworden. Kathryn machte sich allerdings nichts vor; falls sie Gerdas Loyalität auf die Probe stellte, würde Guy de Marche selbstverständlich der Sieger bleiben.

Sie fuhr zusammen, als eine sanfte Hand ihren Arm berührte. „Herrin“, sagte Gerda leise, „wünscht Ihr heute morgen vielleicht ein warmes Bad?“

Kathryn mußte ihren ganzen Mut zusammenraffen, um sich umzudrehen und dem Mädchen in die Augen zu sehen. Gerda schaute sie aufrichtig besorgt an. Mehr denn je war Kathryn den Tränen nahe. „Danke sehr“, flüsterte sie. „Das wäre wirklich sehr angenehm.“

Das heiße Badewasser dämpfte den Schmerz an intimer Stelle tatsächlich. Trotzdem fühlte Kathryn den Earl noch immer mit ihrem ganzen Körper, und selbst sein Geruch schien noch an ihr zu haften. Sie schrubbte sich mit großem Eifer ab, um jede Spur von ihm zu beseitigen, doch die Erinnerung an ihn ließ sich nicht so leicht tilgen. Kathryn brauchte ja nur die Augen zu schließen, und schon sah sie seinen großen, muskulösen Körper deutlich vor sich.

In ihr widerstritten die Gefühle auf das heftigste. Sie hatte erwartet, daß sie nichts als Ekel und Abscheu vor seiner Tat empfinden würde. Jetzt indessen fühlte sie sich nur irgendwie betrogen – betrogen um etwas, von dem sie nicht einmal wußte, was es war.

Sie hatte sich geschworen, keine Freuden aus der Hand des Earls entgegenzunehmen, und dennoch erinnerte sie sich nur allzu deutlich ihrer eigenen Erregung bei seinen atemberaubenden Liebkosungen. Sie spürte noch zu genau, wie es sich angefühlt hatte, als er seinen Unterkörper an ihren gepreßt hatte und in sie eingedrungen war. Seine zärtlichen Berührungen hatten so viel versprochen, doch am Ende hatte nur der furchtbare Schmerz gestanden ...

Als Gerda später zurückkehrte, hatte Kathryn das Bad beendet. Jetzt stand sie am Fenster und blickte in den Burghof hinunter. „Ich habe heute morgen den Earl noch nicht gesehen“, bemerkte sie scheinbar gleichmütig. „Weißt du, wo er sich befindet, Gerda?“

„Er ist fort, Herrin.“

„Fort? Wohin ist er gegangen?“

„Er wollte verschiedene Güter im Norden aufsuchen, Herrin. Er sagte, er würde in zwei Wochen zurück sein, vielleicht auch ein wenig später.“

„Zwei Wochen ...“, wiederholte Kathryn bestürzt. „Davon hat er mir doch gar nichts ...“ Sie unterbrach sich. Närrin! schalt sie sich im stillen, weshalb sollte Guy de Marche mich auch über seine Pläne unterrichten? Ich bedeute ihm doch nichts. Sie wappnete ihr Herz gegen ihn. Jawohl, sie war sogar sehr froh, daß er fort war. Und wenn er ein ganzes Jahr fortbliebe – es würde sie nicht im geringsten kümmern.

Zu ihrer Verblüffung erfuhr sie von Gerda, daß der Earl vor seinem Aufbruch einige Beschränkungen aufgehoben hatte: Sir Michael sollte ihr nicht mehr folgen, wenn sie die Mauern der Burg verließ. Es traf sie in ihrem Stolz, zugeben zu müssen, daß Guy de Marche sie möglicherweise doch besser kannte, als sie dachte. Hätte er nämlich die Fesseln noch fester angezogen, würde sie bei der ersten sich bietenden Gelegenheit ausgebrochen sein.

Kathryn verbrachte die meisten der folgenden Vormittage damit, mit Gerda zusammen Gewänder aus den Stoffen zu nähen, die der Earl ihr geschenkt hatte. Nachmittags ritt sie regelmäßig aus, manchmal allein, manchmal mit Gerda und Peter.

Nachdem sie und der kleine Junge eines warmen, sonnigen Nachmittags im Bach geplanscht hatten, beschloß sie, ein wenig die Gegend zu erforschen. So etwas hätte sie früher unter Sir

Michaels Bewachung nie gewagt. Mit Peter stand sie neben Esmeralda und schaute sich in der Landschaft um. Hinter dem Wald erstreckten sich die endlosen grünen Hügel.

„Was meinst du, Peter? Sollen wir einmal auf diesen Hügel dort hinaufreiten?“ Mit ausgestrecktem Arm deutete sie auf eine Anhöhe. „Da oben tust du dann so, als wärst du der Herr über dieses Land und nähmst deinen Besitz in Augenschein.“

Sie hockte sich zu dem Kleinen nieder und kitzelte ihn unter dem Kinn. „Wenn du nämlich groß und erwachsen bist, wirst du tatsächlich hier der Herr sein.“

Peter schaute sie voller Eifer an. „Bin ich dann auch so ein tapferer Ritter wie mein Papa?“

Kathryn begriff nicht, weshalb ihr diese Frage so weh tat. „Jawohl“, antwortete sie und fuhr dem Jungen über die schwarzen Locken. „Genau so einer wie dein Papa.“

„Wenn ich der Herr bin, bist du dann auch hier?“

Diese Frage schmerzte noch mehr, denn bis jetzt hatte sich Kathryn standhaft geweigert, an ihre Zukunft zu denken. Jetzt tat sie es, und im warmen Sonnenschein spürte sie einen eisigen Windhauch durch ihr Herz wehen.

Hierher nach Sedgewick gehörte sie nicht, und Guy de Marche hatte dafür gesorgt, daß sie auch nicht mehr nach Ashbury gehörte. Leer und brach breitete sich ihre Zukunft vor ihr aus. Niemals zuvor hatte sich Kathryn so einsam und verlassen gefühlt wie jetzt.

Der kleine Junge wartete noch auf ihre Antwort. „Peter“, sagte sie in scherzhaftem Ton, „wenn du einmal ein großer Herr bist, dann bin ich längst alt, zerknittert und häßlich.“

Heftig schüttelte er den Kopf. „Nicht häßlich! Du bist doch wun... wunder...“ Er runzelte die kleine Stirn, während er angestrengt nach dem richtigen Wort suchte.

Kathryn mußte lachen. „Du wolltest doch nicht etwa ‚wunderschön‘ sagen?“

„Doch!“ Er strahlte. „Du bist wunderschön. Das hat Papa gesagt.“ Der kleine Bursche grinste fröhlich von einem Ohr zum anderen, warf ihr die Arme um den Hals und legte seine kleine Wange an ihre.

Kathryn drückte ihn liebevoll an sich. Plötzlich begann ihr

Herz heftig zu pochen. Der Earl hatte gesagt, sie sei wunderschön? Ganz gewiß nicht! Allerdings hatte Peter das eben mit solchem Nachdruck behauptet, daß sie versucht war, ihm Glauben zu schenken . . .

Ihr Ausflugsziel erreichten sie nicht. Gleich nachdem Kathryn die Landstraße gefunden und Esmeralda in diese Richtung gelenkt hatte, schien sich ein unheilvolles Schweigen auszubreiten, das fatal an die Stille vor dem Sturm erinnerte. Insekten summten nicht mehr, und Vögel hatten ihr Zwitschern eingestellt.

Und dann hörte sie es: das dumpfe Geräusch von Hufschlägen sowie Männerstimmen und lautes männliches Lachen. Instinktiv sprang sie aus dem Sattel, nahm Peter auf den Arm und zog Esmeralda in ein undurchsehbares Dickicht. Das Kind spürte, daß irgend etwas nicht in Ordnung war, und blickte Kathryn aus großen, ängstlichen Augen an.

„Peter", flüsterte sie, „du mußt jetzt gut zuhören und genau das tun, was ich dir sage. Paß auf: Ich glaube, ich habe jemanden gehört, doch ich weiß nicht, wer es ist, und deshalb muß ich nachschauen gehen. Ich will, daß du hier bei Esmeralda bleibst und dich nicht von der Stelle rührst. Verhalte dich ganz still und sage kein Wort. Hast du alles verstanden? Wirst du ein braver Junge sein und das für mich tun?"

Er nickte ernst. Sie drückte ihm rasch noch einen Kuß auf die Stirn und schlich davon.

Die fremden Reiter waren in einer nahen Lichtung stehengeblieben. Kathryn duckte sich hinter dichtes Buschwerk und spähte durch das Rankengewirr. Nicht weniger als sechs Männer standen in einem Kreis zusammen, und alle sahen sie bösartig aus. Ihre Kleidung war zerrissen und schmutzig, und ganz im Gegensatz zu ihrer ärmlichen, zerlumpten Erscheinung waren sie überaus schwer bewaffnet.

„Ein Stück die Landstraße hinauf befindet sich ein Dorf", sagte einer und lachte häßlich. „Ich schlage vor, wir plündern es aus und zünden es an."

„Jawohl", stimmte ein zweiter zu. „Laßt uns gleich damit anfangen."

„Bist du denn schwachsinnig, Mann? Du hast den Earl of Sedgewick am Hals, bevor du dir dein erstes Mädchen vornehmen kannst!“

„Soll er nur kommen! Ich nehme es mit jedem auf“, prahlte der erste und streichelte bedeutungsvoll den Griff seines Schwerts.

„Ich für meinen Teil würde es eher mit dem König selbst aufnehmen“, erklärte der Gegner des Vorschlags. „Ich sage, wir tun, was wir ursprünglich vorhatten. Wir reiten nach Norden weiter.“

Kathryn merkte, daß ihr Argwohn und ihre Vorsicht durchaus angebracht waren. Bei diesen Männern handelte es sich um Wegelagerer, elende Kerle, die Hilflose und Unvorsichtige überfielen, die sich ihrer nicht erwehren konnten. Und mit Peter und mir würden sie sicherlich kurzen Prozeß machen, dachte sie erschaudernd.

Obwohl sie ihre Ohren anstrengte, vermochte sie nicht zu hören, wozu sich die Männer am Ende entschlossen. Sie blieb in ihrem Versteck, bis die Verbrecher wieder aufgesessen und davongeritten waren – und zwar in Richtung Sedgewick!

Sie kroch zu Peter und Esmeralda zurück. Gott sei Dank hatte sich der kleine Junge nicht von der Stelle gerührt. Allerdings war er jetzt den Tränen verdächtig nahe. Kathryn drückte ihn fest an sich und setzte ihn dann in den Sattel. „Weißt du was, Peter? Wir spielen jetzt zusammen etwas, du, ich und Esmeralda. Wir tun so, als müßten wir uns vor der ganzen Welt verstekken, ja? Du mußt also ganz, ganz leise sein und darfst kein einziges Wort sagen.“

Sie saß hinter ihm auf, trieb das Pferd zum Galopp an und ritt in der dem Kurs der Wegelagerer entgegengesetzten Richtung. Dieser Weg führte sie zwar zunächst weiter von Sedgewick fort, doch sie wollte nicht riskieren, den Verbrechern zu begegnen. Später würde sie dann einen Bogen schlagen und auf diese Weise zur Burg zurückkehren.

Sie hetzte Esmeralda tiefer in den Wald hinein, wo das dichte Blätterdach das schwindende Sonnenlicht fast ganz verbarg. Erst als sie der Stute eine Rast gönnen mußte, merkte sie, wie spät es schon war. Überall lauerten finstere Schatten. Die Dämmerung senkte sich über das Land, und bald würde es nachtdunkel sein.

Kathryn war sich ganz sicher, daß sie den Rückweg nach Sedgewick finden würde, allerdings nicht im Dunkeln. Es wäre vernünftiger, die Nacht hier im Wald zu verbringen und den Ritt zur Burg morgen früh fortzusetzen.

Sie saß ab und hatte kaum drei Schritte getan, als sie ganz in der Nähe ein kleines Häuschen entdeckte. Sie band das Pferd davor an einem Baum fest, und einen Moment später standen sie und Peter in der Eingangstür. Die Hütte war alt, schäbig zusammengezimmert, kaum mannshoch und höchstens drei Schritt im Geviert groß, doch sie bot Schutz für die Nacht.

Peter zupfte Kathryn am Rock. „Ich will heim", flüsterte er weinerlich.

Sie blickte in sein kleines, bekümmertes Gesicht, und ihr Herz zerschmolz. „Ich weiß, mein Liebling." Sie kniete sich vor ihn. „Nur fürchte ich, wir müssen bis zum Morgen warten, wenn es wieder hell ist. Esmeralda kann im Dunkeln so furchtbar schlecht sehen, weißt du, und mir geht es leider nicht viel besser." Sie lächelte zur Entschuldigung und strich ihm übers Haar. „Hast du Hunger?"

Er nickte eifrig, und sie holte das Stück Brot aus der Rocktasche, das sie sich vor ihrem Ausflug noch rasch eingesteckt hatte. Peter aß es hungrig auf. Als er damit fertig war, setzte sie sich mit dem Rücken gegen die Wand gelehnt auf den Boden und nahm den kleinen Jungen in die Arme. Wenige Minuten später war er fest eingeschlafen. Seine Wange ruhte an ihrer Schulter, und seine kleine Hand lag an ihrer Brust.

In der Nacht kroch die Kälte in die Hütte. Peter fröstelte. Kathryn wickelte ihn so gut wie möglich in ihren Rock, rieb seinen Rücken und starrte in die Dunkelheit. Sie saß unbequem, und ein Holzspan bohrte sich ihr in den Rücken. Trotzdem wagte sie es nicht, sich zu bewegen; Peter hätte davon ja womöglich aufwachen können.

Erstaunlicherweise fielen auch ihr bald die Augen zu. Schon halb im Schlaf, dachte sie wieder an die Wegelagerer und daran, daß zumindest einige von ihnen nicht den Wunsch hegten, dem Earl zu begegnen. Nun, es stimmte ja wohl, daß er ein Mann war, mit dem man rechnen mußte ... Sie hoffte zu Gott, daß die

Schufte das Dorf nicht überfielen und ausplünderten . . . Guy – hatte er wirklich gesagt, sie sei wunderschön?

Dies war ihr letzter Gedanke, bevor sie in einen tiefen Schlummer sank.

Die Tür wurde so heftig aufgestoßen, daß sie gegen die Wand krachte. Kathryn riß die Augen auf und beschattete sie sofort mit dem Arm, denn gleißendes Sonnenlicht fiel in die kleine Hütte. Erst danach sah sie die große Gestalt im Türrahmen stehen – Guy de Marche! Da er die Sonne im Rücken hatte, lag sein Gesicht im Schatten und wirkte dadurch um so finsterer und bedrohlicher.

Bevor Kathryn auch nur Luft holen konnte, riß er ihr Peter aus den Armen und reichte ihn an jemanden hinter sich weiter. Kathryn wurde vom Boden hochgezogen wie eine Henne von ihrem Nest. Das war ein wahrhaft böses Erwachen!

„Ich wußte ja gar nicht, daß Ihr schon zurückgekehrt seid“, sagte sie erschrocken.

„Offensichtlich zu früh für Eure Fluchtabsichten“, entgegnete er zornig. „Hattet Ihr tatsächlich geglaubt, Ihr könntet mir entkommen – und auch noch meinen Sohn mitnehmen?“

Bestürzt blickte sie ihn an. „Was sagt Ihr da? Ihr könnt doch nicht im Ernst glauben, daß ich . . .“

Er packte sie hart beim Arm. „Schweigt, Madam. Bei Gott, ich kann für meinen Zorn jetzt nicht einstehen!“ Er zerrte sie ins Freie, wo seine Männer warteten, und setzte sie so hart auf Esmeralda, daß ihre Zähne zusammenschlugen.

Es dauerte länger als anderthalb Stunden, bevor sie Sedgewick erreichten. Kathryn ritt hocherhobenen Hauptes und hielt den Rücken so kerzengerade, daß sie beinahe befürchtete, er könnte womöglich durchbrechen. Während der ganzen Zeit fiel kein einziges Wort.

Bedienstete erwarteten die Ankommenden im Burghof, unter ihnen Gerda. Ihr reichte der Earl Peter in die Arme. Kathryn mochte das Mädchen nicht ansehen, weil sie dessen vorwurfsvollen Gesichtsausdruck fürchtete. Ohne fremde Hilfe saß sie ab. Schon im nächsten Augenblick berührte jemand ihre Schulter. Es war Gerda.

„Ist Euch auch nichts geschehen?" fragte die junge Magd besorgt.

„Nein." Mehr konnte Kathryn nicht sagen, denn ihr Hals war wie zugeschnürt. Sie drückte dem wartenden Pferdeknecht die Zügel in die Hand, drehte sich um und eilte zur Treppe.

Eine Stimme wie ein Peitschenhieb hielt sie mitten im Schritt auf. „Wohin, Madam?"

Kathryn wurde es übel vor Angst. Was jetzt kommt, überstehe ich nicht, dachte sie. Sie war erschöpft, hatte Hunger und fror. Bewegungslos wie eine Statue wartete sie, daß der Earl herankam. Ohne in seinem Schritt zu stocken, faßte er sie beim Ellbogen und zog sie mit sich vorwärts.

Kathryn entwand ihm ihren Arm. „Es besteht keinerlei Grund, mich über den Hof zu zerren", zischte sie.

Er starrte sie wütend an, hielt sie jedoch nicht mehr fest. Seinen Weg setzte er mit so schnellen Schritten fort, daß sie sich sehr anstrengen mußte, um nicht zurückzubleiben. Bis sie im Amtsgemach angelangt waren, hatte sie schon längst Seitenstechen.

Vor dem langen, breiten Tisch blieb sie stehen, während der Earl an dessen andere Seite trat und die Hände auf die Tischplatte stützte. „Nun, Madam?" fragte er barsch. „Was habt Ihr zu sagen?"

Kathryn preßte die Lippen fest zusammen. Guy de Marche hatte ja auf alle Fragen eine Antwort – sollte er sie sich doch selber geben!

„Was? Ist Euer Gedächtnis so kurz? Oder benötigt Ihr mehr Zeit, um Euch eine passende Geschichte auszudenken?"

Ständig verspottete er sie, und ständig unterstellte er ihr Böses. Weshalb sollte sie da noch versuchen, irgend etwas zu erklären.

„Nun, Madame wie sah Euer Plan aus?"

Diesem stahlharten, herausfordernden Blick hielt sie nicht mehr länger stand. „Es gab keinen Plan", antwortete sie ärgerlich. „Peter und ich waren am Bach. Wir beschlossen, zum nächsten Hügel zu reiten, doch so weit kamen wir nicht. Unterwegs wären wir beinahe einigen Männern begegnet, einer Bande von Wegelagerern kam die Landstraße entlang . . ."

„Wegelagerer!“ Er lächelte scheinbar erheitert. „Meine Länder sind bestens bewacht, Kathryn. Darauf bin ich sogar recht stolz. Gäbe es hier in der Nähe Wegelagerer, hätten meine Leute sie schon längst unschädlich gemacht.“

Seine Überheblichkeit erschütterte sie doch immer wieder! „Ihr glaubt, Ihr wißt so viel, und dabei wißt Ihr überhaupt nichts. Ich bin tiefer in den Wald hineingeritten, damit die Schurken nicht auf uns trafen. Als es dann dunkel wurde, merkte ich, daß ich den Weg nach Sedgewick bei Nacht nicht finden würde. Wir entdeckten die Hütte, und ich hielt es für das beste, dort zu übernachten und am Morgen den Rückweg zur Burg anzutreten.“

Der Earl schwieg beharrlich. Kathryn hätte ihn am liebsten wütend angeschrien. „Ich habe schließlich gehört, was die Leute sagten!“ rief sie. „Sechs waren es, und sie konnten sich zuerst nicht darauf einigen, ob sie das Dorf Sedgewick überfallen oder nach Norden weiterreiten sollten.“

„Nun, wie Ihr sehen könnt, Kathryn, ist dem Dorf nichts geschehen.“

„Dann werden die Wegelagerer eben den Weiterritt nach Norden beschlossen haben.“

Guy de Marche lächelte noch immer so spöttisch. Kathryn merkte, wie ihr die Tränen in die Augen traten. Sie ballte die Fäuste.

„Ihr tut mir bitter Unrecht“, sagte sie leise. „Euer Sohn ist doch noch ein kleines Kind. Zu glauben, daß ich ihm etwas antun könnte . . .“

Sein Lächeln verschwand, und sein eiskalter Blick ließ Kathryn bis ins Mark gefrieren. „Ich glaube nicht, daß Ihr ihm absichtlich etwas antun würdet“, unterbrach er sie scharf. „Wie Ihr indessen sehr richtig bemerktet, ist er mein Sohn, und ich bin davon überzeugt, Ihr würdet alles Euch nur Mögliche unternehmen, um Vergeltung an mir zu üben.“

„Und das schließt Eurer Meinung nach die Flucht mit Peter ein?“ Sie schüttelte den Kopf. „Denkt doch einmal nach, Herr! Wäre das meine Absicht gewesen, dann hätte ich sie durchgeführt, sobald mir Eure Abreise bekannt wurde. Ihr seid indessen ganze vierzehn Tage fortgewesen!“

Er entgegnete nichts, und sie fand sein Schweigen sehr bedrohlich. Sie konnte ja nicht ahnen, daß er sich in diesem Augenblick überaus deutlich an das letzte Zusammensein mit ihr erinnerte.

Guy schalt sich dafür, daß er sich während der vergangenen Tage ständig mit dem Gedanken an sie gequält hatte. Immer wieder hatte er sich gefragt, ob es ihr wohl gutginge. Er haßte sich dafür, daß er wie ein Feigling geflohen war, weil er davor zurückschreckte, ihr gegenüberzutreten nach dem, was er ihr angetan hatte.

Und jetzt stand sie in kriegerischer Haltung vor ihm, und er mußte daran denken, wie klein und zerbrechlich sie sich in seinen Armen angefühlt hatte und wie eng ihr Körper ihn umschlossen hatte, als er in sie eingedrungen war.

Er erinnerte sich, wie sanft und liebevoll er Elaine zur Frau gemacht hatte. Elaine, seine über alles geliebte Gattin . . . Guy wußte nicht, wen er mehr verachtete – sich selbst oder Kathryn. Er hatte ihr beigewohnt, obwohl sie vom Blut des Mörders seiner Gattin war . . .

Konnte man einer solchen Frau trauen und glauben? fragte er sich. Nein, entschied er. Sie hatte schließlich bereits hinlänglich bewiesen, daß sie genauso hinterhältig war wie Richard of Ashbury.

„Ich gebe nicht vor, Euren Geist zu durchschauen", sagte er. „Erst als ich Euch bei meiner Heimkehr nicht mehr vorfand, bedachte ich, daß ich Euch Grund gegeben haben könnte, Euren Haß auf mich noch zu vertiefen."

Als sie ihn daraufhin verständnislos anschaute, hob er die Augenbrauen. „Ich jedenfalls fand es unvergeßlich", fuhr er fort. „Gehe ich also fehl in der Annahme, daß Ihr Euch an unsere Vereinigung nicht mit Freuden erinnert?"

Die Scham durchfuhr sie heiß. Daß dieser abgebrühte Unhold sie so grausam an jene Nacht erinnern mußte!

„Unvergeßlich, ja, das war es", erklärte sie mit Nachdruck. „Mit Freuden erinnere ich mich dieser Nacht hingegen nicht, sondern mit Ekel und Abscheu!"

Er lächelte grimmig. „Das habe ich mir doch gedacht, und deshalb wollte ich Euch besänftigen, indem ich Euren Bewacher während meiner Abwesenheit von seinem Posten abzog."

Seine Stimme wurde wieder schneidend. „Und wie vergeltet Ihr mir das? Ich kehre heim, und Ihr seid verschwunden – mitsamt meinem Sohn. Wer hat hier wem unrecht getan?" Er schlug die Fäuste auf die Tischplatte. „Herrgott, hätte ich Euch doch nie nach Sedgewick gebracht!"

Wie im Gebet schloß sie die Augen. „Dann schickt mich nach Ashbury zurück", flüsterte sie. Sie schlug die Augen wieder auf. „Seit mehr als einem Monat bin ich nun schon hier. Ich habe mich nach Euren Regeln und Befehlen gerichtet, und dennoch haltet Ihr mich noch immer als Gefangene."

Das hoffnungsvolle Leuchten in ihren Augen deutete er vollkommen falsch. Ashbury, dachte er, bei ihr dreht sich alles nur um Ashbury. Sie hält immer noch an der Vorstellung fest, Ashbury müsse ihr gehören!

„Gefangene?" Er lachte häßlich. „Eine interessante Wortwahl, Madam, zumal ich Euch doch jede Güte und Freundlichkeit erwiesen habe."

„O ja, Ihr habt mir Euren Tisch und Euer Dach gegeben, doch Ihr haltet mich hier gegen meinen Willen fest. Darin kann ich weder Güte noch Freundlichkeit erkennen."

„Ihr habt mein Vertrauen mißbraucht. Und dafür erwartet Ihr eine Belohnung?"

Sie stampfte mit dem Fuß auf. „Ich habe überhaupt nichts mißbraucht! Nach allem, was zwischen Euch und mir geschehen ist, könnt Ihr doch nicht allen Ernstes erwarten, daß ich hierbleiben . . ."

„Oh, da irrt Ihr Euch, Kathryn", fiel er ihr ins Wort. „Ich kann es erwarten, und ich erwarte es."

Vorwurfsvoll und zugleich flehentlich blickte sie ihn an. Ihr gequälter Aufschrei schien aus den Tiefen ihrer Seele zu kommen. „Warum? Sagt mir, weshalb!"

Das überhörte er. Er setzte sich in den Sessel hinter dem Tisch.

Kathryn schlug die Hände auf die Tischplatte. „Ich will nicht Eure Mätresse sein", erklärte sie. „Ihr überschätzt Eure Tüchtigkeit als Liebhaber gewaltig, Herr. Ich jedenfalls habe nichts davon gemerkt."

Langsam hob er den Blick zu ihr, und obwohl sein Gesicht

versteinert zu sein schien, brannte in seinen Augen ein heißes Feuer. „Fordert mich nicht heraus, Kathryn." Er verzog die Lippen zu einem gefährlichen Lächeln. „Mir bliebe unter diesen Umständen nämlich keine andere Wahl, als Euch Euren Irrtum zu beweisen. Und das würde ich gern tun – mit dem größten Vergnügen sogar."

Ihr kribbelte es in den Fingern, ihm dieses Lächeln aus dem Gesicht zu schlagen. „Bastard!" zischte sie. „Wie lange beabsichtigt Ihr mich noch hier zu behalten?"

Ihre Augen waren jetzt so grün wie die aufgewühlte See. Trotzig stemmte sie die kleinen Fäuste auf die Hüften. Zum erstenmal bemerkte Guy die Zeichen der Erschöpfung um ihre Augen. Er ignorierte das jedoch. Ihn erfüllte nur die Wut und eine namenlose Empfindung, die er nicht als Enttäuschung erkennen wollte. Er fand es wesentlich besser, auch weiterhin in Kathryn die Frau zu sehen, die er kannte – zornig, herzlos und uneinnehmbar.

„Wer weiß?" Er zuckte gleichgültig die Schultern. „Eine Woche. Einen Monat. Wie lange auch immer es sein wird, denkt stets daran, daß ich derjenige bin, der das entscheidet. Ich, und niemand sonst."

„Gewiß – Euer Wille und all das." Mit einmal begann Kathryn vor Wut zu zittern. „Verdammt sei Euer Wille, edler Earl, und Ihr mit ihm!"

Zu ihrem Entsetzen erhob er sich und reichte ihr einen kleinen Dolch. Er breitete die Arme aus und bot ihr auf diese Weise seine ungeschützte Brust. „Nur zu", forderte er sie mit samtweicher Stimme auf. „Wollen wir eine Wette auf den Sieger abschließen?"

Die beiden starrten einander an. Obwohl Guy de Marche scheinbar entspannt dastand, wußte Kathryn, daß sie nur eine einzige falsche Bewegung zu machen brauchte, und er würde über ihr sein. Ihre Finger verkrampften sich um den Griff des Dolches. Die Gewaltbereitschaft, die plötzlich in ihr erwachte, erschreckte sie.

Sie stieß die Klinge in die Tischplatte. Diesen Menschen mit dem Herzen aus Eisen konnte sie nicht verwunden. Geschlagen schrie sie auf und fuhr herum.

„Kathryn!"

Sie drehte sich halb zurück.

Sein Gesichtsausdruck war hart und sein Blick unerträglich. „Lauft mir nie wieder fort!" warnte er. „Beim nächstenmal werde ich Euch in Eurem Gemach einschließen." Er ließ den Blick langsam über ihre Brüste und ihre Hüften gleiten. „Oder noch besser, ich schließe Euch in meinem ein."

Sie erstickte ihren Wutschrei. „Ich habe davon sagen hören, daß König Heinrich durch das ganze Tal reist. Ich werde in jeder Nacht darum beten, daß er Euch an seine Seite ruft."

## 12. KAPITEL

Die Schlachtlinien waren wieder einmal gezogen. Guy ging seinen Weg, und Kathryn ging den ihren. In den folgenden Tagen sah sie den Earl nur sehr selten, höchstens gelegentlich beim Nachtmahl, und das war dann jedesmal ziemlich anstrengend und unerfreulich.

Ihr wurde nicht mehr gestattet, mit Peter allein zu sein. Ferner durfte sie die Burgmauern nicht mehr ohne Sir Michael im Gefolge verlassen. Das alles schürte ihren Haß gegen den Earl nur noch mehr und verhinderte, daß ihr auch nur der geringste Gedanke an Vergebung kam.

Aus den langen Tagen wurden Wochen, und das gespannte Verhältnis steigerte sich ins unerträgliche. Manchmal litt Kathryn unter einer eigenartigen Unruhe, die sie auf ihre Trennung von Ashbury zurückführte. Sie sehnte sich so sehr nach daheim und nach Elizabeth, doch als sie das einmal in aller Arglosigkeit erwähnte, wurde Guy de Marche gleich böse und ließ sie einfach stehen.

Nein, sie wollte weder weinen noch bitten oder um Gnade flehen, denn Gnade kannte der Earl nicht. Mit der Zeit fürchtete sie tatsächlich, er könnte sie für alle Zeiten hier auf Sedgewick behalten wollen – zu welchem Zweck, das war ihr unerfindlich.

Die ständige innere Anspannung wirkte sich auf ihre Verfassung aus, und zu allem Übel fühlte sich Kathryn, die bisher kaum jemals krank gewesen war, in der letzten Zeit ausgesprochen miserabel.

Eines Nachts Anfang August bürstete sie sich gerade vor dem Schlafengehen ihr langes Haar, als an die Tür geklopft wurde. Eine Störung zu dieser späten Stunde war ungewöhnlich. „Wer ist da?“ rief sie.

„Sir Michael“, kam die Antwort von draußen.

Was? Hatte der Earl jetzt etwa auch noch beschlossen, nachts einen Posten vor ihrem Gemach aufzustellen? Kathryn öffnete die Tür einen Spaltbreit und blickte dem jungen Ritter argwöhnisch entgegen.

„Vergebt mir die späte Störung“, bat er höflich und mit einem entschuldigenden Lächeln. „Der Herr wünscht, daß Ihr in sein Gemach kommt.“

Kathryn war dem Earl heute beim Nachtmahl nicht begegnet, und sie konnte sich nur einen einzigen Grund für diesen „Wunsch“ vorstellen. Die Arroganz des Herrn kannte tatsächlich keine Grenzen!

Schon wollte sie zu einer bissigen Ablehnung ansetzen, als Sir Michael ihre zornroten Wangen bemerkte.

„Es hat einen kleinen Unfall gegeben, Herrin“, erläuterte er rasch. „Der Earl benötigt Eure Hilfe.“

Diese Erläuterung besänftigte Kathryn auch nicht besonders. Falls sie allerdings ablehnte, würde Guy de Marche sie ohne jeden Zweifel holen kommen. Also neigte sie den Kopf ein wenig und trat zu Sir Michael in den Flur hinaus. Der junge Ritter begleitete sie zum Herrengemach, ließ sie eintreten und zog sich dann zurück.

Zuerst bemerkte sie den Earl im Licht der in den Wandhaltern flackernden Kerzen gar nicht, doch dann sah sie ihn auf einem Stuhl vor dem Feuer sitzen. Die langen Beine hatte er vor sich ausgestreckt.

„Herr, Ihr habt mich zu Euch befohlen?“ fragte sie so formell wie möglich.

„So ist es, Kathryn.“ Er machte eine kleine Pause. „Kommt her.“

Sie schleppte sich vorwärts, als bestünden ihre Beine aus weichem Wachs. In einigem Abstand vor ihm blieb sie stehen und sah, daß er sie reichlich merkwürdig anschaute.

„Seid bitte so freundlich und macht nicht so ein Gesicht wie ein armes Lamm, das zur Schlachtbank geführt wird“, bat er mit einem ungewöhnlichen Anflug von Humor. „Ich gebe zu, daß ich dringend der zarten Hand einer Frau bedarf; im Augenblick freilich benötige ich ausschließlich Eure Künste im Umgang mit Nadel und Faden."

Er drehte sich ein wenig zur Seite und deutete mit dem Kopf auf seine rechte Schulter, an der eine große Wunde klaffte. Der tiefe Schnitt war mindestens so lang wie eine Hand. Zwar war er offensichtlich schon gereinigt worden, doch er blutete noch immer heftig.

„Die verdammte Wunde hört nicht auf zu bluten. Ich glaube, das wird sie auch erst tun, wenn sie vernäht ist."

Kathryn erschrak. „Ihr wollt, daß ich sie . . . zunähe?"

Das Entsetzen über dieses Ansinnen war ihr anzuhören, doch darauf konnte Guy jetzt keine Rücksicht nehmen. „Jawohl", antwortete er nur.

„So etwas habe ich noch nie getan!"

„Gerda sagt, Ihr seid recht geschickt mit der Nadel. Wahrscheinlich könnt Ihr eine sauberere Naht ausführen als mein Knappe. Falls Ihr es freilich nicht tun wollt, dann muß ich mich leider ihm anvertrauen."

Er lächelte ein bißchen schief. „Seht es als eine Möglichkeit an, mich zu quälen, Kathryn. Ihr dürft nach Herzenslust piken und stechen, und ich werde es nicht wagen, auch nur ein einziges Wort dagegen zu äußern."

„Ich nehme Euch beim Wort", versetzte sie leise. Sie eilte in ihr Gemach und kehrte einen Augenblick danach mit Nadel und Faden zurück. Guy de Marche hatte sich inzwischen nicht von der Stelle gerührt.

Seine Tunika lag über seinen Knien; er trug nur Beinlinge und Stiefel. Kathryn bemühte sich, nicht auf den breiten, nackten und behaarten Oberkörper zu schauen. Sie wollte nur ihren Auftrag gut und schnell ausführen und dann wieder in die Sicherheit ihres eigenen Gemachs zurückkehren.

„Wie ist es eigentlich zu der Verletzung gekommen?" erkundigte sie sich.

„Im Wald begegneten wir einigen Wilddieben. Einer von ihnen fand wohl, er sollte mir meinen Waffenarm stehlen."

Wilddiebe, keine Wegelagerer . . . Kathryn konnte es nicht ändern, daß sie das ein wenig enttäuschte. Es ärgerte sie nämlich noch immer, daß man keine Spur von den Verbrechern entdeckt hatte, denen sie seinerzeit im Wald begegnet war. Nach dem Schicksal der Wilddiebe erkundigte sie sich gar nicht erst. Sie bezweifelte nicht, daß der Ruf des Earls of Sedgewick als tüchtiger Krieger wohlverdient war.

Trotz seiner lässigen Haltung strahlte er Macht und reine Kraft aus. Seine Schultern wirkten unwahrscheinlich breit, und sein Bizeps wölbte sich. Wenn Kathryn daran dachte, daß sie gleich mit den Fingern über seinen Arm streichen würde, erbebte sie schon jetzt.

Auf einer schmalen Bank neben seinem Stuhl stand eine gefüllte Wasserschüssel mit einem Leinentuch darin. Kathryn wrang den Lappen aus und tupfte damit das Blut von der Wunde. Danach fädelte sie die Nadel ein, wobei zu ihrem Erstaunen ihre Hände ganz ruhig blieben.

Sie neigte sich zu dem Earl, der nicht einmal auch nur zusammenzuckte, als sie die Nadel in seine Haut stieß. Vielmehr war Kathryn diejenige, die fürchterlich litt. Am liebsten wäre sie fortgelaufen und hätte Guy de Marche seinem Schicksal überlassen. Es war allein ihre Willenskraft, die sie an seiner Seite hielt.

Während des Nähens schaute sie immer wieder einmal zu ihm hoch. Regungslos wie eine Statue saß er da, und wenn Nadel und Faden ihm Schmerz verursachten, so zeigte sein Gesichtsausdruck davon nicht die Spur. Zum Schluß verknotete Kathryn den Faden und schnitt den Rest ab.

„So“, sagte sie leise. „Geschafft.“

Der Earl bewegte seinen Arm. Sie sah, wie das Kerzenlicht über seine Schultern flackerte und seine Muskeln um so deutlicher hervortreten ließ. Erschaudernd blickte sie auf seine Brust. Anscheinend hatte er eben erst gebadet, denn er duftete nach Seife, und in seinem Brusthaar hingen noch glitzernde Wassertröpfchen. Sie mußte schlucken, denn ihr Hals fühlte sich wie ausgetrocknet an.

Während des Vernähens der Wunde hatte Guy seine Hände an ihre Taille gelegt, um sich selbst und sie gleichermaßen zu stützen. Dort lagen sie noch immer. Wie gebannt fühlte Kathryn die Wärme durch ihr Gewand hindurch, und das schien ihr erst jetzt bewußt zu werden.

Auch Guy wurde sich jetzt einer Tatsache bewußt, und das war das Sehnen in seinem Inneren. Seit Wochen hatte er zwischen Zorn und Verwirrung geschwankt. Er hatte Kathryn besessen, so wie es seine Absicht gewesen war, doch das hatte seine Sehnsucht nicht gestillt. Ihr distanziertes Verhalten hatte sein Verlangen eher noch verstärkt.

Er schaute auf ihre weichen Wangen und auf ihre feuchten Lippen. Ihre zarte rosa Zungenspitze erschien und verriet ihre innere Unruhe. Wie ein glühendes Schwert durchfuhr ihn das Begehren. Wie gern hätte er sie berührt, sie umarmt und ihren nackten Körper dicht an seinen herangezogen!

Sie richtete sich gerade auf. Er spannte die Hände fester um ihre Taille, um Kathryn daran zu erinnern, daß sie nicht frei war. Sie erstarrte. Einerseits wollte sie fortlaufen und in ihrem Gemach Zuflucht suchen, andererseits wollte sie bleiben und abwarten, was der Augenblick ihr bringen würde.

Guy sah sie so eindringlich an, daß sie zitterte. Er lächelte nicht, doch sein Mund wirkte auch nicht so grimmig wie sonst. Sie wußte nicht, ob sie erleichtert sein konnte oder nicht. Da der Earl saß und sie auf ihn hinunterblickte, hätte sie sich eigentlich im Vorteil wähnen sollen, doch das war nun gewiß nicht der Fall. Im Gegenteil, sie fühlte sich ihm ausgeliefert und verwundbar.

„Was wünscht Ihr von mir, Herr?" hauchte sie bebend.

Er legte den Kopf in den Nacken, um sie noch besser ansehen zu können. „Ich denke, das wißt Ihr bereits, Kathryn." Er schien ihr bis in die Seele blicken zu wollen.

Das ertrug sie nicht. Sie ertrug es einfach nicht! Mit einem leisen Aufschrei wollte sie einen Schritt zurückweichen, doch mit dem unverletzten Arm umschlang er ihre Taille und zog sich Kathryn auf den Schoß.

Um das Gleichgewicht zu halten, legte sie ganz unwillkürlich einen Arm um seinen Nacken und hielt sich mit der anderen Hand an seiner linken Schulter fest. Als ihr bewußt wurde, wie fest sich seine Muskeln anfühlten, hielt sie erschrocken die Luft an und suchte seinen Blick. Guy wandte den Kopf, und ihre Lippen streiften über seine rauhe Wange. Es war nur ein sehr flüchtiger Kontakt, doch er brachte alle ihre Sinne in hellen Aufruhr.

Guy blickte auf ihre Lippen. Sie blickte auf seine. Langsam

neigte er den Kopf – dichter, immer dichter zu ihr heran, bis nur noch ein Hauch sie trennte.

„Nein", flüsterte sie. „O nein ..."

Langsam ließ er seine Finger zu ihrem Nacken tasten, schob sie dann in ihr Haar und zog ihren Kopf ein wenig zurück. Unverwandt schaute sie ihm in die Augen und erkannte dort das unverhohlene Verlangen.

Kathryn fühlte, wie sich ein heißer Sturm in ihr erhob. Sie konnte dem Sturm nicht trotzen, und sie konnte Guy nicht trotzen. Schon preßte er seinen Mund auf ihren, hungrig und sanft zugleich, und vertrieb ihr jeden Gedanken an Widerstand. Sie öffnete ihm ihre Lippen, und als sie seine Zunge an ihrer fühlte, pochte ihr Herz, als wollte es zerspringen.

Mit ihr in den Armen sprang Guy auf. Ohne den Kuß zu unterbrechen, ging er zum Bett. In Kathryns Kopf drehte sich alles – ihr Verstand, ihre Sinne, die ganze Welt. Das Bettpolster war weich unter ihrem Rücken. Der kampfgestählte Körper über ihr war hart und schwer.

Guy streifte ihr das Gewand von den Schultern bis zur Taille hinunter und entblößte so ihre Brüste. Unerfahren, wie sie war, hatte er sie bereits einen Teil der körperlichen Freuden gelehrt, die er ihr zu schenken vermochte, und noch bevor er einen ihrer weichen Hügel umfaßte, meinte sie, seine Hand dort zu fühlen.

Während er sie endlos küßte, spielte er mit den Fingerspitzen erst mit der einen, dann mit der anderen festen kleinen Knospe. Zu ihrem eigenen Schrecken stellte Kathryn fest, daß sie an ihren Brüsten nicht nur seine Hände fühlen wollte, sondern auch seine Zunge, seine Lippen ...

Aufstöhnend unterbrach sie den Kuß. Guy hob den Kopf. Sie versuchte wieder zu Verstand zu kommen, konnte den Blick indessen nicht von der dunklen Hand reißen, die auf ihrer weißen Brust lag, als hätte sie ein Recht, dort zu sein – als hätte dieser Mann ein Recht auf die ganze Frau.

Kathryn schloß die Augen. Sie wollte das nicht sehen. Sie wollte nicht, daß ... „Laßt mich gehen." Ihre Stimme klang bittend; trotzdem fehlte ein gewisser befehlender Unterton nicht ganz.

Guy bewegte sich nicht. Er schwieg. Er schien nicht einmal

etwas gehört zu haben.

Kathryn schlug die Augen wieder auf. Sie hatte Zorn erwartet, zumindest jedoch den üblichen, verletzenden Sarkasmus, nicht hingegen die resignierte Geschlagenheit in seinem Gesichtsausdruck.

„Ihr seid eine Hexe", sagte er langsam. „Eine Magierin, die danach trachtet, ihren Bann über mich zu legen." Er blickte ihr prüfend ins Gesicht, als könnte er dort den Beweis für seine Beschuldigung finden.

„Ihr führt mich in Versuchung", fuhr er anklagend fort, „obwohl Ihr mich schmäht und so tut, als existierte ich überhaupt nicht. Ihr führt mich in Versuchung, wenn ich viele Meilen entfernt bin, und ..."

„Ich führe Euch in Versuchung?" unterbrach sie ihn. „Oh, das wohl kaum, Herr, denn ich habe mich stets bemüht, Euch aus dem Weg zu bleiben!" Ihre Stimme klang immer zorniger. „Ihr beschuldigt mich, Herr, und dabei seid Ihr derjenige, der es auf mich abgesehen hat. Ihr bindet mich an Euch, und Ihr verweigert mir die Heimkehr nach Ashbury."

Seine silbrigen Augen flackerten gefährlich auf, und sein Blick wurde eiskalt. „Es ist noch immer Euer Wunsch nach Ashbury zurückzukehren?"

Kathryn beachtete die Warnsignale nicht. „Jawohl!" schrie sie. „Glaubt Ihr etwa, ich will hierbleiben?"

Seine Lippen zuckten. Glaube ich es denn? fragte er sich. Und während sich der dunkle Schatten einer namenlosen Empfindung auf seine Seele legte, verzehrte das Verlangen seinen Körper.

Guy betrachtete Kathryn, die zu ihm hochschaute. Sein Blick glitt zu ihren Brüsten hinunter. Ihre Haut war glatt und sahneweiß. Die rosa Spitzen waren die reinste Verlockung; sie erschienen ihm etwas dunkler, als er sie in Erinnerung hatte. Sein Blick wanderte weiter, und wieder schien die Erinnerung ihm einen Streich zu spielen, denn wiewohl noch immer schlank, war Kathryn irgendwie voller geworden.

Ich soll diese Frau ziehen lassen? dachte er. Glaubte sie wirklich, ich würde sie freiwillig nach Ashbury zurückgehen lassen? Nun, jetzt tue ich das jedenfalls nicht. Noch nicht. Möglicherweise niemals.

Die Empfindungen widerstritten auf das heftigste in Kathryns Brust. Sie mußte schlucken und hob dann den glitzernden Blick zu ihm auf. „Bitte“, sagte sie sehr leise. „Bitte, tut dies hier nicht . . . Ihr wollt es ja ebensowenig wie ich. Das sehe ich Eurem Gesicht an.“

Er schloß die Augen, als kämpfte er gegen einen mörderischen Schmerz an, und als er sie wieder öffnete, war sein Gesichtsausdruck seltsam leer.

Guy neigte sich zu ihr und hauchte ihr einen unendlich zarten Kuß auf die Lippen. „Was zwischen uns besteht, ist mächtiger als wir beide“, flüsterte er. „Ich kann es nicht aufhalten, Kathryn.“ Er liebkoste die weiche Haut hinter ihrem Ohr. „Ihr könnt es auch nicht.“

Sein Mund kehrte zu ihrem zurück, und diesmal war die Berührung fester, tiefer, intimer.

„Ich begehre Euch“, sagte er an ihren Lippen. „Ich begehre Euch . . .“

Mit ihrer Zunge berührte sie vorsichtig seine, und das war die einzige Aufforderung, die er benötigte. Zu seiner größten Genugtuung merkte er, daß Kathryn ihn zwar mit Verstand, Herz und Seele ablehnen konnte; ihr körperliches Verlangen nach ihm vermochte sie jedoch nicht zu leugnen.

Guy umarmte sie und zog sie noch fester zu sich heran. Er stöhnte auf, als er fühlte, wie sich ihre Brüste an seinen Oberkörper preßten.

Seufzend ergab sich Kathryn. Ihr schwacher Widerstand konnte nichts gegen Guys Macht ausrichten – und auch nichts gegen ihr eigenes heißes Sehnen. So vergaß sie alles bis auf die Leidenschaft, die sie beide verband. Sie nahm seinen Kopf zwischen ihre Hände, führte seinen Mund zu ihrem und küßte ihn geradezu verzweifelt.

Ihre Kleidung war ein Hindernis, das sie beide nicht ertrugen. Guy streifte ihr das Gewand vollends hinunter und warf es zur Seite.

Zitternd fühlte sie, wie er mit einem Finger von ihrer Hüfte zu ihrer Brustspitze hinaufstrich. Unwillkürlich bog sie ihm ihren Körper entgegen und preßte die Finger in seine starken Arme.

Auf diese Weise drückte sie ohne Worte aus, was sie von ihm wollte.

Guy lachte leise, denn er kannte ihre Wünsche inzwischen ganz genau. Mit dem Daumen strich er über ihre schon hart aufgerichteten Brustspitzen, und dann setzte er das Spiel mit seiner Zunge fort.

Kathryn meinte, die Empfindungen, die diese Berührung auslöste, würden sie überwältigen. Sie wimmerte ganz leise und bewegte unruhig die Beine, wodurch ihr Oberschenkel Guy an dessen empfindlichster Stelle berührte.

Diese Frau machte ihn noch wahnsinnig! Er hob sich ein wenig über sie und blickte sie an. In seinen silbergrauen Augen glühte das Begehren.

Die glatte Haut seiner mächtigen Schultern schimmerte golden im Kerzenlicht, und eigentlich hätte sich Kathryn vor ihm fürchten müssen. Sie tat es indessen nicht, obgleich ihr der Anblick den Atem raubte. Guy war so groß, so stark und so dunkel. Er ist einem Gott ähnlicher als einem Menschen, dachte sie und hätte zu gern die Finger in das dichte und krause Haar auf seinem Oberkörper geschoben.

Guy entledigte sich seiner Beinkleider, und Kathryns Blick richtete sich unwillkürlich auf das, was er entblößte. Ihre Augen weiteten sich, und ihr angenehmer Gemütszustand verflog. Voller Schrecken starrte sie auf den ungeheuer großen Beweis seiner Erregung.

Die Erinnerung an ihr erstes Mal überfiel sie, und sie erschauderte. Zu genau entsann sie sich noch des so vielversprechenden Vorspiels, das dann doch nur auf große Schmerzen hinauslief. Und jetzt wollte der Earl ihren Körper wieder mit seiner mächtigen Waffe erobern!

Er wird mich zerreißen, dachte Kathryn voller Entsetzen. Viel zu spät wurde ihr jetzt klar, wohin ihre Leidenschaft sie geführt hatte. Sobald er sich auf sie hinabsenken wollte, drückte sie beide Hände gegen seine Schultern und versuchte, ihn aufzuhalten. „Nicht!“ flehte sie schwach. „O bitte, ich kann nicht . . .“

Er unterbrach sie mit einem Kuß. „Still“, flüsterte er. „Ich werde Euch nicht weh tun, Kathryn.“

„Das könnt Ihr doch gar nicht verhindern!“ schrie sie auf.

„Ihr seid so furchtbar …" Sie konnte nicht weitersprechen. Verzweifelt wandte sie den Kopf zur Seite.

Obgleich Kathryns Angst seine Glut eher noch anfachte, bedauerte er sein rücksichtsloses Vorgehen beim letztenmal. Er legte ihr einen Finger unters Kinn, drehte ihren Kopf wieder zu sich und zwang sie auf diese Weise, ihm ins Gesicht zu sehen. Ihre Augen waren groß und voller Furcht, und Guy fühlte, wie sie unter ihm zitterte.

Er ließ die Hand an ihrem Hals hinabgleiten. „Der Schmerz, den Ihr gefühlt habt, Kathryn, das war nur der Schmerz der ersten Liebe."

Liebe? dachte Kathryn. Sie empfand so vieles für diesen Mann, der ihr Leben beherrschte – doch Liebe? Nein, das nicht. Liebe … niemals!

„Bitte!" Sie schob die Finger immer wieder in das krause Haar auf seiner Brust und fragte sich selbst, worum sie eigentlich eben gebeten hatte.

„Ich glaubte, ich würde diese Nacht vergessen können, süße Hexe, doch ich habe wohl hundertmal diesen kleinen Schrei gehört, den ihr ausstießt. Und hundertmal habe ich mir gewünscht, es wäre anders gewesen."

Er sprach sehr leise; seine Stimme schien sie einzuhüllen und ihr Innerstes zu erreichen. „Ich will nicht, daß Ihr diese Nacht so im Gedächtnis behaltet, wie sie war." Er blickte ihr in die Augen. „Ich will, daß Ihr Euch statt dessen der heutigen Nacht erinnert. Ihr sollt erfahren, wie es zwischen uns sein kann und wie es ein wird."

Kathryn zitterte, und jeder Muskel in ihrem Körper spannte sich an, als Guy den Kopf langsam zu ihr hinabsenkte. Er küßte sie so zart, so unendlich liebevoll, daß ihr die Tränen kamen. Sie schlang die Arme um seine Schultern und hielt sich an ihm fest, als wäre er alles, was sie sich jemals auf dieser Welt gewünscht hätte.

Er stieß mit der Zunge gegen ihre bebenden Lippen. Sobald ihm Einlaß gewährt wurde, drang er in ihren Mund ein und nahm einen Rhythmus auf, der sie ganz schwach machte. Über alle Rundungen ihres Körpers ließ er seine Hand hinabgleiten und erweckte mit seinen Berührungen in Kathryn das schlafende Feuer ihres Verlangens.

Ihr war es, als führte der Earl sie durch einen unbestimmten dunklen Nebel, in dem sie den Weg nicht allein finden konnte. Seine Hand, seine Berührung leitete sie, und nur durch ihn konnte sie auf den richtigen Pfad gelangen.

Empfindungen durchströmten sie, die ihr bislang unbekannt waren. Als er die Lippen um eine ihrer Brustspitzen legte, hätte Kathryn fast vor Glückseligkeit aufgeschrien. Sie griff in sein rabenschwarzes Haar und zog seinen Kopf fest zu sich heran.

Guy liebkoste ihre Brust mit der Zunge, während er mit den Fingern über ihren flachen Bauch strich, bevor er sie in das krause, weiche Haar schob, das ihren weiblichsten Winkel verbarg. Kathryns Herz geriet ins Stolpern, als er sich mit einem Finger kühn noch weiter vorwagte. Instinktiv preßte sie die Oberschenkel zusammen.

„Sträubt Euch nicht dagegen, Liebste." Sein heißer Atem streifte ihre weiche Wange. „Sträubt Euch nicht gegen mich." Die feuchte Wärme unter seiner Hand raubte ihm fast die Beherrschung. Das Verlangen, sich in Kathryn zu versenken, trieb ihn beinahe an den Rand des Wahnsinns, doch er hielt sich zurück, denn zuerst wollte er ganz sicher sein, daß ihr Begehren dem seinen gleichkam.

Er versiegelte seine eigenen Lippen mit ihren und nahm ihren Mund voller Leidenschaft in Besitz. Ihr Atem stockte, als dieser unverschämte, kühne Finger tief in sie eintauchte und sie mit seinen erregenden Bewegungen in einen wirbelnden Rausch versetzte.

Kathryn erlitt süße Qualen. Sie schloß die Augen und wand sich, als suchte sie etwas, ohne zu wissen, was es sein könnte. Guy unterbrach den Kuß, um ihr Mienenspiel zu beobachten. Sie warf den Kopf auf dem Polster hin und her, und ihre kleinen gehauchten Schreie waren Musik in seinen Ohren. Ein Gefühl männlichen Triumphs durchflutete ihn, als er fühlte, wie sie sich um seinen Finger zusammenzog.

Schwach und benommen schlug sie die Augen auf. Sie sah sein dunkles, angestrengt wirkendes Gesicht über sich, und dann fühlte sie, wie er ihre Schenkel auseinanderdrängte. Innerlich machte sie sich auf den schrecklichen Schmerz gefaßt, der gleich folgen würde.

Heiß, doch sehr behutsam versank er zwischen den feuchten weiblichen Blütenblättern.

Ich kann ihn doch unmöglich ganz in mir aufnehmen, dachte sie angstvoll, und tatsächlich fühlte sie ganz deutlich, wie sich ihr Körper bis an die Grenzen des Möglichen dehnte. Der Schmerz blieb indessen aus.

Sie spürte, welche Beherrschung es den Earl kostete, sich ganz langsam zurückzuziehen und ebenso langsam wieder in sie zu gleiten. Mit jeder seiner Bewegungen erhitzte sich ihr Blut mehr. Einen Wimpernschlag lang hielt sie den Atem an, und dann bog sich ihr Körper wie von selbst gegen Guys Hüften.

Guy verharrte regungslos, und sie fürchtete schon, sie könnte etwas furchtbar falsch gemacht haben. Sein Atem ging rauh und keuchend, und sie fühlte sein Herz laut und wild schlagen. Unwillkürlich legte sie die Finger um seinen Nacken und streichelte ihn.

„Guy?“ Sie wagte kaum zu atmen.

Als er seinen Namen von ihren Lippen hörte, löste sich eine Barriere in seinem Inneren. Aufstöhnend neigte er sich zu einem nicht rauhen, wenn auch sehr drängenden Kuß zu Kathryn, und dann schien er alle Beherrschung zu verlieren, denn immer wieder und immer ungezügelter drang er in sie ein.

Sie klammerte sich an seinen starken Armen fest und barg das Gesicht an seiner Schulter. Daß er jetzt nicht mehr sanft und zärtlich war, kümmerte sie nicht, denn mit einmal verlor sie ebenfalls die Beherrschung. Hoch loderten die Flammen der Leidenschaft in ihr auf, während Guy ihr nach einer letzten heftigen Bewegung gab, was er zu geben hatte.

Die Zeit existierte nicht mehr. Das schwere Gewicht über Kathryn existierte nicht mehr. Sie nahm kaum war, daß Guy sich nach einer Weile auf den Rücken drehte und sie an seine Seite zog. Sie schmiegte sich einfach an ihn und bettete den Kopf auf seine Schulter. Noch vor einer Stunde hätte sie das für nahezu unmöglich gehalten.

Bei dem regelmäßigen Schlagen seines Herzens unter ihrem Ohr schlummerte sie ein. Guy de Marche streichelte noch lange ihren Rücken.

Als Kathryn am nächsten Morgen erwachte, war sie allein. Die Geschehnisse der vergangenen Nacht standen ihr wieder klar vor Augen. Sie schloß die Lider.

Wie war es nur möglich, einen Mann so zu hassen und dennoch von ihm so beglückende Freuden zu empfangen? Sie hatte nichts, gar nichts zurückhalten können, und das vermochte sie sich nicht zu verzeihen.

Nie ist eine Schlacht müheloser gewonnen worden, mußte sie sich bitter eingestehen. Der Earl hatte keine Gewalt anzuwenden brauchen, nicht einmal sanften Zwang. Er hatte nichts fordern oder auch nur erbitten müssen; willig und freiwillig hatte sie ihm alles gegeben, was er begehrte, und sie würde es wahrscheinlich wieder tun.

Sie drückte sich die Felldecke an die Brust und rollte sich auf die Seite. Düster starrte sie in das warme Sonnenlicht, das durch die Spalten in den Fensterläden hereinfiel.

Der Earl hatte sie eine Hexe und eine Magierin genannt. Dabei war er selbst der Zauberer, denn sobald er sie berührt hatte, war etwas mit ihr geschehen. Allein durch die Berührung seiner Lippen, durch das verführerische Streicheln seiner Hand hatte er ihr ihren eigenen Willen geraubt . . .

Mitten in diesem beunruhigenden Gedankengang öffnete sich die Tür. Kathryn wußte sofort, daß es der Earl war, der hereinkam, und mit ihm schienen unheilvolle Gewitterwolken in das Gemach zu ziehen.

Die eisige Furcht bannte Kathryn, die sich am liebsten wie ein kleines Kind unter der Decke verkrochen hätte, weil sie nicht wußte, was er als nächstes tun würde. So zog sie sich die Felldecke bis ans Kinn hinauf und zwang sich dazu, den Mann anzusehen.

Zu ihrem Erstaunen hatte er sein langes Lederwams angelegt, als wollte er sich zu einem Kampf rüsten. Sein Gesicht wirkte versteinert, und seine Körperhaltung war angespannt. Ihm war nichts von dem anzumerken, was nur wenige Stunden zuvor zwischen ihnen geschehen war.

Den leidenschaftlichen Liebhaber der vergangenen Nacht gab es nicht mehr. Vor ihr stand der kalte, gnadenlose Krieger, den sie haßte und verachtete. Sie überwand ihre vorübergehende Schwäche und schalt sich im stillen dafür, daß sie so töricht war, Zärtlichkeit von ihm zu erwarten – überhaupt irgend etwas zu erwarten.

Seine Stimme war so kalt wie sein Blick. „Am frühen Morgen ist ein Bote eingetroffen."

Kathryn blickte ihn unsicher an. Sie stützte sich auf einem Ellbogen auf, wobei sie darauf achtete, daß die Pelzdecke nicht von ihren nackten Brüsten hinunterrutschte. Wieso erzählte ihr der Earl das mit dem Boten? War etwa ...?

„Um Himmels willen! Ist Elizabeth etwas zugestoßen?" Sie setzte sich auf und zerrte an seinem Arm. „Sagt es mir, Herr! Ist sie verletzt?"

Guy stieß einen unterdrückten Fluch aus. Dachte diese Frau denn an nichts anderes? „Beruhigt Euch", sagte er barsch. „Es hat nichts mit Eurer Schwester zu tun – oder mit Ashbury", fügte er gereizt hinzu.

Kathryn starrte ihn benommen an. Weshalb war er denn nur so böse mit ihr? Sie befeuchtete sich die Lippen. „Wenn diese Botschaft also nicht mich betrifft, weshalb seid Ihr dann hier?" fragte sie streng.

Der Earl lachte unfroh. „Sie betrifft Euch ja, Madam. Anscheinend hat der König höchstselbst Euren liebsten Wunsch erfüllt." Er verzog die Lippen. „Er hat mich nämlich zu sich befohlen."

„Wie bitte? Wollt Ihr damit sagen, Ihr müßtet Sedgewick verlassen?"

„Jawohl." Das klang wie eine Anklage, und nicht wie eine einfache Bestätigung.

Guy suchte in Kathryns Gesicht nach dem Ausdruck des Triumphes, den er zu sehen erwartet hatte. Ihre rosigen Lippen waren indessen vor Verblüffung schlaff, und ihre herrlichen grünen Augen spiegelten genau das richtige Maß von Verwirrung wider. Oh, wie hervorragend sie die Rolle der Ahnungslosen spielte!

Wußte diese Frau denn eigentlich, was ihn dieser Gestellungsbefehl kostete? Er hegte nicht den geringsten Wunsch, Sedgewick zu verlassen, allerdings konnte er ja wohl kaum seinen König ignorieren. Verdammt. Wäre doch Heinrichs Befehl erst morgen gekommen! Oder übermorgen. Am besten überhaupt nicht.

Andererseits – was tut das schon? fragte er sich bitter. In der vergangenen Nacht hatte Kathryn schwach und gefügig in seinen Armen gelegen, hatte sich ihm willig, ja sogar mit Freude hingegeben, doch im frühen Licht des Tages war sein Sieg verflogen, und es gab für ihn keine Erlösung aus der Hölle, in die sie ihn gestoßen hatte.

In seiner Überheblichkeit hatte er sich eingeredet, er allein beherrschte ihren Körper. Selbst jetzt wollte er noch die Decken von diesen nackten, weichen Gliedern reißen, seine Finger mit dieser schwarzen Mähne verflechten und diese rosigen Lippen unter seinen fühlen. Er wollte alle Winkel ihres Körpers berühren und dabei vergessen, daß es einen König gab. Alles wollte er vergessen, nur nicht das unbezähmbare Verlangen, in diesem herrlichen Körper unterzugehen. Er bezweifelte nicht, daß das möglich wäre. Selbstverständlich würde sie wieder einmal Widerstand vorgeben; bald genug freilich würde sie dahinschmelzen.

Nur ein einziger Gedanke hielt ihn zurück, und diese Überlegung hatte ihn schon die ganze Nacht hindurch gequält: Möglicherweise hatte Kathryn ihm ihren Körper nur hingegeben, um zu erreichen, was sie selbst begehrte. Vielleicht wollte sie auf diese Weise ihren eigenen Willen bei ihm durchsetzen. Hatte sie das gleiche nicht auch bei ihrem Roderick geplant? Ihn hatte sie doch in ihrem verführerischen Netz verstricken wollen, um ihn dann gegen Richard of Ashbury, ihren Onkel, auszuspielen.

Er zog ihr die Pelze aus den Händen. „Kleidet Euch an!" befahl er. „Ich will, daß Ihr Euch in den Burghof begebt, sobald Ihr fertig seid. Solltet Ihr etwa trödeln, um mich warten zu lassen, werde ich Euch holen lassen, wie Ihr seid." Er bedachte sie noch mit einem mörderischen Blick und verließ dann das Gemach.

Obwohl es sie ein erhebliches Maß an Stolz kostete, stand Kathryn sofort auf und legte innerhalb kürzester Zeit ihre Kleider an. Als sie danach in den Burghof trat, sah sie den Earl neben seinem Schlachtroß stehen. Sie ging nicht zu ihm, sondern blieb neben der Treppe stehen, die zur großen Halle führte.

Guy ließ Kathryn nicht lange warten. Er trat zu ihr und blieb mit grimmiger Miene vor ihr stehen. „Gebt mir Euer Wort, daß Ihr hier sein werdet, wenn ich zurückkehre“, verlangte er ohne jede Vorrede.

Sein Verhalten zeigte keinerlei Sanftheit oder gar Zärtlichkeit; er befahl nur mit unnachgiebiger Strenge. Kathryn empfand das, als wäre sie betrogen und verraten worden, und das schmerzte wie ein Messer in ihrer Brust.

Die vergangene Nacht bedeutet diesem Menschen nichts, dachte sie. Seine Hände, seine Liebkosungen, alles war nur eine Waffe, mit der er seine Herrschaft über sie sicherte.

„Weshalb?“ fragte sie bitter. „Mein Wort bedeutet Euch doch nur wenig.“

Er faßte sie bei den Händen. „Versprecht mir, daß Ihr nicht nach Ashbury flieht. Ich möchte Euch hier vorfinden, wenn ich zurückkehre, wann immer das sein mag.“

Kathryn fühlte sich, als wäre sie in zwei Teile zerrissen. Sie haßte Guy de Marche und sehnte sich danach, sich von ihm zu befreien, und trotzdem widerstrebte es ihr, ihn abzuweisen. Völlig verwirrt schüttelte sie den Kopf. „Verlangt alles von mir“, bat sie, „alles, nur das nicht.“

Sein Blick hielt sie gefangen, und diesmal entdeckte sie keine Kälte, keinen Spott in seinen Augen, sondern etwas Drängendes, Namenloses, das sie nicht zur Kenntnis nehmen wollte und dennoch nicht übersehen konnte.

„Euer Wort, Kathryn“, sagte er leise.

„Ja.“ Ihr Hals war plötzlich ganz trocken. „Ich verspreche es Euch.“

Irgend etwas leuchtete in seinem Gesicht auf; war es Triumph? Mit einem Arm zog er sie zu sich heran, und dann verblüffte Kathryn ihn und auch sich selbst, indem sie ihm die Arme um den Nacken schlang.

Der Earl küßte sie vor allen Anwesenden im Burghof, die zuschauen mochten. Endlos lang und tief war sein Kuß, und Kathryn kümmerte es nicht im geringsten, ob jemand sie beobachtete. Es kümmerte sie auch nicht, daß dies weniger ein Kuß als die öffentliche Bekanntmachung des männlichen Besitzanspruchs war.

Nachdem Guy durchs Torhaus aus der Burg geritten war,

stand sie noch lange regungslos da. Schließlich drehte sie sich um und eilte in ihr Gemach. Dort warf sie sich aufs Bett und weinte sich in den Schlaf.

Erst viele Stunden später wachte sie wieder auf. Eine Weile lag sie ganz still. Sie fühlte sich müde und träge und wollte sich am liebsten nur umdrehen und weiterschlafen. Wieso war sie nur derartig erschöpft? Nun, wahrscheinlich lag das an den vielen Empfindungen, die in so kurzer Zeit auf sie eingestürmt waren.

Gerda kam in das Gemach. Das Mädchen lächelte scheu. „Ihr habt das Morgen- und das Mittagsmahl versäumt, Herrin. Wünscht Ihr jetzt etwas zu essen?"

Allein bei dem Gedanken an irgendwelche Speisen drehte sich ihr der Magen um. „Danke, jetzt nicht, Gerda." Sie hielt sich die Hände an die Wangen. Seltsam, ihr war so heiß, obwohl sich die Haut durchaus kühl anfühlte. Kathryn schob die Felldecke zur Seite und erhob sich aus dem Bett. Sie stand nicht ganz sicher auf den Beinen.

„Was ist nur mit mir?" Sie legte sich die Hand auf die Stirn. „Mein Magen protestiert immer, gleichgültig ob ich etwas esse oder nicht. Ich bin ständig müde, gleichgültig wie lange ich schlafe. Außer mir ist hier doch niemand siech geworden", klagte sie. „Was ist das denn nur für eine Krankheit?"

Gerdas Lächeln verschwand. „Vergebt mir meine Kühnheit, Herrin, indessen ... Ihr wißt doch sicherlich, daß dieses nicht so sehr eine Krankheit ist als vielmehr ..." Sie errötete heftig, weil Kathryn sie so ahnungslos anschaute. „Seit Ihr hier seid, habt Ihr doch nur ein einziges Mal Eure Regel gehabt, nicht wahr?"

„So ist es." Kathryn schwindelte es ein wenig. „Doch was hat das zu tun mit ..." Sie sprach nicht weiter. Das Mädchen hatte recht; ihre letzte Regel lag schon beinahe drei Monate zurück. Bei dem ganzen Tumult, der neuerdings ihr Leben bestimmte, hatte sie kaum je darüber nachgedacht. Jetzt freilich kam ihr ein fürchterlicher Gedanke. „Nein", flüsterte sie entsetzt. „Nein ..." Ihr Herz pochte schmerzhaft, und schwarze Flecken tanzten vor ihren Augen.

„Herrin, ich vermute, Ihr seid schwanger."

Kathryn sank zu Boden.

## 13. KAPITEL

Die Situation war restlos verfahren.

Seit langem schon hatte Sir Hugh Bainbridge erkannt, daß er und Lady Elizabeth sich in einer Sackgasse befanden, in der es weder vorwärts noch rückwärts ging. Zwar flüchtete Elizabeth nicht vor ihm, doch ihre Vorbehalte kamen einem Festungswall gleich.

O ja, man diskutierte, unterhielt sich, plauderte und lachte miteinander, doch bewußt oder unbewußt hatte sie eine Grenzlinie um sich gezogen, die Hugh nicht zu überschreiten wagte, weil er befürchtete, dann alles zu verlieren, was er bisher erreicht hatte, so wenig es auch war.

Von jener Nacht, in der er sie getröstet und in den Armen gehalten hatte, sprach sie nicht mehr, doch gerade diese Nacht stand wie eine hohe Mauer zwischen ihnen. Als Hugh dieses Thema einmal behutsam zur Sprache bringen wollte, war Elizabeth in Tränen ausgebrochen und davongelaufen. So kann es auf keinen Fall weitergehen, fand er.

Ihm fiel nur eine einzige Lösung des Problems ein, und er betete darum, daß es die richtige war. Zu verlieren hatte er ja nichts, denn sein Herz gehörte Elizabeth ja schon.

Eines schönen Nachmittags besuchte er sie im Frauengemach, wo sie mit ihrer Näharbeit saß. „Wenn es Euch beliebt", sagte er freundlich, „dann könnten wir vielleicht ein wenig außerhalb der Burgmauern spazierengehen, solange es noch sonnig und warm ist."

Fast hätte Elizabeth entgegnet, es beliebe ihr nicht. Einerseits sehnte sie sich zwar danach, mit ihm allein zu sein, andererseits jedoch hatte sie Angst vor dem, was dann geschehen könnte. Sir

Hugh war zwar stets liebenswürdig, und man konnte sich gut mit ihm unterhalten, nur schaute er sie manchmal so durchdringend an, daß sie meinte, er blickte ihr direkt bis in die Seele.

Sie deutete auf die Näharbeit in ihren Händen. „Ein andermal vielleicht . . ."

Er nahm ihr den Stoff aus den Fingern und legte ihn zur Seite. Zu ihrem Entsetzen schloß er seine Hände um ihre und zog Elizabeth vom Stuhl hoch. „Ihr tut mir einen solchen Tort an! Habt Mitleid mit meiner armen Seele und gewährt mir eine Bitte", sagte er lächelnd.

Ich habe mich furchtbar getäuscht, dachte Elizabeth voller Angst, dieser Mann ist nicht liebenswürdig, sondern äußerst gefährlich. Trotzdem blieb ihr der Protest im Hals stecken, und schon führte Hugh sie ins Freie.

Schweigend gingen sie nebeneinander her und ließen die Ritterburg hinter sich. Die Sonne schien Elizabeth warm ins Gesicht, und der Salzgeruch des Meers lag in der Luft. Gerade hatte sie sich ein wenig entspannt, als ihr auffiel, daß ihr der felsige, gewundene Pfad, auf dem sie entlangwanderten, sehr bekannt vorkam. Richtig, dort hinter der nächsten Anhöhe befand sich die Stelle, wo . . .

Unvermittelt fuhr Elizabeth herum und wollte die Flucht ergreifen. Hugh schlang jedoch sofort den Arm um sie und hielt sie zurück.

„Laßt mich los!" rief sie. „Hugh, Ihr müßt mich gehen lassen!"

Er erkannte die Panik in ihren Augen und hätte beinahe in seinem Entschluß geschwankt. Als Elizabeth auch noch mit den Fäusten auf seine Brust einzuschlagen begann, umarmte er sie einfach und hielt sie sanft fest.

„Wir sind beinahe am Ziel, Elizabeth. Wir können jetzt nicht mehr anhalten."

„Weshalb tut Ihr das?" schrie sie. „Meine Mutter ist hier gestorben. Das wißt Ihr doch ganz genau, Hugh! Weshalb wollt Ihr mich an diese Stelle bringen? Wie könnt Ihr nur so furchtbar grausam sein?"

Hugh war es, als hätte ihn ein Schlag mitten ins Herz getroffen. „Glaubt es mir, wenn ich euch sage, daß mich das ebenso schmerzt wie Euch", sagte er aufrichtig. „Elizabeth, Ihr seid eine herzensgute, schöne Frau, die es verdient, im Leben glücklich zu sein. Dies jedoch ist ganz ausgeschlossen, solange Ihr Euch nicht von dieser Erinnerung befreit habt. Das ist etwas, das nur Ihr allein tun könntet, und erst danach werdet Ihr frei sein."

Er sah, daß sie heftig zu zittern begann. „Daß Ihr als Kind mit ansehen mußtet, was man Eurer Mutter angetan hat, war eine grausame Tragödie." Sanft strich er ihr das blonde Haar aus dem Gesicht. „Ihr müßt dieses Grauen hinter Euch lassen, denn sonst wird es Euch für alle Zeiten quälen. Ich will Euch dabei helfen, wenn Ihr es mir nur gestatten möchtet."

„Wenn Ihr mich dorthin bringt, werde ich wieder Alpträume haben", schluchzte sie. „Ganz bestimmt, Hugh."

Alpträume? Wenn sie schon träumen muß, dann soll sie möglichst angenehm von mir träumen, wünschte sich Hugh. Er legte seine Hand an ihr Gesicht. „Vertraut Ihr mir, Elizabeth?" fragte er sanft.

„Ich habe Euch vertraut ... Ich meine, ich vertraue Euch. Es ist nur ... ach Hugh, müssen wir das denn unbedingt tun?"

„Euch wird kein Leid geschehen, Elizabeth. Kommt nur mit mir. Ich verspreche Euch, wir bleiben nicht lange. Wir gehen wieder, sobald Ihr es wünscht."

Elizabeth mangelte es am Willen und an der Kraft, sich ihm zu widersetzen. Als er sie bei der Hand faßte und sie auf dem Pfad noch weiter hinauf führte, klammerte sie sich an ihm fest. Sie hielt den Blick gesenkt. Ihr Herz schlug so laut, daß sie meinte, Hugh müßte es hören.

Nach einem Stück des Wegs blieb er stehen. Als er ihre Hand losließ und allein weiterging, hätte sie beinahe aufgeschrien. Sie mußte ihren ganzen Mut zusammenraffen, um den Kopf zu heben und Hugh nachzublicken. Schon nach zwanzig Schritten blieb er stehen.

„Elizabeth", bat er ruhig. „Schaut Euch um. Hört auf die Geräusche. Und dann sagt mir, ob das, was Ihr hier seht und hört, tatsächlich so furchterregend ist, daß Ihr diesen Platz für alle Zeiten meiden müßt."

Sie schlang die Arme um sich, als fröre sie. Dennoch tat sie, wie ihr geheißen. Ihr Blick schweifte langsam in die Runde.

Hoch oben sah sie den tiefblauen Himmel. Nahe dem Klippenrand befanden sich große, von Farnbüscheln umstandene Felsbrocken. Rauhe Grashalme sprossen aus dem steinigen Boden; der immerwährende Wind hatte sie dicht an die Erde gedrückt. Er fuhr im einen Moment heulend über die Klippe, und im anderen schwieg er gespenstisch still. Ein lauter Schrei in der Nähe ließ Elizabeth zusammenzucken; es war indessen nur das Kreischen einer Seemöwe.

Trotz des strahlenden Himmels wirkte die Landschaft düster und karg, und mittendrin stand Hugh. Der Wind blies ihm das rötlichbraune Haar aus der Stirn, und seine Schultern sahen so breit und stark aus, als könnten sie das Gewicht der ganzen Welt tragen.

Der Schrecken wich aus Elizabeths Gliedern. Sie lächelte sogar ein wenig, doch dann fiel ihr Blick auf den Felsvorsprung an Hughs rechter Seite. Sie erschauderte. „Dort ist es geschehen“, flüsterte sie. „Genau dort. O Hugh, es war so grauenvoll . . . Diese Männer! Sie schlugen meine Mutter, immer und immer wieder. Und dann haben sie . . .“ Sie sprach nicht weiter, denn Übelkeit stieg in ihr auf.

Hugh war sofort an ihrer Seite und hielt ihre eiskalte Hand in seiner. „Blutgier“, sagte er grimmig. „Dafür gibt es keine Entschuldigung. Diese Männer verdienen es, zur Strafe für ihre Tat in der Hölle zu brennen. Was Ihr habt mit ansehen müssen, war ein Akt reiner Brutalität.“

Er drückte ihre Hand ein wenig fester. „Elizabeth, ich schwöre Euch bei allem, was heilig ist – nicht alle Männer sind wie diese Dreckskerle, und was zwischen Mann und Frau geschieht, ist nicht immer so häßlich. Wenn einem Mann an einer Frau wirklich etwas liegt, dann zeigt er ihr Sanftheit und Zuneigung. Er möchte für sie sorgen und sie beschützen. Nie, niemals würde er sie verletzen oder entehren.“

Er sah sich um, wie sie es zuvor getan hatte. „Ja, hier wurde wahrhaft Böses vollbracht, doch ist dieser Ort selbst auch so böse? Ich verlange von Euch nicht, zu vergessen, was hier geschehen ist, nur ist es vielleicht jetzt an der Zeit, die Erinnerung daran durch eine andere zu ersetzen.“

Elizabeth zitterte. Sie wünschte sich so sehr, sie könnte ihm glauben. „Wie das?" fragte sie leise.

„Ich will es Euch gern zeigen", antwortete er sanft, und dann trat er so nahe zu ihr heran, daß sein Atem ihre Wange streifte.

O ja, ihr war vollkommen klar, was er nun beabsichtigte! Wahrscheinlich wußte sie es schon seit langem, nur jetzt, da der Moment gekommen war, plagten sie die Zweifel. Sie legte ihre geballten Hände an seine Brust – nicht direkt abwehrend, doch auch nicht einladend. Sie senkte den Kopf und schloß die Augen vor Scham.

„Hugh, ich fürchte mich so sehr", gestand sie.

„Nicht doch." Er legte seine Hand unter ihr Kinn. „Vor mir habt Ihr doch keine Angst. Und ich möchte Euch auch nur küssen, nur eine sanfte Berührung Eurer Lippen mit meinen." Und im nächsten Augenblick lag sein Mund an ihrem, sanft, zart und viel weicher, als er aussah.

In Elizabeths Kopf drehte sich alles. Das ist doch mehr als nur die Berührung der Lippen, dachte sie. Ihr Herz klopfte wild, und eine Wärme durchströmte sie, die von Hughs Körper auf ihren überzugehen schien. Oder war es umgekehrt?

Ohne zu versuchen, den Kuß zu unterbrechen, öffnete sie langsam ihre Hände an seiner Brust. Durch die weiche Wolle seiner Tunika hindurch konnte sie unter ihren Fingerspitzen das Schlagen seines Herzens fühlen. Seine Lippen preßten sich ein wenig fester gegen ihre, und dann schien die Welt aufzuhören, sich zu drehen.

Nach einer scheinbar endlosen Zeit gab Hugh ihren Mund nur widerstrebend frei. Ihren Körper so weich und schmiegsam an seinem zu fühlen, hatte einen Sturm der Empfindungen in ihm ausgelöst. Jetzt schlug Elizabeth langsam die Augen auf. Ihr Blick war verträumt und verschleiert. Hugh hätte am liebsten einen Triumphschrei ausgestoßen. Das wagte er freilich besser nicht.

Zärtlich rieb er seine Nase an Elizabeths Schläfe. „Wir sollten jetzt wohl zur Burg zurückkehren", empfahl er. Zu seiner unbändigen Freude schlang Elizabeth ihre Arme um seinen Nakken.

„Ja", stimmte sie mit sehr leiser Stimme zu, und dann riskierte sie einen Blick unter ihren Wimpern hervor. „Würde es Euch sehr viel Mühe machen, wenn Ihr mich bitte vorher noch einmal küßt . . . nur ein einziges Mal noch?“

Hugh mußte herzlich lachen. Er senkte schon den Kopf, um dem Wunsch umgehend nachzukommen. „Das würde mir nicht die geringste Mühe machen – überhaupt gar keine Mühe.“

Und so war es auch.

Kathryn versuchte, nicht an ihre Schwangerschaft zu denken. Angesichts dessen, wie kalt der Earl damals reagiert hatte, als er entdeckte, daß sie kein Kind erwartete, konnte man nicht einmal auch nur ahnen, wie er es aufnehmen würde, daß dies jetzt der Fall war.

Kathryn selbst würde am liebsten abgestritten haben, daß sie in anderen Umständen war, wenn ihr Körper sie nicht verraten hätte. Ihre Brüste wurden voller und schwerer, ihre Taille wurde dicker, und ihr Bauch begann sich zu runden. Es würde nicht mehr lange dauern, und ihr Zustand wäre für jedermann deutlich sichtbar.

Die Tage schienen miteinander zu verfließen. Zum erstenmal in ihrem Leben fürchtete sich Kathryn vor der Zukunft. Der Earl hatte sie vor einer Flucht nach Ashbury gewarnt, und wenn sie daran dachte, wie er sie bestrafen würde, falls sie trotzdem floh, dann lief ihr ein Schauder über den Rücken. Außer seinem Verlangen hegte er ja keinerlei Gefühle für sie, und wenn er erst einmal merkte, daß sie schwanger war, würde er sie auch nicht mehr begehren.

Gerda schien ihre melancholische Gemütsverfassung zu teilen. Vom Fenster aus sah Kathryn sie eines Tages mit Sir Michael im Burghof leise sprechen. Dieser legte ihr eine Hand auf die Schulter, und unterdessen schüttelte Gerda immer wieder den Kopf. Schließlich lief sie davon, so schnell es mit ihrem behinderten Bein ging.

Kathryn konnte zwar Sir Michaels Gesichtsausdruck nicht genau erkennen, doch sie spürte, daß der junge Ritter recht ärgerlich war.

Aus Sorge um das Mädchen wollte sie die Sache kurze Zeit danach zur Sprache bringen. Zu ihrer Verblüffung brach Gerda schon bei der Erwähnung Sir Michaels in Tränen aus.

Kathryn eilte sofort an ihre Seite und legte ihr einen Arm um die Schultern. An den Standesunterschied zwischen ihnen beiden dachte sie im Augenblick nicht; hier wollte nur eine Frau die andere trösten.

„Gerda, sage mir, was vorgefallen ist", drängte sie. „Hat Sir Michael dir irgendein Unrecht getan?" Eigentlich vermochte sich Kathryn gar nicht vorzustellen, daß der junge Mann jemandem Böses tun könnte. Selbstverständlich war er ein in der Kriegskunst hervorragend ausgebildeter Ritter, doch Kathryn hatte ihn nur als höflichen und freundlichen jungen Menschen kennengelernt, der meistens ein gewinnendes Lächeln auf den Lippen hatte.

Gerda schluchzte noch lauter.

Kathryn rief sich die vielen Tage ins Gedächtnis, die sie, das Mädchen und Sir Michael – und natürlich Peter – zusammen am Bach verbracht hatten. Sie erinnerte sich daran, wie Gerda dem jungen Mann ein Stück Käse oder eine Scheibe Brot gereicht hatte. Dabei hatten sich manchmal ihre Hände berührt, oder sie und er hatten einander scheu zugelächelt . . .

Kathryn dämmerte die Erleuchtung. Wie hatte sie bisher nur so blind sein können?

„Du bist in ihn verliebt", stellte sie überrascht fest. „Gerda, du liebst Sir Michael!"

„Jawohl, Herrin." Gerda setzte sich gerade auf und wischte sich die Tränen mit den Fingerspitzen fort.

Kathryn drückte ihr fürsorglich ein kleines Spitzentaschentuch in die Hand. „Weiß Sir Michael es?" erkundigte sie sich. Gerda nickte. Kathryn biß sich auf die Lippe. „Und wie denkt er darüber?"

„Er sagt, er liebt mich auch." Das Mädchen schaute auf das zerknüllte Taschentuch in seiner Hand. „Lady Kathryn, er hat gesagt, er will mich heiraten."

„Das ist doch wundervoll!" rief Kathryn aus. „Gerda, du solltest vor Glück außer dir sein, statt hier in Tränen aufgelöst herumzusitzen!" Sie runzelte zweifelnd die Stirn. „Er ist doch nicht etwa ein Bruder Leichtfuß? Den Eindruck habe ich von ihm ganz und gar nicht."

Gerda schüttelte den Kopf. „Nein, Herrin. Er ist gut und freundlich und ehrenhaft. Keine Frau könnte sich einen besseren Gemahl wünschen", setzte sie leise hinzu.

Jetzt verstand Kathryn gar nichts mehr. „Und weshalb tanzt du dann nicht vor Freude?"

„So einfach ist das ja alles nicht . . . Ich liebe Sir Michael, doch ich will mich nicht dazu hergeben, seine Mätresse zu sein." Sie machte ein Gesicht, als würde sie gleich wieder Tränen vergießen. „Und seine Ehegattin kann ich nun einmal nicht werden."

„Weshalb denn nicht? Ich gebe zu, daß eine solche Heirat eher die Ausnahme als die Regel ist, doch sie würde zweifellos von der Kirche anerkannt werden."

Gerda schluckte. „Die Lady Elaine hat mich gelehrt, den Kopf hoch zu tragen und stolz auf das zu sein, was ich bin, obwohl ich doch lahme." Sie berührte ihr mißgeformtes Bein. „Ich fürchte, ich habe diese Lehre zu gut beherzigt, denn jetzt besitze ich meinen Stolz und lasse ihn mir von Sir Michael nicht so einfach zerstören."

Das Mädchen lächelte ein bißchen wäßrig. „Er stammt aus einer guten Familie. Zwar ist er kein Erbe, doch sein Vater ist ein Adelsmann. Ich dagegen kann meine bescheidene Herkunft nicht verleugnen. Ich bin die Tochter eines Leibeigenen, und wie mein Vater, so bin ich auch Eigentum des Earls."

Sie schüttelte traurig den Kopf. „Michaels Familie würde mich nicht als seine Gemahlin akzeptieren – niemals! Falls er mich trotzdem heiraten würde, wäre er ein Ausgestoßener." Sie machte eine Pause und sprach dann sehr gefaßt weiter. „Ich lasse es nicht zu, daß er so tief sinkt, Herrin. Und deshalb werde ich ihn nicht heiraten."

Obwohl Kathryn ihr Bestes tat, ließ sich Gerda nicht von ihrem Entschluß abbringen.

Unterdessen wurde aus Sommer langsam Herbst. Die Tage wurden kürzer und flossen gleichförmig dahin. Die Felder waren erntereif, das Brachland wurde zur Vorbereitung auf die nächste Aussaat umgepflügt, und der Haushalt machte sich an die Arbeit, um die Kornspeicher, Speisekammern und Keller mit allem zu füllen, was für den langen Winter benötigt wurde.

Nie hatte sich Kathryn miserabler gefühlt als jetzt, zumal sie nicht einmal verstand, weshalb eigentlich. Hatte sie sich nicht immer nach dem Tag gesehnt, an dem sie von dem Earl befreit sein würde? Nun hatte sie doch, was sie wollte. Und dennoch – wie sehr sie ihn auch haßte, er wohnte stets in ihren Gedanken.

Eines Nachmittags gegen Ende Oktober herrschte im Haushalt mehr Geschäftigkeit als üblich. In der großen Halle hielt Kathryn eine Magd auf, die gerade von den Küchen hereingelaufen kam. „Jeder hat es heute so furchtbar eilig", meinte sie. „Was geht denn hier vor?"

Die Augen des Mädchens leuchteten. „Vor einer Stunde ist ein Bote eingetroffen. Der Earl wird morgen wieder heimkommen", lautete die Antwort.

Erst als sie allein in ihrem Gemach war, gab Kathryn dem Tumult in ihrem Inneren nach und ließ sich aufs Bett sinken. Der Augenblick, den sie alle diese Wochen und Monate gefürchtet hatte, stand jetzt unmittelbar bevor. Der Earl of Sedgewick kehrte heim!

Panik und Verzweiflung senkten sich auf sie herab und drückten ihr die Luft zum Atmen ab. Sie mußte an die letzte Nacht in Guys Armen denken. Damals hatte sein Verlangen nach ihr keine Grenzen gekannt. Unwillkürlich strich sie sich über den sanft gerundeten Leib.

Würde der Earl sie noch immer begehren? Er war stark, männlich und schön. Zweifellos brauchte er nur mit dem Finger zu winken, und schon würden ihm die Damen zu Füßen fallen. Begehrte ein solcher Mann eine Frau, die nicht mehr schlank und begehrenswert war? Vielleicht hatte er ja sogar schon eine andere in sein Bett genommen!

Was, wenn Guy sie, Kathryn, verstieße, sobald er entdeckte, daß sie schwanger war? Wohin sollte sie dann gehen? Nach Ashbury, das war ihr erster Gedanke. Doch wie sollte sie Elizabeth und allen denen, die sie ein Leben lang kannte, vor die Augen treten – mit dem ungeborenen Kind des Siegers über sie alle im Leib?

Nein, nach Ashbury konnte sie nicht zurückkehren. Hier auf Sedgewick beim Earl konnte sie indessen auch nicht bleiben.

Sie war eine Ausgestoßene.

Es gab nur einen Ausweg. Sie mußte fliehen, und zwar sofort und solange ihr noch ein Rest von Würde verblieb. Das war besser, als wenn Guy sie später hinauswarf.

Kathryn verließ Sedgewick im ersten Morgenlicht des neuen Tages.

Jeder Tag fern von Sedgewick war für Guy ein Tag zuviel, doch der Earl war nicht der Mann, der sich vor den Pflichten seinem König gegenüber drückte.

Heinrich II. war entschlossen, die königliche Zentralgewalt über die gesetzlosen Barone wiederherzustellen. Eine seiner Methoden bestand darin, ihre Festungen zu schleifen und die Wiedererrichtung zu beschränken. Die Barone, welche die Zerstörung überlebt hatten, waren nun von der Gnade des Königs abhängig, wenn sie wieder in ihre alten Privilegien eingesetzt werden wollten. In einigen Fällen füllte Heinrich die königlichen Schatztruhen auf, indem er die wiedereingesetzten Barone mit neuen, hohen Abgaben belegte.

Der Earl of Sedgewick gehörte zu den Glücklicheren. Als Dank für seine Loyalität hatte Heinrich beschlossen, ihm Titel und sämtliche Privilegien zu belassen. Guy hatte längst erkannt, wie klug es war, den neuen König zu unterstützen.

In Wales und in den Midlands gab es indessen eine Reihe von Markgrafen und mächtigen Baronen, die sich der Ordnung der neuen Regierung widersetzten, und Guy de Marche war einer derjenigen, die Heinrich II. dabei helfen sollten, den Aufruhr niederzuschlagen.

Das war nunmehr geschehen. Da sich die königlichen Truppen in der Nähe von Sedgewick befanden, hatte Heinrich Guy beurlaubt, ihm jedoch befohlen, sich ihm in einigen Tagen auf Ashbury wieder anzuschließen.

Fast drei Monate, nachdem er fortgeritten war, hielt Guy jetzt sein Schlachtroß auf dem Gipfel eines Hügels an und schaute voller Stolz auf die mächtigen Mauern, die Sedgewick umgaben. Er bedauerte, daß ihm so wenig Zeit blieb, bevor er seine Heimstatt wieder verlassen mußte.

Die Mittagssonne strahlte vom klaren Himmel. Der leichte

Wind trug die Düfte der Wiesen und Felder heran und spielte mit den inzwischen herbstlich gefärbten Blättern. Guy dachte daran, daß er im so lange zurückliegenden Frühling fast genau von dieser Stelle aus der Lady Kathryn zum erstenmal seinen Besitz gezeigt hatte.

Kathryn ... Seine Miene verdüsterte sich. Er hatte gehofft, daß sich sein Verlangen nach dieser Frau in diesen langen Monaten aufgelöst hatte. Statt dessen hatte es sich womöglich noch verstärkt. Er hatte gedacht, nachdem er ihren jungen, schönen Körper besessen hatte, würde sie ihre Anziehungskraft auf ihn verloren haben. Dem war hingegen nicht so.

Keine einzige Nacht war vergangen, in der er nicht mit dem Gedanken an Kathryn eingeschlafen war. Durch alle seine Träume war sie gegangen. Immer wieder hatte er ihre süßen Lippen gekostet, ihre knospenden Brustspitzen ertastet und ihren seidenweichen Körper erforscht, bis er ihn besser kannte als seinen eigenen. Morgens war er mit ihrem Namen auf den Lippen erwacht, und sein Körper hatte unter dem unerfüllten Verlangen gelitten.

Guy verzog das Gesicht. Kathryn war wie ein schleichendes Gift, das durch seinen ganzen Körper bis in seine Seele gedrungen war. Sie war eine der Hölle entstiegene Magierin mit den Reizen eines Engels. Könnte er doch nur dem Bann der Leidenschaft und der Lust entfliehen! Besäße er doch nur eine Waffe, einen Schild gegen diesen Zauber, mit dem Kathryn ihn belegt hatte!

Ein Jammer, daß ich jetzt so wenig Zeit habe, dachte er wieder. Sein Gesichtsausdruck veränderte sich, und ein satanisches Glühen trat in seine Augen. Er würde sein unbezähmbares Verlangen nach Kathryn befriedigen, und wenn er und sie während seines ganzen Aufenthaltes sein Gemach – oder richtiger: sein Bett – nicht verließen.

Er gab seinem Schlachtroß die Sporen und ritt weiter, entschlossen, das Beste aus seinem kurzen Urlaub zu machen.

Einige seiner Männer auf der Burg sahen ihn kommen. Rufe wurden laut. Viele Leute liefen zusammen und erwarteten ihn am großen Tor. Als er im Burghof absaß, eilte ein junger Pferdeknecht herzu, der von einem Ohr zum anderen grinste. Guy lächelte ihm kurz zu und übergab ihm die Zügel.

Sir Edward schlug ihm auf die Schulter. „Wir haben hier nur sehr wenig über König Heinrichs Feldzug gehört. Wie ist er verlaufen?“

„Recht gut.“ Guy lächelte ein wenig. „Zu meinem Bedauern werde ich nicht lange hierbleiben können. In wenigen Tagen muß ich mich Heinrich und seinen Ratgebern wieder anschließen. Man spricht davon, in Irland einzufallen.“ Die beiden Männer redeten noch eine Weile miteinander, und dann betrat der Earl die große Halle.

Gerda, die gerade hereingekommen war, blieb auf der Stelle stehen. Guy bemerkte, daß ihr Gesichtsausdruck einen Augenblick lang Panik spiegelte. Er ahnte sofort, daß irgend etwas im argen liegen mußte.

Das Mädchen vollführte einen Knicks. „Willkommen daheim, Herr. Wir sind sehr froh, daß Ihr wieder heil und sicher zurück seid.“

Guy nickte kurz. Dies war nicht der Willkommensempfang, wie er ihn sich vorgestellt hatte. Er hatte gedacht, Kathryn würde ihn erwarten, wenn auch nicht mit offenen Armen, so doch wenigstens mit sehnsüchtigem Blick.

„Wie steht es hier, Gerda? Geht es Peter gut?“

„Ihr werdet ihn kaum wiedererkennen, so sehr ist er inzwischen gewachsen.“ Wieder erschien dieser beunruhigte Ausdruck auf ihrem Gesicht. Sie deutete auf die Treppe. „Im Moment hält er gerade seinen Mittagsschlaf.“

„Und die Lady Kathryn? Schläft sie auch gerade?“

Die Magd schüttelte den Kopf. „Nein, Herr“, sagte sie leise. „Sie ist . . . fort.“

„Fort?“ Guy wurde blaß, und seine Stimme klang wie Donnerhall. „Bei allen Geistern der Hölle! Sage mir nicht, sie sei entflohen! Wie konnte das geschehen? In meiner Burg wimmelt es doch von bewaffneten Wächtern, und jedermann weiß, daß es ihr nicht erlaubt war, diese Mauern ohne ständige Begleitung zu verlassen.“

Gerda wußte nicht, ob sie es wagen sollte, ihm von dem zu erwartenden Kind zu berichten. Sie entschied sich dagegen. „Es ist erst heute morgen geschehen, Herr“, sagte sie furchtsam.

„Bei Tagesanbruch erklärte sie dem Torwächter, ihr ginge es schlecht und sie müsse einige Heilkräuter außerhalb der Burgmauern sammeln. Als wir feststellten, daß sie fort war, haben sich Sir Michael und zwölf andere Männer auf die Suche nach ihr begeben."

Diese Hexe! Diese trügerische Hexe! Guy merkte gar nicht, daß er laut fluchte. Sie hatte ihn wieder einmal zum Narren gehalten. Sie hatte ihm versprochen, bei seiner Rückkehr auf Sedgewick zu sein, und er hatte ihr geglaubt.

Gerda sank vor ihm auf die Knie. „Gebt Sir Michael nicht die Schuld daran, Herr! Ich schwöre, er hat seinen Dienst nicht vernachlässigt. Wenn Ihr jemanden bestrafen müßt, dann bestraft mich, denn ich habe erst am Vormittag bemerkt, daß die Herrin fort war."

Tränen schimmerten in ihren Augen. „Und wenn Ihr die Lady Kathryn findet, dann verurteilt sie nicht zu sehr. Oh, ich weiß, das wird Euch unmöglich sein, doch seid so gut, und laßt Nachsicht walten!"

Guy blickte auf Gerdas gesenkten Kopf hinunter. Welche magischen Kräfte besaß Kathryn eigentlich, daß sie alle Menschen so zu verzaubern verstand – seinen Sohn, Sir Michael und sogar dieses Mädchen hier, dessen Loyalität Elaine gegenüber so unerschütterlich gewesen war?

Nachsicht? Niemals! Lady Kathryn of Ashbury hatte zum letztenmal mit ihm gespielt.

Er zog Gerda in die Höhe. „Wir wissen beide, wer die Schuld trägt", sagte er tonlos. „Das bist weder du, noch ist es Sir Michael. Ich will nur noch eines erfahren, Gerda. Hat Kathryn irgendwelche weiteren Fluchtversuche unternommen?"

„Nein, Herr", antwortete das Mädchen fest und ohne Zögern. „Keinen einzigen."

„Dann hat sie sich also erst zur Flucht entschlossen, nachdem sie die Kunde von meiner bevorstehenden Heimkehr erhalten hatte?"

„So scheint es", sagte Gerda unglücklich. Sie berührte seinen Arm. „Herr, Sir Michael sucht sie auf der Straße nach Ashbury."

„Ja, das dürfte höchstwahrscheinlich auch ihre Fluchtrichtung sein."

Gerda zögerte. „Da bin ich nicht so sicher“, entgegnete sie langsam. „Eine der anderen Mägde, sie heißt Zelda, hat mir nämlich eben erzählt, daß die Lady sie gestern abend nach dem nächstgelegenen Kloster befragt hat.“

Guy sagte nichts, weil er sich mit einmal an etwas erinnerte . . . und dann hörte er Hugh wieder sagen: „Lady Kathryn war gestern nacht vor Verzweiflung sogar bereit, in ein Kloster zu fliehen.“

„Dann werde ich dort nach ihr suchen“, erklärte er. „Gerda, sorge dafür, daß Speisen und Getränke bereitgestellt werden. Und wenn ich Kathryn gefunden habe, werde ich mich nach Ashbury begeben.“

Er hat nicht gesagt, ‚falls ich Kathryn gefunden habe‘, dachte Gerda besorgt. Im stillen betete sie darum, daß der Herrin auf deren Weg kein Schaden zugefügt wurde, sei es von Tier oder Mensch. Und als sie später den Earl davongaloppieren sah, wiederholte sie ihr Gebet mit Inbrunst.

Das Tageslicht erlosch so schnell wie eine Kerze, die von einem unsichtbaren Mund ausgeblasen wurde. Kathryn kauerte sich dichter ans Feuer; zum Schlafen war sie viel zu unruhig.

Wenigstens befand sie sich auf dem richtigen Weg. Zelda hatte nämlich einige Orientierungspunkte in der Landschaft erwähnt, und an denen war Kathryn im Laufe des Tages auch vorbeigekommen.

Zu wissen, daß der Earl heute nach Sedgewick zurückgekehrt war, beunruhigte sie. Es fiel ihr nicht schwer, sich seine Wut vorzustellen. Wahrscheinlich würde er sich auf die Suche nach ihr machen, denn selbstverständlich betrachtete er ihre Flucht als Beleidigung seiner männlichen Überlegenheit.

Er wird mich nur nicht finden, dachte sie lächelnd. Gewiß ging er davon aus, daß sie sich auf dem Weg nach Ashbury befand. Sie jedoch würde schon morgen mittag die schützenden Mauern des Klosters erreicht haben. Dort würde sie Zuflucht finden, bis sie ihr Kind zur Welt gebracht hatte. Und danach? fragte sie sich. Darüber kann ich mir später noch den Kopf zerbrechen, wies sie sich zurecht. Sie zog die Beine hoch und legte das Kinn auf die Knie.

In der Ferne heulte ein Wolf. Dann wurde es wieder unheimlich still. Kathryn lauschte angespannt, doch schon nach wenigen Minuten beruhigte sie sich wieder. Bald begann sie vor sich hin zu dösen.

Unwillkürlich mußte sie an eine ähnliche Nacht vor langer Zeit denken, in der der Earl in den Schatten gelauert hatte. Wie im Traum sah sie ihn breitbeinig vor sich stehen, sah seine Augen im Schein des Lagerfeuers glitzern, sah sein spöttisches Lächeln . . .

Dies war kein Traum! Guy stand wirklich vor ihr! Kathryn sprang auf und wirbelte herum. Schon im nächsten Moment packte er sie beim Ellbogen und zog sie wieder zurück. „Nein!" stieß sie hervor. „Nein!"

„O doch, Kathryn. Doch!" Er drückte ihr seine Hände auf die Schultern und neigte den Kopf näher zu ihr heran. So war es schon einmal, schoß es ihr durch den Sinn. Er preßte seinen Mund auf ihren, während er mit der Hand über ihren Körper strich, über ihre Brüste, ihre Hüften, ihre Oberschenkel, ihren Leib . . .

Beide erstarrten.

Er riß seinen Mund von ihren Lippen. Bestürzung malte sich auf seinen Zügen. Sein Blick glitt an ihrem Körper hinab. Wäre Kathryn nicht so schlank gewesen, hätte man ihren gerundeten Bauch wohl nicht so deutlich gesehen. Guy befühlte ihn, als wollte er sich vergewissern, daß er sich auch bestimmt nicht täuschte. Schließlich stieß er einen bösen Fluch aus und riß die Hand fort, als könnte er es nicht mehr ertragen, Kathryn zu berühren.

Sie empfand das wie einen körperlichen Hieb. „Verdammnis über Euch!" schrie sie. „Weshalb mußtet Ihr mir denn folgen? Weshalb mußtet Ihr mich finden? Ich war doch meinem Ziel schon so nahe . . ."

Er faßte sie an den Oberarmen und zog sie zu sich heran. „Sprecht, seid Ihr deshalb entflohen? Weil Ihr ein Kind erwartet?"

„Das fragt Ihr noch? Dachtet Ihr etwa, ich würde mich von Euch in diesem Zustand vorfinden lassen? Ihr würdet mir die Schuld daran gegeben haben. Das weiß ich ganz genau!"

Er überhörte ihr Keifen. „Wie weit seid Ihr schon? Im vierten Monat? Im fünften?“ Guy zweifelte keinen Moment daran, daß das Kind von ihm stammte. Sie war zu gut bewacht worden, um irgendwelche Spiele zu treiben.

„Beinahe schon im sechsten.“

Er unterdrückte einen weiteren Fluch. „Dann wußtet Ihr also schon von Eurer Schwangerschaft, bevor ich Sedgewick verließ, nicht wahr? Ihr wußtet es bereits, und ihr habt mir dennoch nichts gesagt.“

Sie wandte den Kopf, weil sie Guys Blick nicht mehr zu ertragen vermochte.

„Ihr müßt es gewußt haben! Weshalb habt Ihr es mir nicht gesagt?“ Schmerzhaft drückte er ihr seine Finger in das weiche Fleisch ihrer Arme und schüttelte Kathryn so wütend, daß ihr Kopf vor und zurück flog. „Antwortet mir, verdammt!“

Im Herzen war er entsetzt über sein eigenes Benehmen, doch Kathryn ahnte ja nicht, welchen Schmerz sie ihm verursachte. Sie war in dem Augenblick geflohen, da sie von seiner Heimkunft erfuhr. Hatte sie zuvor vielleicht gehofft, er würde in der Schlacht umkommen und nicht mehr wiederkehren?

„Gerda hat es als erste erkannt“, antwortete sie und konnte nur mit Mühe die Tränen zurückhalten. „Ich schwöre, ich habe es erst gemerkt, nachdem Ihr fort wart.“

Er starrte sie so lange und so anklagend an, daß sie am liebsten in der Erde versunken wäre. Kein Wort glaubte er ihr! Eine Welle der Trostlosigkeit überschwemmte sie. Gegen jede Vernunft wünschte sie sich plötzlich, Guy möge sie in die Arme nehmen. Sie wollte ihr Gesicht an seiner Brust bergen, sich an ihm festhalten und alle Feindschaft vergessen.

Doch Guy de Marche, der Earl of Sedgewick war der Grund für ihr Elend, und nicht die Arznei dagegen.

Betäubt und geschlagen sah sie zu, wie er zu seinem Hengst ging. Einen Moment später drückte er ihr eine Decke in die Hände. „Schlaft, falls Ihr könnt“, befahl er. „Morgen beim ersten Tageslicht brechen wir auf.“

Gehorsam und stumm legte sie sich vors Feuer und rollte sich zusammen.

Guy setzte sich vor einen Baum und lehnte sich mit dem Rükken gegen den Stamm. Die Gedanken brodelten in seinem Kopf. Er erinnerte sich an alle die einsamen Nächte, in denen er von Kathryn geträumt, sich nach ihr gesehnt hatte, und nach denen er morgens dann so erregt wie ein unerprobter Jüngling aufgewacht war.

Wieder flammte das Begehren in ihm auf. Das Verlangen, sie zu sich zu drehen und seine Lust an ihr zu stillen, wurde übermächtig, denn seit er damals von Sedgewick fortgeritten war, hatte er bei keiner anderen Frau gelegen – und das nicht etwa aus Mangel an Gelegenheit.

Noch vor drei Nächten hatte ihm eine hübsche Witwe zu verstehen gegeben, daß sie seine Liebesdienste zu schätzen wissen würde. Als sie sich dann allein in ihrem Gemach befanden, hatte Guy festgestellt, daß sie ihn in keiner Weise zu reizen vermochte. Ihre Hüften waren zu breit, ihre Brüste zu schwer. Er war sich wie ein Eunuch vorgekommen und hatte sich lieber verabschiedet, bevor die Angelegenheit zu peinlich für sie beide wurde.

Kathryn – der Teufel sollte sie holen! – hatte ihn für alle anderen Frauen verdorben. Und jetzt lag sie praktisch neben ihm und war so unerreichbar wie eh und je.

In dieser Nacht fand er keinerlei Erholung im Schlaf.

Kathryn meinte eben erst die Augen geschlossen zu haben, als Guy sie schon wieder weckte. Stumm half er ihr beim Aufstehen. Seiner Miene war nichts anzusehen, doch als Kathryn ihm in die Augen blickte, war es ihr, als schaute sie in die winterkalten Wasser der See.

Da sie seine Ungeduld spürte, zog sie sich nur kurz zurück, um zu tun, was zu tun war. Als sie danach zu ihm zurückkehrte, reichte er ihr eine dicke Scheibe Brot und ein Stück Käse. Während sie aß, sattelte er die beiden Pferde.

Eine Stunde später gelangten sie an eine Wegkreuzung. Zu ihrer Verblüffung sah Kathryn, daß Guy seinen Hengst nicht in die Richtung lenkte, aus der sie gekommen war, sondern den entgegengesetzten Weg verfolgte. Sie blieb ein wenig zurück.

„Seid Ihr sicher, daß dies die Straße nach Sedgewick ist?“ Sie deutete nach rechts. „Ich weiß ganz genau, daß ich von dort gekommen bin.“

„Wie kehren nicht nach Sedgewick zurück“, teilte er ihr mit.

„Wir reiten nach Ashbury, wo ich mich König Heinrich wieder anzuschließen habe."

Kathryn erschrak. Sie wurde aschfahl. „Nein", flüsterte sie schwach. Ihre Hand bewegte sich unwillkürlich zu ihrem Leib. „Ihr könnt mich doch nicht . . ."

Als er ihr das Entsetzen von ihrem Gesicht ablas, brach das Unwetter in seiner Seele los. „Was?" spottete er. „Beliebt es der edlen Lady nicht?" Vor Wut wußte er nicht mehr, was er sagte. „Monatelang habt Ihr mir vorgejammert, wie sehr Ihr Sedgewick haßt und wie sehr Ihr Euch nach Ashbury zurücksehnt. Nun, jetzt bekommt Ihr Euren Willen, Madam – und wo bleibt Eure Dankbarkeit?"

Er griff in ihre Zügel, zog Esmeralda neben seinen Hengst und trieb die Stute mit einem Schlag gegen den Rumpf vorwärts. Kathryn weinte nicht, obwohl ihr die erlösenden Tränen diesmal willkommen gewesen wären.

Diesen Schmerz vermochten Tränen freilich nicht zu heilen.

## 14. KAPITEL

Wenige Tage später trafen Guy de Marche und Kathryn auf Ashbury Keep ein.

Kaum hatten sie das Tor durchritten, als Elizabeth auch schon angestürzt kam. Lachend rief sie den Namen ihrer Schwester. Kathryn glitt seitwärts aus dem Sattel, wodurch sie unbeabsichtigt ihr Profil zur Schau stellte. Elizabeths Freudenschreie endeten unvermittelt.

Die zwei Schwestern umarmten einander. Sir Hugh kam ebenfalls hinzu. Der Earl stand neben Kathryn, doch zwischen den beiden schien eine unsichtbare Grenze zu verlaufen. Die vier Menschen tauschten Begrüßungsformeln aus; die Atmosphäre blieb indessen steif und unbehaglich.

Später zog sich Kathryn mit ihrer Schwester in das Gemach zurück, das seit ihren Kindertagen immer ihr Quartier gewesen war. Sie seufzte lange und erleichtert. Wieder umarmte Elizabeth sie und drückte sie heftig an sich.

„Kathryn", rief sie, „ach, du ahnst ja nicht, wie sehr du mir gefehlt hast!"

Tränen traten in Kathryns Augen; das Sprechen fiel ihr schwer. „Doch, ich kann es mir durchaus vorstellen", versicherte sie.

Elizabeth drückte ihr die Hände. Ihr Lächeln verschwand. „Geht es dir auch gut, Schwester?" Sie hatte die Schatten unter Kathryns Augen wohl bemerkt. „Du siehst so . . . erschöpft und müde aus."

„Die Reise war nicht übermäßig angenehm." Und das war die reine Wahrheit. Das Zerwürfnis zwischen ihr und Guy hätte nicht übler sein können. Gesprochen hatten sie nur, wenn es unbedingt nötig erschien. Guy hatte es kaum jemals über sich gebracht, Kathryn anzusehen.

Sie legte sich die Hand auf den Leib. „Ich glaube, ich sollte dir etwas erklären“, sagte sie leise.

Elizabeth biß sich auf die Lippe. „Ich bin tatsächlich ein wenig verwirrt“, gab sie zu. „Bei deiner Abreise von hier wußtest du doch ganz genau, daß du nicht . . .“

„Ich war es auch nicht.“ Kathryn lachte unfroh. „Jedenfalls damals noch nicht.“

Elizabeth war erschüttert. „Willst du damit etwa sagen, daß du . . . ich meine, daß der Earl . . .“ Sie wurde feuerrot und sprach nicht weiter.

„Jawohl, Elizabeth. Das Kind ist von ihm.“ Sie las die ängstliche Frage in Elizabeths Augen. „Nein, wir sind weder vermählt noch verlobt. Auch werden wir keines von beidem je sein. Wir haben zusammen ein Kind gezeugt, doch ich versichere dir, daß Guy de Marche und ich einander herzlich wenig zugeneigt sind.“

So kurz wie möglich berichtete sie ihrer Schwester davon, wie er gerade erst von ihrem Zustand erfahren hatte, und welche Mission er für den König zu erfüllen hatte.

Elizabeth nickte langsam. „Hugh hat mir erzählt, daß der König jeden Tag hier eintreffen kann.“ Sie fröstelte. „Daß sich der Earl hier befindet, macht mich schon schaudern, vom König ganz zu schweigen. Ich befürchte, ich könnte irgend etwas Falsches sagen.“

„Du wirst schon alles richtig machen“, versicherte Kathryn beruhigend.

Sie betrachtete ihre Schwester genauer. Im Lauf der vergangenen Monate hatte sich Kathryn um Elizabeths Wohlergehen fortwährend Sorgen gemacht und gefürchtet, diese würde vor lauter Einsamkeit dahinwelken. Doch die junge Frau sah aus wie das blühende Leben. Ihre Augen blickten klar und direkt. Sie schien auch gelassener, selbstbewußter und selbstsicherer geworden zu sein.

„Du hast dich verändert“, stellte Kathryn lächelnd fest. „Sag mir, Elizabeth, ist etwa Sir Hugh verantwortlich für deine fröhliche Stimmung und deine roten Wangen?“

Elizabeth erschrak. „Dann ist es also so offensichtlich?“
Das hörte sich so bekümmert an, daß Kathryn unwillkürlich lachen mußte. Es war das erste wirkliche Lachen seit langem, und bald fiel ihre Schwester darin mit ein.
„Ich hätte nie gedacht, daß ich in Gegenwart eines Mannes jemals etwas anderes als Furcht und Schrecken empfinden würde. Hugh ist jedoch so ganz anders“, vertraute sie Kathryn an. „Er ist so freundlich und rücksichtsvoll. Er gibt mir das Gefühl, etwas ganz Besonderes zu sein. Bei ihm fühle ich mich beschützt und umhegt.“
Sie errötete hübsch und senkte die Stimme zu einem Flüstern, obwohl doch kein Lauscher in der Nähe war. „Kathryn, ich ... ich mag es, wenn er mich berührt. Noch mehr mag ich es, wenn er mich küßt. Das Küssen ist gar nicht so beängstigend, wie ich immer gefürchtet hatte. Im Gegenteil, es ist das Schönste, was ich je erlebt habe.“
Kathryn dachte an Guys heiße, fordernde, erregende Küsse. Sie zwang sich zu einem Lächeln. „Du bist also gar nicht so unglücklich gewesen?“
Elizabeth schüttelte den Kopf. „Du hast mir furchtbar gefehlt. Trotzdem ... nein, unglücklich war ich nicht.“
Kathryn drückte ihr herzlich die Hand. „Dann freue ich mich aufrichtig für dich.“
Jemand klopfte an. Die Tür öffnete sich, und Helga kam herein. Sie knickste und stellte dann ein kleines Tablett mit Honigküchlein auf die Bank zwischen den beiden Schwestern. „Ich dachte mir, die Lady Kathryn könnte vielleicht eine kleine Stärkung gebrauchen.“
Sie richtete sich gerade auf, blickte unverhohlen auf Kathryns Bauch und lachte. „Wo sie doch schließlich ein Kind erwartet und all das.“
Kathryn war viel zu bestürzt, um etwas zu erwidern; dies überließ sie ihrer Schwester.
„Danke, Helga“, sagte Elizabeth kühl, wenn auch höflich. „Das wäre dann alles im Augenblick.“
Die Magd verließ das Gemach, doch ihr hämisches Lächeln ließ sich nicht übersehen. Kathryn erkannte, daß das Mädchen nicht aus Freundlichkeit, ja nicht einmal aus Pflichtgefühl her-

aus gehandelt hatte, sondern nur, um mit eigenen Augen die Wahrheit sehen zu können.

Anscheinend hat sich mein Zustand mit Windeseile herumgesprochen, dachte Kathryn voller Scham. Ihr wurde richtig übel, und sie konnte keinen Bissen von den verlockenden Honigküchlein herunterbringen.

Zur selben Zeit trat Guy de Marche in das Gemach, daß er während seines ersten Aufenthalts hier auf Ashbury Keep belegt hatte, denn es war ihm äußerst zuwider, in Richards Bett zu schlafen.

Er winkte Hugh herein und schloß dann die Tür. „So", sagte er, „endlich können wir einmal frei miteinander reden." Er legte sein Lederwams ab und warf es aufs Bett. „Wie stehen die Dinge hier?"

Hughs Gedanken gingen sofort zu Elizabeth. „Gut", antwortete er leise. „Überaus gut sogar."

„Keinerlei Aufruhr oder ähnliches?"

„Nur im ersten Monat gab es einen arbeitsscheuen Mann. Richard of Ashbury war ja nicht gerade ein Mensch, der Loyalität unter seinen Pächtern und Rittern förderte. Von Kompromissen oder von vernünftigen Argumenten hielt er ebenfalls nichts. Strafe und Vergeltung, das waren seine einzigen Methoden, mit denen er seinen Untergebenen Zucht und Ordnung beibringen wollte."

„Also könnte ihn auch praktisch jeder ermordet haben", meinte Guy nachdenklich.

Hugh lächelte. „Ich schließe daraus, daß Ihr nicht mehr die Lady Kathryn für die Mörderin haltet."

Sein Herr und Freund nickte; er besaß sogar so viel Anstand, ein wenig verschämt dreinzublicken. „Mir ist es nur unbehaglich, daß ich nicht weiß, wer ihn tatsächlich umgebracht hat." Guy setzte sich aufs Bett und streckte die gestiefelten Beine vor sich aus.

Hugh verzog das Gesicht. „Mir auch, Guy. Leider habe ich inzwischen nichts darüber in Erfahrung bringen können. Ich neige beinahe zu der Ansicht, daß der Täter noch in jener Nacht von Ashbury geflohen ist."

„Und weil gerade von Kathryn die Rede war . . .", fuhr er fort, nachdem Guy schwieg. „Ich muß zugeben, daß ich sehr bestürzt war, als ich sah, daß sie ein Kind erwartet." Er runzelte die Stirn. „Elizabeth hat mir nämlich anvertraut, daß ihre Schwester nicht . . ."

„Das Kind ist von mir."

Das ist ja ein Ding! dachte Hugh. Er enthielt sich freilich jeglichen Kommentars, denn bei dem Gesichtsausdruck des Earls wäre jetzt schon die Milch sauer geworden. Als Guy jedoch aufsprang und ruhelos im Gemach auf und ab ging, vermochte Hugh seine Zunge nicht zu bändigen.

„Aha", sagte er kühl. „Und nun seid Ihr ärgerlich, weil Euer Same auf fruchtbaren Boden gefallen ist, ja?"

Guy blieb stehen. „Ich habe ihr nur zweimal beigewohnt – und durchaus nicht gegen ihren Willen!"

„Wo man pflügt und sät, wird man auch ernten, und schon ein einziges Samenkorn kann Früchte tragen, Herr."

„Sieh mich nicht so an", knurrte Guy. „Ich hatte keine Ahnung von ihrer Schwangerschaft, als ich Sedgewick verließ, um Heinrichs Banner aufzunehmen." Du hättest es allerdings wissen können, schalt er sich im stillen. Wenigstens in Betracht hättest du es ziehen müssen! Hugh hatte schließlich recht; einmal konnte schon genügen. Und beim letztenmal war ihm, Guy, ja auch aufgefallen, daß Kathryns Brüste voller und ihre Spitzen von einem dunkleren Rosa waren. Zumindest da hätte er etwas vermuten können.

„Wie hätte ich es denn wissen sollen, wenn sie es doch vorgezogen hat, mir nichts davon zu sagen? Und als sie erfuhr, daß ich zurückerwartet wurde, wollte sie in ein Kloster fliehen. Nur durch Gottes Hilfe konnte ich sie aufspüren und wieder einfangen."

Hugh fand es ungemein erheiternd, zuzuschauen, wie sein großmächtiger Herr sich zu verteidigen versuchte. „Mir scheint, Eure Zeit mit Kathryn war ziemlich anstrengend."

Guy schnaubte. „Diese Frau würde einem Heiligen die Geduld rauben!"

Hugh seufzte. „Hattet Ihr wirklich die Absicht, sie zu zähmen? Sie ist Euch in vielem sehr ähnlich. Immerhin besitzt Ihr auch ein reichlich höllisches Naturell."

„Und sie ist gleich selbst eine wahre Ausgeburt der Hölle!" Guy war recht beleidigt, daß sein bester Freund sich auf Kathryns Seite schlug.

Hugh schüttelte den Kopf. „Guy, Ihr dürft nicht ihr an allem die Schuld geben."

„Das beabsichtige ich auch nicht." Er raufte sich die Haare und starrte eine Weile finster gegen die Wand. Zuletzt drehte er sich wieder zu seinem Freund um.

„Genug jetzt von meinen Schwierigkeiten. Reden wir von deinen Problemen." Er klopfte Hugh auf die Schulter. „Als wir uns zuletzt sahen, hätte ich geschworen, du seist in die Lady Elizabeth verliebt."

„Ich bin es noch immer." Hugh grinste ein bißchen schief. „Ich erwarte auch nicht, daß sich das ändert."

Guy zog die Augenbrauen hoch. „Das ist ja eine beachtliche Voraussage! Ist es dir so ernst?"

Hugh lächelte nicht mehr. „Ich weiß nicht, ob Kathryn es Euch erzählt hat", begann er langsam. „Ihre Mutter wurde vergewaltigt und ermordet, und Elizabeth hat alles mit ansehen müssen. Mir war von Anfang an klar, daß ich das Mädchen liebte, doch da Kathryn mir anvertraut hatte, daß ihre Schwester sich seit diesem grauenvollen Vorfall vor allen Männern fürchtete, mußte ich mich in Geduld fassen und sehr, sehr behutsam vorgehen."

Ein Leuchten wie von tausend Sonnen zog über sein Gesicht. „Ich glaube, sie liebt mich, Guy. Ja, ich bin mir ganz sicher, daß es so ist und daß sie mich so nimmt, wie ich bin. Sobald ich genau weiß, daß sie soweit ist, werde ich sie bitten, mich zu heiraten."

Nachdem Hugh sehr viel später das Gemach verlassen hatte, legte sich Guy ins Bett und versuchte einzuschlafen, doch immer wenn er die Lider schloß, tanzte Kathryns Bild vor seinen Augen. Auf der ganzen langen Reise hierher hatte sie so verlassen und hoffnungslos ausgesehen, und das verfolgte ihn noch jetzt. Am Ende erkannte er, daß es nur eine einzige Lösung geben konnte.

Selbstverständlich würde sich Kathryn ihm widersetzen. Das hatte sie ja bisher in allen anderen Dingen auch getan, und er erwartete gar nichts anderes, doch er wollte verdammt sein, wenn er es noch einmal zuließ, daß sie bei der ersten sich bietenden Gelegenheit wieder vor ihm davonlief – und diesmal sogar mit seinem Kind unter dem Herzen.

Er seufzte tief. Am Morgen wollte er zu ihr gehen. Er wollte vernünftig argumentieren, schmeicheln oder, wenn es sein mußte, auch befehlen . . .

Der Morgen kam viel zu schnell und mit ihm der König samt Gefolge. Während der nächsten vier Tage blieb Guy kaum genug Zeit zum Essen oder Schlafen, denn wie üblich verlangte Heinrich II. von seinen Leuten genausoviel wie von sich selbst.

Tagsüber und die halbe Nacht hindurch war Guy mit dem König und dessen Beratern eingeschlossen. Erst lange nach Mitternacht konnte er ins Bett fallen, um dann noch vor Tagesanbruch wieder aufzustehen. Zu dem geplanten Gespräch mit Kathryn kam er einfach nicht. Er sah sie auch nur einmal flüchtig – und zwar mit Roderick zusammen!

Auch für Kathryn waren diese Tage die längsten und schmerzlichsten ihres Lebens.

Heinrich II. war nicht so, wie sie sich ihn vorgestellt hatte. Zunächst verblüffte seine Jugend sie, doch dann wurde ihr seine machtvolle Persönlichkeit bewußt, die allein ausreichte, um jedermann davon zu überzeugen, daß er der neue Herrscher im Lande war.

Am Morgen seiner Ankunft wurden Kathryn und Elizabeth in die große Halle befohlen. Kathryn erkannte den König sofort, denn sie hatte von seinem feuerroten Haar – und dem dazu passenden Naturell – gehört. Schlank von Gestalt, hatte er sehr breite Schultern, war allerdings nicht ganz so groß wie Guy, der an seiner Seite stand, still der Rede seines Herrn lauschte und gelegentlich nickte.

Wenn Kathryn auch nicht die Worte des Königs verstand, so hörte sie doch seine tiefe und wohlklingende Stimme, und sie sah seine energische Gestik; am Ende warf er die Hände ärgerlich hoch.

Sir Hugh trat zu den beiden und deutete über die Schulter hinweg auf Kathryn und Elizabeth, die darauf warteten, vorgestellt zu werden. Elizabeth war vor Angst wie versteinert. Sie krallte sich so fest an Kathryns Arm, daß es gewiß blaue Flecken hinterlassen würde.

Mit dem Earl und Sir Hugh zu seinen Seiten trat der König auf die beiden Damen zu. Lächelnd deutete Guy mit dem Kopf auf Elizabeth. „Majestät, darf ich Euch die Lady Elizabeth of Ashbury vorstellen?"

Elizabeth versank in einem tiefen Hofknicks. Als sie den Kopf wieder hob, schien sie wunderbarerweise all ihre Angst verloren zu haben. „Sire, Ihr beschämt uns mit Eurer Anwesenheit", hauchte sie.

Er hob sich ihre Hand an die Lippen. „Und Ihr beschämt mich mit Eurer Schönheit, Lady Elizabeth, einer Schönheit, die es mit meiner Königin aufnehmen kann." Ein Lächeln erhellte sein rötliches Gesicht. „Ich bin nur froh, daß Eleanor hier nicht anwesend ist; so kann ich Eure Schönheit doch ausgiebiger genießen."

Elizabeth errötete anmutig, und der König wandte sich an Kathryn.

Guy lächelte nicht mehr. „Und hier, Hoheit, ist Lady Elizabeths ältere Schwester – die Lady Kathryn."

Kathryn hoffte inständig, sie würde nicht die Ruhe verlieren. Sie schaute zu dem König auf. Sein kantiges Gesicht wirkte intelligent, sein Bart war genauso feuerrot wie sein kurzgeschnittenes Haupthaar. Trotz seiner Liebenswürdigkeit erschrak sie, als sie sah, daß seine Augen ebenso grau und durchdringend waren wie die des Earls.

Ihr Hofknicks fiel ein wenig mißglückt aus. „Sire", flüsterte sie. „Ich hoffe sehr, Euer Aufenthalt hier wird ein angenehmer sein."

König Heinrich hob sie aus ihrem Knicks hoch und blickte ihr ins Gesicht. „Meiner Treu! Hier gibt es ja nicht nur eine einzige Schönheit, sondern gleich zwei! Schwestern, sagt Ihr?" Sein Blick sprang zwischen Elizabeth und Kathryn hin und her. Offensichtlich erstaunt über das so unterschiedliche Aussehen der beiden, lachte er leise. „Höchst verblüffend!"

Ohne Kathryn auch nur einen Blick zu gönnen, führte Guy den König weiter. Sie empfand das wie einen Schlag ins Gesicht. Dennoch hegte sie die leise Hoffnung, daß der Earl zu ihr kommen, sie um Vergebung bitten und sagen würde, wie sehr er sich über das zu erwartende Kind freute.

Es versetzte ihr einen Stich ins Herz, ihre Schwester mit Sir Hugh zusammen zu sehen. Die beiden Menschen waren so ineinander verliebt, daß sie für nichts und niemanden sonst Augen hatten.

Nie hatte sich Kathryn miserabler gefühlt als jetzt. Obgleich ihr durchaus bewußt war, daß sie nur Mitleid mit sich selbst hatte, vermochte sie sich nicht davon freizumachen. Sie konnte sich nicht entscheiden, was schlimmer war – Helgas demütigende Verachtung oder Elizabeths und Hughs mitfühlende Mienen, wenn immer die beiden ganz zufällig auf Kathryns dicken Leib blickten.

Am fünften Tag stand sie auf dem Wehrgang und sah zu, wie die endlose Prozession der Karren zum Tor hinaus rollte. Von Sir Hugh wußte sie, daß der König fürs erste die Absicht aufgegeben hatte, Irland zu erobern. Und so reiste Heinrich II. nun ab, seinem nächsten Regierungsgeschäft entgegen.

Bitterer Unmut legte sich über Kathryn. Heinrich durfte gehen, wann immer und wohin es ihm beliebte – nicht, weil er der König, sondern weil er ein Mann war. Welche Ungerechtigkeit! Selbst dem niedersten Leibeigenen blieben mehr Möglichkeiten offen als ihr, denn wenn er es wollte, konnte er sein Lebenslos ändern. Er konnte es schaffen, sich seine Freiheit von seinem Herrn zu erkaufen. Er konnte auch fliehen und auf diese Weise frei sein, oder er konnte sich der Kirche anschließen ... wie auch immer, ihm war es möglich, die Freiheit zu erreichen.

Ihr jedoch, so wie auch allen anderen Frauen, war dies nicht möglich. Sie mußte sich dem Willen des Mannes unterordnen, der über ihr Leben bestimmte, sei es nun ihr Vater, ihr Gemahl, ihr Herr oder ihr König. Von der Wiege bis zur Bahre ...

Wie lange sie mit ihren entmutigenden Gedanken schon so dagestanden hatte, hätte sie nicht sagen können. Ein heftiger Wind zerrte an ihrem Haar und an ihren Röcken, schaffte es jedoch nicht, ihren Trübsinn fortzublasen. Die Sonne stand schon tief im Westen, als Kathryn endlich die Treppe vom Wehrgang hinunterstieg.

Sie war schon fast unten angekommen, als sie männliches Lachen vernahm.

„Sie hat immer so überheblich auf uns herabgesehen, sogar auf ihren Onkel."

„Also, daß sie nicht so war wie ihre Schwester, das scheue Mäuslein, das ist mal klar."

Kathryn erstarrte. Bei den Männern handelte es sich zweifellos um einige von Richards Kriegern, und sie redeten über die Nichte ihres verblichenen Herrn.

„Ich kann es diesem de Marche nicht verübeln, daß er so ein feines Küchlein für sich haben will. Er hat ja auch ziemlich schnell in ihren Honigtopf gelangt!" Lüsternes Lachen folgte dieser Feststellung.

„Ja, er hat sie ganz schön zurückgestutzt, als er sie zu seiner Hure machte. Mit dem Bastard in ihrem Bauch ist sie jetzt nicht mehr so hochmütig."

Alles Blut wich aus Kathryns Gesicht. Sie hatte das Gefühl, keine Luft mehr zum Atmen zu bekommen.

Bis jetzt hatte sie nur selten einen Gedanken an das Ungeborene verschwendet. Abgesehen davon, daß es sich in ihr bewegte, erschien es ihr doch irgendwie unwirklich, doch jetzt, in diesem Augenblick, wurde es beinahe bedeutender als sie selbst.

Man nannte ihr Kind einen Bastard! Kathryn konnte das Wort nicht aussprechen, ja nicht einmal denken. Wie ein heller Blutfleck breitete sich der Schmerz in ihrer Seele aus.

Später beim Nachtmahl saß Kathryn an Elizabeths Seite. Blaß und in sich gekehrt, sprach sie wenig und aß noch weniger. Wie gewöhnlich, herrschte brodelnde Betriebsamkeit in der großen Halle. Ritter, Krieger, Knappen, Knechte und Mägde liefen geschäftig hin und her.

Guy de Marche traf erst verspätet ein, was Kathryn allerdings kaum auffiel. Ihr eigenes Elend machte sie beinahe blind und taub für ihre Umgebung.

Der letzte Speisengang wurde aufgetragen, und dann war das Mahl beendet. Der Earl erhob sich von seinem Platz auf der Empore und befahl Ruhe im Saal.

Das rüpelhafte Stimmengewirr sowie das übermütige Lachen verstummte, und schließlich war es beinahe unheimlich still in dem großen Raum. Erst jetzt erwachte Kathryn aus ihrer tiefen Geistesabwesenheit. Fast jedermann blickte auf den Earl, der jetzt von der Empore hinunter zur Mitte der großen Halle schritt und mit erhobener Hand Aufmerksamkeit gebot.

„Ich werde nur einen Moment Eurer Zeit beanspruchen. Ich werde mich kurz fassen, und dann mögt Ihr den Abend weiter nach Eurem Belieben verbringen."

Er lächelte ein wenig und schaute um sich. „Seit Ihr mir vor vielen Monaten den Treueeid leistetet, habe ich viel von Euch verlangt. Zu meiner großen Freude hat mich niemand von Euch enttäuscht. Heute muß ich nicht nur erneut Eure Loyalität verlangen, sondern Euch auch bitten, meinem Urteil und meiner Entscheidung zu vertrauen."

„Unter uns befindet sich ein Mann, den Ihr inzwischen gut kennt", fuhr er fort. „Ich rede von Sir Hugh Bainbridge. Sir Hugh hat mir schon als Knabe gedient. Noch besser hat er mir als Ritter gedient, und zudem betrachte ich ihn als meinen guten Freund."

Kathryn fröstelte es. Sie hatte die unbestimmte Ahnung, daß sie gleich ein schreckliches Schauspiel zu sehen bekam.

„Deshalb bin ich zu der Ansicht gelangt, es sei an der Zeit, daß ich so viel Loyalität und Treue belohne", sprach der Earl weiter und richtete dann den Blick quer durch den Saal auf seinen erschrockenen Freund.

„Sir Hugh, hiermit übereigne ich Euch Ashbury Keep samt allen dazugehörenden Gütern." Er hob seinen Trinkkelch. „Auf Gesundheit, Wohlstand und Glück, mein Freund."

Die Anwesenden brachen in Hochrufe aus. Neben Kathryn warf Elizabeth die Arme um Sir Hugh.

Kathryn hörte und sah nichts mehr. Um sie herum fiel ihre Welt in Trümmer. Guy de Marche hatte Ashbury Sir Hugh überlassen! Sie hatte gedacht, er hätte ihr schon genug angetan, doch damit hatte sie sich getäuscht. Dieser Mensch ersparte ihr nichts. Er zerstörte alle ihre Träume. Sie hatte soeben alles verloren, was sie sich je gewünscht hatte, und für ihr ohnehin krankes Herz war das wie ein Todesstoß.

Um sie herum wurde gejubelt und gelacht. Jedermann war übermütig und fröhlich. Jemand nahm eine Laute zur Hand und stimmte ein munteres Lied an. Inmitten solcher ausgelassener Feierstimmung konnte Kathryn nicht verweilen. Sie wollte es auch nicht. Sie stand auf und drängte sich vorwärts. Es kümmerte ja ohnehin niemanden, wenn sie ging.

„Kathryn!"

Sie brauchte sich nicht erst umzudrehen, um nachzusehen, wer da nach ihr rief. Ihre Schritte beschleunigten sich nach und nach, und am Ende rannte sie.

„Kathryn!"

Sie hatte fast die oberste Treppenstufe erreicht. Ihr Atem klang eher wie ein Schluchzen. Als sie auf der letzten Stufe stolperte und der Länge nach auf den Treppenabsatz stürzte, blieb Guy fast das Herz stehen. Er faßte sie bei der Taille und wollte ihr aufhelfen.

Sie wehrte seine Hände ab. Ihr Gesicht war weiß vor Wut. „Faßt mich nicht an!" keuchte sie, stand auf und zog sich zum Korridor zurück.

Guy streckte eine Hand nach ihr aus, berührte Kathryn jedoch nicht. „Laßt es mich Euch doch erklären", bat er.

Aus ihren Augen loderte der blanke Haß. „Was gäbe es da wohl zu erklären? Ashbury war meine Heimstatt – meine und Elizabeths. Nicht Eure! Nicht Sir Hughs! Jetzt ist alle Hoffnung dahin . . ."

Ashbury, dachte er verbittert. Das kam bei ihr stets an erster Stelle, und so würde es immer sein. Erkannte sie denn nicht, daß er ihr nichts Böses angetan hatte, indem er den Titel Sir Hugh übertragen hatte? Ihm war wahrhaftig keine bessere Möglichkeit eingefallen, um sie von ihrem zwanghaften Verlangen nach Ashbury zu befreien. Er hatte sogar gehofft, er könnte sie dadurch versöhnen.

„Denkt doch einmal nach, Kathryn. Sir Hugh beabsichtigt, Elizabeth zu heiraten. Ashbury wird ihre Heimstatt bleiben. Der Besitz gehört weiterhin Eurer Familie."

Sie hielt sich die Hände über die Ohren. „Weshalb sollte ich Euch Glauben schenken?" fragte sie zornig. „Ihr wolltet mich der Schande aussetzen, indem Ihr mich hierher brachtet. Ihr tretet meinen Stolz und meine Würde mit Füßen. Ihr nehmt mir alles, und Ihr laßt mir nichts!" Damit drehte sie sich um und lief zu ihrem Gemach.

Guy ließ die Hand sinken. Er hielt Kathryn nicht auf. Ihr Herz war gegen ihn verschlossen. Er konnte nur hoffen, daß sie irgendwann zur Vernunft kommen würde. Widerstrebend kehrte er zur großen Halle zurück.

Den heimlichen Schatten, der hinter Kathryn aus einer Mauernische trat, sah er nicht.

Vor ihrem Gemach angekommen, wollte Kathryn die Tür öffnen. Eine Hand legte sich von hinten über ihre. Kathryn schrie wütend auf und fuhr herum.

Roderick fing ihre Handgelenke ein, bevor sie ihm noch das Gesicht zerkratzen konnte. Weil sie erwartet hatte, daß es sich um den Earl handelte, der ihr gefolgt war, starrte sie ihn bestürzt an.

„Still, Kathryn. Sagt jetzt nichts, sondern hört mich an.“ Er legte ihr seine Hände auf die Schultern. „Ich weiß, wie unglücklich Ihr seid, Liebste, und daran ist nur dieser überhebliche Hurensohn de Marche schuld. Niemand weiß besser als ich, wie sehr er Euch unrecht getan hat.“

Mit den Daumen streichelte er ihren Hals. „Ihr dürft indessen nicht glauben, daß Ihr Euch an niemanden wenden könnt, denn ich bin ja für Euch da. Ihr braucht nur ein einziges Wort zu sagen, und ich werde bis zum Ende aller Tage für Euch dasein.“

Ihr Herz begann zu hämmern. „Ich weiß nicht, wie Ihr das meint“, flüsterte sie.

„Wir wollten doch schon einmal fliehen und heiraten, Kathryn. Wer oder was sollte uns jetzt davon abhalten?“ Er warf den Kopf in den Nacken und lachte. „Bedenkt doch nur, wie süß Eure Rache an Guy de Marche wäre!“

Hatte sie eben richtig gehört? „Ihr wollt mich heiraten, obwohl ich das Kind eines anderen unter dem Herzen trage?“ fragte sie langsam.

Ein harter Zug erschien auf seinem schönen Gesicht. „Ihr liebt ihn ja nicht, Kathryn. Ich weiß doch, daß Ihr ihn nicht liebt.“

Gewiß nicht, nur liebte sie Roderick ebensowenig. Hin- und hergerissen, wie sie war, wehrte sie sich nicht, als er sie zu sich heranzog und seinen Mund auf ihren preßte. Sie ließ es zu, daß er zwischen ihre Lippen drang, und wunderte sich nur darüber, wie unbeteiligt sie dabei blieb. Sein Kuß war ihr weder angenehm noch unangenehm.

Roderick merkte nichts davon. Er hob den Kopf und lachte triumphierend. „Seht Ihr, Lady Kathryn? Zwischen uns hat sich gar nichts verändert. Ihr könnt es nicht ablehnen, mich zu heiraten!"

Kathryn stimmte dem weder zu, noch bestritt sie es. „Es kommt alles so überraschend", meinte sie nur. „Roderick, so vieles ist inzwischen geschehen. Ich brauche etwas Zeit zum Nachdenken . . ."

Roderick lachte nicht mehr; er grinste höhnisch. „Eurem Anblick nach zu urteilen, bleibt Euch nur nicht mehr sehr viel Zeit dazu. In zwei, drei Monaten werdet Ihr einen Bastard zur Welt bringen."

„Nein!" schrie sie. „Sagt so etwas nie wieder! Mein Kind ist kein Bastard!"

„Das wird es wohl sein, falls Ihr nicht heiratet, und zwar umgehend. Ich schwöre, ich würde Euer Kind wie mein eigenes aufwachsen lassen." Seine Augen glühten. „Kathryn, Ihr müßt mich sofort heiraten. Noch heute nacht. Das Kloster ist nicht weit. Wir können uns auf der Stelle dorthin begeben und uns trauen lassen, wie wir es geplant hatten."

„Heute nacht? Roderick, das ist zu früh."

Ungeduldig winkte er ab. „Es muß heute nacht sein! Wenn Ihr nicht schnellstmöglich dafür sorgt, daß die Gerüchte verstummen, wird Euer Kind für alle Zeiten gebrandmarkt sein. Ist das etwa Euer Wunsch?"

Roderick hat ja recht, dachte sie. Falls sie nicht bald handelte, würde diese einzige Torheit den Rest ihres Lebens überschatten – und das Leben ihres Kindes. Der Earl würde sie niemals heiraten. Er haßte sie viel zu sehr, um sich an sie zu binden.

Die Vorstellung, ein uneheliches Kind zur Welt zu bringen, ließ sie erschaudern. Sie wäre tatsächlich für alle Zeiten entehrt und würde von jedermann gemieden werden. Ihr Kind wäre nichts als eine Hinterlassenschaft der Schande und der Entwürdigung.

Ja, Roderick hatte recht. An den Umständen vermochte sie

nichts mehr zu ändern, doch für das ungeborene Kind konnte sie etwas tun, zumindest dafür, daß es einen Namen erhielt und so in Ehren aufwuchs.

Kathryn holte tief Luft. „Ja, ich . . . ich werde Euch heiraten, Roderick."

Er küßte sie noch einmal sehr lange und ausführlich, und dann gab er ihr einen sanften Stoß in ihr Gemach. „Packt Euch ein passendes Gewand ein", befahl er. „Ich erwarte Euch in den Ställen."

Minuten später ritten sie zum Tor hinaus.

# 15. KAPITEL

Es war noch früh am Abend. In der großen Halle ging der Frohsinn weiter, und das Bier floß reichlich. Guy de Marche entschuldigte sich und stieg die Treppe hinauf. Er hatte sich nur mit Rücksicht auf Hugh so lange an der Feier beteiligt und sogar gelacht und gescherzt, doch es war alles nur gespielt gewesen. Nach der Konfrontation mit Kathryn befand er sich wahrlich nicht mehr in der Stimmung für irgendwelche Lustbarkeiten.

Vor Kathryns Gemach blieb er stehen und starrte die dunkle Eichentür an. Drinnen war alles still. Ob sie sich wohl beruhigt hatte und zu Bett gegangen war? Durfte er hoffen, daß sie jetzt bereit war, ihn anzuhören?

Er seufzte und ging weiter. Auch zu einem möglichen Streit war er jetzt nicht mehr in der Stimmung.

Als er in sein Gemach trat, stockte ihm der Atem. Die Kerze im Wandhalter warf ihr flackerndes Licht auf die unter den Felldecken zusammengerollte Gestalt, die sich in diesem Moment bewegte und ihm einen flüchtigen Blick auf eine weiblich gerundete Hüfte sowie auf weiße Haut bot.

Guy merkte, wie sich sein Blut erhitzte. Ein Lächeln erschien auf seinen Lippen, während er sich geräuschlos zum Bett bewegte. Diesmal hatte er sein Urteil über Kathryn wohl zu vorschnell gefällt.

Langes dunkles Haar floß über das Kopfpolster. Er konnte die seidige Pracht, die sich einst so weich um seine Finger geringelt hatte, fast fühlen, bevor er sie berührte. Er streckte die Hand danach aus und – hielt etwas zwischen den Fingern, das sich wie Stroh anfühlte.

Als hätte er sich daran verbrannt, ließ er die Haarsträhne fallen. Im selben Augenblick setzte sich die Gestalt in seinem Bett hoch. Die Felldecke glitt hinunter, und Guy starrte entsetzt auf nackte, reife Brüste. Helga lächelte einladend zu ihm hinauf.

Guy fand das durchaus nicht erheiternd. „Welcher Teufel hat dich geritten?“ fragte er barsch.

Die Magd fuhr sich mit der Zungenspitze über die Lippen. „Herr“, flüsterte sie, „Ihr habt so viele Nächte in Einsamkeit verbracht. Mein einziger Wunsch ist es, Eure Bedürfnisse zu befriedigen.“

Sie bog den Rücken durch und bot Guy ihre Brüste dar auf eine Weise, die sie anscheinend für verführerisch hielt. Gegen Kathryns kleine, doch perfekt geformte Hügel sahen Helgas geradezu riesig und grotesk aus.

„Falls ich eine Frau in meinem Bett haben wollte“, erklärte er angewidert, „dann würde ich sie zum Kommen auffordern. Da ich mich nicht erinnere, dich aufgefordert zu haben, verlasse jetzt sofort mein Gemach.“ Er nahm ihre Kleidung von der hinter ihm stehenden Bank und schleuderte sie aufs Bett.

Helga fing sie auf. „Und wen wollt Ihr in Eurem Bett haben, wenn ich fragen darf?“ fauchte sie wütend. „Etwa die tugendhafte Lady Kathryn? Die ist bald so fett wie eine Zuchtsau, und dann werdet Ihr Euch wünschen, eine Frau wie ich würde Euer Bett wärmen.“

„Wohl kaum.“ Er lächelte eiskalt.

Sie sprang aus dem Bett. „Ihr meint, Ihr seid zu gut für mich, ja? Nun, ich habe Neuigkeiten für Euch, feiner, verehrter Herr.“ Sie zerrte sich ihr Gewand über den Kopf. „Der Lady Kathryn gefällt es in Sir Rodericks Bett offensichtlich besser als in Eurem.“

„Was willst du damit andeuten?“

„Überhaupt nichts. Die Handlungsweise der Lady spricht schließlich für sich, denn immerhin hat die Dame mit Sir Roderick das Weite gesucht.“

„Das Weite? Du meinst, sie ist fort?“

„Jawohl, Herr.“

Guy hatte das Gefühl, als wäre er in ein blankes Schwert gelaufen. „Woher willst du das wissen?“ Da Helga schwieg, packte er sie am Arm. „Sprich!“

„Ihr könnt von Glück sagen, daß ich gelauscht habe, als sie ihren Plan schmiedeten. Sie sind zum Kloster unterwegs, wo sie sich vermählen lassen wollen.“

Guy hatte bereits nach seinem Waffengürtel gegriffen. „Dieses Kloster, von dem du redest – ist es das gleich außerhalb des Dorfs?“

Helga zuckte die Schultern. „Nun ja, vielleicht könnt Ihr doch nicht so sehr von Glück sagen. Wahrscheinlich sind die beiden inzwischen schon längst verheiratet und haben die Ehe bereits vollzogen.“

Wenige Augenblicke später kratzte sich der Wachmann nachdenklich den Kopf, denn schon wieder galoppierte ein Pferd mit Reiter zum Burgtor hinaus.

Die Nacht war naßkalt und unheimlich still. Im Schein des Vollmondes leuchteten die dicht über dem Boden schwebenden Nebelschwaden gespenstisch hell. Die Hufe des dahinrasenden Hengstes blitzten auf.

Was, wenn die Magd die Wahrheit gesprochen hatte? Zog Kathryn tatsächlich Sir Roderick vor? Guy stieß einen herben Fluch aus. Wenn der König ihn nicht von morgens bis abends in Anspruch genommen hätte, wäre er derjenige, dem sie angetraut wurde, und nicht dieser Roderick!

Ein entsetzlicher Gedanke schoß ihm durch den Sinn. Möglicherweise wollte Kathryn das Kind nicht haben! Vielleicht wollte sie sein, Guys, Kind nicht haben! Diese Überlegung beunruhigte ihn noch mehr. Er trieb seinen Hengst zu größerer Leistung an.

Das Tier war schaumbedeckt, als er es außerhalb der grauen Klostermauern anpflockte. Er trat durch den efeubewachsenen Torbogen und riß gleich fünfmal hintereinander am Glokkenzug. Ihm antwortete nur tiefes Schweigen.

Guy versuchte es noch einmal und hämmerte dazu noch wild an das Tor. Ungeduldig marschierte er danach auf dem nassen Kopfsteinpflaster auf und ab.

Ein Guckloch öffnete sich in der Tür. Ein von einer Kapuze fast ganz verhülltes, eulenhaftes Gesicht erschien an der vergitterten Öffnung. „Was begehrst du, mein Sohn?"

„Gottes Gnade und Eure, und beides brauche ich dringend, Vater, denn ich suche eine Frau, nämlich die Lady Kathryn of Ashbury, die von einem Ritter namens Sir Roderick hierher gebracht wurde."

Der Mönch blickte ihn lange und prüfend an. „Die beiden haben Unterkünfte für die Nacht erhalten." Er sprach langsam und bedächtig. „Das Ehegelöbnis wird morgen früh gesprochen werden."

Ich bin noch nicht zu spät gekommen, dachte Guy erleichtert. „Vater, ich bin Guy de Marche, Earl of Sedgewick. Ich verpflichte mich zu einer großzügigen Spende, wenn Ihr mir helfen könnt. Die Lady Kathryn erwartet ein Kind – mein Kind, nicht Sir Rodericks. Es hat ein schweres Mißverständnis gegeben, und das will ich jetzt richtigstellen."

Der Mönch ließ ihn eintreten und führte ihn dann durch einen schmalen Korridor, deutete auf Rodericks Tür und händigte ihm den Leuchtspan aus. „Lady Kathryn schläft in der Zelle am Ende dieses Ganges, Herr." Damit zog sich der Klostermann leise zurück.

Die Mönchszelle war klein und karg. Der einzige Schmuck bestand aus einem hölzernen Kruzifix über der schmalen Pritsche, auf der Roderick lag. Ein Kerzenstumpf spendete trübes Licht.

Guy trat ans Bett, packte den jungen Mann an dessen Tunika und zog ihn auf die Füße.

„Heilige Mutter Gottes!" rief Roderick. „Wie seid Ihr ..." Weiter kam er nicht.

„Wenn Euch Euer Leben lieb ist", warnte Guy, „dann empfehle ich Euch, auf der Stelle nach Ashbury Keep zurückzukehren, bevor ich noch vergesse, daß wir uns hier im Hause des Herrn befinden."

Roderick griff sich seine Stiefel und floh.

In ihrer Zelle am Ende des Korridors kauerte sich Kathryn in dem schmalen Bett zusammen. Einen Augenblick lang hob sie den Kopf. Hatte sie nicht eben Stimmen gehört? Oder war es doch nur ihre Einbildung ...

Ihr Gedankengang brach ab. Die Tür wurde krachend aufgestoßen. Schreckensbleich schoß Kathryn auf ihrer Pritsche in die Höhe.

Zuerst sah sie nur eine gewaltige Gestalt im Türbogen, doch dann trat diese heran, und Kathryn blickte in kalte, silbrig glitzernde Augen.

Diesmal konnte sie nirgendwohin fliehen.

Guy streifte sich die Handschuhe ab und schleuderte sie zur Seite. „Nun, Madam, diesmal habt Ihr es tatsächlich erreicht." Sein Gesichtsausdruck war so böse wie seine Tonlage.

Kathryn zog sich die Wolldecke über die Brüste – ein schwacher Schild gegen ein so gebieterisches Auftreten. Guy durchbohrte sie förmlich mit dem Blick. „Schaut mich nicht so an!" rief sie. „Was habe ich denn so Furchtbares verbrochen?"

Sämtliche Höllenfeuer loderten in seinen Augen. „Großer Gott!" Seine Stimme schwankte vor Zorn. „Das fragt Ihr noch?" Er rammte seine Faust gegen die Wand.

Kathryn hatte den Earl ja schon öfter zornig gesehen, doch noch niemals so sehr wie jetzt. Die Wut verzerrte seine Gesichtszüge fast bis zur Unkenntlichkeit.

„Verdammt sollt Ihr sein!" brüllte er. „Wie könnt Ihr Roderick heiraten wollen, wenn es mein Kind ist, das Ihr tragt?" Er machte einen Schritt auf das Bett zu, als wollte er Kathryn anspringen.

Instinktiv wich sie zurück, bis ihr Rücken die kalte Mauer berührte, und zog die Knie fest an die Brust. Wie ein verängstigtes Kind kauerte sie auf der Pritsche.

Und dann zerbrach etwas in ihr. Monatelang hatte sie versucht, stark zu sein und sich an dem schwachen Strohhalm der Hoffnung festzuhalten. Nun jedoch waren alle Hoffnungen verloren, und ihr stand nur noch der Schmerz bevor.

Sie barg das Gesicht in den Händen und weinte. Von der tiefen Furcht in ihrem Herzen zur Verzweiflung getrieben, weinte sie hilflos, unaufhörlich und hemmungslos.

Diese starke, feurige Frau in Tränen aufgelöst zu sehen, war so bestürzend für Guy, daß er sie nur fassungslos anstarren konnte. Er hatte sie doch immer für kalt und herzlos gehalten und wäre niemals auf die Idee gekommen, daß sie verletzbar sein könnte!

„Kathryn." Er streckte die Hand über ihrem Kopf aus, wagte es indessen noch nicht, ihr Haar zu berühren. „Es tut mir leid. Ich wollte Euch nicht verängstigen. Ich schwöre es." Er setzte sich aufs Bett und berührte sanft ihre Schulter.

Ein Beben erschütterte ihren Körper. Bei Guys Berührung schien ein Damm in ihr zu brechen. „Seid nicht böse", schluchzte sie immer wieder. „O bitte, seid nicht ... Ich wußte doch nicht, was ich sonst hätte tun sollen ..."

Ihr Mut war gebrochen, ihre Tapferkeit und ihr Stolz lagen in Trümmern. Guy ertrug es nicht, sie so zu sehen. Beschützend nahm er sie in die Arme. „Ich bin ja nicht böse. Nur versteht doch, Kathryn – ich konnte schließlich nicht zulassen, daß Ihr Roderick heiratet."

Sie hob den Kopf. Ihre Augen wirkten unnatürlich groß und flehend in ihrem aschfahlen Gesicht. „Ihr müßt mich heiraten lassen!" rief sie, und plötzlich brach alles aus ihr heraus – der Schmerz über den Verlust von Ashbury, ihre Angst vor einer ungewissen Zukunft und das Gefühl der Schande, weil sie das Kind des Earls trug.

„Bringt mich nicht zurück nach Ashbury", flehte sie. „Dorthin kann ich nie wieder gehen. Jedermann dort weiß, daß Ihr bei mir gelegen habt. Alle meinen, ich sei Eure Hure."

Guys Zorn erwachte aufs neue. „Der Teufel soll sie alle holen! Wer hat es gewagt, so etwas zu äußern?"

„Ich habe es mit eigenen Ohren gehört. Es waren zwei von Richards Rittern. Sie sagten, ich sei nicht mehr so hochmütig, seit Ihr mir einen Bastard in den Bauch gesetzt habt." Sie begann wieder zu weinen.

„Ich will nicht, daß mein Kind ein Bastard wird! Ich will nicht, daß man dieses Kind verachtet ... und daß es dann so wird wie Onkel Richard, der selbstsüchtig und habgierig war, weil er sich immer das Wenige, das er besaß, erkämpfen mußte. Peter wird Sedgewick erben, doch mein Kind wird nichts besitzen. Ich flehe Euch an, unterbindet diese Heirat nicht! Gewährt meinem Kind wenigstens einen Namen!"

Guy schloß die Augen und schlang die Arme fester um Kathryn. Sie zitterte am ganzen Leibe. Ihre heißen Tränen tropften auf seine Tunika und drangen bis in sein Herz. Sie schluchzte jämmerlich, bis die Kraft sie verließ und Guy sicher war, daß in ihr keinerlei Empfindungen mehr verblieben waren.

Und ich habe sie soweit gebracht, dachte er. Ich habe Ihr die Unschuld geraubt und ihren guten Ruf zerstört. Ich habe ihr bitteres Unrecht zugefügt. Jetzt mußte er tun, was er vermochte, um alles wieder zu richten.

„Kathryn." Er rieb die Nase an der weichen Haut ihrer Schläfe. „Hört auf zu weinen." Er nahm ihr Gesicht zwischen die Hände und hob es sich entgegen. „Eine Braut darf doch nicht am Vorabend ihrer Hochzeit weinen."

Sie blickte ihm in die Augen. „Spielt nicht mit mir." Ihre Stimme klang wegen der vielen vergossenen Tränen etwas heiser. „Bitte, drückt Euch klar und deutlich aus."

Guy schaute in ihr vollkommen verweintes Gesicht und stellte fest, daß sie nie schöner ausgesehen hatte. Außerdem war sein Körper weit davon entfernt, immun zu sein gegen diese herrlich weiblichen Rundungen, die sich im Augenblick so dicht an ihn schmiegten.

Gegenwärtig war Kathryn so entwaffnend wehrlos – viel zu wehrlos, hielt er sich vor. Am liebsten hätte er sie aufs Bett gelegt, ihr das Gewand ausgezogen und mit Lippen und Händen alle die faszinierenden Veränderungen erforscht, die seit ihrem letzten Zusammensein eingetreten waren.

Leider jedoch war dieses ein Haus des Herrn – darauf hatte er bereits Roderick hingewiesen – und damit kaum der passende Ort für Liebesspiele.

Er strich ihr mit dem Daumen über die zitternden Lippen. „Ich kann mich nicht klarer und deutlicher ausdrücken", flüsterte er. „Nur soviel: Morgen früh wolltet Ihr Euer Ehegelöbnis sprechen, und so sei es."

Sehr sanft löste er seine Umarmung und stand auf. Wieder rollte sich Kathryn unter der Decke zusammen, doch ihr besorgter Blick folgte Guy bis zur Tür.

„Guy?"

Er drehte sich halb um.

„Ich muß es wissen ... Werdet Ihr die Trauung tatsächlich nicht verhindern?"

Einen Moment lang betrachtete er sie ungewöhnlich ernst.

„Ich verspreche es“, antwortete er schließlich. „Morgen werdet Ihr eine verheiratete Frau sein.“

Am Morgen spielte sich alles wie in einem Traum ab.

Kathryn hatte tief geschlafen, obwohl sie der festen Überzeugung gewesen war, daß sie kein Auge würde schließen können. Sie erinnerte sich nur dunkel, die Glocke der Kapelle gehört zu haben, welche die Mönche vor ein paar Stunden zur Messe gerufen hatte.

Widerstrebend entschloß sie sich aufzustehen, als an die Tür geklopft wurde.

„Kathryn? Kathryn, bist du wach?“

Elizabeths Stimme! Kathryn erschrak. War ihre Schwester etwa hergekommen, um sie von ihrem Vorhaben abzubringen? Schon öffnete sich die Tür, und Elizabeth kam herein. Ihr hübsches Gesicht war ein einziges Lächeln.

Sie umarmte Kathryn heftig. „Ach, ich kann es einfach nicht fassen, Kathryn! Du wirst heute heiraten!“ Sie drückte sie fester an sich. „Siehst du? Ich wußte ja gleich, daß alles gut werden würde.“

Kathryn war immer noch ein wenig benommen. „Elizabeth, ich verstehe nicht ganz ... Wieso bist du hier?“

„Der Earl hat mich heute morgen mit der Neuigkeit geweckt“, erzählte sie fröhlich. „Und da bin ich selbstverständlich hergekommen, um dir beim Ankleiden und Frisieren zu helfen, und ... Nun, du wolltest doch deine Trauung ganz gewiß nicht stattfinden lassen, ohne daß deine Schwester dabei anwesend ist, nicht wahr?“

Es war eine große Erleichterung, daß Elizabeth jetzt das Kommando übernahm. Sie flocht ihr das dunkle Haar, steckte es ihr zu einem schimmernden Krönchen auf und half ihr dann in ihr Gewand.

Kathryn hatte bei ihrer Abreise von Sedgewick nur ein einziges Kleid mitgenommen, nämlich das aus blauem Samt, jenem Stoff, den Guy ihr geschenkt hatte. Davon hatte sie sich einfach nicht trennen können. Als sie jetzt Elizabeths Begeisterung sah, war sie froh, daß sie es eingepackt hatte.

„Ach, Kathryn!“ Elizabeth klatschte in die Hände und

seufzte verträumt. „Ist das ein wunderschönes Gewand! Du bist wirklich ein wahrhaftiges Traumbild; niemals hast du liebreizender ausgeschaut!“

Kathryn spürte einen kleinen Stich im Herzen. Sie hatte sich einmal so sehr gewünscht, dieses Gewand für Guy anlegen zu können. Doch er hatte sie noch nie darin gesehen, und nun war es zu spät.

„Liebreizend, sagst du?“ Sie zwang sich zu einem eher traurigen Lächeln. „‚Unförmig‘ ist wohl im Moment das passendere Wort, Elizabeth.“ Unwillkürlich strich sie sich über den gerundeten Leib.

„Ach, das sieht man doch wirklich nur, wenn man ganz genau hinschaut“, erklärte Elizabeth. „Wenn es in dieser kargen Klosterzelle einen Spiegel gäbe, könntest du dich selbst davon überzeugen.“

Kathryn schüttelte nur ungläubig den Kopf und ließ sich von ihrer Schwester zur Kapelle geleiten. Innerlich fühlte sie sich wie betäubt. An einem solchen Tag, an dem ihr Herz vor Freude hätte hüpfen sollen, war nur eine große schmerzende Leere in ihr.

Am Kapelleneingang wartete Hugh; sein Lächeln erhellte sein ganzes Gesicht. Er drückte Kathryn die Hand und murmelte irgend etwas, das sie nicht verstand. Elizabeth umarmte sie noch einmal und trat dann zurück. Ihre schönen blauen Augen glitzerten verräterisch.

„Ach Kathryn“, flüsterte sie, „dieser Tag ist erst der Anfang. Dein Leben wird voller Glück sein – das fühle ich in jeder Faser meines Seins.“

Halb erstickt und auf bleiernen Beinen ging Kathryn die ersten Schritte, welche sie dem Mann entgegenführen würden, der ihr Gemahl sein sollte und an dessen Seite sie mit ihrem Kind leben würde. Könnte sie doch nur Elizabeths Begeisterung teilen! Dies war schließlich der Tag ihrer Hochzeit, doch sie vermochte ihn nicht als einen Freudentag zu sehen. Sie liebte Roderick doch überhaupt nicht, und er war nicht einmal der Vater ihres Kindes!

Tränen verschleierten ihren Blick. Sie sah alles nur verschwommen – den Priester in der dunklen Robe und den breiten Rücken der elegant in dunkelbraunen Samt gekleideten Gestalt. Kathryn wandte den Kopf ab; sie wollte ihren zukünftigen Ehegatten gar nicht ansehen, doch dieser zog ihren Blick geradezu magisch an. Seine Kopfhaltung war so stolz und arrogant . . . und so vertraut.

Kathryns Mund wurde ganz trocken. Ihre Knie drohten nachzugeben. Ihr schwindelte es, und einen Wimpernschlag lang dachte sie, sie träumte.

Der Mann, der vor dem Altar auf sie wartete, war nicht Roderick. Es war Guy!

## 16. KAPITEL

Daß Kathryn überhaupt laufen konnte, erschien ihr selbst wie ein Wunder. Ihre Beine zitterten fürchterlich.

Wie immer, so verriet das Gesicht des Earls auch jetzt nichts über seine Gefühle. Sie vermochte seiner Miene nichts zu entnehmen, weder Zorn noch Bestürzung, Resignation oder Gleichgültigkeit. Dann jedoch flackerte etwas in seinen Augen auf. Er reichte ihr die Hand entgegen.

Kathryn erinnerte sich später nicht mehr an ihren letzten, schicksalhaften Schritt, der sie an die Seite des Earls gebracht hatte. Sie erinnerte sich auch nicht, ob Guy ihr die Hand entgegengestreckt hatte oder sie ihm.

Seine und ihre Fingerspitzen berührten einander. Kathryns Herz geriet ins Stolpern. War sie glücklich? Oder war sie entsetzt?

Er schob seine Finger zwischen ihre und zog Kathryn sanft neben sich auf die Knie. Die Kälte des harten Steinfußbodens nahm sie nicht wahr; der Mann an ihrer Seite schien so viel Wärme und Lebenskraft auszustrahlen, und daraus schöpfte sie die Energie, die so dringend benötigte Kraft. Sie sprach das Ehegelöbnis mit fester Stimme und ohne zu stocken.

Als es vorbei war, legte der Earl ihr die Hand an die Taille und stützte Kathryn beim Aufstehen. Sie schritten den Mittelgang der Kapelle hinunter, und dabei breitete sich eine mächtige, namenlose Empfindung in ihr aus. Dieser Mann, so groß, so stark und so männlich schön, war jetzt ihr Gemahl. Und sie war seine Gemahlin.

Milder Sonnenschein fiel durch die herbstlich kahlen Zweige der Bäume im Klosterhof. Elizabeth war mit Kathryn gegangen, um deren persönliche Dinge aus der Mönchszelle zu holen.

Hugh wandte sich an den Earl. „Wollt Ihr nach Ashbury zurückkehren?“ erkundigte er sich. Er lachte. „Dann könntet Ihr mich gleich in Ausübung meiner ersten Diensthandlung als neuer Burgherr begutachten – nämlich beim Ausrichten Eurer Hochzeitsfeier.“

Die Versuchung war groß. Guy hätte nichts lieber getan, als vor Sir Roderick mit seinem gelungenen Schachzug zu prahlen. Trotzdem kam er zu der Einsicht, daß es Kathryn höchstwahrscheinlich nicht gerade recht wäre, als Kriegsbeute vorgeführt zu werden.

Er legte die Hand auf Hughs Schulter. „Ich danke sehr für das Angebot, doch ich muß es leider ablehnen. Schon zu lange bin ich von Sedgewick fort und kann es nicht erwarten, wieder daheim zu sein.“ Er zögerte ein wenig. „Ich muß dich um einen Gefallen bitten, mein Freund.“

„Ihr braucht es nur zu sagen, Guy.“

„Ich möchte, daß jedermann erfährt, daß Kathryn jetzt meine Gattin ist.“ Er lächelte, doch das Lächeln erreichte seine Augen nicht. „Sir Roderick könnte das ganz besonders interessant finden.“

Die zwei Freunde blickten einander verständnisinnig an.

Die beiden Schwestern traten aus dem Klostergebäude. Kathryn schien es nicht übermäßig zu verwundern, als der Earl ihr mitteilte, daß sie sofort nach Sedgewick aufbrechen würden.

Ob sie enttäuscht oder erleichtert war, konnte Guy ihr nicht ansehen, oder vielleicht wollte er es auch nicht. Er vermochte seine Gewissensbisse nicht ganz zu verdrängen, als er beobachtete, wie Kathryn und Elizabeth sich voneinander verabschiedeten. Die beiden umarmten sich; Elizabeth lachte und weinte zugleich.

„Ach Kathryn“, rief sie, „ich hätte nie gedacht, daß ich diesen Tag einmal erleben würde! Du und der Earl – ein Ehepaar! Ist dir klar, daß du jetzt seine Countess bist?“

Was Kathryn darauf antwortete, konnte er nicht verstehen. Er sah nur, daß ihr die Tränen kamen. Tränen des Glücks? Tränen der Erleichterung? Oder waren es Tränen der Verzweiflung? Zweifel schlichen sich in sein Herz.

Er trat zu ihr und nahm ihren Ellbogen. „Wir müssen uns auf den Weg machen, Kathryn. Wir haben eine weite Reise vor uns." Zu spät merkte er, daß er barscher als beabsichtigt gesprochen hatte, denn er sah Kathryns verletzten Blick.

Vielleicht war es tatsächlich nicht die beste Art und Weise, ein Eheleben zu beginnen, doch es verhielt sich so, wie er es Hugh gesagt hatte: Er war voller Ungeduld darauf bedacht, nach Sedgewick zurückzukehren.

Ihre Hochzeitsnacht verbrachten die Frischvermählten auf dem harten und kalten Erdboden umgeben von einer kleinen Kriegertruppe, die Guy von Ashbury mitgenommen hatte. Mit diesen Männern wechselte er sich bei der Wache ab, denn es hatte Berichte gegeben über verschiedene Banden Vogelfreier, die in der letzten Zeit Reisende überfielen.

In dem dürftigen Schutz ihres Zelts rollte sich Kathryn frierend unter einem Stapel von Fellen zusammen. Sie fühlte sich elend und sehr, sehr allein. Erst spät in der Nacht kam auch Guy ins Zelt gekrochen. Er legte den Arm um Kathryn, und Minuten später sagte ihr sein tiefes und gleichmäßiges Atmen, daß er eingeschlafen war.

Ihre Gedanken gaben lange keine Ruhe. Wie mochte Guy wohl die Hochzeitsnacht mit Elaine verbracht haben? Elaine war die Braut gewesen, die er geliebt hatte. Und sie, Kathryn war die Braut, die er haßte und verachtete, die Braut, die er überhaupt nicht hatte haben wollen . . .

Als die Reisenden auf Sedgewick eintrafen, war Kathryn restlos erschöpft, und zwar körperlich als auch seelisch.

Einer der Männer war vorausgeritten und hatte die Ankunft angekündigt, so daß sich im Burghof jetzt die Ritter und das Gesinde drängten. Hochrufe erhoben sich, und die Leute sprangen beiseite, um Platz für die Pferde zu machen.

Bei der Treppe zur großen Halle saß Guy ab und hob Kathryn aus dem Sattel. Hand in Hand stieg er mit ihr so rasch die Stufen hinauf, daß sie oben um Luft rang.

Der Earl hob seine und ihre Hand in die Höhe. „Hiermit stelle ich euch allen die Lady de Marche, Countess of Sedgewick vor!"

Das Jubelgeschrei war ohrenbetäubend. Verblüfft über einen

solchen Willkomm, mußte Kathryn erst ein wenig, und dann strahlend lächeln. Ehe sie wußte, wie ihr geschah, schlang Guy einen Arm um sie und zog sie zu sich heran.

Fest drückte er sie an seinen starken, harten Körper. Bevor sie sich von ihrer Überraschung erholen konnte, küßte er sie tief, langsam und so erregend, daß sie ganz schwach wurde und sich an ihm festhalten mußte. Dennoch versank sie in tiefer Mutlosigkeit, denn so berauschend und atemberaubend diese Umarmung auch war, so fehlte ihr doch alle Sanftheit und Zärtlichkeit. Kathryn fragte sich, was der Earl wohl dabei empfand. War dieser Kuß denn tatsächlich mehr als nur ein Schauspiel zur Freude seiner Leute?

Als Guy sie schließlich freigab, war ihr strahlendes Lächeln erloschen. Aus lauter Furcht, ihr Gesicht könnte den Tumult in ihrem Inneren verraten, drehte sie sich um und floh in die Halle. Die im Hof Versammelten hielten das für ein Zeichen zur Schau gestellter Verlegenheit und brachen erneut in laute Jubelrufe aus.

Das Nachtmahl zog sich eine scheinbare Ewigkeit hin. Kathryn saß neben dem Earl am Herrentisch. Die Tafelnden lachten und lärmten, daß ihr der Schädel brummte. Der Earl dagegen erschien ihr sehr kühl und distanziert. Hatte sie ihn vielleicht mit irgend etwas verärgert?

Ihr kam ein schrecklicher Gedanke. Erst vier Tage waren sie verheiratet – fühlte er sich bereits in dieser Falle gefangen? Bedauerte er schon das heilige Ehegelöbnis, das sie beide als Mann und Frau aneinanderband? Sie seufzte leise.

Guy hörte das und blickte sie von der Seite an. „Was habt Ihr?“ fragte er scharf. „Fühlt Ihr Euch nicht wohl?“

Sie schüttelte den Kopf und brachte ein schwaches Lächeln zustande. „Doch, mir geht es gut. Um ehrlich zu sein, ich würde jetzt nur sehr gern das Bett aufsuchen.“

„Unter diesen Umständen habt Ihr meine Erlaubnis, Euch zurückzuziehen. Ich komme auch bald.“

Das letzte hörte Kathryn nicht mehr richtig, denn sie war bereits aufgestanden.

Wenig später saß sie in ihrem alten Gemach auf der Bettkante und zog sich die Haube vom Kopf. Ihre Zöpfe fielen darunter hervor. Sie löste sie auf und fuhr mit den Fingern durch die dichten Strähnen, um sie zu glätten. Es klopfte, und Gerda kam herein.

Die Magd fiel vor ihrer Herrin auf die Knie. „O Lady Kathryn, ich kann Euch gar nicht sagen, wie sehr ich mich für Euch gefreut habe, als ich die Nachricht hörte!“ Ihre Wangen waren vor Begeisterung gerötet.

Kathryn blickte dem Mädchen prüfend in die Augen. „Gerda, ich muß dir gestehen, ich war mir durchaus nicht sicher, daß es dich freuen würde.“

Das Mädchen neigte den Kopf. „Weshalb sollte ich denn nicht erfreut sein?“

„Ich weiß, wie ergeben du der Lady Elaine warst“, erklärte Kathryn nachdenklich. „Ich weiß, wie sehr du sie geliebt hast, und deshalb dachte ich, es würde schwer für dich sein, eine andere Frau ihren Platz einnehmen zu sehen – besonders wenn ich die andere bin.“

Gerda war aufrichtig betroffen. „Herrin, ich schäme mich dafür, daß ich jemals schlecht von Euch dachte und daß ich Euch danach beurteilt habe, wer Ihr seid, und nicht danach, wie Ihr seid. Ich habe Euch unrecht getan, Herrin, und ich kann nur inständig hoffen, daß Ihr mir vergebt.“ Sie faßte Kathryns Hand und küßte sie.

Kathryn richtete das Mädchen langsam auf. „Gerda . . .“ Sie mußte schlucken. „Da ist nichts zu vergeben. Ich weiß nicht, was ich in den vielen Monaten ohne dich getan hätte.“ Sie umarmte die Magd, und dann lächelten die zwei einander an; beiden waren die Tränen gekommen.

Gerda bürstete nun das Haar ihrer Herrin und half ihr beim Auskleiden. Müde, wenn auch zufrieden seufzend schlüpfte Kathryn ins Bett. Nach vier Nächten auf kaltem, hartem Erdboden wußte sie ein gepolstertes Bett besonders hoch zu schätzen. Sie kuschelte sich ein und schloß die Augen.

Unten in der großen Halle wurde Guy langsam unruhig. Er sehnte den Augenblick herbei, da er aufstehen und sich verabschieden konnte, ohne wie ein übereifriger Bräutigam zu wirken. Freilich war er genau das. Bei dem Gedanken an Kathryn, die jetzt in seinem Bett ruhte, rauschte ihm das Blut feurig durch die Adern.

Als einmal eine Pause in der Unterhaltung eintrat, erhob er sich und nahm seinen Abschied. Schnellen Schrittes verließ er den Saal und sprang die Treppenstufen immer zwei auf einmal nehmend hinauf.

In seinem Gemach fand er ein freundlich wärmendes Feuer vor; der Raum indessen war leer und das Bett kalt. Guy stieß einen bösen Fluch aus.

Von dem wußte Kathryn nichts, denn sie befand sich bereits in einer unbestimmten Traumwelt . . .

Dichte Nebelschwaden breiteten sich vor ihr aus. Ein riesiger Schatten, der entfernt an eine menschliche Gestalt erinnerte, hob sich aus den Schleiern. Er glitt auf Kathryn zu, erst langsam, dann immer schneller, als segelte der Teufel persönlich auf dem unheimlichen Meer des Nebels. War es vielleicht tatsächlich der Teufel?

Schreckerfüllt wollte Kathryn fliehen, doch der Schatten kam immer näher. Gerade als er sie erreicht hatte, zerriß ein Donnerschlag das gespenstische Schweigen. Sie schoß in ihrem Bett in die Höhe.

Groß und grimmig stand der Earl vor ihr. Kein Erbarmen milderte seinen stahlharten Blick. Guy erschien wie ein Dämon, der nach Vernichtung trachtete – nach ihrer Vernichtung! Mit einer einzigen Bewegung zog er ihr die Felldecken vom Körper und riß Kathryn hoch und in seine Arme.

Benommen und völlig verängstigt, konnte sie sich nur an seinem Nacken festklammern, während Guy sie eilends den Korridor hinunter in sein eigenes Gemach trug. Dort warf er sie auf sein Bett. Sofort setzte sie sich wieder auf.

Wie ein Tier in einem Käfig lief Guy derweil wütend im Raum auf und ab. „Bei allen Heiligen!“ zürnte er. „Ihr stellt meine Geduld auf die härteste Probe! Ihr seid hartnäckig und eigensinnig, und Ihr erkennt keine Autorität an außer Eurer eigenen. Ihr widersetzt Euch mir, Ihr trotzt mir, wo immer Ihr könnt. Doch dieses war das letzte Mal!“ Er blieb vor ihr stehen und starrte sie aufgebracht an.

Unter seinem unbeugsamen Blick hämmerte Kathryns Herz vor Angst. Sie wartete auf den Ausbruch der Gewalt, der ihr jetzt noch bevorstand.

„Ihr vergeßt außerordentlich schnell, Madam", höhnte der Earl. „Ihr tut, als hätte sich nichts verändert, doch jetzt seid Ihr meine Gattin, und meine Gattin hat mein Gemach mit mir zu teilen – und insbesondere mein Bett! Heute und in aller Zukunft!"

Kathryn drückte sich die Zobelpelzdecke an die Brust. „Ihr denkt, ich wollte Euch erzürnen, indem ich mein eigenes Gemach aufsuchte? Guy, ich schwöre, das ist nicht so! Ihr hattet mir doch die Erlaubnis erteilt, mich zurückzuziehen!" Sie zitterte heftig. „Es wäre mir nie in den Sinn gekommen, anzunehmen, daß Ihr mich in Eurem Gemach vorzufinden wünschtet."

Sein bedrohliches Schweigen war unerträglich. Kathryn kämpfte mit den Tränen. „Ich bitte um Vergebung!" Zu ihrem Entsetzen rollte ihr jetzt eine Träne über die Wange. „Ich bitte um Vergebung!" flehte sie noch einmal. Die nächste Träne folgte, und dann verwirrten sich alle Empfindungen hoffnungslos. Sie ließ den Kopf auf ihre Knie sinken und rang verzweifelt um Beherrschung.

Der Earl blickte auf sie hinab. Ihre Schultern bebten. Stummes Schluchzen schüttelte ihren Körper. Guys Zorn verflog so schnell, wie er ausgebrochen war.

„Kathryn ..." Er setzte sich neben sie aufs Bett und berührte unbeholfen ihren Arm. Sie zuckte zusammen, erstarrte, und plötzlich warf sie sich blind an seine Brust. Er schlang die Arme um sie, zog ihren zitternden Körper zu sich heran und streichelte über ihr mitternachtsschwarzes Haar.

„Guy ..."

Er küßte ihr die Tränen fort. „Ihr braucht Euch nicht zu entschuldigen, Kathryn." Er seufzte. „Wir beide haben schon so viele Schlachten ausgefochten, und dieses war leider nur eine weitere."

Ihr Schluchzen traf direkt in sein Herz. „Ich wollte doch gar keine Schlacht mit Euch schlagen. Ich wollte Euch nicht verärgern. Ich war nur so furchtbar müde ..."

„Ich weiß ja, Liebste. Es war mein Fehler, und nicht Eurer." Er nahm ihre Finger und drückte einen Kuß in ihre Hand. „Bitte, weint nicht mehr. Wir haben beide eine schwere Zeit hinter uns.

Jetzt jedoch sind wir daheim, und ich schwöre Euch, es wird alles gut."

Sie barg das Gesicht an seiner Schulter. Er war so gütig, so sanft, und seine Zärtlichkeit griff ihr ans Herz.

Guy wiegte Kathryn in seinen Armen, bis sie nicht mehr so sehr zitterte. Dann legte er sie in die Bettpolster zurück und stand auf. Nachdem er sich seiner Kleider entledigt hatte, legte er sich neben ihr nieder. Er steckte die Pelze dicht um ihre Schultern herum fest und nahm Kathryn in die Arme.

Sie schmiegte sich an ihn wie ein Kätzchen auf der Suche nach Wärme und legte die Wange an seine harte Schulter. Wie herrlich war es doch, seinen männlichen Duft wahrzunehmen und sich von seinen starken Armen umschlungen zu fühlen!

Guy liebte es, sie so halten zu können; es war freilich unmöglich, das zu tun, ohne sich ihrer Weiblichkeit bewußt zu werden. Doch wiewohl sich sein Körper nach befriedigender Erfüllung sehnte, bedachte Guy, daß Kathryns Stolz in den vergangenen Tagen zu sehr gelitten hatte. Sie war im Augenblick einfach zu verwundbar.

Sie bewegte sich ein wenig, und dadurch geriet eine ihrer vollen Brüste in flüchtige Berührung mit seiner Hand. Feuchte Wimpern streiften seinen Hals. Kathryn atmete jetzt ruhig und gleichmäßig.

Wie jung sie ist, dachte Guy. Sie war ja fast noch ein Kind, obgleich sie selbst eines unter dem Herzen trug. Ihre Wehrlosigkeit erhöhte seine Qualen. Hielt Kathryn sich jetzt an ihm fest, weil sie sich nach ihm, ihrem Gemahl, sehnte? Oder tat sie es nur deswegen, weil er gerade verfügbar und der einzige war, der ihr Sicherheit und Schutz bot?

In dieser Nacht dauerte es sehr lange, bis der Schlummer auch zu ihm kam.

Als Kathryn am nächsten Morgen aufwachte, war sie allein, doch sie bezweifelte nicht, daß Guy sie während der ganzen Nacht in den Armen gehalten hatte.

Ihr fröstelte, wenn sie daran dachte, wie böse er zuerst gewesen war – und wie sanft und zärtlich danach. Dieser unvermittelte Stimmungsumschwung gab ihr Rätsel auf und beunruhigte sie auch, denn bei Guy wußte sie nie, was sie als nächstes zu erwarten hatte. Erst jetzt wurde ihr richtig bewußt, daß sie nach ihrer Trauung die vier letzten Nächte zusammen verbracht hatten, ohne daß er die Ehe vollzogen hätte. Hatten es etwa die Zeit und die Umstände geschafft, sein Verlangen nach ihr auszulöschen?

Der Gedanke war schrecklich. Sie wollte so sehr, daß Guy ihr beiwohnte; er indessen hatte sie kaum berührt – mit Ausnahme der vergangenen Nacht, und dazu hatte ihn wohl mehr das Mitgefühl als die Leidenschaft veranlaßt. Er hatte sie ja nicht einmal geküßt. Der Kuß gestern im Burghof war ganz offensichtlich nur eine Szene für seine Leute gewesen.

Empört, und zwar zu Recht, wie sie fand, schlug sie die Pelzdecke zurück, schaute an sich hinunter und wußte nicht, ob sie lachen oder weinen sollte. Anscheinend wurde sie von Tag zu Tag dicker. Kann ich es Guy tatsächlich verübeln, wenn seine Leidenschaft schläft wie ein brachliegender Acker? fragte sie sich teils verletzt, teils beleidigt.

Um sich seinen Gutsgeschäften zu widmen, ritt der Earl an diesem Tag schon früh aus und kehrte erst spät zurück. Er wirkte recht erschöpft, speiste rasch und entschuldigte sich dann; er wollte sich zurückziehen, um ein Bad zu nehmen. Kathryn half Gerda dabei, Peter zu Bett zu bringen, und begab sich danach zitternd ins Herrengemach.

Ihr stockte der Atem, als sie den Earl dort noch im Badezuber vorfand. Am liebsten hätte sie sofort wieder kehrtgemacht und wäre geflohen, doch das wagte sie nicht. Nackt oder nicht, Guy brachte es womöglich fertig, sie zu verfolgen. Also schloß sie die Tür und hüstelte verlegen, damit er auf sie aufmerksam wurde.

Er blickte nur über die Schulter. „Ich habe das Leinen auf der Truhe liegenlassen. Würdet Ihr es mir bitte holen?" fragte er vollkommen unbekümmert, als wäre ihre Anwesenheit während seines Bades eine ganz normale Angelegenheit.

Kathryn gehorchte. Sie beneidete den Earl um seine Gelassenheit. Ihr eigenes Herz jedenfalls schlug ihr bis zum Hals. Sie floh zu einem Hocker vor dem Herdfeuer und kehrte Guy absichtlich den Rücken. Hinter sich hörte sie das Wasser schwappen. Es bedurfte keiner großen Vorstellungskraft, um sich auszumalen, wie dieser Mann aussah, wenn er mit nassen, glatten braunen Gliedmaßen aus dem Zuber stieg.

Einen Augenblick später hörte sie, wie das nasse Leinentuch auf den Steinfußboden geworfen wurde, und dann knarrte das Bettgestell.

Mit zitternden Fingern machte sie sich daran, ihr geflochtenes Haar zu lösen. Dabei war es ihr, als könnte sie fühlen, wie sich Guys Blicke in ihren Rücken bohrten. Sie nahm einen Kamm zur Hand und fuhr sich langsam durch die wirren Strähnen.

Einige Minuten später hörte sie Guy hinter sich seufzen. „Ihr trödelt mit Absicht, Kathryn. Mit der Zeit hege ich den Verdacht, daß Ihr Euren Gemahl tatsächlich so abstoßend wie eine Kröte findet."

Sie hatte ganz vergessen, daß sie ihn mit genau dieser Bemerkung einmal beleidigt hatte. Und jetzt mußte er sie grausamerweise daran erinnern!

„Abstoßend keineswegs", entgegnete sie leise. „Aufreizend seid Ihr."

Er lachte. „Könnte es vielleicht sein, daß Ihr Hilfe beim Auskleiden benötigt?"

Sie fuhr herum, um ihm einen wütenden Blick zuzuwerfen, und das war ein Fehler. Obwohl Guy ganz lässig auf der Seite lag und sich auf einem Ellbogen aufstützte, wirkte er ungeheuer stark und beeindruckend. Die Felldecken hatte er sich kaum bis zur Hüfte hochgezogen, und darunter war er selbstverständlich nackt.

Beim Anblick des dunkelbehaarten Oberkörpers sank ihr das Herz in die Kniekehlen. Sie selbst würde ihre Nacktheit niemals so unbekümmert zur Schau stellen können, und in ihrem gegenwärtigen Zustand schon gar nicht.

Unter dem Schutz ihres wollenen Obergewandes streifte sie sich die Strümpfe hinunter. Als nächstes folgte das Gewand selbst. Sie zog es sich über den Kopf und schüttelte danach ihr Haar aus. Guy betrachtete sie ungerührt.

Sie trug jetzt nur noch ihr dünnes Leinenhemd und hielt sich ihr Wollgewand vor den Leib wie einen Schutzschild. „Müßt ihr mich denn so ansehen?" fragte sie gereizt.

Das schimmernde schwarze Haar fiel ihr über die nackten Schultern und ließ die helle Haut darunter nur ahnen. Guy ließ den Blick langsam von ihrem schönen Gesicht zu ihren Brüsten unter dem fast durchsichtigen Stoff hinabgleiten. „Ich kann nichts Böses daran finden, wenn ich Euch anschaue“, meinte er träge lächelnd. „Besonders wenn ich so vieles sehe, das mir sehr gefällt.“

Sie stampfte mit dem Fuß auf. „Das sieht Euch wieder einmal ähnlich! Immer müßt Ihr mich verspotten.“

„Ich verspotte Euch?“ Sein Lächeln verflog. „Wo ist da der Spott, wenn ein Mann sich danach sehnt, mit seiner Gemahlin die Freuden des Ehebetts zu teilen?“

„Und ich frage Euch, welche Freuden? Wir sind nunmehr bereits seit vier – nein, seit fünf Tagen verheiratet, und Ihr habt mich noch nicht wirklich zu Eurer Gemahlin gemacht. Im Gegenteil, Ihr habt sehr klar ausgedrückt, daß das für Euch nur eine Pflichterfüllung wäre. Nun, ich enthebe Euch hiermit von dieser Pflicht, Herr. Niemand braucht je zu erfahren, daß unsere Ehe nie vollzogen wurde.“

Jetzt hörte für Guy der Spaß auf. „Soll das heißen, Ihr verweigert mir meine Rechte als Ehemann?“

„Ihr spielt den beleidigten Gatten hervorragend“, stellte sie bitter fest. „Doch Ihr braucht keine Rücksicht auf meine zarten Gefühle zu nehmen, denn ich habe mich längst damit abgefunden, daß Ihr mich nicht mehr begehrt.“

„Was? Ich begehre Euch nicht mehr? Ihr seid ja schwachsinnig, Weib!“

Sie schüttelte den Kopf. „Durchaus nicht. In jener Nacht im Wald vor unserer Reise nach Ashbury, als Ihr erfuhrt, daß ich ein Kind erwarte, da habe ich genau gesehen, wie Ihr mich anblicktet.“

„Und wie habe ich Euch angeblickt?“

„Als ob . . . als ob ich Euch abstieße.“ Sie hörte nicht seinen ungehaltenen Ausruf und auch nicht, daß er aus dem Bett sprang. Ihre Augen standen voller Tränen, und sie sah den Earl erst, als er vor ihr stand.

Wieder schüttelte sie den Kopf. „Guy, es ist schon gut, wirklich. Ich verstehe ja, weshalb Ihr mich nicht mehr begehrt. Ich bin häßlich und fett und ..."

Er legte ihr seinen Finger auf den Mund. „... und Ihr habt zuviel nachgedacht und seid zu dem falschen Ergebnis gekommen. Also muß ich Euch einiges erklären." Er schaute ihr tief in die Augen, und Kathryn konnte einfach nicht den Blick von seinem Gesicht wenden.

„Unterwegs und von meinen Kriegern umgeben, konnte ich Euch ja wohl kaum beischlafen. Und gestern nacht wart Ihr erschöpft und müde." Er zog ihr das wollene Gewand aus den Händen, warf es zur Seite und legte seine weit gespreizten Finger auf ihren gerundeten Leib.

„Häßlich? Fett? Durchaus nicht, Liebste. Ihr seid aufregend und weiblich und herrlich rund und reif. Und Ihr seid eine Närrin, wenn Ihr glaubt, ich sähe in Euch etwas anderes als eine begehrenswerte Frau."

Sie vermochte den Blick noch immer nicht von seinen Augen zu wenden. Wie gerne hätte sie ihm geglaubt! Sie hatte nur solche Angst, sie könnte wieder verletzt werden.

„Ihr glaubt nicht, was ich sage?" Ihre Zweifel betrübten Guy zutiefst. „Nun denn – möglicherweise kann ich es Euch viel besser zeigen ..."

Im nächsten Augenblick faßte er ihre Hand und führte sie sich über den Leib – und tiefer hinab. Der Atem stockte Kathryn, als Guy ihre Finger schließlich an der Stelle hatte, wo er sie haben wollte, und sie mit sanftem Druck seiner Hand dort festhielt.

Zu ihrem Erstaunen fühlte sie, wie erregt er war und wie groß. Sie erzitterte, doch diesmal nicht aus Angst. Ihr Herz pochte wild, als sie ihn ganz unwillkürlich mit den tastenden Fingerspitzen ein wenig liebkoste und sah, wie er die Augen schloß.

Seine Hand drückte sich ein wenig fester um ihre. „Fühlt, wozu Ihr mich bringt, und zweifelt nie wieder daran, daß ich Euch begehre. Fühlt, wie ich unter Eurer Berührung erbebe. Ihr allein habt diese Macht über mich, Kathryn. Ihr allein könnt mich zittern machen, als wäre ich ein unerfahrener, unerprobter Jüngling."

Er sprach von Macht, doch ihr wurde vor Erleichterung ganz schwindelig. Er begehrte sie! Mit einem kleinen erstickten Schrei warf sie ihm die Arme um den Hals und schmiegte sich an seinen Körper.

Guy neigte den Kopf und versiegelte ihre Lippen mit seinen. Sein Kuß war sowohl zärtlich als auch wild. Tief drang er mit der Zunge ein, und Kathryn reagierte auf seinen Hunger mit einer Leidenschaft, die sein Herz jubeln ließ.

Er unterbrach den Kuß. In seinen silbergrauen Augen loderten helle Flammen. „Ihr macht mich gierig nach Euch", flüsterte er und senkte seinen Mund wieder auf ihren, um sie so heiß und so lange zu küssen, bis sie meinte, ihre Beine würden sie nicht länger tragen. Hätte er Kathryn nicht so fest umschlungen, wäre sie vermutlich auf den Boden gesunken.

Als er ihr das Leinenhemd auszog, war es an ihr, zu erbeben. Er trug sie zum Bett, legte sie behutsam darauf nieder und streckte sich neben ihr aus. Damit er sie anschauen konnte, stützte er sich auf dem Ellbogen auf. Kathryn sah eine unerwartete Zärtlichkeit aus seinen Augen leuchten, die direkt den Weg in ihr Herz fand.

Er legte seine Hand auf ihren nackten Bauch. „Es gibt nicht den geringsten Grund, sich dessen zu schämen", flüsterte er. „Ich spreche die Wahrheit, Liebste: Ihr seid wunderschön. Ihr seid alles, was sich ein Mann nur wünschen kann – alles, was ich mir wünsche."

Sie hielt sich an seinen Schultern fest und bot ihm ihre Lippen dar. Sein Kuß war sanft und unendlich liebevoll. Guy nahm ihre Hände und legte sie sich wortlos auf die Brust. Kathryn berührte ihn zuerst nur scheu und unerfahren. Sie schob die Finger in das dichte, krause Haar und ertastete die warme, ein wenig feuchte Haut darunter.

Bald wurde sie kühner und wagte sich mit den Fingern tiefer hinab. Unwillkürlich spannten sich Guys Muskeln an, als Kathryn die Hand über seinen straffen Unterleib gleiten ließ, um sie endlich wieder um ihn zu schließen. Sanft liebkoste sie ihn mit den Fingerspitzen und ertastete dabei, wie stahlhart und zugleich samtweich er sich anfühlte.

Guy umschloß ihre Hand mit seiner und zeigte ihr, was sie tun sollte. Kathryn lernte schnell, und am Ende konnte er seine Erregung kaum noch bändigen.

Aufstöhnend drückte er Kathryn sanft auf den Rücken zurück und küßte sie heiß und hungrig. Mit den Daumen reizte er ihre schon harten Brustspitzen. Dem Delirium nahe, verflocht sie ihre Finger mit seinem Haar. Ihr Blut hatte sich längst in flüssiges Feuer verwandelt, als er die Lippen um eine der erregten Knospen legte und sanft in einem Rhythmus daran zupfte, der die Welt aus den Angeln zu heben schien.

Unterdessen schlichen sich seine Finger durch das weiche, krause Haar, das den intimsten Winkel ihrer Weiblichkeit beschützte. Er berührte, streichelte und reizte die so erregbare Stelle und brachte Kathryn auf diese Weise an den Rand der Ekstase. Unwillkürlich bog sie ihm ihre Hüften entgegen, um diesen kecken Fingern noch näher zu sein. Ob Guy sie deswegen für unschicklich kühn oder gar wollüstig hielt, war ihr schon längst vollkommen gleichgültig. Kleine erregte Schreie entrangen sich ihr.

Guys Körper stand in heißen Flammen. Die langen, leeren Wochen, das Begehren und die Leidenschaft, alles zusammen drängte ihn blind dazu, tief einzutauchen in den Rausch der Befriedigung. Und in diesem Moment fühlte er es – eine kleine Bewegung dort, wo sich sein Unterkörper an Kathryns preßte. Das brachte ihn wieder zur Besinnung, denn es erinnerte ihn an das winzige ungeborene Leben, das sie in sich trug.

Er stützte sich über ihr auf, holte tief Luft und versuchte, Herr über sein Verlangen zu werden.

Kathryn berührte zart seine rauhen Wangen und zeichnete mit der Fingerspitze seinen wunderschönen Mund nach. Sie ließ die Hände über seine kräftigen Schultern streichen und bewunderte die glatte Haut und die starken Muskeln darunter.

Wie gebannt schauten die beiden Liebenden einander in die Augen, und in diesem Moment glitt Guy in sie. Unendlich langsam und vorsichtig bewegte er sich in ihr. Kathryn wimmerte leise; sie wollte ihn stark und tief in sich fühlen, so tief, daß sie nicht länger zwei, sondern ein einziges Wesen waren.

Sie grub die Fingernägel in seine Arme. „Bitte“, hauchte sie. „O Guy, bitte ...“ Die Bewegungen ihrer Hüften zeigten ihm deutlich, was sie begehrte.

Guy ergab sich. Eine starke Bewegung, und er befand sich dort, wo er so drängend erwartet wurde. Kathryn schrie vor

Glück auf.

„Kathryn . . .“, stöhnte er. „Es ist so . . .“ Die Freude war für ihn beinahe unerträglich. Ganz fest faßte er Kathryns Hände, und sie bog sich ihm entgegen. Jetzt waren sie beide unauflösbar miteinander vereint.

Er bedeckte ihre Lippen mit seinen und nahm ihre kleinen Schreie in sich auf. Er fühlte ihren bebenden Körper so fest an seinem, und er bewegte sich tief und langsam in ihr. Nach und nach wurde sein Rhythmus schneller, bis sie beide fühlten, daß die Erfüllung nahe war.

Kathryn versank im Rausch der grenzenlosen Freude, die noch größer wurde, als sie spürte, daß auch Guy der Erlösung nahe war. Seine Bewegungen in ihr wurden immer heftiger, und dann trug der Sturm der brennenden Leidenschaft die Liebenden zusammen hoch über die Wolken zu den Gipfeln des Glücks. Kathryn rief Guys Namen, ohne sich dessen noch wirklich bewußt zu sein.

Als sie wieder auf die Erde zurückgekehrt waren, rollte sich Guy auf den Rücken und deckte den Pelz über ihren und seinen erhitzten Körper. Er legte den Arm um sie und zog sie zu sich heran. Unendlich sanft strich er ihr das Haar aus dem geröteten Gesicht, und sie erwiderte seinen langen, liebevollen Kuß mit zärtlicher Hingabe.

Erschöpft, befriedigt und glücklich schliefen sie ein.

## 17. KAPITEL

Zwei Wochen später lagen die Dinge ein wenig anders.

Seltsamerweise hatte es bisher keinen Ehestreit gegeben. Der Earl hatte dafür gesorgt, daß der Dame des Hauses nur leichte Pflichten oblagen, und dafür war Kathryn ihm insgeheim dankbar. Obwohl sie sich angesichts ihrer Schwangerschaft nicht ausgesprochen krank fühlte, war sie doch abends stets so müde, daß sie meinte, in jedem Augenblick umzusinken.

So verhielt es sich auch heute, und wie immer an den letzten Abenden, entschuldigte sich Kathryn früh.

Der Earl erhob sich sofort, um sie zu begleiten, doch sie schüttelte den Kopf und bat Guy, das Schachspiel mit einem seiner Ritter ruhig fortzusetzen.

Oben im gemeinsamen Gemach entkleidete sie sich und kroch fröstelnd ins Bett. Kalter Nebel hatte den ganzen Tag das Tal und die Burgmauern eingehüllt, und jetzt in der Nacht war es draußen gespenstisch still.

Es konnte nicht wundernehmen, daß Kathryn, nachdem sie eingeschlafen war, wieder wie in der ersten Nacht auf Sedgewick vom Nebel träumte. Wieder sah sie sich von dem unheimlichen Schatten verfolgt, und wieder floh sie entsetzt. Doch auf einmal kam sie nicht mehr weiter. Eine Steinmauer versperrte ihr den Weg. Hinter sich hörte sie teuflisches Gelächter, und plötzlich stand sie ihrem Onkel Richard gegenüber. Blut lief aus der klaffenden Dolchwunde an seinem Hals.

„Du hast dich für so schlau gehalten, nicht wahr?“ Seine Lippen verzogen sich höhnisch. „Du dachtest, du wärst mich los – du dachtest, du könntest Ashbury für dich haben. Du bist mir sehr ähnlich, Mädchen, viel ähnlicher, als du ahnst. Wie ich, so willst auch du immer das besitzen, was dir nie gehören kann. Und jetzt wirst du überhaupt nichts mehr bekommen, denn ich nehme dich mit in den heißesten Abgrund der Hölle!"

Er warf seinen blutigen Kopf in den Nacken und lachte... und dann fiel ein Schatten über sie. Die Falten eines schwarzen Umhangs erstickten sie. Kalte Hände griffen nach ihr, zerrten an ihr, berührten sie überall, und mit einmal wußte sie es: Der Schatten war der Tod! Der Tod hatte sie verfolgt und gefangen; jetzt wollte er ihr das Leben aussaugen.

„Nein, ich bin nicht wie Ihr, Onkel! Ich bin es nicht!" Sie schrie, schlug um sich, drehte und wand sich, um den kalten Klauen des Todes zu entgehen. „O bitte, Guy! Ihr müßt mir helfen!" kreischte sie. „Guy! Guy!" Doch keine Seele war da, um ihr beizustehen, und ganz besonders kein Guy, denn er hatte sie ja niemals begehrt. Zweifellos würde er froh sein, daß er jetzt von ihr befreit war...

„Kathryn!"

Starke Hände packten sie bei den Schultern. Sie wehrte sich verzweifelt, und es dauerte lange, bis sie endlich die Augen aufschlug. Ihr Schrei verwandelte sich in ein ersticktes Schluchzen, als sie Guy über sich sah, und er war nicht eisig kalt, sondern warm, wahrhaftig und stark.

„Still, Liebste. Es war doch nur ein Traum."

Sie hielt sich an ihm fest. Kalter Schweiß bedeckte ihren zitternden Körper. „Ich bin nicht wie er!" rief sie. „Ihr müßt mir glauben, Guy. Ich bin nicht wie er."

Guy nahm sie in die Arme. „Wie wer?" fragte er besorgt. „Wen meint Ihr?"

„Richard. Ich bin nicht so böse und hinterhältig wie er, Guy. Wirklich nicht!" Sie hob das tränenüberströmte Gesicht zu ihm hoch. Ihre Lippen zitterten. Der flehentliche Ausdruck in ihren grünen Augen zerriß ihm das Herz.

„Nein, Liebste, Ihr seid nicht wie Richard", flüsterte Guy und wußte, daß dies die Wahrheit war. Sanft strich er ihr das ebenholzschwarze Haar aus dem Gesicht. „Habt Ihr von ihm geträumt?"

Sie nickte langsam und legte dann die Wange an seine Brust. Sie hörte sein Herz stark und ruhig schlagen und fühlte sich in der Umarmung beschützt und geborgen. Mit stockender Stimme berichtete sie Guy von ihrem Traum. „Guy, ich will nicht sterben. Ich will nicht einmal daran denken!"

Er schlug die Arme noch fester um sie. „Das wird an dem Kind liegen", meinte er sinnend. „Fürchtet Ihr Euch vor der Niederkunft?"

„Ein wenig." Sie zitterte wieder. „Richards Frau ist im Kindbett gestorben."

„Es gibt keinen Grund für die Annahme, die Geburt könnte nicht normal verlaufen, Kathryn. Falls das Kind übermäßig groß sein sollte, könnte es schwierig werden, doch nach Eurer eigenen Größe zu urteilen, muß das Kind auch klein ..."

„Klein! Zu klein, meint Ihr? O Guy, was ist, falls ..."

„Kathryn ..." Er seufzte und lächelte ein wenig kläglich. „Ich fürchte, ich mache Euch angst, obwohl ich Euch doch nur beruhigen will. Sorgt Euch nicht so sehr, denn ich glaube, bei Euch wird alles ganz einfach."

„Einfach! Ihr habt gut reden", schimpfte sie. „Ihr seid ja nicht derjenige, der es aushalten muß."

Guy mußte lächeln. Er sagte lieber nichts mehr, sondern strich ihr nur sanft durch das seidige Haar. Kathryn rieb die Wange an dem weichen Wollstoff seiner Tunika. Eine Weile hingen die beiden ihren eigenen Gedanken nach, und dann blickte sie ihn besorgt an.

„Guy, wer hat Richard umgebracht?"

Diese Frage erschreckte ihn; das merkte Kathryn daran, wie sich seine Muskeln plötzlich anspannten. Ebenso plötzlich entspannten sie sich freilich auch wieder. Er zog eine Augenbraue hoch. „Ich nahm an, Ihr wärt davon überzeugt, daß ich der Mörder war."

„Nein." Schuldbewußt schüttelte sie den Kopf. „Das denke ich schon lange nicht mehr." Sie runzelte die Stirn, als ihr etwas einfiel. „Ihr habt mich auch des Mords bezichtigt! Doch ich war es nicht, Guy."

Lächelnd legte er ihr eine Fingerspitze auf den Schmollmund. „Ich glaube, ich habe Euch auch niemals wirklich für schuldig gehalten, Kathryn." Er wurde wieder ernst. „Höchstwahrscheinlich hat Richard das Geheimnis um seinen Mörder mit ins

Grab genommen.“

Er ließ seine Hände zu ihrer Taille hinabgleiten und merkte, daß das Hemdgewand, das sie der Kälte wegen zum Schlafen anbehalten hatte, ganz durchfeuchtet war.

„Ihr seid ja ganz naß!“ rief er bestürzt. „Kommt, wir ziehen das lieber gleich aus.“ Und schon folgte seinen Worten die Tat. Seiner eigenen Kleidung entledigte er sich ebenso schnell, und dann schlüpfte er zu Kathryn ins Bett.

Als er sie in die Arme nahm, drückte sie sich seufzend an ihn. Nach dieser Berührung hatte sie sich gesehnt, obwohl ihr Schrecken schon verflogen war. Sie schob die Finger in sein dunkles Brusthaar und barg das Gesicht an seiner Schulter, denn sie wollte ihm so nahe wie möglich sein.

Er ließ seine Hand unter ihre Haarpracht gleiten und streichelte mit dem Daumen ihren zarten Nacken. „Ich glaube, ich habe Euch noch gar kein Hochzeitsgeschenk gemacht.“

Kathryn war es, als wäre sie in einen Bottich mit eiskaltem Wasser gefallen. „Das ist nicht nötig“, wehrte sie ab. „Wirklich – mir wäre auch gar nicht wohl dabei, ein solches Geschenk anzunehmen.“

„Und weshalb nicht?“

„Weil Ihr keine Mitgift von mir bekommen habt. Muß ich Euch daran erinnern, daß Richard of Ashbury meine Ländereien verkauft hat?“ Sie schluckte. „Guy, ich habe nichts in diese Ehe eingebracht.“

„Nun, da irrt Ihr Euch“, widersprach er sanft und legte seine Hand auf ihren Bauch. „Ihr bringt mir das Geschenk des Lebens. Das ist unbezahlbar und wahrscheinlich das großartigste aller Geschenke.“

Seine Zärtlichkeit berührte ihre Seele, und die Stimme versagte ihr den Dienst. Kathryn schlang Guy die Arme um den Hals und suchte seine Lippen mit ihren.

Er nutzte diese Gelegenheit gut, und als er ihren Mund zuletzt wieder freigab, fuhr er mit einer Fingerspitze an ihrer Nase hinab. „Und jetzt sprecht, Liebste. Verratet mir, was Ihr zum Geschenk haben möchtet – nicht etwas, das Ihr braucht, sondern etwas, das Ihr Euch wünscht.“

Guys Zärtlichkeit war so entwaffnend, und vielleicht lag es

an der seltsamen Stimmung, die sie umfing, daß ein großes Sehnen sie erfüllte. In diesem Augenblick jedenfalls wünschte sie sich nichts mehr, als daß er ihr wirklich zugetan war, und zwar nicht aus ehelichem Pflichtgefühl heraus, sondern von Herzen. Vielleicht könnte er sie sogar lieben ...

Rasch schlug sie sich das aus dem Kopf. Wie war sie nur zu diesem Gedankengang gekommen? Eines Tages mochte der Earl möglicherweise so etwas wie Zuneigung zu ihr zeigen, und wenn auch nur wegen ihres gemeinsamen Kindes, doch nie, niemals würde er sie lieben.

„Nun?“ drängte er lächelnd.

Zögernd biß sie sich auf die Lippen. „Würdet Ihr mir alles schenken, was ich haben will?“

„Gewiß. Wenn es in meiner Macht steht, sollt Ihr es haben.“

„Dann wünsche ich mir, daß Ihr Gerda ihre Freiheit gebt.“

„Gerda? Kathryn, ist dies wirklich das Geschenk, das Ihr Euch erbittet?“

Sie strich ihm mit den Fingern über die Wange. „Es ist das einzige, das ich mir wünsche.“

Er drückte einen Kuß auf ihre Fingerspitzen und nahm ihre Hand in seine, „Euer Wunsch ist bereits so gut wie erfüllt, Madam.“

Ihr verstohlenes Lächeln verriet ihm, daß sie sehr zufrieden mit sich war. Es verblüffte Guy noch immer, daß sie sich nichts für sich selbst gewünscht hatte – ein neues Gewand oder Schmuck zum Beispiel. Seltsam, manchmal war er sich ganz sicher, daß er sie in- und auswendig kannte, und manchmal wieder dachte er, er würde sie überhaupt nicht kennen.

Kathryn schlief sehr schnell wieder ein. Guy behielt sie im Arm, obwohl ihr Haar ihn am Kinn kitzelte. Er lächelte still vor sich hin, als er an alle die stürmischen Streitereien dachte, die er mit ihr schon ausgefochten hatte. Nun lag sie so vertrauensvoll und weich in seinen Armen ... es war wahrhaftig wie ein Wunder.

Seit ihrer Vermählung war sie allnächtlich mehr als willig zu ihm gekommen, und jedesmal war sein Körper überaus befriedigt gewesen. Dennoch fehlte etwas Wichtiges ...

Er dachte an Elaine, sein Leben, seine Liebe. Seltsamerweise ertrug er die Erinnerung, ohne daß er wieder diesen Stich in der Seele fühlte wie früher. Dafür schämte er sich, denn er hatte gedacht, sein Herz wäre für alle Zeiten an seine erste Gemahlin verloren. Doch nun war eine schwarzhaarige Zauberin in sein Leben getreten.

Kathryn . . . Er flüsterte ihren Namen. Liebte er sie etwa? Mit Elaine zusammen war die Liebe etwas Sanftes, Zartes gewesen, so etwas wie Balsam für die wunde Seele. Bei Kathryn jedoch erlebte er die feurigste Leidenschaft. Selbst in diesem Augenblick brauchte er nur einen flüchtigen Blick auf ihre schlafende Gestalt zu werfen, und schon erwachte das drängende Verlangen in ihm.

Sie war stark, wild und trotzig. Ohne Schwert und Schild hatte sie gegen Richard gekämpft. Sie hatte für Ashbury gekämpft – und gegen ihn, Guy. Und jetzt schmiegte sie sich im Schlaf vertrauensvoll wie ein Kind an ihn. Eine beinahe schmerzhafte Zärtlichkeit erfüllte sein Herz.

Liebte er sie? Obwohl er ihr gegenüber so ganz andere Gefühle hegte als früher für seine über alles geliebte Elaine, brauchte Kathryn nur ein einziges Wort zu sagen, und er wäre mit Freuden bereit, Himmel und Hölle in Bewegung zu setzen. Man sagte von ihm, er sei ein großer Krieger, denn er hatte in seinem Leben schon viele Schlachten gewonnen; jetzt erkannte er, daß ihm das größte Gefecht noch bevorstand – das Gefecht mit seinem eigenen Herzen.

Am nächsten Nachmittag platzte Gerda in Kathryns Gemach. „Lady Kathryn", rief sie. „Ihr werdet es nicht glauben – ich bin frei! Der Earl hält mich nicht mehr an den Treueeid meines Vaters gebunden!"

Kathryn legte ihre Näharbeit aus der Hand. „Soso. Und wie hat Sir Michael die Nachricht aufgenommen?"

Das Mädchen errötete. „Er ist erst heute morgen von einem Besuch bei seinem Vater zurückgekehrt, und . . ." Gerda klatschte in die Hände.

„Ach Lady Kathryn, es ist, als wäre ein Traum wahr geworden! Michael hat von seinem Vater einen kleinen Landsitz in Dorset zugesprochen bekommen. Michael meint, das Haus sei ziemlich heruntergekommen, und die Reparaturarbeiten würden Monate dauern, doch diesmal sei er nicht bereit, sich von mir noch einmal abweisen zu lassen. Wir werden heiraten, sobald der Landsitz wiederhergestellt ist – möglicherweise schon im Spätfrühling."

Kathryn mußte lachen, denn Gerdas Begeisterung war ein Schauspiel für sich. Ihre braunen Augen leuchteten so strahlend wie ein Sommermorgen. Im nächsten Moment indes neigte sie den Kopf zur Seite.

„Herrin, mir scheint beinahe, Ihr seid gar nicht so sehr überrascht."

„O selbstverständlich bin ich das", versetzte Kathryn fröhlich. „Von Sir Michael und seinem neuen Landsitz wußte ich schließlich nichts."

Gerda dämmerte es. „Seid Ihr ... Habt Ihr das etwa veranlaßt?" fragte sie langsam.

„Es war Guys Idee." Kathryn lächelte. „Allerdings habe ich ihm einen kleinen Wink gegeben und ihm gesagt, was ich davon hielte."

„Mir die Freiheit zu gewähren ..." Gerda schüttelte den Kopf. „Das ist ein großes Geschenk." Sie kniete sich vor Kathryn, und ihr Gesichtsausdruck wurde ganz sanft und verträumt. „Er muß Euch sehr lieben", flüsterte sie.

Kathryns Fröhlichkeit verflog. Liebe war das einzige, was sie niemals von Guy erhoffen, geschweige denn erwarten durfte. Dennoch widersprach sie Gerda nicht, denn sie wollte ihr nicht die Freude verderben. „Du und Sir Michael liebt einander", stellte sie nur fest. „Es ist nichts als recht, daß ihr beide zusammenkommt."

„Herrin, Ihr habt mein ganzes Leben verändert." Tränen traten dem Mädchen in die Augen. „Wie könnte ich Euch jemals danken?"

Kathryn legte ihr eine Hand auf die Schulter. „Das hast du bereits getan."

Gerda umfaßte Kathryns Hand. „Ich kann überhaupt nicht ausdrücken, wieviel Freude mir dieser Tag gebracht hat. Und ich wünsche mir nichts sehnlicher, als daß Ihr ebenfalls so glücklich werdet."

„Dann sei beruhigt, Gerda, denn ich bin glücklich." Das war nicht einmal wirklich gelogen, denn unglücklich war sie ja tatsächlich nicht. Sie war so glücklich, wie eine Frau nur sein konnte, deren Gemahl sie nicht liebte.

Im November zeigte sich das Wetter launisch. Warme und sonnige Tage lösten sich mit kalten und regnerischen ab. Anfang Dezember hielt der Winter Einzug. Der Bach gefror, und glitzernder Schnee ließ die Linien der Landschaft weicher erscheinen. Es wurde bitterkalt. Wer sich hinauswagte, blieb meistens nicht lange, und der gesuchteste Platz war der am warmen Herdfeuer in der großen Halle.

Während dieser langen Wochen regierten Angst und Zweifel Kathryns Gedanken. Zwar teilte sie Guys Gemach, sein Bett und die Freuden darin, doch am Tag kehrten die Sorgen stets zurück. Sie war sich schließlich der Tatsache bewußt, daß Guy sie nicht aus zärtlicher Zuneigung geheiratet hatte. Möglicherweise hatte er es sogar nur getan, um sicherzustellen, daß er einen Erben hatte, sollte seinem Sohn etwas zustoßen. Letzteren hatte er mit Elaine gezeugt, der Frau, die er geliebt hatte.

Und was wird einmal aus unserem Kind? fragte sich Kathryn immer wieder. Falls es ein Mädchen wurde, würde Guy es dann weniger lieben als seinen Erstgeborenen? Oder würde er es deswegen weniger lieben, weil die Kindesmutter Kathryn und nicht Elaine war?

Diese Gedanken und noch viele andere mehr beunruhigten sie. Dennoch konnte sie das winzige Pflänzchen namens Hoffnung nicht verdrängen, das heimlich in ihr wurzelte, weil Guy so zärtlich und liebevoll war. Kathryn hätte beinahe glauben können, er liebte sie – oder sah sie nur, was sie sehen wollte? Sie wußte es nicht.

Als Gerda sie eines Tages fragte, ob die Herrin sie und Peter nicht zum Bach begleiten wollte, stimmte Kathryn mit Freuden zu.

Sie zogen sich warm an. Sobald sie aus dem Burgtor traten, schlug ihnen eine heftige Windbö eisige Schneeflocken ins Gesicht, doch trotz der Kälte schien die Sonne strahlend am blauen Himmel. Kathryn fühlte sich so frei wie schon seit Monaten nicht mehr.

Am Bach band Gerda Pferdeknochen unter ihre und Peters Stiefel und führte den Jungen dann vorsichtig auf die zugefrorene Eisfläche des Bachs. Kathryn sah zu, wie die Magd dem Buben das Gleiten beibrachte und selbst so schnell über das Eis flog, daß ihr Zopf hinter ihr herflatterte.

Kathryn seufzte sehnsüchtig. Wie gern hätte sie es dem Mädchen gleichgetan! Sie wußte freilich, daß ein möglicher Sturz für sie katastrophale Folgen haben würde.

Mit Gerdas Hilfe hielt sich Peter recht wacker, doch als er es einmal ganz allein probieren wollte, landete er auf dem Bauch. Er stand sofort wieder auf und rannte schreiend in Kathryns ausgebreitete Arme. Liebevoll drückte sie ihn an sich, tröstete ihn und schickte ihn dann aufmunternd aufs Eis und zu Gerda zurück.

Die scharfe Winterluft ermüdete den kleinen Jungen. Kathryn brauchte eine solche Entschuldigung für sich nicht, als sie sich an diesem Abend zurückzog.

Der Earl war eben erst nach einer Abwesenheit von mehreren Tagen heimgekehrt, und sie gestand sich insgeheim ein, daß sie ihn sehr vermißt hatte. Sie erhob sich vom Tisch, äußerte die passenden Bemerkungen und legte dann ihre Fingerspitzen auf seine Schultern.

„Werdet Ihr noch lange ausbleiben, Herr?" erkundigte sie sich flüsternd.

Er schüttelte den Kopf, drehte sich dann halb um und führte sich ihre Hand an die Lippen. Sein Blick sprach eine deutliche Sprache, denn in diesen silbergrauen Augen war ein Glühen, das viel versprach.

Oben im gemeinsamen Herrengemach wollte sich Kathryn rasch entkleiden und Guy im Bett erwarten, denn sie geriet stets in Verlegenheit, wenn er sie in ihrem gegenwärtigen Zustand nackt betrachtete.

Kaum hatte sie ihr Haar gelöst und ausgeschüttelt, als der Earl auch schon in den Raum trat. Kathryn stand gerade vor dem hell brennenden Herdfeuer und konnte ihn nicht sehen. Trotzdem nahm sie ihn schon mit allen ihren Sinnen wahr, bevor er bereits im nächsten Augenblick von hinten die Arme um sie schlang. Tastend ließ er die Hände über ihren angeschwollenen Leib gleiten.

„Guy!" Wies sie ihn halbherzig zurecht. „Es ist nicht schicklich, daß ein Mann eine Frau so berührt."

Er legte seine Hände absichtlich besitzergreifend um ihre jetzt so herrlich vollen Brüste und lächelte frech. „Doch, wenn die betreffende Frau seine Gemahlin ist", widersprach er.

„Nicht wenn sie schwanger ist und aussieht wie eine fette Kuh", murrte sie und drehte sich zu ihm um.

Guy lachte mit männlichem Stolz. „Trotz dieser kostbaren Bürde, die Ihr in Euch tragt, seid Ihr so liebreizend wie eh und je, und das wißt Ihr auch."

Bevor sie es sich versah, streifte er ihr das Kleid über den Kopf, so daß sie nun nur noch ihr dünnes leinenes Hemdgewand trug. Er zog sie zum Bett, setzte sie sich auf den Schoß und mußte dann über ihr hochrotes Gesicht lachen. Gern hätte er sie völlig entkleidet. Er ließ es indessen bleiben, weil er ihr eine Spur von Angst ansah. So legte er ihr nur die Finger streichelnd auf den Bauch, und lachte dann leise, als er einen deutlichen Stoß unter seiner Hand fühlte.

Behutsam betastete er die winzige Erhebung. „Was mag das wohl sein?" überlegte er laut. „Ein Fuß? Ein Ellbogen? Was meint Ihr?" Der Stoß wiederholte sich, und diesmal fiel er sogar noch kräftiger aus.

Guy grinste respektlos. „Ah, und hier steht etwas hervor . . . vielleicht der Beweis, daß das Kind ein Knabe wird und nach dem Vater kommt."

Vor Verlegenheit wußte Kathryn nicht, ob sie lachen oder weinen sollte. Sie entschied sich dafür, ihr Gesicht an Guys Schulter zu verstecken.

Sanft strich er ihr das Haar zurück, legte die Finger unter ihr Kinn und hob ihr Gesicht an. Obwohl er lächelte, neckte er sie jetzt nicht mehr.

„Ich will Euch nicht verlegen machen, Liebste. Dieses ist jedoch auch mein Kind, und alles das ist so neu für mich wie für Euch." Er sprach leise und mit viel Gefühl. „Ich möchte mein Kind schon vor seiner Geburt so wachsen fühlen, wie Ihr es ja auch tut."

„Wie kann das neu für Euch sein, wenn Ihr doch schon einen Sohn habt?“ fragte sie, ohne vorher nachzudenken. „Bevor Peter auf die Welt kam, habt Ihr doch sicherlich auch ...“ Sie unterbrach sich, als sie Guys plötzlich versteinerten Gesichtsausdruck sah.

„Als Peter geboren wurde, befand ich mich auf dem Weg ins Heilige Land, Kathryn. Von seiner Existenz erfuhr ich erst ein Jahr später, während ich in einem jämmerlichen Kerkerverlies in Toulouse saß.“

Bestürzt schaute Kathryn ihn an. „Dann wart Ihr also nicht mit Elaine zusammen, während sie mit Peter schwanger ging?“

Guy schwieg, und sie sah ihm deutlich an, daß sie etwas falsch gemacht hatte. Nur was? Als er schließlich den Kopf schüttelte, wußte sie es: Zum erstenmal hatte sie Elaines Namen erwähnt. Leider wurde ihr dieser Fehler erst zu spät bewußt.

Guy schob sie vorsichtig von seinem Schoß aufs Bett. Obwohl er keinesfalls rauh oder unfreundlich wurde, war seine Zärtlichkeit verschwunden.

Kathryn empfand das wie einen körperlichen Schlag. Sie schlüpfte unter die Pelzjacke, rollte sich traurig zusammen und versuchte zu schlafen, doch das gelang ihr nicht, weil sich zu allem Übel nun auch noch unangenehmste Kreuzschmerzen bemerkbar machten.

Guy, der inzwischen aufgestanden und vors Herdfeuer getreten war, kehrte jetzt zurück und setzte sich wieder. Als er sah, daß Kathryn sich die Hand in den Rücken hielt, schob er ihre Finger zur Seite und begann, die schmerzende Stelle sanft zu massieren.

Obwohl kein einziges Wort gesprochen wurde, fühlte sich Kathryn so erleichtert, daß sie entspannt in einen tiefen, traumlosen Schlummer sank.

Mitten in der Nacht wachte sie wieder auf und fand sich allein im Bett. Der Earl stand am Fenster. Im Licht des Mondes wirkte sein Gesicht hart und abweisend, als hätte er sich in eine Welt zurückgezogen, in die Kathryn nicht hineingehörte. Heiße Tränen traten ihr in die Augen. Sie sehnte sich so sehr nach seiner Umarmung, doch der Stolz verbot es ihr, ihn darum zu bitten.

Sie mußte wohl irgendein Geräusch gemacht haben, denn

Guy schaute über die Schulter hinweg zum Bett herüber, und im nächsten Augenblick war er an ihrer Seite.

„Es tut mir leid." Er streichelte ihre Wangen. „Habe ich Euch geweckt?"

Kathryn schüttelte stumm den Kopf. Sie faßte Guy bei den Händen. „Bitte", flüsterte sie mit bebender Stimme. „Kommt ins Bett zurück."

Er legte sich neben sie und zog sie zu sich heran. Mit den Fingern strich er immer wieder über ihre Schulter, doch das wirkte geistesabwesend und war nicht die Liebkosung, nach der sie sich sehnte. Das Bedürfnis, ihn zu berühren, wurde übermächtig. Kathryn schob die Finger in das krause Haar auf seinem Oberkörper. Sie preßte ihre Brüste an ihn, und es war ihr gleichgültig, ob er seine Gemahlin nun für dreist oder wollüstig hielt.

„Kathryn . . ." Er drehte den Kopf, und sie fühlte seinen Blick auf sich gerichtet.

Statt einer Antwort stützte sie sich über ihm auf und hauchte ihm einen Kuß auf den Mund. Da Guy nicht protestierte, wurde sie mutiger und zeichnete mit der Zunge seine Lippen nach. Ein seltsames Machtgefühl durchströmte sie, denn sie spürte deutlich, wie ihn ein Zittern durchlief, als ihre Zunge gegen seine stieß.

Ihre Kühnheit wuchs ebenso stark wie ihr Verlangen. Sie führte ihre Finger von seiner Brust tiefer hinab und fühlte, wie sich seine Bauchmuskeln unter ihrer Hand zusammenzogen. Das Herz schlug ihr bis zum Hals. Sie zögerte einen Moment, doch dann wagte sie sich mutig weiter vor und umschloß ihn mit den Fingern.

Guy stockte hörbar der Atem. „Liebste . . ." Er drückte seine große Hand an ihre kleine und lachte leise. „Ihr nähert Euch Eurem achten Monat. So sehr ich Euch begehre – dieses wäre vielleicht nicht so klug . . ."

Er begehrte sie! Er hatte gesagt, er begehrte sie! Seine Worte wirkten auf sie wie warmer, süßer Wein, und das Verlangen, er möge zu ihr kommen, wurde unbezähmbar.

Sie schlang ihm die Arme um den Hals. „Es dauert doch noch viele Wochen bis zur Niederkunft", flüsterte sie. „Und mir geht es gut, Guy, ganz ehrlich."

Ihre Lippen schwebten so verführerisch über seinen, ihr Haar umfloß ihn wie eine mitternachtsschwarze Wolke, und ihre weichen, vollen Brüste preßten sich so verlockend an seinen Oberkörper. Guy vermochte so viel Versuchung nicht zu widerstehen; zu sehr sehnte auch er sich nach dem wunderbaren Rausch der Erfüllung.

„Bitte Guy", flüsterte sie. „Bitte . . ." Hauchleicht berührten ihre Lippen seinen Mund.

Guy war verloren. Aufstöhnend drückte er Kathryn auf die Bettpolster. Heiß preßte er seine Lippen auf ihre, legte seine Hände an ihre Hüften und hob sie sich entgegen. Hart, und dennoch sanft drang er in sie ein.

Kathryn schrie leise auf. Ihn in sich zu fühlen, das löste einen Sturm brennendster Leidenschaft in ihr aus. Sie klammerte sich an Guys muskulöse Schultern. Die Haut dort fühlte sich an wie sonnenwarme Seide.

Immer und immer wieder hob er sich ihre Hüften entgegen, immer heißer rauschte das Blut durch ihre Adern, bis sie schließlich in einem alles andere auslöschenden Höhepunkt die Erlösung fand.

Viel später fühlte sie, wie die Erregung auch seinen Körper verließ. Guy hob sich von ihr, um sie von seinem Gewicht zu befreien. Er tupfte federleichte Küsse auf ihren Hals, auf ihr Kinn, auf die zarten Wangen, und auf ihrem Mundwinkel schmeckte er das Salz einer Träne.

„Kathryn!" Er hob den Kopf und sah sie bestürzt an. „Was ist? Habe ich Euch weh getan?"

Sie drückte ihr erhitztes Gesicht in das Kopfpolster. „Nein", antwortete sie kaum hörbar. „Ihr habt mir nicht weh getan."

Er stieß einen leisen Fluch aus, faßte ihr Kinn und hob sich ihr Gesicht zu. „Kathryn, sprecht! Weshalb weint Ihr? Was habt Ihr?"

Kathryn bemühte sich mit aller Macht, ein Lächeln zustande zu bringen. „Gar nichts, Guy. Es ist wirklich nichts. Ich . . . ach Guy, bitte, haltet mich fest."

Sofort schlang er die starken Arme um sie. Liebevolle, zärtliche Worte flüsterte er ihr zu, und Kathryn klammerte sich um so fester an ihn.

Ihr wirres Haar breitete sich über seiner Brust aus. Mit den Fingern kämmte er die seidigen Strähnen, hob sie ein wenig an und wickelte sie sich um die Hand. In der mondsilbernen Dunkelheit meinte Kathryn ein Lächeln auf seinen Lippen zu entdecken, und ihre Gedanken wanderten unaufhaltsam in eine ihr unbehagliche Richtung.

Stellte sich Guy im Geist vor, das Haar, das er sich so besitzergreifend um die Faust wickelte, wäre hellgolden wie der Sommerweizen? Verglich er jetzt vielleicht gerade seine frühere Gemahlin mit der jetzigen?

Der Schmerz ging tiefer als ein Dolchstoß. Kathryn wünschte, sie könnte die Seelenqual vergessen, doch es gelang ihr nicht. Sie wußte, daß sie Guy in dieser Nacht erfreut hatte, nur – hatte Elaine ihn vielleicht tiefer befriedigt?

Kathryn seufzte tief. Sie wollte ihren eigenen Namen von seinen Lippen hören. Sie wollte, daß seine Gedanken ausschließlich von ihr erfüllt waren, so daß niemand sonst darin noch Platz fand.

Plötzlich fürchtete sie sich. Zwar war sie diejenige, die er umarmte und liebkoste, doch durfte sie sicher sein, daß sein Herz nicht noch bei einer anderen wohnte?

## 18. KAPITEL

Einige Tage später ruhte Kathryn in ihrem Gemach, als ein Knappe eintrat und ihr eine Botschaft von Elizabeth überbrachte. Rasch ging Kathryn zur Fensterbank, setzte sich und erbrach das Siegel. Gerade hatte sie den Inhalt des Schreibens überflogen, als Guy hereinkam.

„Wie ich höre, habt Ihr einen Brief von Eurer Schwester erhalten."

Kathryn nickte, und ihre Augen glänzten. „Sie und Sir Hugh werden heiraten!"

Guy lächelte, doch das täuschte über seine innere Anspannung hinweg. Er trat auf Kathryn zu, betrachtete sie prüfend, legte die Finger unter ihr Kinn und hob sich ihren Kopf entgegen, so daß sie ihn ansehen mußte. „Und? Erfreut Euch das?"

„Gewiß", gab sie lächelnd zu. „Elizabeth ist ganz begeistert. Sie liebt Hugh, und Hugh liebt sie. Wie sollte ich meiner Schwester so viel Glück mißgönnen?"

Die bessere Frage wäre vielleicht, ob sie Hugh den Besitz von Ashbury mißgönnt, dachte Guy. Er verdrängte diesen Gedanken jedoch sofort wieder. Das Thema Ashbury war eines, das er und Kathryn nur selten erwähnten.

Ein dunkler Schatten schlich sich in ihre Augen, und das entging Guy nicht. Zärtlich nahm er Kathryns Hände in seine. „Weshalb blickt Ihr so finster drein?" Sanft zog er sie von der Fensterbank hoch. „Habt Ihr als Elizabeths ältere Schwester befunden, Sir Hugh Bainbridge sei doch nicht gut genug für eine Ashbury?" neckte er.

„Nicht doch! Hugh ist ein ehrenwerter und respektabler Mensch", erklärte sie mit Nachdruck. „Elizabeth schreibt, sie würde es ja verstehen, wenn wir nicht zur Hochzeitsfeier kommen können", fügte sie leise hinzu. „Doch ... ach Guy, ich würde so gern daran teilnehmen!"

„Wann soll die Trauung stattfinden?"

Daß seine Stimme plötzlich recht scharf klang, fiel Kathryn nicht auf. „Einige Tage vor Epiphanias", antwortete sie.

„Epiphanias! Kathryn, das Kind wird doch nur wenige Tage später zur Welt kommen. Zu diesem Zeitpunkt könnt Ihr ganz unmöglich reisen!"

„Das Kind wird erst Ende Januar geboren werden", widersprach sie.

„Das kann man nie so genau wissen. Ich bedaure, Kathryn, doch wir können leider nicht an der Hochzeit Eurer Schwester teilnehmen."

Sein strenger Blick erschreckte sie. „Ihr wollt es Euch nicht noch einmal überlegen?"

Guy preßte die Lippen zusammen, und seine Miene wurde so düster wie der Himmel bei Gewitter. Er ließ Kathryns Hände los. Sorgte sie sich tatsächlich so wenig um ihr Leben und das ihres Kindes? Möglicherweise war es ihr gleichgültig, ob das Kind starb oder nicht. Vielleicht wollte sie dieses Kind – sein Kind! – ja gar nicht haben ..."

„Nein", sagte er, und seine Stimme klang stählern. „Ich ziehe es nicht einmal in Erwägung, denn ich will nicht, daß Ihr mein Kind irgendwo auf der Landstraße von hier nach Ashbury zur Welt bringt."

Sein Ton schmerzte sie. Das zeigte sie freilich nicht, und daß Guy ja recht hatte, wollte sie erst recht nicht zugeben. „Ich wäre ja nicht allein auf der Landstraße", entgegnete sie. „Guy, bitte! Elizabeth ist doch meine einzige Schwester. Wenn es irgend einzurichten wäre, würde ich so gern an ihrem Hochzeitstag bei ihr sein!"

„Ihr bittet so hübsch, Liebste. Ich würde nur wirklich gern wissen, weshalb Ihr so auf diese Reise versessen seid." Der Teufel des Zweifels ritt ihn. „Vielleicht ist es ja auch gar nicht Eure Schwester, nach der Ihr Euch sehnt, Madam. Möglicherweise könnt Ihr es ja nicht erwarten, Euren Roderick wiederzusehen."

Kathryn wußte nicht, was sie tat. Die plötzlich aufflammende

Wut brachte sie soweit, daß sie ausholte und ihm eine schallende Ohrfeige versetzte.

Guy reagierte blitzschnell, packte ihre Handgelenke und hielt sie wie eine eiserne Fessel gefangen. Im Zorn blitzten seine Augen wie geschmolzenes Silber.

„So wahr mir Gott helfe", preßte er zwischen zusammengebissenen Zähnen hervor, „das lasse ich Euch nur dieses einzige Mal durchgehen! Laßt Euch nie wieder dazu hinreißen, mich zu schlagen!"

„Dann beleidigt mich gefälligst auch nicht derartig!" versetzte sie und versuchte vergeblich, sich aus seinem Griff zu befreien.

„Ich kann keine Beleidigung erkennen, Madam", erwiderte er trügerisch sanft. „Ganz im Gegenteil, ich sehe ausschließlich die Wahrheit. Ihr könnt doch kaum leugnen, daß Ihr Sir Roderick ehelichen wolltet, und zwar nicht nur einmal, sondern sogar zweimal!"

Diese so mitleidlose Verurteilung traf sie mitten ins Herz. „Guy, Ihr vergeßt, daß ..."

„Ich vergesse überhaupt nichts. Ihr seid nicht nur einmal von mir geflohen. Anscheinend müßt Ihr es immer wieder tun. Und wen Ihr Euch stets als Retter aussucht, steht doch ganz außer Zweifel."

Er zog sie so dicht zu sich heran, wie es ihr angeschwollener Leib zuließ. Sie bekam es ernsthaft mit der Angst zu tun, denn sie spürte, daß er sich nur mit Mühe davor zurückhielt, gewalttätig zu werden.

Er neigte den Kopf zu ihr, so daß sein heißer Atem ihre Wange streifte. „Ich war zwar der erste Mann, der bei Euch gelegen hat." Er verzog die Lippen. „Doch sagt mir eines, Madam: Jene Nacht im Kloster – habe ich Euch und Euren Roderick damals zu früh gefunden oder zu spät?"

Auf eine Antwort wartete er nicht mehr. Als könnte er ihren Anblick nicht mehr ertragen, stieß er Kathryn fort, drehte sich um und schritt aus dem Gemach. Krachend fiel hinter ihm die Tür ins Schloß.

Kathryn war zutiefst betroffen. Guys Beschuldigungen waren wahrhaft unerhört und unverzeihlich. Glaubte er etwa tatsächlich, sie hätte bei Roderick gelegen?

In ihrem Schmerz taumelte sie zum Bett, und nun strömten ihr die Tränen über die Wangen. So lange hatte sie sich gegen Guy zur Wehr gesetzt – und gegen sich selbst, doch jetzt konnte sie sich vor ihren eigenen Gefühlen und vor ihren Seelenqualen nicht mehr verbergen.

Sie mußte es sich eingestehen: Sie liebte Guy. Ja, sie liebte ihn, hoffnungslos, verzweifelt, ohne Ende. Trotzdem untersagte sie sich diese Liebe und nahm sich fest vor, nicht schwach zu werden, denn sonst würde er tatsächlich der Herr und Meister ihres Herzens sein.

Eine Zeitlang herrschte Burgfrieden zwischen Kathryn und Guy. Sie erwähnte Elizabeths Hochzeit nicht mehr, obschon ihr klar war, daß dieses Thema wenig mit ihrem eigentlichen Zerwürfnis zu tun hatte.

Sie konnte nicht vergessen, daß er sie kaum verhohlen bezichtigt hatte, bei Roderick gelegen zu haben. Selbstverständlich hatte Guy das nicht etwa aus Eifersucht getan; ihm lag ja nicht soviel an ihr, als daß er eifersüchtig sein könnte. Nein, sein selbstherrliches Benehmen beruhte ausschließlich auf seinem Besitzerverhalten.

Ihr bitteres Streitgespräch an jenem schicksalsträchtigen Tag hatte alles verändert. Die gegenseitige Nähe, die sie so kurze Zeit genossen hatten, war zerstört. Der Earl und Kathryn teilten zwar Tisch und Bett, doch es gab keine liebevollen Küsse mehr, keine zärtlichen Liebkosungen, keine leidenschaftlichen Vereinigungen. Die einstmals Liebenden waren wie Fremde, einander nah und doch so fern.

Eines Abends summte Kathryn Peter leise ein Liedchen vor. Der kleine Junge hatte sich vorhin vor Müdigkeit nicht mehr auf den Beinen zu halten vermocht; jetzt konnte er nicht einschlafen. Sie legte sich neben ihn in sein Bett und erlaubte ihm, seine kleine Hand auf ihren Leib zu drücken. Peter war sofort interessiert und neugierig, und so sprach sie mit ihm über sein zukünftiges Brüderchen oder Schwesterchen, damit er darauf vorbereitet war, wenn das Kind geboren wurde.

Nach einer Weile fielen ihm die Augen zu, und bald war er fest eingeschlafen. Kathryn blieb in seinem Bett. Es war so schön, den kleinen warmen Körper neben sich zu fühlen. Sie drückte Peter einen Kuß auf die Stirn und hielt ihn fest im Arm, denn sie hatte das Kind ja schon geliebt, ehe sie seinen Vater lieben gelernt hatte.

Wie um darauf aufmerksam zu machen, daß es auch noch da war, bewegte sich das Ungeborene heftig in ihr. Sie lächelte. Würde es ein Mädchen oder ein Knabe werden? Würde es dem kleinen Peter ähnlich sein?

Eines Morgens Mitte Januar wachte Kathryn mit dumpfen Kreuzschmerzen auf. Sie drehte sich auf die Seite, doch die Schmerzen ließen auch in dieser Haltung nicht nach. Am Ende stand sie auf. Kaum hatten ihre Füße den kalten Boden berührt, als eine Flüssigkeit an ihren Beinen hinabströmte.

So fand Guy Kathryn vor – benommen starrte sie auf die Pfütze zu ihren Füßen.

Langsam hob sie den Kopf. „Guy, ich weiß nicht . . .“

Er war schon an ihre Seite geeilt. „Das ist das Fruchtwasser“, sagte er aufgeregt. „Eure Zeit ist gekommen!“ Er hob sie sich vorsichtig auf die Arme und legte sie aufs Bett. „Wann hat es angefangen?“ erkundigte er sich besorgt.

„Ich . . . weiß es nicht“, antwortete sie schwach. „Ich hatte vorhin nur so fürchterliche Kreuzschmerzen.“ Noch während sie sprach, fühlte sie ein leises Ziehen im Schoß, das nach ein paar Augenblicken wieder aufhörte.

Guy bemerkte ihren ängstlich erschrockenen Blick. Ihre Hand fühlte sich eiskalt in seiner an. „Ich werde jetzt lieber Gerda suchen gehen“, sagte er leise. „Und anschließend hole ich eine Wehfrau.“

Kathryn klammerte sich an seiner Hand fest, als er aufstehen wollte. „Wartet!“ rief sie matt.

„Was ist, Liebste? Habt Ihr wieder Schmerzen?“ Er strich ihr eine Haarsträhne von der Wange.

Kathryn schüttelte den Kopf. Sie konnte nicht sprechen, weil Guys Sanftheit und seine Sorge um sie ihr einfach den Hals zuschnürten. So lange war es schon her, seit er sie zum letztenmal so angeschaut hatte . . .

Er sollte nicht fortgehen! Er sollte sie fest in den Arm nehmen, denn plötzlich fürchtete sie sich vor dem, was ihr bevorstand. Ihr Stolz ließ es indes nicht zu, daß sie solche Schwäche eingestand.

„Es ist nichts", brachte sie schließlich heraus und lächelte unter mühsam zurückgedrängten Tränen.

„Es wird alles gut werden, Liebste." Er drückte ihre Hand. „Und ich hole jetzt Gerda." Damit verließ er das Gemach.

Kurz darauf stürzte Gerda herein. „Herrin!" rief sie. „Der Herr sagt, das Kind kommt."

Mit Gerdas Hilfe setzte sich Kathryn auf. „Möglicherweise ist es auch nur ein falscher Alarm", meinte sie mit einem kleinen Lachen. „Mir ist irgendwie merkwürdig, doch leide ich keine wirklichen Schmerzen."

Es dauerte nicht lange, bis das Ziehen in ihrem Schoß wieder einsetzte, diesmal allerdings heftiger als zuvor. Kathryn hielt es nicht mehr im Bett aus. Sie war viel zu aufgeregt und hatte Angst. Also ging sie im Zimmer auf und ab, und immer wenn der Schmerz unerwartet wieder einsetzte, hielt sie den Atem an und beugte sich vornüber.

Am frühen Nachmittag traf endlich die Wehfrau ein. Sie hatte zuvor bei einer Geburt im Dorf helfen müssen. Elsa war eine stämmige Frau mit dünnem eisengrauen Haar. Guy, der den ganzen Morgen wegen der Verzögerung gewettert hatte, folgte ihr die Treppe hinauf, wurde jedoch vor der Tür zum Gemach von ihr mit strenger Rede zurechtgewiesen.

„Ich bitte Euch, Herr! Ein Mann bei einer Kindsgeburt?" Mißbilligend schüttelte sie den Kopf. „Das wäre ja etwas ganz Neues. Ihr Männer stürzt euch zwar mutig in jede Schlacht, doch ich fürchte, bei einer Niederkunft würde jeden von euch der Mut verlassen. Mir kommt Ihr jedenfalls nicht in die Quere, Herr."

Mit einer energischen Handbewegung wollte sie ihn fortschicken. „Außerdem dauert es zweifellos noch Stunden, denn für Eure Gemahlin ist es das erste Mal. Und jetzt geht endlich! Ihr werdet Euren Sohn schon rechtzeitig zu sehen bekommen, das verspreche ich Euch."

Guy starrte die Frau wütend an, mußte im stillen dann jedoch zugeben, daß sie von der Sache wohl mehr verstand als er. Also drehte er sich schließlich stumm um und ging.

Die Schmerzen ließen sich durchaus ertragen, wie Kathryn feststellte, und am späten Nachmittag legte sie sich wieder ins Bett. Immer wenn der Krampf erneut einsetzte, hielt sie die Luft an, bis es vorüber war.

Es wurde Abend und Nacht, und jetzt fuhren die Schmerzen wie Dolchstiche durch ihren Leib. Gerda und Elsa drängten Kathryn zu hecheln und zu atmen, doch sie war nicht mehr ansprechbar. Irgendwie erlag sie der Vorstellung, daß das Ganze leichter zu ertragen wäre, wenn sie es in sich zurückhielt. Also gab sie keinen Ton von sich. Sie schrie nicht und wimmerte nicht, denn Guy sollte nichts hören. Er würde sich sonst wie Onkel Richard verhalten. Er würde sie auslachen und sie für feige und schwach halten.

Unten in der großen Halle ging derweil Guy auf und ab wie ein Löwe im Käfig. Er wußte um die Gefahren bei der Niederkunft; nicht alle Frauen überlebten sie, und Kathryn war doch so klein und zerbrechlich. Wenn er nur daran dachte, daß ihr etwas zustoßen könnte, brach ihm schon der kalte Schweiß aus. Und nichts war von oben zu hören, kein einziger Ton. Was ging da eigentlich vor?

Der kalte Wintermond stand schon hoch am Himmel, und jetzt hielt Guy es nicht länger aus. „Der Teufel soll diese verdammte Wehfrau holen", sagte er zu Sir Michael. „Dies ist mein Haus, und ich betrete alle Räume darin, wann immer ich will." Schon sprang er die Treppe hinauf und stürmte in das Gemach.

Zwei besorgte Gesichter wandten sich ihm entgegen. Alles war unheimlich still. Ein eiskalter Schauder lief ihm über den Rücken.

Mit wenigen Schritten war Guy beim Bett. Kathryn hatte die Augen geschlossen. Ihre Haut war so bleich wie das Leinentuch unter ihr, und sie lag so regungslos da, daß er einen Herzschlag lang fürchtete, sie wäre schon von dieser Welt in eine andere hinübergegangen.

Doch dann bewegte sie sich plötzlich. Sie ballte die Fäuste. Zu seinem Entsetzen bemerkte Guy, daß sie sich ihre Unterlippe blutig gebissen hatte und es jetzt wieder tat. Sie bog den Rücken hoch, warf den Kopf wild hin und her und lag dann plötzlich wieder ganz still, als hätte der letzte Lebenshauch sie verlassen.

„Herr, das Kind wäre schon längst auf der Welt, wenn Eure Gemahlin der Natur ihren Lauf ließe.“

Guy wurde aschfahl. „Wie soll ich das verstehen?“

Gerda beantwortete ihm die Frage. „Sie hält die Schmerzen fest in sich verschlossen, Herr.“ Tränen liefen dem Mädchen übers Gesicht. „Sie hat kein einziges Mal geschrien. Wenn sie sich einfach gehen ließe, würde es die Geburt sehr beschleunigen, doch sie wimmert ja nicht einmal leise. Wir haben immer wieder versucht, es ihr zu sagen. Ich glaube nur, sie hört uns nicht mehr.“

In diesem Moment wurde Kathryn von einer neuen Wehe geschüttelt. Atemlos drückte sie die Beine zusammen, drehte und wand sich, bis sich ihre Muskeln wieder entspannten. Guy begriff nun, was die beiden Frauen meinten.

Er setzte sich aufs Bett, faßte Kathryn bei den Schultern und schüttelte sie sanft. Sie öffnete die blicklosen Augen. „Kathryn“, sagte er eindringlich. „Liebste, hört mich an. Wenn der Schmerz einsetzt, dann bekämpft ihn nicht, denn auf diese Weise macht Ihr alles nur um so schlimmer. Schreit so laut Ihr könnt!“

„Nein“, widersprach sie schwach. „Ich darf nicht schreien ... dann hält er mich für schwach ... schwach und hilflos ... dann verhöhnt er mich ... sagt, daß sein Wille über meinen triumphieren muß ...“

Zu seiner Bestürzung erkannte Guy, daß sie von ihm gesprochen hatte. Er nahm ihr Gesicht zwischen seine Hände. „Kathryn, ich halte Euch ganz und gar nicht für schwach. Ihr seid stark und tapfer und fürchterlich stolz, und ich will Euch gar nicht anders haben. Ach Kathryn, ich liebe Euch! Hört Ihr mich? Ich liebe Euch!“

Wieder schüttelte eine Wehe ihren Körper. „Nein, Kathryn!“ sagte Guy scharf und streng. „Arbeitet mit, hört Ihr? Geht nicht dagegen an, Kathryn!“

Sie hörte nur seine scharfe Stimme, erfaßte jedoch seine Worte nicht, und als sie die Augen aufschlug, sah sie verschwommen Guys strenges, finsteres Gesicht vor sich. Sie versuchte ihn fortzustoßen. Er war wieder böse mit ihr. Immer war er böse ...

Sie war so müde. So müde, daß sie am liebsten die Augen geschlossen hätte – für immer. Doch schon setzte der nächste Schmerz ein, und selbst wenn sie hätte schreien wollen, würde ihr jetzt die Kraft dazu gefehlt haben.

Guys Gesicht war totenblaß geworden, und seine Hände zitterten. „Kathryn!" stieß er verzweifelt hervor. „Ihr habt Euch Eurem Onkel nicht ergeben, und Ihr habt Euch mir nie ergeben. Wie könnt Ihr jetzt aufgeben? Seid Ihr vielleicht doch feige?"

Irgendwie drangen seine Worte durch die Nebel ihres Bewußtseins. Empört öffnete sie die Augen, doch schon schüttelte eine neue Wehe sie. Dieses Mal konnte Kathryn ein Stöhnen nicht zurückhalten, und plötzlich hörten die Schmerzen überhaupt nicht mehr auf.

Jetzt schien die Natur die Befehlsgewalt über den Körper an sich gerissen zu haben, um das Kind endlich ans Licht der Welt zu bringen. Zwar schrie Kathryn noch immer nicht, doch sie wehrte sich auch nicht mehr gegen die Vorgänge.

Sanft strich ihr Guy das wirre Haar aus dem Gesicht. „So ist es richtig, Liebste. Es ist bald überstanden, das verspreche ich Euch. Hier, nehmt meine Hände und drückt sie ganz fest . . ."

Verschwommen wurde sich Kathryn seiner Anwesenheit wieder bewußt. Sie hielt sich an seiner beruhigenden Stimme und an seinen Händen fest. Ihre Fingernägel gruben sich tief in seine Haut.

Am Fußende des Betts schrie Gerda leise auf. „O Herr! Herrin! Ich kann den Kopf sehen!"

Elsa fiel mit einem Freudenschrei in Gerdas Jubel ein. „Bei der nächsten Wehe müßt Ihr kräftig pressen, Herrin! Pressen und ausstoßen!"

Und das tat Kathryn dann auch. Sie fühlte, wie etwas aus ihrem Körper ausströmte, und dann hörte sie einen dünnen Schrei. Guy beugte sich über sie und küßte sie auf den Mund. Als er sich wieder aufrichtete, mußte er über ihren benommenen Gesichtsausdruck lächeln.

Das dünne Stimmchen hatte beträchtlich an Kraft zugelegt. Es dauerte noch einen Moment, bevor Kathryn richtig begriff, was das bedeutete. Sie hob den Kopf. „Mein Kind . . ."

„Ein Mädchen, Herrin!" Gerda war eifrig damit beschäftigt, den schlüpfrigen kleinen Körper zu reinigen. „Es ist winzig, doch eine wahre Schönheit!"

Kathryn drehte den Kopf, konnte indessen nur die Tücher sehen, die um das Kind gewickelt wurden. „Gebt mir meine Tochter", bat sie mit schwacher Stimme. Sie wollte sich hochsetzen, doch es gelang ihr nicht. Tränen rollten ihr über die Wangen.

Guy drehte sich auf dem Bett herum und hob sie sanft an, so daß sie sich mit dem Rücken gegen seine Brust lehnen konnte. Dann gab er Gerda ein Zeichen.

Das Mädchen legte das Wickelbündel in Kathryns Arm, und Guy stützte Mutter und Kind. Kathryn seufzte tief und zufrieden und betrachtete dann überglücklich das Neugeborene. Sprechen konnte sie nicht, und ihre Tränen strömten noch immer, trotzdem lächelte sie strahlend, und dieses Lächeln fand den Weg zu Guys Herzen.

Männlicher Stolz schwellte seine Brust. Fest legte er die Arme um seine Tochter und seine Gemahlin. Ja, meine Gemahlin ... ich lasse sie nie wieder los, dachte er. Niemals wieder!

Und wenn es bis ans Ende aller Zeiten dauern sollte, gelobte er sich, eines Tages wird sie mich lieben; dafür werde ich sorgen!

## 19. KAPITEL

Blaßgoldenes Sonnenlicht durchflutete den Raum, als Kathryn aus tiefem Schlaf erwachte. Aus einer Ecke des Gemachs war leises, jämmerliches Weinen zu hören. Obwohl sie noch immer erschöpft war, hob sie den Kopf und sah, daß Gerda ein winziges Bündel in den Armen hielt.

„Ah, Ihr seid aufgewacht!" sagte die Magd. „Und gerade zur rechten Zeit." Sie legte das Neugeborene auf das Fußende des Betts und wechselte ihm die Windeln.

Kathryn stützte sich auf dem Ellbogen auf, schaute zu und zählte die Fingerchen und Zehlein ihrer Tochter. Sie atmete erleichtert auf; das Kind war vollkommen und wohlgestaltet. Als Gerda es ihr in die Arme legte, lächelte Kathryn ein wenig unsicher. Das Wesen war ja so winzig! Sein Gewicht fühlte sich allerdings völlig richtig an.

Gerda half Kathryn, sich das Leinengewand von der Schulter zu streifen, damit sie den Säugling stillen konnte. Zufällig streifte Kathryns eine Brust dabei die Wange ihrer Tochter, und sofort öffnete sich der kleine rosige Mund so fordernd, daß Kathryn lachen mußte.

„Mir scheint fast, sie weiß besser Bescheid als ich, was zu tun ist."

Gerda kicherte leise und ließ dann Mutter und Kind allein.

Kathryn stützte das mit zartem dunklen Flaum bedeckte Köpfchen mit der Hand. Die Liebe durchströmte ihr Herz wie die goldenen Sonnenstrahlen das Gemach. Sie neigte sich zu ihrem Kind und küßte es auf die Stirn. Tränen traten ihr in die Augen, Tränen der Freude und des ehrfürchtigen Staunens.

Von ihr unbemerkt stand unterdessen Guy an der Tür und

betrachtete das Bild, das sich ihm bot. Zwei dunkle Köpfe so dicht beieinander, eine winzige Faust, die sich an eine weiße, von blauen Adern durchzogene Brust drückte . . . Emotionen erfüllten ihn, die so stark waren, daß er sich eine lange Zeit nicht bewegen konnte.

Kathryn hatte das Kind gerade von der einen zur anderen Brust gewechselt, als er endlich ans Bett trat. Sie errötete, weil sie merkte, wie er den Anblick ihrer Nacktheit genoß. Guy lächelte ein wenig über ihre Verlegenheit. Kathryn bedeckte sich allerdings nicht, sondern reichte ihm nur stumm ihre freie Hand entgegen.

Er führte sich ihre Finger an die Lippen. „Wie geht es Euch?" erkundigte er sich leise.

Obgleich sie noch erschöpft war und ihr Körper noch schmerzte, spürte sie die Berührung seiner Lippen bis zu den Zehenspitzen hinab. „Mir geht es gut", versicherte sie lächelnd und befeuchtete sich die Lippen mit der Zungenspitze. „Und wie steht es mit Euch, Herr? Wie findet Ihr Eure Tochter?"

„Unsere Tochter", berichtigte er. Er setzte sich auf die Bettkante und strich mit einer Fingerspitze über die Wange des Kindes. Das rosa Mündchen hörte zu saugen auf; dunkle Augenbrauen zogen sich über der winzigen Stupsnase zusammen. Das sah so komisch aus, daß Kathryn und Guy lachen mußten.

„Wie wollen wir sie nennen?" fragte Guy.

Kathryn war so davon überzeugt gewesen, ihm einen zweiten Sohn zu schenken, daß sie über einen Namen für eine Tochter überhaupt nicht nachgedacht hatte. Jetzt tat sie es. „Mir fällt eigentlich nur ein einziger ein", gab sie zu. „Was würdet Ihr von Brenna halten?"

„Brenna . . ." Er tat, als kostete er den Namen mit der Zunge. „Brenna – nach der schwarzhaarigen Jungfrau aus der Sage, ja, das ist ein passender Name, denn unsere Tochter wird in der Tat einmal zu einem ‚Mägdelein mit rabenschwarzem Haar' heranwachsen. Indessen . . . was haltet Ihr von Brenna Elizabeth?"

Kathryn strahlte. „O ja! Das würde mir gut gefallen." Sie

lachte. „Und wie sehr wird es erst Elizabeth gefallen!"
„Dann soll unsere Tochter also Brenna Elizabeth heißen."
Zufrieden schaute Kathryn ihren Gemahl an. Sie war zwar noch ein wenig blaß, doch zu ihrer früheren Schönheit hatte sie nun noch ein schwer zu beschreibendes inneres Leuchten hinzugewonnen. Guy war über die Maßen glücklich, sie so zu sehen.
Nach einem Moment senkte sie den Blick. „Hat Peter sie schon gesehen?"
Guy nickte. „Ihr Geschrei hat ihn in der Nacht geweckt, und da habe ich sie ihm gezeigt. Ihr hattet fest geschlafen", fügte er nach einer kleinen Pause leise hinzu. „Gestern habt Ihr mich in Angst und Schrecken versetzt, Kathryn", sagte er dann noch leiser. Er vermochte nicht auszusprechen, daß er gefürchtet hatte, er würde sie für immer verlieren.
Kathryns Erinnerungen an die Wehen waren verworren. Sie wußte allerdings, daß Guy im Augenblick der Geburt bei ihr gewesen war. Sie hatte seine starken und trotzdem so sanften Hände gefühlt, und hinterher hatte er Brenna und sie umarmt. „Ich bin froh, daß es vorüber ist", sagte sie leise und zögerte dann ein wenig. „Guy, ich würde gern wissen ... Seid Ihr furchtbar enttäuscht?"
„Enttäuscht?" fragte er aufrichtig verblüfft. „Weshalb sollte ich denn enttäuscht sein?"
Ihr langes Haar fiel wie ein schwarzer Vorhang vor ihr Gesicht. „Weil ich Euch eine Tochter geboren habe statt eines zweiten Sohnes", antwortete sie kaum hörbar.
Guy faßte ihr Kinn mit Daumen und Zeigefinger und drehte ihr Gesicht zu sich herum.
Kathryn wagte kaum, ihn anzuschauen, so sehr fürchtete sie sich vor seiner Miene. Was sie dann allerdings sah, war nichts als Wärme und Zärtlichkeit.
Mit dem Daumen strich er über ihre schmollenden Lippen. „Hört mir zu, Liebste. Meine einzige Sorge war es, daß Ihr und das Kind – sei es ein Knabe oder ein Mädchen – wohlauf sein mögt. Ich danke dem Schöpfer, daß er mich mit einem so wunderbaren Geschenk gesegnet hat."
Mit einer Fingerspitze zeichnete er die winzigen schwarzen

Augenbrauen seiner Tochter nach; groß und dunkel sah seine Hand neben dem kleinen Menschlein aus.

„Brenna Elizabeth ist in der Tat ein sehr kostbares Geschenk", sagte er sanft. „Ich bezweifle nicht, daß sie einmal eine ebensolche Schönheit wird wie ihre Mutter." Er neigte sich nieder und küßte das flaumweich behaarte Köpfchen.

„Ja, sie ist wirklich hübsch, nicht wahr?" Kathryn lachte leise. „Gar nicht schrumpelig und rot. Und ihr Gesicht ist so zart und fein ..." Sie betrachtete ihre Tochter.

„Das stimmt", bestätigte Guy, doch sein Blick richtete sich nicht auf Brenna Elizabeth, sondern auf seine Gemahlin. Im nächsten Augenblick zog er sie in seine Arme und küßte sie so lange und liebevoll, daß sie sich geradewegs ins Paradies versetzt fühlte.

Diesen Moment reinsten Glücks wollte sie für immer in sich bewahren. Und darin lag eben der bittersüße Schmerz: Es hätte alles so wunderbar, so vollkommen sein können, wenn, ja wenn Guy sie nur lieben würde ...

Ein Monat war inzwischen vergangen. Kathryn hatte ihre Tochter soeben gestillt und hielt sie noch auf dem Arm, bis sie brav ihr Bäuerchen gemacht hatte. Dann legte sie sie in die Wiege am Fußende des Betts, kniete sich daneben und wischte ihr lächelnd den Milchschaum aus dem Mundwinkel.

Während sie so vor dem Kind kniete, legte sich ein Schatten über ihre Seele, den sie selbst nicht verstand. Das geschah öfter in letzter Zeit, und sie hielt sich vor, daß eigentlich kein Grund dazu bestand.

Brenna entwickelte sich prächtig, und das Verhältnis zu Guy war ungetrübt. Allerdings schlief er seit der Geburt des Kindes nicht mehr in seinem Bett im Herrengemach, sondern in einem Raum auf der anderen Seite des Korridors. War er vielleicht doch enttäuscht darüber, daß sie ihm nur eine Tochter geschenkt hatte? Wünschten sich nicht alle Männer Söhne?

Zur selben Zeit betrat Guy tief in Gedanken unten die große Halle, und wie meistens, so dachte er auch jetzt wieder an Kathryn.

Die Tage seit Brennas Geburt waren friedvoll und glücklich

gewesen; das war ein Zustand, den er zwischen sich und der Schönheit, die jetzt seine Gemahlin war, nie für möglich gehalten hätte. Er wagte sogar zu hoffen, daß sie beide die Vergangenheit vergessen und noch einmal ganz von vorn beginnen könnten.

Oh, Kathryn war noch immer so wild und leidenschaftlich wie früher, doch sie hatte eine gewisse Reife hinzugewonnen, eine stille Heiterkeit und Zuversicht. Alles das zog ihn noch mehr in ihren Bann.

Seit Tagen suchte er verzweifelt nach einem Anzeichen dafür, daß sie wünschte, er möge wieder zu ihr in das Herrengemach zurückkehren. Natürlich wußte er, daß er so bald nach der Niederkunft noch keine fleischliche Freuden erwarten durfte, doch ihm hätte es ja genügt, hätte er Kathryn umarmen und in kalten Nächten ihren warmen, weichen Körper an seinem fühlen dürfen. Statt dessen lehnte sie sich nur gelegentlich an ihn, wenn er sie abends zum Herrengemach begleitete, lächelte ihm zu und wünschte ihm dann liebevoll eine gute Nacht.

Er hatte sich so sehr über Brennas Geburt gefreut, denn das Kind stellte eine Verbindung zwischen ihm und Kathryn dar, die sie nicht verleugnen konnte. Inzwischen war Guy soweit, daß ihm jedes Mittel recht war, um Kathryn an sich zu binden. Allerdings wollte er nicht ewige Liebe schwören, wenn dies nicht erwünscht war.

Er stieg die Treppe hinauf und betrat leise das Herrengemach. Der Anblick, der sich ihm bot, ließ ihn mitten im Schritt stocken.

Seine Gemahlin kniete neben der Wiege. Die schwindende Wintersonne übergoß ihr Profil mit blassem Gold. Was Guy so erschreckte, das war die Melancholie, die sie zu umgeben schien.

Kathryn hörte Guy nicht hereinkommen. Zart streichelte sie Brennas rosige Wange. „Ach Brenna“, murmelte sie kummervoll. „Ich liebe dich von ganzem Herzen, doch wieviel besser würde es für dich sein, wärst du ein Knabe! Ich wünsche dir alles Glück der Welt, und dennoch weiß ich, daß dir so wenig beschieden sein wird.“

Guy erstarrte. Ihre Worte und ihr Ton, in dem sie gesprochen hatte, gingen ihm wie ein Lanzenstich ins Herz.

Genau in diesem Augenblick spürte Kathryn, daß sie nicht mehr allein im Herrengemach war. Sie blickte rasch über die Schulter und sah ihren Gemahl an der Tür stehen. Seine völlig ausdruckslose Miene sagte ihr, daß er eben jedes Wort mit angehört hatte.

„Vielleicht würdet Ihr gütigst diese Äußerung erläutern, Madam", sagte er. „Besonders da Ihr so gut wißt wie ich, daß es dem Kind an nichts mangeln wird."

Langsam erwachte der heiße Zorn in Kathryn. Es sah einem Mann ähnlich anzunehmen, daß ausreichende Nahrung, ein Dach über dem Kopf und ein wenig Zuneigung ausreichten, um eine Frau glücklich zu machen! Sie erhob sich und blickte den Earl herausfordernd an.

„Was ich meinte, mein edler Herr, war dies: Von ihrer Geburt bis zu ihrem Tod wird Brenna niemals selbst über ihr Leben bestimmen können. Wäre sie hingegen ein Knabe, könnte sie ihren Weg wählen. Sie könnte Landbesitzer, Ritter oder Geistlicher werden, und kein einziger Mann, ihr Vater eingeschlossen, könnte ihr seinen Willen aufzwingen."

„Doch nur ihres Geschlechts wegen wird Brenna nie gehen dürfen, wohin und wann sie will", fuhr sie mit fester Stimme fort. „Sie wird nichts als ein Besitztum sein. Zuerst beherrscht Ihr ihr Leben, und später tut das ihr Ehemann, den Ihr zweifellos für sie ausgewählt habt. Ich fürchte, Brenna ist zu einem Leben verdammt, das nicht besser ist als meines."

Guys Augen glitzerten gefährlich. „Ah, so kommt also die Wahrheit ans Tageslicht. Sagt mir, Liebste, empfindet Ihr tatsächlich derartig? Fühlt Ihr Euch hier wirklich als meine Gefangene?"

„Das habe ich nicht gesagt."

„Ihr braucht es auch gar nicht erst zu sagen, denn Ihr zeigt es ja überdeutlich, daß Ihr Euch am liebsten von mir befreien wollt!"

Er lachte rauh auf. „In diesem Punkt habt Ihr recht, meine Liebe, denn Ihr werdet Euren Willen nicht durchsetzen. Vor Gott, den Menschen und allen Heiligen sind wir durch die Ehe miteinander verbunden, und das werden wir auch bleiben." Er wollte zur Tür hinaus gehen, blieb auf halbem Wege jedoch noch einmal stehen.

„Ich war eigentlich gekommen, um Euch mitzuteilen, daß König Heinrich mir befohlen hat, mich zu ihm nach London zu verfügen. Ich nahm an, Ihr würdet vielleicht so gut sein, einen einsamen Mann am Vorabend seiner Abreise ein wenig aufzumuntern. Da Ihr jedoch meine Anwesenheit so unerfreulich findet, sehe ich keinen Sinn darin, mit meinem Aufbruch bis morgen früh zu warten." Damit verließ er endgültig das Gemach.

Kathryn war viel zu erschüttert, um ihn aufzuhalten.

Eine Stunde später stand sie mit Brenna auf dem Arm und Peter an ihrer Seite an der Tür zum Burghof und sah zu, wie er sich reisefertig machte. Zum Schluß blieb er vor ihr stehen. Zart küßte er das Köpfchen seiner Tochter und hob sich dann seinen Sohn auf den Arm.

„Du mußt jetzt ein tapferer Junge sein und gut auf dein Schwesterchen aufpassen", flüsterte er ihm zu.

Peter nickte strahlend.

Seine Gemahlin blickte der Earl kein einziges Mal an, so als existiere diese überhaupt nicht.

Das dürft Ihr mir nicht antun! hätte sie ihm am liebsten zugerufen, seht Ihr denn nicht, daß ich Euch liebe?

Doch was hätte es genützt? Sein Herz war gegen sie verschlossen. Also schwieg sie, und ihr Stolz, so lange ihr bester Verbündeter, wurde jetzt zu ihrem erbittertsten Feind.

Eine Woche verging, dann eine zweite. Der März zog mit einem blauen Himmel und der Aussicht auf wärmere Tage ins Land. Für die Leute von Sedgewick – und natürlich von ganz England – bedeutete der Frühling, daß die Felder gepflügt und die Saaten ausgebracht werden mußten.

Jedermann war fröhlich und guter Dinge, mit Ausnahme der Lady de Marche, Countess of Sedgewick.

Kathryn mußte immer wieder an die Worte ihres Onkels in ihrem Alptraum denken: „Wie ich, so willst auch du immer das haben, was du nie besitzen kannst." Vielleicht stimmte das sogar, denn das, was sie am meisten begehrte, war auch das einzige, das sie niemals besitzen würde – die Liebe ihres Gemahls.

Eines frühen Abends saß sie in der großen Halle, als sie laute Stimmen im Burghof hörte. Eines der anwesenden Mädchen spähte hinaus.

„Was geschieht da, Meg?“ erkundigte sie sich.

„Ein kleiner Reitertrupp, Herrin“, antwortete die Magd aufgeregt. „Doch mir will scheinen, dies sind keine Männer unseres Herrn.“

In diesem Augenblick erschien Sir Edward. „Herrin, dort draußen befindet sich ein Ritter, der Euch zu sprechen begehrt.“

„Mich?“ Erstaunt legte sie ihr Nähzeug aus der Hand und erhob sich.

„Jawohl. Er sagt, er käme von Ashbury, Herrin.“

Ashbury! Kathryn konnte sich nicht vorstellen, wer das sein mochte, außer es war . . .

„Roderick!“ rief sie überrascht, als er durch den Eingang hereinhinkte. Zwei Männer, die sie als Richards frühere Krieger erkannte, stützten ihn. Sie setzten ihn auf eine der Bänke an der gegenüberliegenden Wand. Er verzerrte das Gesicht, als er das linke Bein vor sich ausstreckte. Sein Beinling war blutdurchtränkt.

Kathryn lief herzu. „Mein Gott, Roderick! Was ist denn geschehen?“

„Ah, Lady Kathryn! Meine Freunde und ich befanden uns auf dem Weg zu einem Turnier in Warwickshire, als uns einen Tagesritt von hier entfernt eine Bande von Halsabschneidern überfiel. Es ist uns zwar gelungen, die Verbrecher zu schlagen, doch ich kam offensichtlich dabei nicht so gut davon wie meine Freunde.“

Er lächelte kläglich. „Ich muß Euch und den Earl deshalb leider um die Großzügigkeit bitten, uns Unterkunft für die Nacht zu gewähren.“

„Guy befindet sich in London bei Hofe. Selbstverständlich wird Euch Unterkunft gewährt. Ihr seid auf Sedgewick willkommen, bis Euer Bein geheilt ist und Ihr wieder reiten könnt.“ Sie drehte sich um und befahl Meg, heißes Wasser und

Leinenbinden zu holen.

„Ihr seid zu gütig, Kathryn." Rodericks Blick ruhte auf ihrem hübschen Gesicht. Sie errötete, denn ihr entging nicht, wie eindringlich er sie anschaute.

Sie ließ Gerda kommen und befahl ihr, die Wunde zu versorgen, die zum Glück nicht so gefährlich war, wie sie zuerst angenommen hatte. Der Schnitt hatte zwar heftig geblutet, doch die Wundränder waren offenbar nicht entzündet. Gerda streute ein Heilpulver darauf und verband das Bein dann geschickt mit sauberen Leinenstreifen.

Kathryn war begierig, etwas von Elizabeth zu hören, und sie fragte Roderick während des Nachtmahls aus. „Wie geht es meiner Schwester? Ach, wie ich sie vermisse! Und wie war die Hochzeit? Habt Ihr an der Feier teilgenommen?"

Roderick lachte. „Gewiß, und Elizabeth war eine wirklich strahlende Braut. Das Eheleben scheint ihr gut zu bekommen, denn sie sieht mit jedem Tag besser aus."

Erleichtert atmete Kathryn auf. „Wenn Sir Hugh sie glücklich macht, will ich zufrieden sein."

„Genug von Elizabeth", meinte Roderick heiter. „Wie steht es mit Euch, Kathryn?" Er senkte die Stimme und neigte den Kopf näher heran. „Macht Euch der Earl glücklich?"

Kathryn schwieg – hauptsächlich deswegen, weil Rodericks hungriger Blick sie so verwirrte.

Roderick mißverstand ihr Schweigen. Er faßte ihre Hand, die auf ihrem Knie lag. „Kathryn, Ihr braucht nur ein einziges Wort zu sagen. Falls er Euch schlecht behandelt . . ." Er drückte ihre Hand fester.

Kathryn erhob sich und wollte sich von ihm entfernen, doch er zog sie nur noch dichter zu sich heran. Seine Vertraulichkeit war ihr unangenehm; was mochten wohl die Bediensteten denken? Was, wenn nun einer und eine von ihnen irgendwelche Geschichten an Guy weitertrug? Und überhaupt – was würde Guy wohl denken, wenn er bei seiner Heimkehr Roderick hier vorfand?

„Roderick!" flüsterte sie flehentlich. „Ihr dürft mich nicht so berühren. Vergeßt nicht, daß ich jetzt die Gemahlin des Earls of Sedgewick bin."

Er ließ sie so unvermittelt los, daß sie stolperte und beinahe das Gleichgewicht verloren hätte. „Ihr habt vollkommen recht, Madam. Hier sollte ich mich nicht einmischen." Sein Blick ging über ihre Schulter hinweg, und im selben Moment ahnte Kathryn, daß Unheil im Verzug war. Sie brauchte sich nicht erst umzudrehen, um zu wissen, daß ihr Gemahl wieder daheim war. Sie tat es trotzdem.

Guy de Marche kam auf sie zu. Der Staub der langen Reise bedeckte ihn, und die Müdigkeit hatte tiefe Linien in sein Gesicht gezeichnet; dennoch sah er so verteufelt schön aus wie eh und je.

Furcht und Sehnsucht erfüllten Kathryn gleichermaßen. Das Bedürfnis, ihn zu berühren und von ihm berührt zu werden, wurde übermächtig. Am liebsten wäre sie ihm entgegengelaufen und hätte sich an seine Schultern geklammert, um ihn dann wie wild zu küssen.

Guys Gesicht jedoch wirkte hart und kalt, und ihre sehnsüchtigen Wünsche erstarben. Nein, sie würde jetzt nicht die begehrliche Gattin spielen, wo Guy doch ganz offensichtlich ein höchst widerstrebender Gatte war!

Trotzig hob sie das Kinn. „Edler Herr!" begrüßte sie ihn kühl. „Wir hatten Euch nicht so bald zurückerwartet."

„Das sehe ich." Er lächelte eisig, legte ihr eine Hand auf die Schulter und zog sie an seine Seite. Kathryn errötete, wenn auch nicht aus Verlegenheit, sondern aus Zorn, denn Guys Berührung war in keiner Weise liebevoll, sondern sie stellte nur seine Besitzansprüche zur Schau.

Seine Augen waren auf Roderick gerichtet, der sich erhoben hatte und ein wenig steif dastand. „Es wundert mich, daß Ihr es wagt, Euch auf Sedgewick blicken zu lassen." Guy hatte das scheinbar ganz gelassen geäußert, doch sein gefahrverheißender Unterton war weder Kathryn noch Roderick entgangen.

„Die Umstände erforderten dies, Herr. Ich und der Rest meiner Gesellschaft befanden uns auf dem Weg zu einem Turnier in Warwickshire, als wir gestern am späten Abend einer Bande von Halsabschneidern begegneten." Roderick berührte sein verletztes Bein. „Bedauerlicherweise habe ich mich wohl nicht so gut geschlagen. Wir ritten hierher, um Hilfe zu erbitten, und Lady Kathryn war so gütig, uns Unterkunft anzubieten, bis meine Wunde geheilt sein würde."

„Die Mutterschaft hat die Lady in der Tat gütig gemacht", bemerkte der Earl. Seine Lippen lächelten; seine Augen taten dies hingegen nicht. Er legte die Hand an Kathryns Taille und wollte sich zusammen mit seiner Gemahlin abwenden, doch Roderick hielt ihn noch auf.

„Herr?"

Guy hob nur fragend die Augenbrauen.

„Herr, ich sehe, daß Ihr mich mit Mißfallen betrachtet. Das verstehe ich durchaus. Darf ich Euch indessen daran erinnern, daß ich Euch auf Ashbury Loyalität geschworen habe? Ich bitte Euch, mir nicht böswillig gesonnen zu sein, denn ich grolle Euch nicht."

„Dann darf ich Euch ebenfalls an etwas erinnern, Sir Roderick. Ihr fandet hier Aufnahme, weil es meiner Gemahlin beliebte. Ihr bleibt, weil es mir beliebt." Mit seiner Gattin fest an seiner Seite schritt der Earl hinfort.

Sie erreichten den Korridor im oberen Stockwerk. Hier entwand sich Kathryn Guy und ging voraus. Er hielt sie nicht fest, sondern folgte ihr nur.

Als sie ins Gemach trat, strampelte Brenna gerade unruhig, und Norah, die neue Kindermagd, beugte sich über die Wiege, um das Kind hochzunehmen.

Bei Kathryns Eintreten richtete sie sich auf. „Herrin! Ich wollte Euch gerade holen." Sie lachte leise. „Es scheint, die Kleine ist zu der Meinung gelangt, daß sie nun lange genug auf ihr Nachtmahl gewartet hat."

Kathryn lächelte. „Danke sehr, Norah. Ich brauche dich heute abend nicht mehr, doch würdest du bitte noch einmal nach Peter sehen?"

Das Mädchen vollführte je einen Knicks vor seinem Herrn und seiner Herrin, und Kathryn merkte erst jetzt, daß Guy ihr ins Gemach gefolgt war. Sie drehte sich um und wollte Brenna aus der Wiege nehmen, doch er drängte sie, Kathryn, zur Seite.

Er hob seine Tochter in die Höhe und ließ die Wickeltücher zu Boden fallen. Brenna war auf der Stelle ruhig. Sie strampelte noch ein bißchen, drückte sich die kleine Faust an den Mund

und schaute ihren Vater neugierig an, der seinerseits den Blick über ihren kleinen nackten Körper schweifen ließ. „Du meine Güte!“ Er lachte erstaunt, und sein Gesichtsausdruck sprach von unendlicher Zärtlichkeit. „Es ist ja nicht zu fassen, wie sehr du gewachsen bist!“

Die beiden so zusammen zu sehen, drückte Kathryn das Herz ab. Guys Liebe zu seiner Tochter stand ganz außer Frage. Wenn sie, Kathryn, doch nur die gleiche Zuneigung und Hingabe von ihm erwarten dürfte!

Unterdessen verpackte der Earl die kleine Brenna wieder in den Wickeltüchern und legte sie sich in den Arm. Er lachte leise, als sie sich ganz instinktiv an seine Tunika schmiegte und suchend das Mündchen spitzte.

Er warf Kathryn einen Blick zu. „Sie hat Hunger“, stellte er vollkommen sachlich fest. Die Zärtlichkeit war aus seinem Gesichtsausdruck verschwunden. Er wirkte wieder so hart und unnahbar wie zuvor.

Ist Rodericks Anwesenheit daran schuld? fragte sich Kathryn kummervoll. Oder bin ich ihm tatsächlich völlig gleichgültig? Sie verzweifelte schier, doch das sollte er ihr natürlich auf keinen Fall ansehen.

Sie nahm ihm Brenna ab und setzte sich mit ihr in die Fensterbank. Guy blieb stehen, wo er war, und er wandte sich auch nicht ab, obschon er genau wußte, daß sich seine Gemahlin das von ihm jetzt wünschte.

Sie hob stolz das Kinn und blickte ihn herausfordernd an. „Müßt Ihr denn unbedingt zuschauen?“ fragte sie ziemlich unfreundlich.

„Ich möchte Euch ins Gedächtnis rufen, daß Brenna auch meine Tochter ist. Im übrigen habe ich Euch schon öfter beim Stillen zugeschaut.“

Wohl wahr, dachte Kathryn. Sie fühlte sich zurechtgewiesen, geschlagen und den Tränen nahe. Dafür haßte sie sich genauso wie Guy auch.

Unterdessen zeigte Brenna ihren Unmut recht deutlich. Sie strampelte und schrie gellend. Ihre Mutter konnte das nicht ertragen. Sie zerrte an ihrem Gewand und entblößte die Brust. Auf der Stelle war das Kind still; es nuckelte schmatzend und zufrieden. Die Spannung im Gemach wuchs.

Guy trat vor seine Gattin, die ihre Aufmerksamkeit ausschließlich auf ihre Tochter richtete. Er ließ den Blick langsam über ihre Wange, an ihrem schlanken Hals hinab und zu der entblößten Brust streifen.

Ein beinahe schmerzhaftes Verlangen durchströmte ihn. Er wollte seine braunen Hände um die sahneweißen Hügel legen und sich satt sehen an dem Kontrast zwischen dunkler und heller Haut. Fast konnte er das weiche Fleisch mit seinen Fingern fühlen.

Als Kathryn sich den Säugling an die andere Brust legte und Guy die milchfeuchte Brustspitze sah, hätte er beinahe laut aufgestöhnt. Heiß und drängend strömte ihm das Blut in die Lenden.

Die Kleine schlief schneller ein, als es ihrer Mutter recht war. Guy neigte sich nieder, schob seine Hände unter das Kind und streifte dabei mit den Fingerknöcheln Kathryns Bauch. Ihr stockte der Atem vor Erregung; trotzdem wollte sie instinktiv protestieren, als Guy seine Tochter hochhob. Ein Blick aus seinen silbergrauen Augen genügte jedoch, um ihren Widerspruch im Keim zu ersticken.

Kathryn bedeckte ihre Blößen rasch wieder und sah zu, wie Guy Brenna in die Wiege zurücklegte. Was würde er wohl als nächstes tun? Ihr Herz hämmerte wild. Würde er gehen? Würde er bleiben? Und was wäre ihr eigentlich lieber?

Nachdem er die Kleine zu seiner Zufriedenheit verpackt und zugedeckt hatte, richtete er sich auf und drehte sich um. Einen Moment, eine scheinbare Ewigkeit lang sprach oder bewegte sich niemand. Guy und Kathryn starrten einander an, und dann tobte die Schlacht aufs neue.

Guy lächelte spöttisch über die argwöhnische Miene seiner Gemahlin. „Was!“ höhnte er. „Wollt Ihr mich denn nicht angemessen begrüßen, nachdem wir nunmehr endlich allein sind? Eure Haltung erscheint mir in der Tat recht eigenartig, Madam. Ich hatte gedacht, Ihr hättet mich vermißt.“ Sein Lächeln wurde immer böser. „Oder könnte es etwa sein, daß Ihr den Eurem Gemahl zustehenden Willkomm bereits einem anderen Mann geboten habt?“

„Ich nehme an, mit dem anderen Mann meint Ihr Roderick“, sagte sie kühl.

„Ah ja, Roderick. Jetzt, da Ihr ihn erwähnt, Liebste, muß ich gestehen, daß es mich kaum verwundert hat, ihn so bequem in meinem Haus untergebracht zu finden – mit meiner Gemahlin als zuvorkommendste Bedienung.“

„Herrgott!“ rief sie wütend aus. „Er ist doch eben erst eingetroffen. Ich habe ihm nur die Gastlichkeit und Fürsorge angedeihen lassen, die ich jedem anderen Verwundeten auch geboten hätte.“

Sie erregt sich so überzeugend. Sie ist so rechtschaffen beleidigt. Ist ihre Empörung echt oder nur gespielt? fragte sich Guy.

„Ach ja? Und welche Fürsorge habt Ihr Eurem Gatten angedeihen lassen, dessen Herz verwundet ist, weil Ihr ihn zugunsten eines anderen ignoriert?“

„Euch ignorieren! Ein verwundetes Herz! Herr, Euer Herz trägt einen eisernen Panzer! Muß ich Euch daran erinnern, daß Ihr Euch aus diesem Gemach zurückgezogen habt und nicht hierher zurückgekehrt seid?“

„Und muß ich Euch daran erinnern, daß Ihr meine Gattin seid? Es ist mein Recht, zu beanspruchen, was mir gehört – und das werde ich jetzt auch tun.“

Zornbebend sprang Kathryn auf. Der Earl hatte sich nicht geändert; er war so überheblich wie eh und je. Sie versuchte, an ihm vorbeizuschreiten, doch er packte sie und zog sie so fest zu sich heran, daß ihre und seine Hüften zusammenstießen. Und danach konnte Kathryn nur noch fühlen, wie ungeheuer erregt er war.

Sie zitterte vor Verlangen, obwohl alles in ihr die verräterischen Reaktionen ihres Körpers verleugnen wollte. Es war so lange her, seit sie Guy zum letztenmal gesehen hatte und seit er sie so umarmt hatte. Doch sie sehnte sich nach seiner Zärtlichkeit, nach einem Zeichen seiner Zuneigung, und sei es auch noch so klein. In seinen Augen vermochte sie indessen dergleichen nicht zu entdecken; sie sah ausschließlich das harte Licht der Leidenschaft.

„Tragt Eure Wollust anderswohin, edler Earl. Wie wäre es mit London und dem letzten Bett, in dem Ihr gelegen habt? Am

Hof wird es doch gewiß eine Frau geben, die nicht gar so heikel ist wie ich."

Er faßte Ihre Arme fester und starrte ihr in die Augen. Einen Wimpernschlag lang meinte sie, in seine Seele blicken zu können und dort die gleichen Qualen zu entdecken, die auch sie marterten.

„Seit jenem lange vergangenen Tag in Ashbury, an dem ich Euch zum erstenmal sah, habe ich bei keiner anderen Frau mehr gelegen. Erfreut Euch das, Liebste?"

Diese Eröffnung verschlug Kathryn die Sprache.

„Ihr seid diejenige, die mich in meinen Träumen verfolgt, die das Feuer in mir entfacht und die eine grenzenlose Leidenschaft in mir entflammt. Ihr bewegt Euch stets durch meine Gedanken, ob ich will oder nicht. Und es scheint, als wärt Ihr auch die einzige Frau, die diesen Hunger in meiner Seele zu stillen vermag, denn niemand kann mich so befriedigen wie Ihr, süße Hexe."

Dieses Geständnis trug Kathryn vom Gipfel der Glückseligkeit in den tiefsten Abgrund der Hölle, und alles in einem Atemzug. Guy redete von Leidenschaft, Feuer und Hunger, und nicht von Liebe. Niemals sprach er von Liebe.

Dennoch durchströmte eine verräterische Hitze ihre Glieder, denn seine Nähe berauschte ihre Sinne. Wo bleibt denn nur dein Stolz? fragte sie sich selbst wütend. Guy brauchte sie nur zu berühren, und schon schmolz sie in seinen Armen dahin wie Wachs an der Sonne, schon schenkte sie ihm alles, was er begehrte, obwohl sie doch viel mehr wollte als nur seine körperliche Zugetanheit. Sie wollte sein Herz, denn ihres gehörte ihm ja schon längst.

Mit einmal zitterte sie dermaßen, daß sie sich kaum noch auf den Beinen halten konnte. Ihre eigenen Empfindungen verwirrten und verängstigten sie. Sie mußte schlucken. „Was soll ich jetzt sagen?" flüsterte sie. „Für mich gilt das gleiche, denn mich hat nie ein Mann berührt außer Euch, gleichgültig was Ihr auch denken mögt."

Da er nichts erwiderte, sondern sie nur weiterhin so durchdringend anstarrte, verlor sie die Fassung. „Verdammt sollt Ihr sein, Guy! Ich weiß überhaupt nicht, was Ihr eigentlich von mir wollt!“

„Was ich will? Alles! Alles was Ihr zu geben habt und was Ihr mir verweigert.“

Kathryn war versucht, die Schlacht aufzugeben und laut auszurufen, daß sie ihn liebte. Nur hatte Guy ihr schon alles genommen, und er wollte immer mehr . . . Nein! Sie durfte ihm nicht alles ausliefern, denn dann würde sie einen Teil ihrer selbst verlieren und ganz unter seiner Macht stehen.

Als er dann jedoch seine Lippen auf ihre preßte, konnte sie sich nicht mehr wehren, weder gegen ihn noch gegen sich selbst. Sie klammerte sich blind an ihm fest, während er sie hochhob und zum Bett trug.

Trotz ihrer Angst, trotz ihres Zorns begehrte sie ihn mit der ganzen Leidenschaft ihres Herzens.

Ihr Gewand landete auf dem Boden; die Tunika und die Beinlinge des Earls folgten. Der Schein des flackernden Herdfeuers spielte auf seiner glatten braunen Haut. In Guy fand Kathryn alles, was sie suchte: Er war muskulös und sehnig, schön und stark, nackt und hart.

Er legte sich neben sie, küßte sie und ließ die Hände wandern. Er spielte mit ihren Brustspitzen, reizte und erregte sie. Wie ein heißer Blitz durchfuhr es sie, als er erst die eine, dann die andere Knospe zwischen die Lippen nahm.

Er führte seine Hand zu dem krausen schwarzen Dreieck zwischen ihren Beinen und ließ dann seinen Mund über ihren jetzt wieder flachen Leib hinabgleiten. Kathryn blieb fast das Herz stehen, als sie seinen Atem immer tiefer hinabstreichen fühlte. Sie riß die Augen auf und blickte mit Entsetzen auf den dunklen Kopf zwischen ihren Schenkeln.

„Nein“, flüsterte sie. „Nicht doch . . .“

Langsam hob Guy den Kopf. Seine Augen glänzten fiebrig. „Ihr gehört mir, Kathryn, und bevor diese Nacht vorbei ist, werdet Ihr das auch wissen.“

Ein Schluchzen entrang sich ihr. Sie stieß heftig, wenn auch vergeblich gegen seine Schulter; ebensogut hätte sie gegen einen Felsen stoßen können.

Zuerst fühlte sie nur seinen heißen, feuchten Atem, doch als seine Zunge schließlich die empfindsamste, weiblichste Stelle berührte und ihren Geschmack kostete, bäumte sich Kathryns ganzer Körper auf.

Eine nicht zu bändigende Welle der Wollust brach über sie herein. Kathryn konnte nicht mehr klar denken; sie konnte überhaupt nicht mehr denken, sondern nur noch fühlen. Mit Lippen und Zunge lockte Guy sie in einen Wirbelsturm der lustvollsten Empfindungen und führte sie auf diese Weise unaufhaltsam der Ekstase entgegen.

Kathryn hätte beinahe laut aufgeschrien, als er sie verließ, doch im nächsten Augenblick war er über ihr, und sie fühlte ihn dort, wo noch eben seine Zunge gewesen war. Ihre Brüste hoben und senkten sich mit ihren keuchenden Atemzügen. Sie grub die Fingernägel in seine Schultern und versuchte, ihn an ihrem Körper festzuhalten, doch auf starken Armen stützte er sich über ihr auf.

„Ihr seid so wunderschön ...“, flüsterte er rauh an ihrem Ohr, und seine Augen schienen jetzt fast schwarz zu sein.

Der Ausdruck in diesen Augen benahm Kathryn den Atem. „Bitte“, hauchte sie. „O bitte ...“ Sie bog sich ihm entgegen, um ihm zu zeigen, was sie begehrte.

Er lachte leise und gab ihr einen Kuß auf die Nase, auf die Wangen und die Lippen. „Langsam, Liebste“, flüsterte er ihr zu, „oder Ihr macht mich vergessen, daß dies Euer erstes Mal seit der Geburt unserer Tochter ist.“

Noch während er sprach, begann er damit, seinen Körper mit ihrem zu vereinigen. So behutsam und so quälend langsam drang er in sie ein, daß sie dachte, sie würde noch wahnsinnig werden, bevor sie ihn endlich ganz in sich fühlte. Und dann gab es nur noch das unbeschreibliche Wunder, wahrhaftig mit Guy eins zu sein.

Sie erbebte, als er sich in ihr zu bewegen begann. Sein Atem kam nur noch rauh und stoßweise.

War sein Rhythmus zuerst langsam und gleichmäßig gewesen, so raubte ihm das Gefühl, von Kathryn wieder fest umschlossen zu sein, bald die Selbstbeherrschung. Immer wieder drang er tief und begierig in sie ein, und als der Rausch der Ekstase sie dem Höhepunkt entgegentrieb, folgte Guy ihr auf dem Weg zur glückhaften Erfüllung.

Es dauerte lange, bis die Herzen wieder ruhig und gleichmäßig schlugen. Mit den Fingern strich Guy sanft durch das wirre, seidige schwarze Haar, das sie beide wie ein Netz umgab. Er rollte auf die Seite und drückte sich Kathryns Kopf an die Schulter. Sie schmiegte sich an ihn, als ob das ihr lebenslang angestammter Platz wäre.

Obgleich der Sturm der Leidenschaft Guy die ersehnte Befriedigung verschafft hatte, vermochte er das Gefühl der Leere nicht abzuschütteln, das ihn wie ein Leichentuch einzuhüllen schien. Seine gequälte Seele konnte einfach keinen Frieden finden, denn ihm wurde schmerzhaft und klar bewußt, daß Kathryns Körper ihn bereits vor langer Zeit mit Freuden akzeptiert hatte, daß jedoch ihr Herz eine ganz andere Sache war.

## 20. KAPITEL

Für einen Frühlingstag war es ungewöhnlich warm. Die Sonne stand hoch und strahlend am Himmel und übergoß das Tal mit ihrem goldenen Glanz. Ein sanfter Wind trug den süßen Duft von Wildblumen heran.

Guy hatte den Nachmittag zusammen mit Sir Michael bei der Beizjagd verbracht, ohne indessen die rechte Freude zu finden, die ihm dieser Sport sonst immer bereitete.

Er war unruhig und finsterer Stimmung. Seit zwei Tagen befand er sich nun schon wieder auf Sedgewick. Bis zur Erschöpfung hatte er sich und sein Roß vorangetrieben, weil er es nicht hatte erwarten können, seine Gemahlin wieder in den Armen zu halten. Er war so wild entschlossen gewesen, Wiedergutmachung zu leisten, alles zu richten, was zwischen ihnen falschgelaufen war . . . doch verdammt wollte er sein, wenn er ihr sein Herz zu Füßen legte, wo sie doch ihres anderweitig verschenkt hatte.

„Michael“, sagte er unvermittelt. „Ich würde gern erfahren, was Ihr von Sir Roderick haltet.“

Diese Aufforderung überraschte den jungen Ritter nicht besonders, denn er wußte von dem Zwist zwischen seinem Herrn und der Herrin. Es fiel ihm nicht schwer, diese Unstimmigkeiten auf die Anwesenheit eines gutaussehenden Außenstehenden zurückzuführen. Allerdings hatte er auch oft beobachtet, wie die Lady Kathryn ihren Gatten so sehnsüchtig und kummervoll angeschaut hatte. Bedauerlicherweise schien der Earl mit Blindheit geschlagen, was seine Gemahlin betraf.

Michael seufzte. „Nun, ich kann eigentlich nichts Tadelndes an Sir Roderick finden. Er scheint ein durchaus angenehmer

Bursche zu sein."

Gewiß, gewiß, dachte Guy düster. Sir Roderick ist der perfekte Gast, und Kathryn ist die perfekte Gastgeberin! Roderick ist galant und guter Dinge trotz seiner Verwundung, und meine Gemahlin sorgt aufmerksam für alle seine Bedürfnisse . . .

Laut sagte der Earl natürlich nichts; er starrte nur finster in die Ferne.

Michael blickte ihn besorgt an. „Ich habe den Eindruck, Ihr traut Sir Roderick nicht, Herr."

„Ich kann ihm auch nicht trauen", bestätigte Guy unumwunden. „Schon deshalb nicht, weil er einer von Richards verläßlichsten Gefolgsleuten war."

„Er hat Euch immerhin den Treueeid geleistet, und jetzt auch Sir Hugh."

Unfroh und bitter lachte Guy auf. „Ein Mensch schwört fast alles, wenn er sonst nur noch den Tod wählen kann, Michael. Ich glaube, Roderick ist in erster Linie sich selbst gegenüber loyal, und . . ."

Er unterbrach seine Rede und drehte sich im Sattel um. Prüfend ließ er den Blick durch den Wald in ihrer unmittelbaren Umgebung streifen, konnte indessen nichts Ungewöhnliches entdecken. Dennoch wurde er das Gefühl nicht los, als beobachtete sie jemand.

Er kam nicht mehr dazu, noch länger darüber nachzudenken, denn plötzlich hörte er ein zischendes Geräusch. Michael rief ihm etwas zu. Guy warf sich flach über den Hals seines Hengstes, und im selben Augenblick schwirrte ein Pfeil an seinem Kopf vorbei – so dicht, daß er den Luftzug an seiner Wange fühlte.

Hufschläge erschütterten den Erdboden. Jemand preschte durch das Unterholz. Michael hatte schon sein Schwert blankgezogen. Jetzt gab er seinem Roß die Sporen und raste zu einem dichten Gehölz. Guy riß sein Pferd herum und folgte ihm.

Zu einem Kampf kam es nicht. Der hinterhältige Angreifer hatte seinen Fluchtweg offenbar gut vorbereitet, und die beiden Verfolger bekamen ihn nicht einmal auch nur von weitem zu Gesicht.

Wieder zu der Lichtung zurückgekehrt, saß Sir Michael ab

und ging zu der schwarzen Eiche, in deren Stamm der Pfeil steckte. Er zog ihn heraus und drehte den schlanken Schaft zwischen Daumen und Zeigefinger. „Dieser Pfeil war für Euch bestimmt“, sagte er düster.

Mord! Jemand hatte versucht, ihn zu ermorden. Diese Erkenntnis ließ Guy das Blut zu Eis gefrieren. Er befahl Sir Michael, Schweigen zu bewahren, wenn sie nach Sedgewick zurückgekehrt waren.

An der treuen Ergebenheit seiner eigenen Männer zweifelte er nicht. Roderick hingegen mochte ... Es bestand immerhin die Möglichkeit.

Abends in der großen Halle war Guy wachsam, wenn seine Miene auch unergründlich blieb. Sein Blick folgte Kathryn, die gerade durch den großen Raum ging. Der Feuerschein warf goldenes Licht auf ihren schlanken Hals, als sie den Kopf neigte und über irgend etwas lächelte, das Gerda eben gesagt hatte. Ganz in dunkelroten Samt gekleidet, wirkte ihre Gestalt weich, üppig und dennoch schlank.

Guy preßte die Lippen aufeinander. Kein Wunder, daß Roderick wie jeder andere Mann im Saal – er selbst nicht ausgenommen – den Blick nicht von ihr wenden konnte. Sie war der Traum eines jeden, feurig, doch sanft, lebhaft, strahlend und verlokkend. Guy wußte zudem, wie herrlich sich ihre makellose Haut anfühlte, wie süß ihre Lippen schmeckten, und wie es war, wenn sich ihre Hüften im Feuer der Nacht an seinen rieben.

Und diese Frau gehörte ihm! Er hatte sie geheiratet und sie in Namen und Tat zu seiner Gattin gemacht. Er hatte alles gewonnen, was er begehrte. Er hatte sie in jeder möglichen Weise an sich gebunden.

Er hörte sie lachen, doch der fröhliche Klang brachte keine Sonne in die düstere Einöde seiner Seele, denn Kathryn lachte nicht für ihn, sondern für einen anderen.

Jemand drückte ihm einen Krug Bier in die Hand. Guy trank, ohne hinzusehen. Er kam sich vor wie ein Eindringling, und das in seinem eigenen Haus!

Roderick hatte auf der Bank Kathryn gegenüber Platz genommen. Dieser Schuft! dachte Guy wütend. Er ißt mein Brot, er trinkt meinen Wein – nimmt er sich auch meine Gemahlin? Gerade lachte Kathryn wieder. Guy vermochte seine Zweifel nicht zu unterdrücken.

Sehnte sie sich noch immer nach Ashbury? Bedauerte sie noch immer die Umstände, welche sie in seine Arme und in sein Bett getrieben hatten? Gewiß war ihr hier die Leidenschaft begegnet, doch niemals hatte sie behauptet, ihn, ihren Gemahl, zu lieben. Vielleicht deswegen nicht, weil sie noch immer Roderick liebte? Beabsichtigten die beiden etwa, ihn zu ermorden? Planten sie vielleicht gerade in diesem Augenblick seinen, des Earls, Untergang?

Unvermittelt drehte sie sich um und begegnete seinem Blick. Das Lächeln lag noch auf ihren Lippen, auf den Lippen, die immer nur logen und betrogen.

Jetzt hob sie ihr Kinn und wandte sich wieder zu Roderick zurück. Für Guy war das wie ein Schlag ins Gesicht. Bei allen Heiligen! Er würde doch nicht dabeistehen und zusehen, wie sie einen Narren aus ihm machte!

Er stand auf und ging zum Ende der Tafel, an der die beiden Menschen saßen, die ihn so quälten. Als er näher kam, stellten sie ihre Unterhaltung ein. Zwei Augenpaare richteten sich höflich und fragend auf ihn.

Wieder fühlte sich Guy als Außenstehender und Eindringling. „Wie geht es heute abend Eurer Verletzung, Sir Roderick?" erkundigte er sich kühl.

„Meinem Bein geht es ausgezeichnet, was Gerdas Pflege zu verdanken ist." Er schenkte Kathryn einen liebevollen Blick. „Und Kathryns natürlich", fügte er hinzu.

„Wie überaus erfreulich, daß es so gut und so schnell heilt", meinte Guy lächelnd. Er legte eine Hand auf Kathryns Schulter. „Zumal Ihr und Eure Männer doch zweifellos darauf bedacht seid, so bald wie möglich Eure Reise fortzusetzen." Er fühlte, wie Kathryn unter seiner Hand erstarrte. Roderick erschrak und schien dann ziemlich unsicher zu werden.

„Und jetzt", fuhr Guy ungerührt fort, „muß ich Euch zu meinem Bedauern der angenehmen Gesellschaft meiner Gemahlin berauben." Er hob Kathryn von der Bank, zog sie sich mit dem Rücken an seine Brust und legte ihr besitzergreifend die flache

Hand auf den Bauch. Kathryn wurde zornrot, doch das beachtete Guy nicht.

„Wie Ihr wißt", sagte er an Roderick gewandt, „sind die Pflichten einer Ehefrau mannigfaltig. Kathryn muß sich jetzt um die Bedürfnisse unserer Tochter kümmern ..." Er lachte leise und drückte ihr einen Kuß auf die duftende Haut vor ihrem Ohr. „... und um die ihres Gatten."

Damit zog er sie fort; seine Hand schloß sich erbarmungslos um ihren weichen Arm.

Sobald sie sich auf der Treppe befanden, befreite sich Kathryn aus dem harten Griff und stieg hocherhobenen Hauptes vor Guy die Stufen hinauf. Daß Rodericks wütender Blick ihnen folgte, merkte weder sie noch ihr Gemahl.

Schweigend wartete Guy, bis Kathryn Norah für die Nacht entlassen hatte. Ihm entging nicht, wie sie die schönen Lippen verzog, als er die Tür von innen verriegelte.

„Ich nehme an, Ihr habt mir etwas zu sagen." Seine Worte klangen trügerisch sanft.

„Sehr richtig!" fauchte Kathryn und äußerte sofort klar und deutlich ihr Mißvergnügen. „Euer Benehmen war rüde und unentschuldbar, Herr. Ich muß Euch wohl nicht erst daran erinnern, daß wir Gäste beherbergen. Es schickt sich nicht, sie so früh am Abend sich selbst zu überlassen, und es war außerordentlich ungehörig, daß Ihr andeutet, daß wir ... daß Ihr ..." Ihr Gesicht wurde hochrot, während sie nach den angemessenen Worten suchte.

Dieses Problem kannte Guy nicht. „Daß ich die Absicht hatte, Euch in mein Bett zu ziehen, als ob ich es nicht erwarten könnte, Hand an Euren verführerischen Körper zu legen?" Er zog sich seine Tunika aus und warf sie auf eine Bank. „Weshalb hätte ich mich denn verstellen sollen, wenn es sich doch nun einmal so verhält?"

So eine überhebliche Selbstherrlichkeit! schimpfte Kathryn im stillen. Nun, diese Arroganz war ja leider berechtigt. Ein Blick auf seine glatten braunen Schultern, seine muskulösen Arme und seinen nackten Oberkörper reichte, und schon breitete sich die Erregung in ihrem Körper aus.

„Ihr seid ja betrunken!" fuhr sie ihn an. „Von mir aus könnt

Ihr wieder hinuntergehen und Euch weiter vollaufen lassen. In einem derartig beklagenswerten Zustand will ich Euch jedenfalls nicht in meinem Bett haben!"

Ein gefährliches Lächeln spielte um seine Lippen. Wie ein Raubtier bewegte er sich näher auf Kathryn zu. „Oh, Ihr werdet mich trotzdem in Eurem Bett haben, Liebste. Heute nacht und in allen kommenden Nächten."

Sie legte die Fingerspitzen an seine Brust – nicht als eine Geste der Abwehr, und auch nicht als eine der Hingabe. Trotzdem konnte sie nicht verhehlen, daß ihr Verlangen immer drängender wurde. Mit jedem Atemzug, mit jedem Schlag ihres Herzens begehrte sie Guy mehr, ja liebte sie ihn mehr. Falls sie ihm jedoch ihr Herz zu Füßen legte, würde er nur darauf herumtrampeln, und was blieb ihr dann? Nein, sie mußte etwas für sich behalten, und sei es auch noch so wenig.

„Ihr begehrt mich ja gar nicht wirklich", stellte sie fest. „Ihr tut dies ja nur wegen Roderick. Ihr wollt zeigen, daß ich Euch geheiratet habe, und nicht ihn. Damit wollt Ihr vor ihm protzen!" Sie verlor vollends die Beherrschung. „Ihr tut das nur zur Strafe!" schrie sie.

Seine Miene wurde so finster wie die schwärzeste Nacht. Er griff in Kathryns Haar und zog ihren Kopf zurück, so daß sie ihm ihr Gesicht entgegenheben mußte. „Sagt mir eines", befahl er rauh. „Wen bestrafe ich, Kathryn – Euch oder mich?"

Hart und fordernd preßte er seinen Mund auf ihren, und sogleich schlug ihr Herz wie rasend. Einen Moment später riß Guy ihr das Gewand herunter und mit ihm ihre Widerstandskraft. Ihr Blut erhitzte sich wie im stärksten Fieber, und als er sie aufs Bett drückte und sich über sie legte, verwehrte sie ihm nichts mehr.

Ihre Vereinigung war hart und heftig, atemberaubend und voller wilder Verzweiflung. Kathryn schlang die Beine um Guy, als wollte sie ihn für alle Ewigkeit in sich festhalten. Sie fand ihre Erfüllung in seiner wie er seine in ihrer. Mit einem letzten Aufstöhnen brach er am Ende erschöpft und befriedigt über ihr zusammen.

Der Sturm in ihnen ebbte ab und legte sich schließlich. Kathryn schob die Finger in das rabenschwarze Haar auf Guys Brust, und erst jetzt wurde ihr bewußt, daß ihr die Tränen über die Wangen liefen.

Sie weinte, weil sie ihn liebte und nicht wagte, es ihn wissen zu lassen.

Guy bezweifelte nicht, daß sie weinte, weil sie ihn nicht liebte.

Der Himmel im Osten schimmerte blaßviolett, als Guy am nächsten Morgen aus dem Bett schlüpfte. Rasch legte er Tunika, Beinlinge und Stiefel an. Neben der Wiege blieb er einen Moment stehen, und seine Miene wurde ein wenig weicher.

Er war Brenna, dem kleinen Engel, ausgesprochen dankbar, denn sie hatte diesmal ohne Störung durchgeschlafen und von ihrer Mutter nicht die sonst übliche nächtliche Mahlzeit verlangt.

Guy betrachtete seine Tochter. Sie lag halb auf dem Bauch, hatte die Beinchen hochgezogen und streckte das kleine Hinterteil in die Luft. Eine winzige Faust drückte sich an ihre Wange, und ihr Mündchen öffnete und bewegte sich, als söge es an der Mutterbrust.

Er lachte leise und streichelte ganz zart über das weiche Haar auf ihrem Köpfchen. Wie winzig das kleine Mädchen neben seiner großen Hand wirkte! Der Stolz schwellte wieder einmal seine Brust, denn eines Tages würde Brenna ebenso schön sein wie ihre Mutter.

Unwillkürlich kehrte sein Blick zu Kathryn zurück. Sie lag auf der Seite zusammengerollt und schlief wie ein unschuldiges Kind. Ihre Wangen waren rosa überhaucht und ihre Lippen wie von Sommertau benetzt. Guy fühlte, wie sein Körper auf diesen verlockenden Anblick reagierte, und sein gefaßter Entschluß geriet ins Wanken.

Sie ist nicht unschuldig! mahnte er sich ungehalten. Meisterlich beherrschte sie alle weiblichen Verführungskünste und zog ihn immer tiefer in ihren Bann.

Sein Lächeln erstarb. Mit düsterem Gesicht wandte er sich ab. Er hatte schließlich einen Grund für sein frühes Aufstehen, und von seiner Absicht wollte er sich auf gar keinen Fall abbringen lassen, so groß die Versuchung auch war.

Als er wenig später die große Halle betrat, herrschte zu seiner

Überraschung dort schon Geschäftigkeit. Der überwiegende Teil von Rodericks Gefolgsleuten saß reisefertig gekleidet beim Morgenmahl. Guy nahm das mit größter Freude zur Kenntnis. Er hatte nämlich vorgehabt, Roderick mit Nachdruck zur Weiterreise zu veranlassen, doch das war ja nun offensichtlich gar nicht mehr nötig.

„Herr!" rief ihm der Mann zum Gruß entgegen, um den sich seine Gedanken drehten.

Guy blieb stehen, wo er war; seine lässige Haltung täuschte über die Spannung hinweg, die in seinem Inneren herrschte. „Sir Roderick", erwiderte er den Gruß. „Ihr brecht heute nach Warwickshire auf?"

„So ist es, Herr . . ."

Es schien, als wollte Roderick noch etwas hinzufügen. Guy wartete und seine Miene war abweisend, denn seine Abneigung gegen den Mann hatte sich schon seit langem zu tiefem Haß gesteigert.

„Herr, falls ich durch irgend etwas Euer Mißfallen erregt haben sollte, so täte es mir aufrichtig leid."

„So?" Das klang recht hochmütig. Es war nicht zu verkennen, daß Guy den Ritter nur gerade so eben tolerierte.

Roderick war das unbehaglich. „Herr, ich spreche die Wahrheit. Was vor Zeiten zwischen mir und der Lady Kathryn bestand, ist vorbei und vergangen. Ich habe mich längst damit abgefunden, daß sie Eure Gemahlin ist, und ich will keinesfalls der Anlaß für irgendwelche Schwierigkeiten zwischen Euch und ihr sein."

„Sir Roderick", versetzte Guy leise, „hättet Ihr durch irgend etwas gezeigt, daß Ihr meine Gemahlin begehrt, würdet Ihr jetzt nicht mehr vor mir stehen." Seine Stimme klang ausgesprochen freundlich, und er lächelte sogar. Es dauerte einen Moment, bis Roderick begriff, welche Drohung soeben ausgestoßen worden war.

„Mir ist mein Leben durchaus lieb", sagte er steif. „So wie Euch Eures auch lieb sein sollte."

Guy gewann nur flüchtig den Eindruck, als läge etwas Unheilvolles in dieser Bemerkung, doch bevor einer von ihnen noch etwas äußern konnte, wurde Roderick von einem seiner

Männer in den Burghof gerufen, und wenige Minuten später ritten er und seine Leute zum Tor hinaus.

Der Earl beobachtete das Schauspiel mit Genugtuung. Er lächelte, und das war das erste wirklich erfreute Lächeln dieses Tages. Er bedauerte den Aufbruch seines Gastes nicht im geringsten.

Kathryn würde es vermutlich anders empfinden.

Als Kathryn einige Stunden später in die große Halle kam, war weder ihr Gatte noch ihr Gast in Sicht. Überhaupt war es ungewöhnlich still im Saal. Sie befragte die erste Magd, die ihr über den Weg lief und erfuhr, daß Sir Roderick heute am frühen Morgen abgereist war.

„Und der Earl?" erkundigte sie sich. „Ist er hier?" Sie befürchtete beinahe, Guy könnte Roderick mit gezogenem Schwert von Sedgewick gejagt haben.

„Nein, Herrin. Ich hörte, wie er zu Sir Edward sagte, er wolle heute morgen zur Jagd ausreiten."

Das Mittagsmahl ging ohne den Earl vorüber. Ärgerlich kehrte Kathryn danach in ihr Gemach zurück und beschäftigte sich mit ihrer Näharbeit. Am frühen Nachmittag erschien Guy. Sie ignorierte ihn.

Er spürte sofort ihre eisige Stimmung; natürlich hatte Kathryn sein Eintreten bemerkt, doch sie hob weder den Blick, noch sagte sie ein einziges Wort. Zu einer anderen Zeit hätte ihn das vielleicht erheitert. Nicht so heute.

Er trat auf sie zu, zog ihr die Nadelarbeit aus den Händen und warf sie zur Seite. Wütend hob Kathryn den Kopf, preßte die Lippen zusammen und starrte Guy an. Ihre Augen sprühten grünes Feuer.

„Euer Hochmut ist mir nicht entgangen, Madam. Seid Ihr so ungehalten, weil Euer verwundeter Ritter abgereist ist?"

Kathryn fand diese Frage so abwegig, daß sie sie nicht mit einer Antwort würdigte. Ihre Verärgerung verhehlte sie allerdings nicht. „Ihr habt Roderick von Sedgewick fortbefohlen, nicht wahr?"

„Das hätte ich gewiß getan, nur war das gar nicht nötig, denn unser Gast hatte sich heute morgen bereits selbst zum sofortigen Aufbruch entschlossen."

„Zweifellos mit Hilfe eines gerüttelten Maßes an Nachdruck von Eurer Seite."

Guy faßte sie beim Ellbogen und zog sie aus ihrem Sessel hoch. „Seid Ihr so böse, daß Ihr mich einen Lügner nennt, Liebste?"

Sie bemerkte sehr wohl das gefährliche Glimmen in seinen Augen. „Falls ich böse bin", erklärte sie entschlossen, „dann deswegen, weil Ihr so wenig Mitgefühl gezeigt habt."

„Mitgefühl? Ha! Wie weit würde Euer nobler Roderick wohl gehen, um mich aus dem Weg zu räumen? Was würdet Ihr sagen, wenn ich Euch erzählte, daß ich selbst nur knapp einem vorzeitigen Tod entronnen bin?" Er beobachtete sie genau und prüfend, denn ein unschöner Verdacht hatte ihn beschlichen.

„Was meint Ihr damit?" Bestürzt und verwirrt schaute sie ihn an. „Daß Roderick die Absicht hatte, Euch zu ermorden?"

„Jedenfalls versuchte jemand gestern im Wald, mein Herz mit einem Pfeil zu durchbohren. In Anbetracht der Tatsache, daß ich in der letzten Zeit keine weiteren Angriffe auf mein Leben zu verzeichnen hatte, wird Euch doch sicherlich verständlich sein, daß ich unwillkürlich an Sir Roderick denken mußte", meinte er spöttisch.

„Guy, während Ihr und Michael auf der Beiz wart, befand sich Roderick hier . . ."

„Bei Euch?"

Zu spät merkte sie, auf welchen Pfad sie sich da begeben hatte. Sie nickte schwach.

„Das spricht ihn kaum von Schuld frei, Kathryn." Sein Blick wurde mörderisch. „Zweifellos lag Euch an einer diskreten Liaison, fern von neugierigen Augen, die Euch vielleicht hätten beobachten können . . ."

Es dauerte einen Moment, bis sie die Bedeutung dieser Worte erfaßte, und dann erstarrte sie zu Eis.

Guy schnaubte verächtlich und wollte dann gehen, doch sie hielt ihn am Arm fest. „Guy, es war nicht so, wie Ihr denkt. Wir haben uns nur unterhalten – über Ashbury und Elizabeth. Das schwöre ich."

„Sei es, wie es wolle, doch ich frage Euch: Habt Ihr Euch mit ihm gegen mich verschworen?"

Diese Frage drang ihr wie ein Dolchstich ins Herz. Kathryn wußte ja, daß Guy sie nicht liebte, doch verband ihn tatsächlich so wenig mit ihr, daß er denken konnte, sie würde ihn betrügen? Tränen traten ihr in die Augen. „Glaubt Ihr das wirklich?" fragte sie, und ihrer Stimme waren ihre Seelenqualen anzuhören.

Guy fuhr sich ungehalten mit der Hand durchs Haar. „Ich weiß nicht mehr, was ich glauben soll!" rief er. „Ihr habt mich seit Monaten soweit gebracht, daß ich überhaupt nichts mehr weiß. Und Euer Roderick hat niemals aufgehört, Euch zu begehren, Kathryn."

„Ich gebe nicht vor, Rodericks Gedanken zu kennen." Mit ihrem Blick flehte sie Guy an, sie doch bitte zu verstehen. Weshalb sah er denn nicht, daß sie nur ihn liebte? Daß sie nie einen anderen Mann geliebt hatte?

„Ihr seid mein Gemahl", beteuerte sie. „Ich habe mein Ehegelübde vor Gott gesprochen, und ich werde es niemals brechen, gleichgültig, was immer geschehen mag."

Guy hatte das Gefühl, als würde er innerlich zerrissen. Er verlangte Kathryns Loyalität, ja sogar ihre Liebe, und er wußte doch, daß er keines von beidem je erlangen konnte. Er haßte sich dafür, daß er nicht wußte, ob er ihr vertrauen konnte, selbst wenn sie einen Schwur leistete.

Er starrte sie unerbittlich an. „Ihr habt Euch Roderick schon einmal zugewendet, Kathryn. Das könnt Ihr nicht leugnen. Er war derjenige, nach dem Euch der Sinn stand – nicht ich. Weshalb also sollte ich Euch glauben?"

„Ja, weshalb?" sagte sie bitter, und plötzlich weinte, lachte und schluchzte sie und schlug mit den Fäusten auf seine Brust ein. „Ihr wolltet vorhin wissen, ob ich böse bin. Jawohl, das bin ich! Ich bin böse darüber, daß Ihr so blind seid. Böse darüber, daß ich alle meine Gefühle verbergen muß . . ."

„Und was sind das für Gefühle?" Er fing ihre Handgelenke ein, zog Kathryn dich zu sich heran und blickte ihr durchdringend in die Augen.

Da sie ihre Hände nicht bewegen konnte, war es ihr auch nicht möglich, sich die Tränen von den Wangen zu wischen; der Geschmack dieser Tränen und der der Verzweiflung lag bitter auf ihrer Zunge.

Die Kraft zum Streiten verließ sie von einem Moment zum anderen, und als Kathryn wieder sprechen konnte, hörte es sich wie ein zitterndes Flüstern an. „Wißt Ihr das denn tatsächlich nicht?"

Er blickte ihr in die grünen, tränenverschleierten Augen, und für einen Moment meinte er, ihr direkt bis in die Seele schauen zu können. Sein Herz setzte aus und schlug dann beinahe schmerzhaft weiter. Seinem Gesichtsausdruck war davon nichts anzumerken.

„Sagt es mir, Kathryn! Sagt mir, was Ihr fühlt – und weshalb Ihr es verbergen müßt."

Neue Tränen rollten ihr über die Wangen. „Weil es für mich nur Euch gibt! Ihr werft mir vor, ich würde mit einem anderen Mann herumtändeln, wo es für mich doch niemanden außer Euch gibt. Es hat auch nie einen anderen gegeben. Ich wollte es nicht, doch ich ... O Gott! Wißt Ihr denn nicht, daß ich Euch liebe?"

Von draußen wurde heftig an die Tür gehämmert. „Herr!" rief jemand.

Guy war hin- und hergerissen zwischen der bebenden Frau in seinen Armen und dem Mann an der Tür. Er wollte ihn einfach nicht zur Kenntnis nehmen, doch das Pochen ging unerbittlich weiter.

„Herr! Ich muß Euch dringend sprechen!"

Fluchend drehte sich Guy um und öffnete die Tür. Sir Edward und zwei weitere Ritter standen auf dem Korridor. Ersterer trat vor.

„Herr, wir haben soeben die Nachricht erhalten, daß Ramsey Keep unter Angriff steht!"

„Was? Wer sind die Angreifer? Wessen Banner tragen sie?"

„Das wissen wir nicht", antwortete Sir Edward. „Der Bote sagte, er sei gleich nach dem Beginn der Belagerung im Schutz der Dunkelheit geflohen und hätte deshalb die Banner nicht erkennen können. Herr, Eure Leute bereiten sich schon in den Ställen auf den Aufbruch vor", fügte er hinzu. „Werdet Ihr mit ihnen reiten?"

Guy nickte kurz. Im stillen verfluchte er das Schicksal wegen solcher Störung zur Unzeit. Er wollte jetzt seine Gemahlin nicht verlassen, jetzt nicht und niemals wieder. „Laßt mein Schlachtroß satteln“, befahl er. „Ich komme sofort.“

Die drei Männer eilten hinfort. Guy drehte sich zu Kathryn um, die einen Schritt hinter ihm stand. „Mir bleibt keine andere Wahl, als mit ihnen zu reiten“, erklärte er finster.

„Ich weiß.“ Ihr Herz schmerzte, doch sie verbarg das hinter einem Lächeln.

Er faßte sie um die Taille und zog sie beinahe grob zu sich heran. „Ich verspreche Euch, so bald wie irgend möglich zurückzukommen, Kathryn.“ Im nächsten Moment preßte er seine Lippen auf ihre. Sein Kuß war heiß, leidenschaftlich und voller Zärtlichkeit. Kathryn schlang die Arme um Guys Nacken und klammerte sich an ihm fest. Sie wünschte, der Kuß möge nie enden und Guy würde sie nicht verlassen müssen, niemals wieder.

Dieser Wunsch konnte sich selbstverständlich nicht erfüllen; der Earl mußte gehen.

Kathryn beobachtete aus dem Fenster, wie er und seine Krieger mit donnerndem Hufschlag zum Tor hinaus ritten, und in diesem Moment lief ihr ein unheilvoller Schauder über den Rücken. Ihr war mit einmal totenkalt, obwohl doch das Herdfeuer wärmend brannte. Sie wurde das gespenstische Gefühl nicht los, daß etwas Schreckliches geschehen würde.

Damit sollte sie recht behalten.

## 21. KAPITEL

Kathryn versuchte sich einzureden, daß alles gut war und daß Guy bald sicher und unversehrt heimkehren würde, doch das böse Gefühl wollte nicht von ihr weichen.

Sie begab sich in das Frauengemach, um Brenna zu stillen, während Peter zu ihren Füßen spielte.

Keine Stunde nach dem Aufbruch des Earls und seiner Mannen hörte sie den Ruf des Türmers und gleich danach Hufschläge. Sie stand auf, legte Brenna in die Wiege und lugte dann in den Burghof hinaus. Ein Pferdeknecht führte gerade einen dunklen Hengst, den sie nicht kannte, in den Stall. Der Reiter befand sich nicht mehr im Hof.

Einen Augenblick später wurde an die Tür geklopft. Gerda schaute herein. „Herrin, Ihr habt einen Besucher."

Um das Mädchen herum trat Roderick über die Schwelle.

Kathryn erschrak über sein Erscheinen. „Roderick! Guy hat mir doch gesagt, Ihr befändet Euch auf dem Weg nach Warwickshire."

Gerda hatte sich inzwischen zurückgezogen, und Roderick hob lächelnd die Augenbrauen. „Ich muß mit Euch reden, Kathryn." Er warf einen Blick zu Peter hinunter. „Und zwar allein", fügte er hinzu.

Ihr mißfiel sein arrogantes Auftreten. Nach kurzem Zögern hob sie Peter auf die Füße. „Liebling, sei ein braver Junge und geh zu Gerda, ja?" Der kleine Bursche schob die zitternde Unterlippe vor; er war ganz offensichtlich traurig.

Kathryn lächelte und kniff ihm liebevoll in die Wange. „Gerda und du dürft die Köchin um eines von diesen gefüllten Honigküchlein bitten, die du gestern abend so gern essen mochtest.“ Peter strahlte wieder versöhnt, und nachdem sie ihm noch einen schnellen Kuß auf die Stirn gedrückt hatte, rannte er davon.

Die schwere Tür schloß sich hinter ihm. Kathryn richtete sich auf. Die Art, wie Roderick sie ansah, gefiel ihr ganz und gar nicht. „Ich muß zugeben, daß ich über Eure Rückkehr sehr überrascht bin. Weshalb seid Ihr nicht bei Euren Männern in Warwickshire?“

„Ich habe es mir eben anders überlegt. Ich kehre nach Ashbury zurück.“

Sein Lächeln schickte ihr einen Schauder über den Rücken, und sie wünschte sich, Gerda wäre nicht fortgegangen; es behagte ihr nicht, mit Roderick allein zu sein. Sie ging zur Tür. „Ich werde anweisen, Euch ein Mahl zu richten“, erklärte sie. „Doch danach müßt Ihr Euch wieder fortbegeben.“

Fest packte Roderick sie beim Arm und drehte sie so heftig zu sich herum, daß sie gegen ihn stolperte. Nun schlang er auch noch einen Arm um sie. Er preßte sie sich an die Brust und ließ die andere Hand an ihrem Rücken hinunter zu ihren weichen Rundungen gleiten. Triumph leuchtete aus seinem Blick.

„Roderick!“ schrie Kathryn empört und schlug mit den Fäusten auf ihn ein. „Ich bin eine verheiratete Frau! Ich verlange, daß Ihr mich gefälligst auch so behandelt und mich auf der Stelle loslaßt!“

Ihre Gegenwehr rührte ihn nicht im geringsten. Er legte den Kopf in den Nacken und lachte. „Liebste, das ist wirklich überaus erheiternd. Ihr werdet nämlich noch heute eine Witwe sein.“ Seine Augen glitzerten unheilvoll. „Fürchtet Euch nicht, meine Liebe, denn ich verspreche Euch, Ihr werdet nicht lange eine Witwe bleiben. Unsere Hochzeit wird stattfinden, sobald ich es einrichten kann.“

Kathryns Hände, ihr Herz und ihr Denken erstarrten. Sie konnte Roderick nur fassungslos anstarren, doch dann beschlich ein Verdacht sie, der so schrecklich war, daß sie ihn sogleich wieder verdrängen wollte. „Zur Hölle! Was habt Ihr getan? Wo ist Guy?“

Sein Lachen klang grausig. „Zu dieser Stunde reitet er seinem Tod entgegen, Kathryn.“

Ihr Mund war wie ausgetrocknet. „Nein!“ schrie sie. „Er reitet nach Ramsey Keep!“

„Nur wird er es nie erreichen. Man wird ihn unterwegs überfallen. Neulich im Wald von Sedgewick hatte er Glück; diesmal allerdings werden meine Männer dafür sorgen, daß er nicht überlebt.“

„Ihr habt ihn getäuscht! Ihr habt ihm eine Falle gestellt!“

„Gewiß doch, und es war furchtbar einfach. Er hat nicht den leisesten Verdacht geschöpft, daß der Bote einer meiner Leute sein könnte.“

Guy sollte sterben! Nein! schrie ihr Herz. Wilde Wut flammte in ihr auf und verlieh ihr die Kraft, sich von Roderick loszureißen und ihn sofort anzufallen.

Er fluchte fürchterlich, als sich ihre Fingernägel in seine Wange krallten. So heftig stieß er sie gegen die Wand, daß ihr für einen Moment der Atem ausblieb.

Sie starrte Roderick haßerfüllt an. „Warum?“ schrie sie, als sie wieder Luft bekam. „Warum wollt Ihr ihn umbringen? Guys Tod bringt Euch doch nichts ein.“

„Euch dagegen um so mehr, Liebste.“ Er merkte, daß Kathryn nach und nach begriff. „Ah, ich sehe, Ihr wißt, was ich meine. Als Guys Witwe steht Euch ein Drittel seiner Güter zu. Ihr werdet eine der reichsten Witwen Englands sein, und Euer Reichtum wird mir gehören, nachdem wir verheiratet sind.“

„Ihr glaubt, ich würde den Mörder meines Gatten heiraten? Ihr müßt ja wahnsinnig sein!“

„Merkwürdig, als ich Euren Onkel beseitigte, wart Ihr nicht so zornig.“

Ihr Blut erstarrte zu Eis. „Großer Gott!“ flüsterte sie. „Ihr wart es – Ihr habt Richard of Ashbury ermordet!“ Benommen schüttelte sie den Kopf. „Ich verstehe das alles nicht. Ashbury gehörte doch bereits Guy de Marche. Weshalb mußtet Ihr da noch Richard umbringen?“

„Weil ich nicht das Risiko eingehen wollte, daß er später noch einmal eingreift. Guys Tod war nämlich längst geplant, und erst wenn sowohl Richard als auch Guy aus dem Weg geräumt wären, hätte Ashbury mir . . . uns gehört.“

Er zuckte die Schulter. „Leider reiste der Earl mit Euch ab, bevor ich mein Vorhaben durchführen konnte. Ich gebe zu, eine Zeitlang dachte ich, nun würde für mich keine Hoffnung mehr bestehen."

Sein Gesicht war nur noch eine Maske des Bösen. „Es wäre mir ein reines Vergnügen gewesen, den Bastard umzubringen, als er Euch heiratete und Ashbury Sir Hugh übereignete. Doch wie Ihr seht, haben sich die Dinge viel besser entwickelt, als ich mir habe träumen lassen, denn nun werde ich wesentlich mehr als nur Ashbury gewinnen."

Sein glühender, haßerfüllter Blick und sein teuflisches Grinsen versetzten Kathryn in Angst und Schrecken. Sie drückte sich an die Wand. „An dem Abend, als Ihr hierher nach Sedgewick kamt ... Ihr und Eure Männer wart gar nicht von Banditen überfallen worden, und Eure Wunde hattet Ihr Euch selbst beigebracht. War es so?"

„Ich mußte mir doch auf irgendeine Weise Zutritt zu Eurer Burg verschaffen. Ein freundliches Willkommen konnte ich wohl kaum von Eurem Earl erwarten." Er lachte. „Ein paar kleine Schmerzen für einen so großen Gewinn – das ist ein außerordentlich gutes Geschäft."

Trotzig hob Kathryn den Kopf. „Ich wiederhole: Ich werde Euch niemals heiraten, Roderick."

„Ihr habt mich schon einmal geliebt, und Ihr werdet mich wieder lieben."

„Ich habe Euch nie geliebt, Roderick! Ich habe Euch nur benutzt, um Ashbury zu gewinnen, so wie Ihr mich jetzt benutzen wollt, um Guys Besitz zu gewinnen."

„Dann passen wir doch hervorragend zueinander, nicht wahr?" Er trat dicht an sie heran. „Packt, was Ihr für Euch und das Kind benötigt. Wir brechen sofort nach Ashbury auf. Ich will von niemandem hier angetroffen werden. Man könnte mich mit dem Mord an dem Earl in Verbindung bringen. Wenn Ihr mit mir bei Bekanntwerden seines Todes nach Eurer alten Heimstatt unterwegs seid, wird mich niemand verdächtigen."

Stolz reckte sie das zarte Kinn. „Mit Euch werde ich nirgendwohin gehen!" erklärte sie. „Weder jetzt noch jemals."

Er packte sie so eisenhart am Arm, daß sie beinahe vor Schmerz aufgeschrien hätte. Groß und drohend stand Roderick vor ihr. Seine Lippen waren so verzerrt, als fletschte er die Zähne. Kathryn befürchtete, er würde sie gleich schlagen. Sie machte sich schon darauf gefaßt, doch er tat es nicht, sondern ließ ihren Arm los und drehte sich um.

Bevor sie begriff, was er vorhatte, riß er Brenna aus der Wiege. „Ich an Eurer Stelle würde es mir noch einmal überlegen, Kathryn." Seine sanfte Stimme stand im Widerspruch zu seinem grausamen Gesichtsausdruck. „Eure Tochter ist so klein und zerbrechlich, meine Liebe. Es wäre sehr leicht, ihr den Hals zu brechen."

Kathryn erstarrte vor Entsetzen. Wäre er tatsächlich imstande, einem unschuldigen Kind das Leben zu rauben? Sie blickte Roderick ins Gesicht und sah einen kalten und rücksichtslosen Mörder vor sich. Zweifellos würde er genau das tun, was er angedroht hatte. Ihr blieb also nichts weiter übrig, als seinem Befehl zu folgen.

Sie drehte sich um und raffte irgendwelche Kleidungsstücke zusammen, ohne recht zu wissen, was sie tat. Dumpfe Ergebenheit senkte sich über sie, als sie zusammen die Treppe zur großen Halle hinunterstiegen. Roderick hielt noch immer Brenna im Arm, die den Tumult um sich herum friedlich verschlief.

Gerda kam aus der Küche. Sie blieb stehen und runzelte bestürzt die Stirn, als sie das Kleiderbündel sah, das Kathryn bei sich trug.

„Herrin, Ihr reist doch nicht etwa ab?" fragte sie besorgt.

„Gewiß tut sie das", antwortete Roderick über Kathryns Kopf hinweg. „Es ist schon so lange her, seit die Lady ihre Schwester zum letztenmal gesehen hat. Sie hat beschlossen, mit mir nach Ashbury zurückzukehren."

Kathryn sah Gerdas auf sie gerichteten Blick und überlegte verzweifelt, wie sie dem Mädchen ein heimliches Zeichen geben könnte. Sie öffnete den Mund, doch leider verstärkte Roderick seinen Griff um ihren Arm so sehr, daß der Schmerz schier unerträglich wurde. Ihr Herz hämmerte wie wild, doch sie wagte kein Wort zu sagen.

„Lady Kathryn . . ." Gerda rang die Hände. „Was soll ich denn dem Earl sagen, wenn er wiederkommt?"

Wieder war es Roderick, der dem Mädchen antwortete. „Du

kannst dem Earl ausrichten, er brauche sich keine Sorgen zu machen." Er lächelte. „Ich werde das Leben der Lady bewachen, als wäre es mein eigenes."

Kathryn hätte ihm am liebsten dieses beleidigende Lächeln aus dem Gesicht geschlagen, doch er schob sie schon aus der Halle hinaus.

Esmeralda und Rodericks Pferd warteten schon gesattelt vor den Ställen. Ein Reitknecht half beim Aufsitzen. Kathryn drehte sich zu Roderick um und streckte die Arme nach Brenna aus. Schon dachte sie, er würde ablehnen, doch dann übergab er ihr das Kind, wobei er sie mit den Blicken förmlich durchbohrte. Kathryn mißverstand die Warnung nicht.

Die Nachmittagssonne strahlte golden vom Himmel, als sie Sedgewick verließen, doch die Furcht umhüllte Kathryns Herz wie ein schwarzes Leichentuch. Wo mochte Guy jetzt sein? Lebte er noch? Hatte ihn irgendeines Kriegers Schwert schon seines letzten Atems beraubt?

Stumm begann sie für Guys Unversehrtheit zu beten, für die Unversehrtheit ihres Kindes . . . Kathryn betete so inbrünstig wie noch nie in ihrem Leben.

„Halt!" Der Earl riß den Arm hoch, zügelte sein Schlachtroß und brachte es recht unvermittelt zum Stehen. Die lange Reihe seiner berittenen Krieger hinter ihm hielt an.

Sir Michael ritt zu Guy heran und warf einen Blick auf die bewaldete Umgebung. „Herr? Weshalb halten wir denn jetzt schon?"

Guy antwortete nicht sofort. Er vermochte sich die Unruhe in seinem Inneren nicht zu erklären; er wußte nur, daß sie mit jedem Schritt weiter fort von Sedgewick wuchs.

„Ich bin mir nicht ganz sicher, Michael", sagte er endlich. „Doch ich werde das Gefühl nicht los, daß irgend etwas nicht stimmt."

„Wie das, Herr?"

Etwas, das Roderick heute morgen geäußert hatte, ging ihm im Sinn herum. „Mir ist mein Leben sehr lieb, so wie Euch Eures auch lieb sein sollte", hatte er bemerkt, und erst jetzt erkannte Guy das als eine mögliche Drohung.

„Sir Roderick ist heute früh aufgebrochen", sagte er zu Michael, „und schon wenige Stunden später erhielten wir die Nachricht, daß Ramsey Keep unter Belagerung steht. Natürlich kommen solche Zufälligkeiten vor, doch wenn ich jetzt so darüber nachdenke, dann erscheint es mir doch ein wenig zu ... zweckmäßig."

Sir Michael rieb sich das Kinn und machte ein Gesicht, das ebenso besorgt aussah wie das seines Herrn. „Vermutet Ihr, daß Ihr mit dieser Botschaft von Sedgewick fortgelockt werden solltet?"

Guy wünschte sich, er hätte mehr Streitkräfte auf seiner Burg zurückgelassen. Die Vorstellung, daß Kathryn dort nur mit der Notbesatzung zu ihrem Schutz zurückgeblieben war, wurde ihm immer unbehaglicher. „Ich weiß es nicht", antwortete er. „Ich werde es feststellen."

„Soll das heißen, Ihr wollt nach Sedgewick zurückkehren, Herr?"

„Jawohl. Michael, führt Ihr meine Männer weiter nach Ramsey Keep. Falls dort alles beim Rechten ist, haben wir nichts verloren. Falls nicht, so führt Ihr meine Truppe in die Schlacht. Und seid auf der Hut vor einer Falle, mein Freund."

Der junge Ritter richtete sich sehr gerade auf. Er war sich der Verantwortung bewußt, die ihm sein Herr übertragen hatte, und es beschämte ihn, daß der Earl ihm so vertraute wie sonst kaum jemandem. „Ich werde Euch nicht enttäuschen, Herr", versicherte er ernst.

Guy verschwand in einer riesigen Staubwolke. Er hoffte inständig, daß er auf Sedgewick alles in bester Ordnung vorfinden würde. Als er indessen dort eintraf, war dem nicht so. In der großen Halle hielt sich niemand auf. Guy durchquerte sie eilig und stieg die Treppe hinauf.

Seine Gattin befand sich nicht im Herrengemach. Ein wenig geistesabwesend nahm er eine ihrer durchscheinenden Hauben auf und führte sie sich an die Lippen. Der Duft von Kathryns Haar hing noch in dem Stoff – doch wo war sie selbst? Erst jetzt fiel ihm auf, daß Brennas Wiege leer war. Überhaupt erschien ihm alles hier so still wie ein Grab.

Ein Geräusch von der Tür her ließ ihn herumfahren. Gerda

stand dort. Sie hatte die Hände fest zusammengepreßt und wirkte restlos verstört.

„Wo ist die Lady Kathryn?"

Gerda schwieg, doch die Furcht in ihren Augen sagte Guy genug. Schmerz erfaßte sein Herz, und dann flammte die wilde Wut in ihm auf. Die zarte Haube in seinen Händen flog zerrissen zu Boden.

„Bei allen Heiligen!" stieß er hervor. „Sie ist fort, nicht wahr? Und sie hat Brenna mitgenommen!" Er ließ Gerda überhaupt nicht zu Wort kommen. „Ich brauche wohl nicht erst zu fragen, ob sie nach Ashbury gereist ist."

Sein Zorn verängstigte Gerda sehr. „Herr", begann sie mit zitternder Stimme, „bald nachdem Ihr und Eure Mannen aufgebrochen wart, kehrte Sir Roderick allein hierher zurück und . . ."

„Roderick, dieser schurkische Bursche! Kathryn ist mit ihm gegangen?" Als Gerda unglücklich nickte, stieß er wüste Verwünschungen aus. Er wollte sofort aus dem Gemach stürmen, doch das Mädchen hielt sich an seinem Arm fest.

„Herr! Werdet Ihr ihr nachreiten?"

„Jawohl, das werde ich! Ich will meine Tochter wiederhaben, doch verdammt will ich sein, wenn ich ihre Mutter zurücknehme. Ich weiß nicht, ob sie Roderick oder Ashbury begehrt, doch sei es, wie es wolle – sie hat ihre Wahl zum letztenmal getroffen, und damit soll sie nun auch leben."

Gerda begann zu weinen. „Es ist nicht so, wie Ihr denkt, Herr. Ja, sie ist mit Sir Roderick nach Ashbury aufgebrochen, doch ich vermag nicht zu glauben, daß sie das freiwillig getan hat. Herr, ihr liegt nichts an Roderick! Das weiß ich ganz sicher in meinem Herzen, und . . . und Ihr solltet das ebenfalls wissen."

Gerda konnte nicht ahnen, welcher Schmerz Guy das Herz zerriß. Wie kann ich Kathryn jetzt noch lieben? fragte er sich bitter, um sich gleich darauf einen Narren zu schelten. Was Wunder, daß sie ihm nicht in Liebe zugeneigt war!

Er hatte sie schließlich von allem fortgerissen, das ihr lieb und teuer gewesen war. Er hatte mit ihr gespielt, hatte ihr die Unschuld gestohlen und hatte sie an sich gebunden, ohne nach ihren Wünschen zu fragen. Er hatte ihr nicht die Wertschätzung und die Zärtlichkeit angedeihen lassen, die einer Gattin zukam. Er war ständig argwöhnisch und mißtrauisch gewesen. Heilige Mutter Gottes! Wünschte ihm nun seine eigene Gemahlin den Tod?

Gerda zog an seinem Arm. „O Herr, verurteilt die Lady Kathryn nicht zu schnell und zu hart! Gott möge mir meine Rede vergeben – doch könnt Ihr nicht sehen, was Ihr ihr bedeutet? Die Herrin würde sich niemals freiwillig einem anderen Mann zuwenden, sei es Sir Roderick oder sonstjemand."

Stumm blickte der Earl die Magd an. Hatte Kathryn ihm nicht auch einmal vorgeworfen, er sei blind? Er hörte wieder ihren Aufschrei: „Wißt Ihr nicht, daß ich euch liebe?"

Kathryn war stark und hitzig. Sie würde ihn eher verfluchen und bis ans Ende aller Zeiten gegen ihn kämpfen, als sich ihm zu ergeben. Und auf gar keinen Fall würde sie ihm leichtfertig ihre Liebe schwören . . . Ungeahnte Freude durchströmte ihn. Trotz aller Zweifel und Befürchtungen wußte Guy plötzlich mit absoluter Gewißheit, daß er es gemerkt haben würde, falls sie gelogen hätte.

Sie liebte ihn! Sie liebte ihn tatsächlich!

Gerda weinte jetzt ganz ungehemmt. „O bitte, Ihr müßt ihr folgen und sie und das Kind zurückbringen! Ich sage Euch, Herr, etwas war nicht geheuer. Lady Kathryn sprach vor ihrem Aufbruch kein einziges Wort. Sie war so blaß und sah so . . . so besiegt aus. Und sie hatte ganz gewiß Angst. Dabei hat die Herrin doch nie Angst, Herr!"

Das stimmt, dachte Guy. Und wenn Kathryn Angst hatte, dann zeigte sie das wenigstens nicht. Plötzlich erbleichte er. Hatte Roderick sie etwa gezwungen, ihm zu folgen? So hitzig und so kampfesmutig sie auch war, so besaß sie doch natürlich nicht die Körperkräfte eines Mannes . . . Die Furcht drohte Guy zu überwältigen.

„Wie lange sind sie schon fort, Gerda?"

„Ungefähr drei Stunden, Herr. Wenn Ihr Euch sehr sputet, holt Ihr sie möglicherweise noch vor Einbruch der Dunkelheit ein." Gerda schluchzte laut auf. „Ach, ich könnte es mir nie verzeihen, falls ihr und dem Kind etwas zustieße! Ich wollte ihnen erst jemanden hinterherschicken, doch ich fürchtete mich vor dem, was Sir Roderick vielleicht tun würde, wenn er sich verfolgt sähe."

„Du hast dich richtig verhalten, Gerda." Er klopfte ihr auf die Schulter und begab sich wieder in die Halle.

Unterdessen überschlugen sich seine Gedanken. Roderick hatte zwei, drei Stunden Vorsprung, konnte allerdings nicht den ganzen Ritt nach Ashbury in halsbrecherischem Tempo zurücklegen. Daß Brenna dabei war, würde die Reisegeschwindigkeit beträchtlich verlangsamen ...

Der Earl brüllte so laut nach seinem Hengst, daß es in der ganzen Burg zu hören war. Gerda vernahm es mit erleichterter Freude.

Roderick hatte es nicht besonders eilig. Er bezweifelte nicht, daß die Zeit der Hast vorüber war, und er war entsprechend stolz auf sich.

Inzwischen dürfte sein Plan bereits Tatsache geworden und die Falle zugeschnappt sein. Seine Männer würden ihn nicht enttäuschen, denn dazu fürchteten sie zu sehr um ihr eigenes Leben. Der Earl of Sedgewick konnte den Kampf unmöglich überlebt haben. Der Gegner war also tot und stellte keine Bedrohung mehr dar.

Deshalb hatte Roderick auch nichts dagegen einzuwenden, als Kathryn darum bat, die Reise für die Nacht zu unterbrechen. Er ritt zu einer Lichtung voraus, die durch einen Hügelvorsprung vor dem kühlen Nachtwind geschützt wurde. Dort saß er ab. Kathryn ertrug seine Berührung, als er ihr aus dem Sattel half, doch sobald sie mit den Füßen den Boden berührte, entzog sie sich seinem Griff.

Roderick lachte. „Ihr werdet bald genug zu mir kommen, das schwöre ich Euch."

Kathryn biß die Zähne zusammen und wandte ihm den Rükken. Mit Brenna im Arm ging sie zu einer großen Eiche, setzte sich auf den feuchten Waldboden und lehnte sich mit dem Rükken an den Baumstamm. Sie sah zu, wie Roderick ein Lagerfeuer machte und Wolldecken sowie Brot und Käse herauslegte.

Zwar stand ihr nicht der Sinn danach; trotzdem aß und trank sie, denn sie mußte schließlich bei Kräften bleiben. Kaum hatte sie ihre letzte Brotkruste verspeist, als Brenna zu strampeln und zu weinen begann. Kathryn versuchte sie zu beruhigen, doch es glückte ihr nicht.

„Was quält sie denn, Madam?“ erkundigte sich Roderick mit bösartigem Lächeln.

Als ob er das nicht genau wüßte! dachte Kathryn wütend. „Sie hat Hunger.“

Er grinste anzüglich und rührte sich nicht von der Stelle. Inzwischen war Brennas Weinen zu gellendem Geschrei geworden. Kathryn bedachte Roderick mit einem mörderischen Blick, wandte sich dann ab und streifte ihr Gewand beiseite. Sobald Brenna an der Brust ihrer Mutter lag, stellte sie ihr Geschrei ein. Sie war zwar warm genug verpackt, doch Kathryn zog trotzdem den Zipfel einer Wolldecke um sich und das Kind, um sich vor Rodericks Blicken zu schützen.

Während sie ihre Tochter stillte, dachte sie an Guy. Lebte er denn überhaupt noch? Oder lag er hingestreckt auf kalter, nackter Erde? Hatte sein Herz für immer aufgehört zu schlagen? Dieser Gedanke quälte sie entsetzlich. Sie versprach ihrem Schöpfer ihr eigenes Leben, wenn er Guys verschonte.

Die Dunkelheit brach herein und schien den Untergang anzukündigen. Roderick trank aus einem Lederschlauch Bier, und zwar reichlich. Kathryn beobachtete es mit wachsendem Unbehagen und fürchtete sich vor dem Zeitpunkt, da Brenna satt eingeschlafen sein würde.

Unvermittelt warf er den Kopf in den Nacken und lachte, daß es ihr die Gänsehaut über den Rücken trieb. Dennoch hob sie ihr Kinn und begegnete Rodericks unverschämten Blick. „Ihr scheint ja über die Maßen zufrieden mit Euch selbst zu sein“, bemerkte sie eisig.

„Weshalb auch nicht? Schließlich wird mir bald alles gehören, was ich je begehrte – und noch mehr“, prahlte er. „Sedgewick ist doch wirklich großartig, nicht wahr, Liebste? Und möglicherweise bekommen wir eines Tages auch noch Ashbury zurück. Das würde Euch doch besonders gut gefallen, oder nicht?“

„Mich zu heiraten, mag Euch Landbesitz eintragen, hingegen nicht die Burg Sedgewick. Ihr scheint zu vergessen, daß Guy einen Erben hat.“

„Gewiß hat er einen Erben, nur wie lange noch?" Er lachte aufs neue.

Kathryn erstarrte. Großer Gott! Nicht genug damit, daß er Richard ermordet hatte und Guy umbringen lassen wollte – er beabsichtigte auch noch, Peter zu töten! Und wofür? Für Landbesitz und Macht und Reichtum! An ihr lag ihm überhaupt nichts; sie war für ihn nur ein Mittel, um seine Pläne ins Werk zu setzen.

Ihr wurde fast übel, als sie erkannte, daß sie nicht viel besser war als er. Hatte sie nicht vor ihrer Eheschließung ausschließlich daran gedacht, Ashbury für sich und Elizabeth zurückzugewinnen? Ihre Motive waren genauso selbstsüchtig gewesen wie Rodericks. Doch das hatte jetzt ein Ende!

Ihr Herz pochte vor Erregung. Sie senkte den Kopf, damit Roderick ihr ihre Absichten nicht etwa ansah. Sie mußte ihn aufhalten, nur wie? Gegenwärtig vermochte ihr Verstand keinen klaren Plan zu entwerfen.

„Legt sie ab!" befahl Roderick kalt und deutete mit dem Kopf auf Brenna, die eingeschlafen war. „Wenn nicht, tue ich das, und ich kann nicht dafür garantieren, daß ich in meiner Hast, Euch zu nehmen, allzu behutsam mit ihr umgehen würde."

Die Vorstellung, er könnte sie berühren, war ihr unerträglich, dennoch tat Kathryn, wie ihr geheißen. Sie bettete Brenna auf einen kleinen Stapel Felle zwischen zwei Bäumen.

Sehr langsam richtete sie sich wieder auf, bemüht, den unvermeidlichen Augenblick so lange wie möglich hinauszuzögern. Sie fürchtete, nicht viel gegen Roderick ausrichten zu können, denn erstens konnte sich ihre Körperkraft selbstverständlich nicht mit seiner messen, und zweitens mußte auch an Brenna gedacht werden.

Kathryn ekelte es davor, daß Roderick ihr gleich beiwohnen würde. Sie hoffte nur, daß sie hinterher, wenn er eingeschlafen war, würde entkommen können. Falls ihr die Flucht gelang, konnte sie Guys Leute sammeln – falls noch jemand von ihnen am Leben sein sollte.

Roderick kam auf sie zu und zog sie hart zu sich heran. Er wollte sie küssen, doch sie riß den Kopf zurück und versuchte, sich der Umarmung zu entwinden.

„Was soll das?" grollte er. „Ihr seid meinen Küssen doch schon

einmal mit Eifer begegnet, Kathryn."
„Das war vor meiner Vermählung. Ihr könnt meinen Körper nehmen, denn ich vermag wenig zu tun, um Euch davon abzuhalten. Doch wisset, Roderick: Mein Herz gehört Guy! Er allein bedeutet mir etwas. Ihr nicht!"
„Er ist nicht halb der Mann, der ich bin."
„Ihr müßt scherzen!" Kathryn lachte leise und spöttisch. „Ihr seid doch nichts als ein elender Feigling. Ihr habt Richard of Ashbury im Schlaf ermordet. Und Ihr fürchtet Euch davor, dem Earl of Sedgewick im offenen Kampf gegenüberzutreten. Ihr habt ihn Euren Männern überlassen, weil Ihr eine Niederlage befürchtet."
Er legte die Arme so fest um sie, daß sie fürchtete, ihr Rücken würde zerbrechen. Sein Gesicht war wutverzerrt. „Bei Gott, Weib, Ihr habt die Zunge einer Furie! Es wundert mich, daß der Earl sich Euer nicht schon längst entledigt hat. Vielleicht sollte ich das für ihn übernehmen?"
Seine Stimme klang wie das Knurren eines Raubtiers. „Wenn Ihr klug seid, Kathryn, dann tut Ihr jetzt Euer Bestes, um mir Freuden zu verschaffen, denn sonst könnte ich zu dem Entschluß gelangen, Ihr und Euer Balg seid die Mühe nicht wert."
Er preßte seine feuchten Lippen auf ihre. Sein heißer, saurer Atem verursachte ihr Übelkeit. Mit einer Drehung seines Körpers riß er sie zu Boden. Wild schlug sie mit Armen und Beinen um sich. Er fing ihre Handgelenke ein und drückte sie über ihrem Kopf auf die Erde.
Sein Gewicht über ihr machte ihr das Atmen beinahe unmöglich. Als sie nach Luft schnappte, drang er mit der Zunge brutal in ihren Mund ein. Kathryn schrie erstickt auf und – biß dann kräftig zu.
Roderick zuckte zurück, blieb jedoch auf den Knien über ihr hocken. Er starrte sie wütend an, während er sich die Hand vor den Mund hielt. Als er sie wieder fortzog, war sie blutig.
„Hinterhältige Hexe, verdammte!" Jetzt sah er tatsächlich wie ein Raubtier mit gefletschten Zähnen aus. Er hob die zur Faust geballte, blutige Hand.
Vielleicht ist es sogar besser so, fuhr es Kathryn durch den Kopf; wenn er mich bewußtlos schlägt, erinnere ich hinterher

wenigstens nichts.

Zu dem Schlag kam es nicht.

Roderick wurde von ihrem Körper gehoben wie ein Vogel aus seinem Nest, und als er auf den Beinen stand, blieb ihm vor Staunen der Mund offenstehen.

Mit einem Freudenschrei sprang Kathryn auf. Guy war da! Er lebte noch!

Im Bruchteil eines Moments wurde aus ihrem Freudenschrei einer des Entsetzens. Roderick sprang über das Lagerfeuer, riß sein Schwert an sich und fuhr damit zu Guy herum.

„Ihr habt zum letztenmal nehmen wollen, was mein ist, Roderick. Und ich benötige keine Waffe, um Euch zu töten." Der Earl sprach leise und spöttisch. „Ich werde Euch mit meinen bloßen Händen vom Leben zum Tode befördern." Er zog sein Schwert aus der Scheide und warf es zur Seite.

Roderick dachte nicht daran, die Herausforderung anzunehmen. Er packte das Heft seines Schwerts fester und lächelte tükkisch. Kathryn begann zu zittern. Gütiger Himmel, war Guy denn wahnsinnig? Ohne Rüstung, ohne Waffe – wie vermochte er sich da zu verteidigen?

Sie hatte vergessen, daß der Earl ein Krieger war, ganz Kraft und Geschmeidigkeit, mit schnellen, instinktiven Reflexen und mit Muskeln, die jedem Befehl folgten. Als Roderick sich mit erhobenem Schwert auf ihn stürzen wollte, brauchte Guy nur einen kleinen Schritt seitwärts zu machen. Sein Lachen erregte Roderick um so mehr.

„Was, Sir Roderick! Habt Ihr heute abend etwa zuviel Bier getrunken?"

„Bastard!" schrie Roderick. „Bier oder nicht, Ihr werdet tot zu meinen Füßen liegen!"

Kathryn riß Brenna hoch und flüchtete mit ihr zum Rand der Lichtung. Das Kind in den schützenden Armen, verfolgte sie das Kampfgeschehen mit ängstlich hämmerndem Herzen.

Seine Wut machte Roderick unbesonnen. Er sprang fortwährend vor und zurück und ließ sein Schwert durch die Luft sausen, derweil Guy sich nur weiterhin abdrehte und auswich. Auf diese Weise lockte er seinen Gegner unauffällig fort vom Feuerschein in den dunklen Wald.

Jetzt erkannte Kathryn auch Guys Absicht: Wenn Roderick nicht mehr recht sehen konnte, war es ihm auch nicht mehr möglich, zu treffen.

Der Mond glitt hinter einer Wolke hervor und übergoß alles ringsum mit gespenstischem Licht. Roderick machte einen Satz vorwärts. Kathryn kreischte auf. Guy blieb auf der Stelle stehen, als würde er den Tod willkommen heißen. Im allerletzten Moment jedoch sprang er zur Seite, riß das Bein hoch und trat Roderick das Schwert aus der Hand. Es wirbelte durch die Luft und landete irgendwo in der Umgebung.

Bei Rodericks Aufheulen gerann Kathryn das Blut in den Adern. Die Finger wie die Klauen eines schrecklichen Dämons nach der Gurgel seines Gegners ausgestreckt, sprang er Guy an. Dessen Faust traf ihn in der Magengrube und schickte ihn auf die Knie. Schweratmend drehte sich Guy halb zu Kathryn um. Dabei sah er nicht, daß Roderick hochsprang und in seinen Stiefel griff.

Kathryn sah es indessen. Sie kreischte auf. „Guy! Hinter Euch!"

Guy fuhr herum und riß den Arm hoch, um den Angriff abzuwehren. Der Dolch riß eine blutige Wunde in seine Schulter. Guy verlor das Gleichgewicht und fiel hintenüber. Roderick warf sich auf ihn und fiel mit ihm zusammen zu Boden.

Die beiden Männer rangen miteinander und rollten dabei über den Waldboden. Kathryn sah Roderick mit dem Dolch in der hoch erhobenen Hand über Guy, und in diesem Augenblick schob sich wieder eine Wolke vor den Mond. Ein Stöhnen war zu hören, dann ein gurgelndes, schreckliches Geräusch . . . und dann war alles totenstill.

## 22. KAPITEL

Die Stille war beinahe beängstigender als das vorangegangene Geschehen. In der Dunkelheit sah Kathryn den schattenhaften Umriß eines Mannes, der sich vom Boden erhob. Der Körper des anderen lag auf der Erde ausgestreckt.

Das Herz blieb ihr fast stehen. Die Furcht vor dem Schlimmsten ließ sie alles andere vergessen. Im Geist sah sie, wie sich auf Guys Brust ein roter Fleck ausbreitete und immer größer wurde ...

„Guy!" schrie sie schmerzerfüllt. Brenna wachte auf und begann jämmerlich zu weinen. Kathryn schloß zitternd die Augen und drückte sich das Kind fest an die Brust.

Starke Hände legten sich ihr auf die Schultern. Sie riß die Augen wieder auf. Erschöpft und schweratmend zog Guy die Schluchzende zu sich heran und legte sein Gesicht an ihr duftendes Haar.

„Still, Liebste. Weint doch nicht so. Es ist doch alles vorbei."

Guy war nicht tot! Er hatte überlebt! „Ich dachte, Ihr wärt tot", stammelte sie immer wieder. „O Guy, ich dachte, Ihr wärt tot!"

Guy fühlte, wie sie zitterte, und mit einmal zitterte er ebenso. „Ich versichere Euch, Liebste, ich lebe und bin unversehrt – und herzlich froh, daß es so ist."

„Er hat Richard of Ashbury umgebracht! Guy, Roderick war Onkel Richards Mörder. Und Ihr hattet recht – er wollte Euch neulich im Wald auch ermorden lassen. Und der Bote von Ramsey Keep war einer von seinen Männern. Die Ritterburg wurde überhaupt nicht überfallen. Ihr solltet nur von Sedgewick fortgelockt werden. Rodericks Männer lagen im Hinterhalt auf der

Lauer, um Euch zu töten!"
„Das hatte ich vermutet." Guy nickte grimmig. „Deshalb bin ich auch nach Sedgewick zurückgekehrt."
Tränen strömten über ihre Wangen. „Roderick hat mich dazu gezwungen, mit ihm zu reiten!" rief sie. „Er drohte, Brenna zu töten, falls ich mich weigerte. Guy, ich habe ihm nicht bei diesem Verrat geholfen, das schwöre ich!" Sie weinte herzzerreißend. „Ich habe Euch nicht betrogen. Das würde ich auch niemals tun! O Guy, ich flehe Euch an, Ihr müßt mir glauben. Ich würde Euch auch niemals verlassen ... ich liebe Euch doch viel zu sehr."
Guy fühlte, daß sie so sehr zitterte, als wäre sie schwach und zerbrechlich. Nur ist sie weder schwach noch zerbrechlich, dachte er. Kathryn war stark und furchtbar stolz, und dennoch legte sie ihm jetzt ihr Herz und ihre Seele zu Füßen.
Er zog sie noch ein wenig dichter zu sich heran und lächelte über Brennas beleidigten Protest. Das Kind mußte sich schon dreinschicken; er wollte jetzt Kathryns Herz an seinem und seines an ihrem schlagen wissen. Mit einem Kuß unterbrach er ihre Rede.
„Nein, mein Weibchen", sagte er zärtlich. „Ihr werdet mich nie wieder verlassen, denn jetzt seid Ihr genau dort, wohin Ihr gehört."

Kathryn wagte nicht, über die Bedeutung von Guys Worten nachzudenken, doch während des langen Heimritts erwachte die Hoffnung in ihrem Herzen wie eine sich öffnende Rosenblüte. Sie sprachen nur wenig; beide wollten schnell wieder in Sedgewicks Mauern zurückkehren.
Kurz nachdem sie das Tor durchritten hatten, traf auch Sir Michael mit Guys Kriegern ein. Er berichtete, daß er und die Männer in einen Hinterhalt geraten waren, nachdem der Earl sich auf den Rückweg nach Sedgewick begeben hatte. Glücklicherweise waren sie auf dergleichen vorbereitet gewesen. Nur zwei der Leute des Earls waren verwundet worden, und keiner von ihnen lebensgefährlich.
Kathryn erschauderte, wenn sie daran dachte, wie knapp Guy dem Tod entronnen war – und heute nacht schon zum zweiten-

mal. Die Verletzung an seiner Schulter stellte sich Gott sei Dank nur als Fleischwunde heraus.

Während sich Guy in der großen Halle weiter über den Kampf berichten ließ, begab sich Kathryn nach oben, um Brenna ins Bett zu bringen. Sie legte das Kind in die Wiege und ging dann den Flur hinunter, um nach Peter zu schauen. Der kleine Junge schlief fest; eine Hand hatte er sich unter das Kinn gesteckt. Kathryn drückte ihm einen liebevollen Kuß auf die Stirn. Später in ihrem Gemach schweiften die Gedanken unwillkürlich wieder zu der Frau, die Peters Mutter gewesen war.

Elaine ... Kathryn fühlte keinen Neid, denn die bedauernswerte Frau konnte nicht mehr an der Seite ihres Gemahls stehen, konnte nicht sehen, wie ihr Sohn zu einem großen und kräftigen Mann heranwuchs ...

Die Tür öffnete sich. Guy trat ein. Im flackernden Schein des Herdfeuers wirkte er wie eine goldene Statue, die mit ihrer Schönheit Kathryn den Atem raubte.

Einige Schritte vor ihr blieb er stehen. „Ihr seht so bekümmert aus", stellte er leise fest. „Die Gefahr ist doch vorüber. Ihr braucht Euch keine Sorgen mehr zu machen."

Bevor der Mut sie noch verließ, sprach sie aus, was ihr auf der Seele lag. „Ich dachte gerade an Elaine." Ihre Stimme war kaum hörbar. „Ihr habt sie sehr geliebt, nicht wahr?" Sie sah, daß Guy völlig regungslos dastand, und fürchtete sich genausosehr davor, ihm in die Augen zu blicken, wie davor, den Blick abzuwenden.

Es war schließlich seine Liebe zu Elaine gewesen, die ihn nach Ashbury geführt hatte, um Rache zu nehmen. Kathryn neidete ihm diese Liebe wirklich nicht, doch nun mußte sie sich fragen, ob die Zeit die Wunden seines Herzens und die bittere Leere seiner Seele tatsächlich geheilt hatte. Sie betete inständig darum, denn sie würde es nicht ertragen können, wenn es nicht so wäre.

Guy schwieg beharrlich, und Kathryn wurde immer unruhiger. Gerade als sie dachte, sie würde es nicht länger aushalten, reichte er ihr die Hand entgegen.

„Kommt her", sagte er nur.

Unsicher stand sie auf. Guy faßte sie bei den Händen und zog sie dichter heran, so daß sie jetzt unmittelbar vor ihm stand.

„Jawohl“, antwortete er langsam. „Ich habe Elaine sehr geliebt.“

Der Schmerz erfaßte ihr Herz; sie war auf solche Aufrichtigkeit nicht vorbereitet gewesen und wollte sich abwenden.

„Nein, Kathryn, wendet Euch nicht von mir ab“, bat er sie sofort.

„Bitte, Guy ...“ Sie schluchzte leise auf und wollte ihr Gesicht an seiner Brust verbergen, doch das ließ er nicht zu. Eine Hand legte er ihr an den Rücken und preßte sich ihren Körper an seinen. Die Finger der anderen schob er in ihr Haar und zog ihren Kopf zurück, so daß sie zu ihm hochschauen mußte.

„Hört mir zu, Liebste. Ja, ich habe Elaine geliebt, doch Ihr, Kathryn, seid es, die meinem Herzen befiehlt, wie es noch keine andere Frau zuvor getan hat ...“ Seine Stimme war nur noch ein Flüstern. „... und wie es auch keine andere Frau jemals tun wird.“

Kathryn begriff den Sinn dieser Rede. Tränen traten ihr in die Augen, und die Lippen bewegten sich, ohne daß sie gleich Worte zu formen vermochte.

„Wollt Ihr damit etwa sagen ...“ Sie mußte erst tief Luft holen, und jetzt zitterten ihre Lippen auch noch. Guy hob fragend und amüsiert zugleich eine Augenbraue hoch. „... daß Ihr mich liebt?“

Er neigte sich zu ihr. Seine Lippen berührten ihre wie ein Hauch. „Ja“, flüsterte er. „Ich liebe Euch, Kathryn.“

Kathryn schwindelte es, so mächtig waren die Empfindungen, die sie durchströmten. In ihrem Inneren schien alles drunter und drüber zu gehen. Ihr Freudenschrei wurde zu einem Schluchzen, und am Ende konnte sie sich nur noch überwältigt an ihrem Gemahl festklammern.

Wie von selbst kamen ihr die Worte auf die Lippen. „Ach Guy, ich liebe Euch auch!“ rief sie. „Ich liebe Euch schon seit langem – sogar als ich Euch haßte, weil Ihr mich soweit gebracht hattet, daß ich Euch liebte. Ich wollte es ja nicht, doch ich konnte es nicht ändern ... und dann hatte ich solche Angst, Ihr würdet mich niemals lieben können ...“

Inzwischen rollten ihr die Tränen über die Wangen. Guy wischte sie ihr zuerst mit den Daumen ab und neigte dann den

Kopf, um sie ihr unendlich zärtlich fortzuküssen. Erst an Eurer Seite konnte ich die Last der Vergangenheit abwerten.

„Zweifelt niemals an meiner Liebe", flüsterte er. „Bevor Ihr in mein Leben tratet, fürchtete ich, in meinem Herzen würde der ewige Winter regieren. Ihr jedoch habt mir das Feuer und die Wärme des Sommers gebracht. Ihr habt die Winterkälte aus meiner Seele vertrieben."

Er sprach so eindringlich und zärtlich, daß es Kathryn zutiefst bewegte. „Bei allem, was heilig ist", sagte er feierlich, „ich schwöre, daß ich Euch mit jedem Schlag meines Herzens mehr liebe."

Kathryn lächelte unter Tränen. „Manchmal entfacht mein Feuer ja leider nur Eure Wut . . ."

„Richtig", bestätigte er mit einem schiefen Lächeln. „Ihr seid starrsinnig, trotzig, stolz und so dornig wie eine Rose." Er wurde wieder ganz ernst. „Ich liebe Euch nicht trotz dieser Eigenschaften", erklärte er leise. „Ich liebe Euch gerade deswegen. Ich liebe Euch so, wie Ihr seid, Kathryn, gleichgültig, wie eigensinnig Ihr auch sein mögt. Und ich will Euch gar nicht anders haben."

Sein Blick und sein Ton griffen ihr ans Herz. Jetzt standen keine Gespenster mehr zwischen ihnen, weder Elaine noch Roderick, nicht einmal Richard of Ashbury. Niemand würde ihnen das Glück nehmen können, das die Zukunft für sie bereithielt. Sie waren beide frei in ihrer Liebe.

Sie schlang ihm die Arme um den Hals und bot ihm ihren verlockenden Mund dar, den er begierig in Besitz nahm. Er küßte sie sowohl hungrig als auch zart, ebenso sanft wie glutvoll. Aufstöhnend hob er sie danach in die Arme und trug sie zum Bett, wo die Leidenschaft endlich über sie beide die Herrschaft antrat.

Als Kathryn viel später glücklich und erschöpft in Guys Armen lag, mußte sie daran denken, daß fast ein Jahr vergangen war, seit er sie gegen ihren Willen nach Sedgewick gebracht hatte. Wie unendlich traurig war sie doch damals gewesen, Elizabeth und Ashbury verlassen zu müssen! Wie hatte sie sich nach ihrer Heimstadt zurückgesehnt!

Doch Elizabeth und Hugh waren glücklich, und Ashbury . . .

einst hatte sie geglaubt, Ashbury wäre ein Teil ihrer Welt, und ohne Ashbury besäße sie gar nichts. Sie lächelte insgeheim. Wie sehr sie sich doch geirrt hatte! Wie überaus töricht sie doch gewesen war!

Hier in Guys Armen hatte sie nämlich etwas entdeckt, das viel kostbarer, viel dauerhafter war als ein wehrhafter Haufen Steine und Bauholz: Guy liebte sie, und sie liebte ihn. Und mit dieser Liebe hatte sie keineswegs einen Teil von sich verloren. Vielmehr hatte sie den Teil gefunden, der sie erst zu einem Ganzen machte.

– ENDE –

Bitte beachten Sie
die folgenden Seite